SATU TASKINEN

Der perfekte Schweinsbraten

Aus dem Finnischen von Regine Pirschel

ROMAN : TRANSIT

Für alle meine Familien

Ich legte das Stück Schwein auf den Tisch. Von draußen drang schon zum zweiten Mal schrilles Kreischen herein. Ich ging zum Fenster und drückte die Nase ganz dicht an die Scheibe, aber da nichts Bedrohliches zu sehen war, lediglich die Hecke, die unseren Vorgarten von der Straße trennte, begann ich von vorn. *Lieber Herr Fidler, wie Sie im Forum »Schweinsbraten« sehen können, halte ich eine Definition des perfekten Schweinsbratens für dringend erforderlich.* Und dann, nach einer weitschweifigen Erklärung: *fürs erste schlage ich die folgende vor.* Ich hatte das Rezept viele Male durchgelesen. Gestern war ich damit im Supermarkt unterwegs gewesen und hatte alles gefunden außer Staudensellerie. Zum Rezept gehörte ein Foto, das ich als Vorlage an der Tür des Gewürzschranks befestigte. Der perfekte Schweinsbraten. Abbildungen dieser Art kannte man aus früheren Kinderbüchern, aus der Reklame und aus Speisekarten der Restaurants: auf einem Teller angerichtet ein bis zwei Semmelknödel oder Kartoffelknödel oder beides, eine Scheibe Braten, ein Löffel Soße, ein Klecks Sauerkraut. Das Rezept, das ich gewählt hatte, begann nett als Brief und war die Antwort auf die Frage, die ein Herr Fidler geschickt hatte: *Sehr geehrter Herr Fidler.* Sofern man anderthalb Kilo als zu viel empfand, sollte man laut Anweisung die ganze Sache am besten vergessen, sodass vor mir also ein Zwei-Kilo-Klumpen prangte mit reichlich Speck. *In die Schwarte schneidet man Quadrate von 2 x 2 cm Größe. Anschließend würfelt man 2 mittelgroße Zwiebeln, 1 mittelgroße Karotte und 100 g Staudensellerie.* Ich nahm zwei leere Blatt Papier, auf das linke schrieb ich die Arbeiten, die zu erledigen waren, auf das rechte die eventuelle Einkaufsliste. Links zählte ich zusammen: Kochgeräte bereitlegen und Zutaten schneiden, Silber polieren, Tisch decken und Servietten falten, machte rund eine Stunde. Es war halb acht und noch viel zu erledigen. Im Rezept waren zudem gleichsam über Nacht neue Zutaten aufgetaucht. Wie etwa Maggikraut. Was um Himmels Willen war Maggikraut? *Man schiebt den Braten mit der Speckschwarte nach un-*

ten in den Ofen und übergießt ihn mit einem halben Liter Hühnerbrühe. Inzwischen bereitet man die Soße zu. Laut Anweisung benötigte man für die Soße zerhackte Knochen. Zucker. Tomatenpüree. *Entfernen Sie. Lassen Sie karamellisieren. Holzlöffel, Schaber. Nehmen Sie aus dem Ofen. Salzen Sie, pfeffern Sie, reiben Sie ein. Schieben Sie den Braten wieder in den Ofen. Häufig übergießen und den Bräunungsgrad der Schwarte beobachten. Den Ofen herunterschalten und den Braten garen lassen. Klappe einen Spalt geöffnet. Geben Sie inzwischen eine geschälte Knoblauchzehe in die Soße.* Eine Prise Majoran und ein kleines Stückchen Zitronenschale. *Lassen Sie die Soße durch Kochen eindicken und entfernen Sie vor dem Servieren Knoblauch und Zitronenschale.* Ich blickte zum Fenster. In der Scheibe spiegelten sich meine Umrisse, sonst war nichts zu sehen, draußen herrschte dichter Nebel, wie so oft in Wien um diese Jahreszeit. Ich hatte keine Lust, einkaufen zu gehen. Vielleicht ließ sich ja der Sellerie beispielsweise durch Karotten ersetzen. Ich hatte insgesamt ein gutes Gefühl, und auch der Kaffee gluckerte zum Zeichen, dass er fertig war. Über den Gang zum Supermarkt würde ich später entscheiden, auf jeden Fall musste zunächst das Fleisch gewaschen und abgetrocknet werden. Nach getaner Arbeit setzte ich mich auf die Bank.

Es war lächerlich, dass für ein und dasselbe Gericht völlig entgegengesetzte Anleitungen existierten. Wenn es in der einen hieß, man solle den Braten häufig übergießen, damit er nur ja nicht austrocknete, wurde in der anderen das Übergießen ausdrücklich untersagt mit der Begründung, dass gerade dadurch die Kruste zäh und gummiartig würde. Im Obergeschoss hörte ich die Schritte des Österreichers, vom Schlafzimmer zur Toilette und anschließend ins Bad, wo sie verharrten, kurz darauf rauschte das Wasser. Ich blätterte lustlos durch den Stapel mit den Rezeptausdrucken. In den meisten hieß es, man solle »Schulter« kaufen, also war es wohl glaubhaft, und ich hatte mich daran gehalten. Auch hatte der Österreicher gestern richtig viel Gewese darum gemacht, und so hatte ich schließlich nachgegeben, obwohl ich der Schwiegermutter zum Feiertag Filet hätte anbieten mögen. Ich begann mich zu ärgern. Gerade das Rezept, das mir ursprünglich am besten gefallen hatte, hatte sich als das schlimmste von allen erwiesen. *Der ultimative Schweinsbraten. 1,5 bis 2 kg Schweineschulter mit Schwarte.* Ich strich das Blatt, das ich zerknüllt hatte, auf der Tischoberfläche glatt und band mein Haar zu festen Schwänzen, damit es mir nicht dauernd in die Augen fiel. Dann zog ich die Schürzenbänder fester. Was in aller Welt war Maggikraut? Ich konnte mich nicht erinnern, je diesem Wort begegnet zu sein. Maggisoße hingegen kannte ich mehr als gut. Und falls es nicht einmal die zu kaufen gäbe? Könnte man sie durch etwas anderes ersetzen? Durch Sojasoße? Die schüttete sich der Österreicher fast auf jedes Essen. Sojasoße passte eigentlich zu allem.

Frau Bergers Türklingel schrillte viele Male unter meinen Fingern, ehe ich drinnen Schritte und das Klimpern von Schlüsseln hörte, worauf sich die Schlösser eines nach dem anderen bewegten. Die Tür öffnete sich, und als erstes kam mir eine Wolke Zigarettenrauch entgegen, ich wich einen Schritt zurück. Als das Schlimmste vorbei war, reichte ich Frau Berger eine Tüte mit ihren Lieblingskäsecrackern.

»Kaffee?«

Ich nickte und wurde eingelassen. Ich folgte Frau Berger durch den L-förmigen dämmerigen, fast finsteren Flur in die Küche, die aus irgendeinem sonderbaren Grund ganz und gar rotgelb gestrichen war. Die Oberfläche des Spültisches blätterte von Woche zu Woche heftiger ab.

»Hier wird fleißig gewirtschaftet«, sagte ich.

Auf der Spüle türmte sich ein Kartoffelberg. Frau Berger, unsere Nachbarin, war eine kleine Frau, und während der Jahre, da ich sie kannte, war sie immer mehr zusammengeschrumpft. Ihre Nase und ihre Ohren hingegen wuchsen, und so ließ sich heute absolut nicht mehr sagen, ob sie in jungen Jahren schön gewesen war. Frau Berger antwortete mir nicht. Sie goss kalten Filterkaffee in einen kleinen Kessel, und mit dem dritten Streichholz gelang es ihr, den Herd anzuzünden. Ihre Bewegungen waren heute besonders fahrig, und ich sagte ihr, dass ich nicht sehr lange mit ihr Kaffee trinken könnte. Mutter und Schwester des Österreichers würden um ein Uhr zum Essen kommen. *Maggikraut. 2 kg Schweineschulter mit Schwarte.*

»So, so. Sie brauchen sich nicht dauernd zu entschuldigen. Ich werde es verkraften. Möchten Sie Kekse?«

Ich griff nach der Packung, die auf dem Tisch lag, und schüttete dunkelbraune Kekse auf einen Teller. Es folgte eine Weile Schweigen, und der Duft des warm werdenden Kaffees breitete sich in der Küche aus. Ich reckte mich, um aus dem oberen Teil des Holzschranks zwei Porzellantassen mit Untertellern zu nehmen. Die Türen waren aufgequollen, und man musste ziemlich kräftig ziehen, wenn man sie öffnen wollte. Der Schrank wackelte, das tat er immer, und noch bevor Frau Berger mich bat, vorsichtig zu sein, wusste ich, dass sie mich bitten würde, vorsichtig zu sein.

»Seien Sie vorsichtig, der Schrank wackelt«, sagte sie.

Zerhackte Knochen. Maggikraut. Ich erwähnte mein Rezept. Wir trugen alles, was wir brauchten, auf einem Tablett ins Wohnzimmer, und ich wartete auf irgendeine Fortsetzung, aber die kam nicht. Wir saßen gemeinsam an Frau Bergers Tisch, so wie schon unzählige Male zuvor. Mir gefielen ihre Porzellantassen außerordentlich, sie waren gelb, und eine von ihnen hatte einen Sprung. Frau Berger jedoch ordnete nur stumm ihre Spielkarten und ihre Kreuzworträtselhefte, obwohl es bereits nach acht Uhr war. Das Zimmer, in dem wir saßen, war voll mit irgendwelchen Dingen. Bilder, Vorhänge, Pillenschachteln auf einem Nebentisch, Videogeräte, und dazu Grünpflanzen, die vielleicht nicht viel jünger waren als ihre Besitzerin. Alles hatte seinen Platz, alles war aufgeräumt und geputzt, nur die Farbe an den Wänden und der Decke war vom Zigarettenrauch nachgedunkelt, wie in einem uralten Wiener Kaffeehaus. Es blieb mir ein ewiges Rätsel, ob das ein Zeichen für Echtheit oder einfach nur ekelig war. Mitten in all dem Kram saß Frau Berger wie auf einem Gemälde, und genau wie auf einem Gemälde schwieg sie. Warum war sie heute so still? Sonst redete sie doch ununterbrochen. Ich wartete eine Minute und noch eine zweite, aber als die Hausherrin ihrem Besuch immer noch keinerlei Aufmerksamkeit schenkte, beschloss ich, selber direkt zur Sache zu kommen.

»Schweinsbraten? Warum in aller Welt will jemand, der nicht hier geboren ist, unbedingt zum Feiertag Schweinsbraten machen?«, gab Frau Berger zur Antwort. »Warum quälen Sie sich? Lassen Sie es doch sein.«

Sie war aus ihrer Trance erwacht und sah mich mit erstaunt aufgerissenen Augen an. Sie hatte geglaubt, dass ich lieber ein finnisches Gericht zubereiten würde, und was wird in Finnland überhaupt gegessen? Ich lachte. Frau Berger scherzte bestimmt, auf Kosten von Ausländern ging das natürlich immer leicht. Sollte ich der Verwandtschaft, die nicht mal schwimmen konnte, etwa Heringsauflauf anbieten, fragte ich, und ob sie überhaupt ahnte, was Heringsauflauf war? Natürlich nicht. Als Einheimische musste sie doch wissen, dass am Feiertag für die Familienmitglieder des Österreichers nur ein einziges Gericht in Frage kam, dessen Name nicht extra erwähnt werden musste. Sie schnaubte, machte eine abwehrende Handbewegung. Ich kam erneut auf mein Thema zurück, deutete mit den Fingern an, wie dick der Stapel von Rezepten war, die ich am Ende gefunden hatte, aber Frau Berger zog nur ihre Strickjacke enger um sich, wie ein beleidigtes, schmollendes Kind. Ich begriff nicht im Mindesten, was der Grund sein könnte, und es interessierte mich auch nicht. Aber was hätte ich machen sollen? Entgegen meinen Gewohnheiten hatte ich inzwischen sämtliche Kekse vom Teller gegessen. In Wahrheit mochte ich Süßes gar nicht, aber auch das war Frau Berger nicht beizubringen, sondern sie bot mir stets Kekse, Waffeln, Reisbrei, Eierplinsen oder manchmal sogar selbstgebackenen Kuchen an, den ich natürlich nicht ablehnen konnte. Ich hatte noch kein Frühstück gehabt, denn es war mir unmöglich, gleich nach dem Aufstehen etwas zu essen. Jetzt hatte ich jedoch Hunger, sodass ich nach der Packung griff, die beiden letzten widerlich süßen, gefüllten Kekse aß, auf die leere Schachtel zeigte und sagte:

»Leer. Sie können neue auf die Einkaufsliste setzen.«

»Darauf wollte ich sowieso kommen.«

Frau Berger schlug mit der flachen Hand auf den Tisch, dass ich zusammenfuhr. Ich bemerkte die aufgeschlagene Zeitung. Arbeitslosigkeit, Drogen, Einwanderer, Überschwemmungen, Neonazis, Preisanstieg, zunehmender Ölmangel. Ich hatte ihr schon wer weiß wie oft gesagt, dass sie aufhören sollte, Zeitung zu lesen, wenn sie davon doch nur schlechte Laune bekam. Die Nachrichten wären überall auf der Welt gleich. Und was hatten sie mit alledem hier zu tun? Mit uns und dem Feiertag? Frau Berger könnte für den Rest ihres Lebens Kopfstand machen, die Nachrichten würden sich dadurch nicht ändern.

Sie gab zu, dass ich recht hatte. Das Leben geht weiter, bis es endet. Sie konnte sich jedoch nicht den Zusatz verkneifen, dass in England immerhin die Sprache schön war. Und nicht so verlottert wie hier. Erneut schlug sie mit der Hand auf die Zeitung, aber nicht so hart wie vorhin. Es war ihr unerklärlich, wieso irgendein Einfaltspinsel auf die hirnverbrannte Idee gekommen war, anstelle des Wortes *»Freude«* das Wort *»Spaß«* einzusetzen, das erstens hässlich und zweitens falsch war. Um nur ein Beispiel zu nennen. Dann zündete sie sich eine Zigarette an. Ich tat es ihr gleich, obwohl ich mich dadurch keineswegs besser fühlen würde.

»Hätten Sie wenigstens Zeit für einen Gang zur Apotheke?«

Frau Berger beugte sich herüber und gab mir zwei Rezepte. Was war es? Schlaftabletten? Schmerztabletten? Irgendwelche Vitaminpräparate?

»Ich habe eigentlich nichts weiter im Haus als Erdäpfel, obwohl Feiertage bevorstehen und das alles. Dieses Land ist schrecklich, und genau so schrecklich ist sein Wetter. Schon wieder habe ich mehrere Tage nicht richtig geschlafen – von diesem Nebel bekomme ich Reißen in den Gliedern – sehen Sie einmal das hier.« Sie zeigte auf das Fernsehprogramm, ich wusste nicht, was sie meinte. »Als ich sechzig wurde, bedauerte ich, dass ich einst nicht nach England gegangen bin. Dort wäre alles besser, dachte ich, und das denke ich heute noch. Aber ich sagte mir damals auch, dass niemand mehr mit sechzig ins Ausland geht. Inzwischen sind mehr als zwanzig Jahre vergangen, und ich bedaure, dass ich nicht trotzdem gegangen bin.«

Das also war es. Es ging ums Einkaufen. Warum sagte sie das nicht einfach ganz normal? Jetzt kam wieder dieses England ins Spiel.

»Auch ich mag England. Ich bin nie dort gewesen.«

»Warum sind Sie nicht hingefahren, wenn Sie es doch so mögen?«

»Ich spare mir das auf.«

Sie fand meinen Gedanken offenbar absurd und sah mich von unten her an.

»So wie ich mir die besten Bissen auf dem Teller immer bis zuletzt aufhebe«, fuhr ich fort.

»Das ist Unsinn. Die besten Bissen muss man unbedingt dann essen, wenn der Hunger am größten ist. Man weiß nie, wann es zu spät ist.«

Sie wartete einen Moment. Dann ergänzte sie:

»Ich finde Sparen einfach dumm. Wegen der Inflation.«

Kann sein. Darauf wusste ich tatsächlich nichts zu sagen, mein Magen brüllte geradezu vor Hunger. Staudensellerie oder Karotte. Der Hunger machte die Beschäftigung mit dem Rezept – den bloßen Gedanken daran – zur Qual. Ich räusperte mich, um das peinliche Knurren zu übertönen.

»Wir bräuchten hier mehr Polizei. Hunderttausend tüchtige Polizisten. Damit man sich allein zur Bank wagen kann. Ich hege keinerlei Nationalgefühl für dieses Land. Die Leute jammern und klagen den lieben langen Tag und mögen nicht arbeiten. Die Ausländer machen sich nicht die Mühe, Deutsch zu lernen. Wo führt das hin? Soll ich etwa Türkisch lernen, damit der Schuster versteht, was ich will?«

Es folgte ein kurzes Schweigen.

»Noch Kaffee?«, fragte Frau Berger.

Ihre Augen blinzelten und glühten zugleich. Sie zündete sich eine neue Zigarette an, merkte, dass die vorige noch nicht aufgeraucht war, drückte sie aus und qualmte weiter.

Wie sie dort saß, sah sie aus wie ein Käfer, ein Käfer mit Brille und Perücke. Ab und zu hustete der Käfer heftig. Ich wusste nur zu gut, worauf sie aus war. Sie wollte, dass ich für sie einkaufen ging. Frau Berger lud mich gern zu sich zum Kaffee ein, um mit mir über Theaterstücke und Bücher zu reden. Zwischen den Hustenanfällen sagte sie, dass sie nicht beabsichtigte, mit dem Rauchen aufzuhören, weil laut Aussage des Arztes die Entgiftung ihres Körpers etwa sechs Jahre dauern würde, und sie fand, dass sie, falls sie zwischenzeitlich sterben würde, ganz umsonst aufgehört hätte. Das hatte eine gewisse Logik, makes sense, sagte ich. Sie passte jedes Mal auf unsere Wohnung auf, wenn wir nicht da waren. Und sie goss auch die Blumen, so gut sie konnte.

»Na schön. Haben Sie mal einen Stift?«

Frau Berger lächelte, während sie mir einen Kugelschreiber reichte. War es Zufall, dass es gerade jener war, den ich ihr zu Weihnachten geschenkt hatte? Während ich ihre Einkaufsliste durchging, rührte sie mit dem Löffel in ihrem Kaffee, ordnete den Stapel von Kreuzworträtseln und Fernsehprogrammen auf ihrem Tisch und legte die ausgebreiteten Spielkarten in die Schachtel. Eine halbe Packung Milch. Semmeln, frisch, keine abgepackten, drei Stück. Butter, ganz egal, welche Sorte, und drei Tuben süßen Senf, jenen mit dem rotbraunen Etikett.

»Und wenn es nur ganze Packungen Milch gibt?«

»Dann gar keine. Darf ich Sie bitten…«

Ich nahm meine Tasse und folgte der rauchenden Frau Berger in die Küche. Sie nahm noch einen Zug, ehe sie ihre Zigarette unter dem Wasserhahn löschte und in den Müll warf, zwischen all die Kartoffelschalen, gebrauchten Filtertüten, Mandarinenschalen, Apfelstrünke und Schlagsahnebecher. *Sehr geehrter Herr Fidler. Maggikraut.* Staudensellerie. *1,5 bis 2 kg Schweineschulter mit Schwarte.* Es war fast neun Uhr, die Zeit drängte allmählich. Ich faltete das Rezept auseinander, das ich aus der Tasche gezogen hatte, und zeigte es Frau Berger. Ich versprach, auch in die Apotheke zu gehen. Außerdem würde ich ihr die Reste vom Mittagessen bringen, allerdings war unwahrscheinlich, dass etwas übrig bliebe, die Leute vom Lande essen viel. Der Österreicher war bestimmt derselben Meinung, das Essen reichte vermutlich hinten und vorne nicht. Ich merkte, dass sich mein Puls beschleunigte. Für gewöhnlich rauchte ich nicht auf nüchternen Magen, und die Zigarette hatte mich nervös gemacht, meine Hände zitterten regelrecht. Die Temperatur in der Küche hingegen wirkte beruhigend. Bei Frau Berger war es immer warm, viel wärmer als bei uns. Man hatte ihr die Fenster erneuert, und in ihrer Wohnung zog es nicht aus jeder Ecke so wie bei uns.

»Ich war ungerecht gegenüber den Türken. Das weiß ich wohl. Und die Nachrichten lese ich auch gar nicht mehr. Ich löse nur noch Kreuzworträtsel. Die Rätsel mag ich. Sie helfen mir, nachts einzuschlafen«, sagte Frau Berger.

Sie musterte mich prüfend wie ein Arzt. Schließlich starrte sie mir in die Augen, aber nicht so, als würde sie mich ansehen, sondern als hätte sie etwas ganz anderes im Blick. Wollte sie wieder das ewige Lied von ihrer Vergangenheit anstimmen? Sie sagte, sie erinnere sich jetzt, dass sie heute morgen von einem lauten und schrillen Kreischen erwacht war, das jedoch sofort aufgehört hatte, als sie aufgestanden war und laut gedroht hatte, die Polizei zu rufen.

»Apropos Schweine. Ich mag Polizisten. Sie haben einen hohlen Rücken und einen runden Bauch. Und eines kann ich schwören, nämlich dass Zucker früher süßer war als heute. Sind Sie ebenfalls der Meinung? Könnte es sein, dass man ihn mit irgendwas streckt?«

Polizisten? Zucker? Ich drückte meine Zigarette ärgerlich in einer Kartoffelschale im Mülleimer aus. Was sollte das alles? Irgendeine sonderbare, nach allen Seiten ausufernde, nicht im Hier und Heute angesiedelte Alte-Leute-Nummer? Ich hatte mir ihre Geschichten schon wer weiß wie oft angehört, hatte diesen mehrfach aufgewärmten scheußlichen Filterkaffee getrunken und versprochen alles zu tun, was sie wünschte, jetzt könnte sie ihrerseits mal Antworten geben. Wusste sie es oder wusste sie es nicht? Wollte sie mir helfen oder nicht? Man hätte denken können, dass sie sich freute, wenn jemand ihren Rat einholte. Haben Sie mal einen Mann gehabt?, hatte ich eines Tages gefragt. Haben Sie Kinder? Nein, hatte sie geantwortet. Ich versuchte es erneut. Ich erwähnte das Wetter, das sogar für Wiener Verhältnisse schon lange Zeit unerhört schlecht und feindselig war. Ich zeigte mit Daumen und Zeigefinger: so ein Stapel Rezepte. Die Sache sei ziemlich wichtig. Ich las das Rezept laut vor, da sie sich nicht bequemte, es selbst in die Hand zu nehmen. Ich wollte ein unvergessliches Fest. Ich wollte, dass alle zufrieden wären. Ich fragte nach Frau Bergers Interpretation des Rezepts, vor allem, was die Soße und die zerhackten Knochen betraf. Sofern sich nichts Gravierendes geändert hatte, würden die Gäste pünktlich sein und sofort an den Futtertrog wollen.

»Wovon reden Sie eigentlich?«, sagte sie, nachdem sie sich die Anleitung höchstens eine Sekunde lang angesehen hatte. »Sie benötigen überhaupt kein Rezept. Für einen Schweinsbraten braucht man nichts weiter als Kümmel, Salz, Knoblauch und einen guten Ofen. Das ist alles. Sie braten das Fleisch erst von einer Seite. Dann braten Sie es von der anderen Seite. So lange, bis es fertig ist.«

Das Wetter hatte sich noch weiter verschlechtert. Draußen war es kühl, grau, und es nieselte. Der Nebel war zum Schneiden dick, und ich war nun also gezwungen, einkaufen zu gehen, obwohl ich ursprünglich etwas anderes beschlossen hatte. Ich spielte mit den Zetteln in meinen Taschen: in der rechten hatte ich Frau Bergers Liste mitsamt den Rezepten für die Apotheke, in der linken die Anleitung für den Schweinsbraten und meine eigene Liste. Frau Bergers Einkaufsliste war am Ende länger geworden und enthielt neun anstelle der ursprünglichen sechs Posten, davon zwei mit Gewicht: Gurken und Milch. Ich würde mehr als genug zu tragen haben. Auch zur Apotheke musste ich. Aber wie hätte ich ablehnen können? Frau Berger berief sich auf ihre Schmerzen, aufs Wetter und auf ihren krummen Rücken. Sie hatte eine kranke Hüfte und kam kaum aus dem Haus, laut eigener Aussage störte es sie jedoch nicht, in ihrem Alter »wusste man bereits, was in der Welt passierte und musste nicht mehr extra hinausgehen«, und man konnte ja immer einen Nachbarn bitten, wenigstens eine Stange Zigaretten und Süßigkeiten mitzubringen. Frau Berger hatte ihr Leben eigentlich gut organisiert, von ihr konnte man lernen. Ich schob den Rucksack auf meinem Rücken zurecht und steckte die zweite Hälfte der kalten Toastbrotscheibe in den Mund. Ich war ganz allein in dem dicken Nebel mit einer Sicht von höchstens drei Metern. Wenn irgendwo in den Sträuchern jemand lauern würde, bereit, mich zu überfallen, wäre ich völlig ahnungslos. Im schlimmsten Falle lief ich dem Feind womöglich direkt in die Arme. Aus einigen Fenstern schimmerte gelbes, gemütliches Licht. Wie Weihnachten. In wenigen Wochen wäre die ganze Stadt voll von kleinen Handwerksbuden und solch gemütlichen Lichtern. Ja, in der Innenstadt, aber nicht hier, auf der Nordseite der Donau. Hier wäre es so grau und leer und feindselig wie jetzt. Auf der leeren Straße herrschte eine leere Atmosphäre und so würde es hier immer sein. Ich hörte ein Auto kommen. Es wurde lauter und lauter und schien schon fast neben mir zu sein, sicherheitshalber trat ich rasch zur Seite. Bald darauf fuhr das Auto vorbei, viel zu schnell. Meine Lederstiefel wurden nass, ich war in eine Pfütze getreten. Das Nummernschild hatte ich nicht gesehen, sonst hätte ich Anzeige erstatten können. Ich trabte weiter. Zunächst tastend, dann zuversichtlicher. Was hätte ich auch sonst tun sollen? Umkehren? Auf der morgendlichen Straße vor mich hinfluchen? Einen der von Frau Berger so geliebten Polizisten rufen? Nein. Jetzt galt es, Ruhe zu bewahren, die guten Seiten der Dinge zu sehen. Etwa, dass ich aus objektiven Gründen und wegen Frau Berger den Staudensellerie quasi gezwungenermaßen einkaufen würde, was durchaus positiv zu werten war.

Frau Bergers sorgfältig geschriebene Einkaufsliste. Beim Diktieren ließ sie die Größe der Packungen oder die Marke der Lebensmittel nie unerwähnt, und das war gut so. Sie zürnte, wenn ich das Falsche brachte. Frau Berger aß Lebensmittel, die mir unbekannt waren, Backwerk, aus bestimmten Packungen, aus Packungen mit bestimmter Größe. Ich hatte sie, die pensionierte Schauspielerin, einmal gefragt, welche Rollen sie während ihrer Berufstätigkeit am liebsten gespielt hatte. Entgegen meinem Bild von der pedantischen und mürrischen heutigen Rentnerin hatte sie geantwortet. »Komödien« und von Hermann Bahrs »Konzert«, dem letzten großen Stück am Wiener Theater, in dem sie mitgewirkt hatte, erzählt. »Früher stellte das Theater gelegentlich noch etwas dar. Die heutigen Stücke sind schrecklich«, hatte sie gesagt, »in denen ist absolut kein Kern, es wird nur kreuz und quer über die Bühne gerannt und geschrieen, aber niemandem ist klar, was die Aussage sein soll. Das allerdings war schon immer so. Wissen Sie, Schauspieler sind ein dummer Haufen«, hatte Frau Berger gesagt. »Schauspieler sind wirklich dumm. Sie interessieren sich überhaupt nicht für das Stück. Sie interessieren sich einzig und allein dafür, dass sie ihr Foto auf dem Werbeplakat sehen. Und dass ihr Foto größer ist als das der anderen Schauspieler.« Sie hatte mir mehr Kaffee angeboten. Ich hatte meine Tasse hingehalten, obwohl es in meinem Magen schon gezwickt hatte. Ich hatte noch keine Lust gehabt zu gehen, und die leere Tasse ließ mich ans Ende denken. Ans Ende und ans Vorbeisein und an den nächsten Arbeitstag, der umso näher kam, je später der Abend und je kälter der Kaffee wurde. Ich hatte meinerseits Frau Berger von meinem Arbeitstag erzählt. Ich hatte eigentlich beschlossen, kein einziges Wort über meine Arbeit zu verlieren und über meinen Kunden, den – nach seinen eigenen Worten – Arbeit suchenden Alex Hauptmann, aber schon während ich es beschloss, hatte ich geahnt, wie es kommen würde. »Frau Berger, pflegen Sie an Ihren Beschlüssen festzuhalten? Tun Sie das, was Sie beschlossen haben, oder tun Sie dann etwas ganz anderes?« Ich hatte jedoch gar keine Antwort abgewartet, sondern gleich weitererzählt. Jeden Tag verließ ich die U-Bahn und passierte zwei Ampeln, um dann in ein großes Gebäude mit Glaswänden einzutreten, in dem ich arbeitete, und mit mir mehr als tausend andere Lehrer. Während ich an der Ampel wartete, dachte ich an meinen Kunden Alex Hauptmann ebenso wie an den Portier des Bildungszentrums.

»Es ist einfach lächerlich, Frau Berger, aber ich muss mir jeden Tag irgendwelche Methoden ausdenken, um vom Portier die richtigen Schlüssel zu bekommen. Weil er, noch bevor ich die Rezeption erreicht habe, mir freundlich einen guten Morgen wünscht (er erinnert sich sogar an meinen Namen) und mir dann irgendeinen x-beliebigen Schlüssel hinlegt oder sagt, die Kollegin hätte bereits alle mir zustehenden Schlüssel mitgenommen. Das stimmt jedoch nicht, aber wenn ich ihn darum bitte, in der Liste nachsehen zu dürfen, ist er beleidigt, und beim nächsten Mal ist alles noch viel schwieriger.«

»Ich habe meine Arbeitskollegin Sigrid Haydn beobachtet«, hatte ich weitererzählt. »Ich habe sie beobachtet, während sie zum Tresen des Portiers geht, da werden ein paar Worte gewechselt, und schwupp, gleiten die Schlüssel in ihre Tasche.« Sigrid hatte sich erboten zu helfen. Sie hatte eine Arbeitsteilung vorgeschlagen, dahingehend, dass sie die Schlüssel jeden Tag abholte, aber das war ja keine Lösung. Sigrid sagte: Warum können die Dinge nicht gut und einfach sein? Das ist ja mein Reden, erwiderte ich. Wenn ich bestimmen dürfte, dann wären die Dinge gut und einfach. Ob der Portier Champagner mag? Champagner macht alle Menschen fröhlich.

Frau Berger machte keine Pausen und hörte nicht zu. Wenn ich mal einen Moment schwieg, stand sie sofort auf. So auch damals. Sie sprang verdächtig behende von ihrem Stuhl hoch (wie krank war ihre Hüfte eigentlich?), wedelte heftig mit der Hand in Richtung Tür und beschleunigte die Schritte. »So«, hatte sie gesagt, »so hätte das aussehen müssen. Wenn eine Person sagt ›ich rette den Meister‹, wie sie laut Manuskript tatsächlich zu sagen hat, dann muss sie mit ihrem ganzen Körper zeigen, dass sie loseilt, um ihr Vorhaben auszuführen. Aber die Schauspieler lesen natürlich nur einen kleinen Teil des Textes. Sie lernen nichts weiter als die eigenen Repliken und dann das letzte vorherige Wort des Gegenspielers, damit sie wissen, wann ihr Einsatz kommt. Sie lernen lediglich die eigenen Repliken und können deshalb nicht begreifen, was sie sagen und sagen sollen.«

Frau Berger hatte die Hand in Richtung Tür geführt. »Schauspieler sind so dumm. Aber Christiane Hörbiger hatte etwas begriffen, als sie die Frau des Meisters spielte. Unter all den vielen gibt es immer jemanden, der begreift. Ihr war klar, was der Autor meinte, als er die Frau des Meisters zu dessen Geliebten sagen lässt ›ich bin einmal aufgewacht und da war mir, wie wenn Sie leise weinten‹. Frau Hörbiger erkannte den Spott hinter den besorgten Worten. Deshalb hob sie am Ende des Satzes die Stimme, gleichsam wie bei einer Frage, damit man ihr nicht vorwerfen könnte, sie behaupte etwas, sondern sie hatte ja nur ganz unschuldig gefragt. Ihre Rolle war wie ein zweischneidiges Schwert.« »Genau wie der Portier und Alex Hauptmann«, hatte ich ausgerufen. Da waren wir Freunde geworden. Frau Berger war herumgewuselt, hatte gezeigt, wie richtig Frau Hörbiger alles gemacht hatte.

Meine Gedanken wurden unterbrochen, als durch den Nebel erneut ein Geräusch zu hören war. Ich versuchte auszumachen, aus welcher Richtung das Fahrzeug diesmal käme. Es war unmöglich. Ich drehte mich hin und her und lauschte. Erst dachte ich »von dort« und ging auf die andere Straßenseite. Dann dachte ich »doch von drüben« und kehrte rasch zurück, ich hatte keine Lust, meine teuren Stiefel ein zweites Mal ins Wasser zu setzen. Dann plötzlich waren aus geringer Entfernung ein Bremsgeräusch und das Quietschen von Reifen zu hören, dazu ein ziemlich starker Aufprall. Ich konnte deutlich erkennen, dass die Geräusche tatsächlich von hinten kamen und dass meine ursprüngliche Annahme richtig gewesen war. Ich hockte mich in den Graben, von wo ich mir einen Eindruck vom Geschehen verschaffen und den Radfahrer beobachten konnte, der auf dem Boden lag und über seinen Sturz fluchte. Auf der nassen Straße waren kreuz und quer grüne, orange und braune Dinge verstreut. Um was es sich handeln mochte, wusste ich nicht, die Konturen waren nicht zu erkennen. Zu meinem Verdruss klingelte mein Handy. Ich versuchte die Hand auf den Apparat zu pressen, aber während ich ihn hervorholte, verstärkte sich natürlich das Klingelgeräusch. Ich drückte den grünen Knopf, obwohl ich keineswegs gezwungen war, im Gegenteil, ich hätte das Handy durchaus ganz abschalten können. Ich erkannte meinen Fehler zu spät. Dass die Finnland-Menschen aber auch immer so absolut schamlos am Telefon krähen mussten: Bist du es? Hallo, hallo.

Während ich Tuulikki zuhörte, musste ich sofort an ein Theaterstück oder einen Film denken: die Hauptdarstellerin sitzt lässig mit halbem Hintern auf einem Stuhl, sie ist voluminös und trägt bunte Sachen. Finnland-Mensch Tuulikki, die sich nach dem sogenannten Verschwinden meiner sogenannten Mutter zu meiner Patentante aufgeschwungen und erklärt hatte, beginnt ihren Redeschwall, ist entspannt und in jeder Hinsicht überströmend. Sie fließt gleichsam nach allen Seiten, aus ihr fließen all ihre Gefühle, ihre Lebensfreude, ihre Kreativität, ihre Energie und ihre Zufriedenheit, sie fließt in jede Richtung wie schweres und lebendiges Wasser. »Wie hat's dir gefallen?«, Finnland-Tuulikki, die den größten Teil ihrer Zeit in Südfrankreich verbrachte, setzte stets mitten in der Szene ein, so als hätten wir schon mehrere Minuten am Telefon miteinander gesprochen und sie brauchte nicht erst die Situation zu checken. Was hätte ich sonst darauf sagen sollen als: »wirklich toll.« Obwohl ich gar nicht wusste, wovon sie sprach. Sie wollte wissen: »Welches der Teile?«

Der Teile?

»Wo bist du? Warum musst du flüstern?«

Das orange-braune Bündel hatte angefangen sich zu bewegen. Der Radfahrer hatte meine Anwesenheit bemerkt und rief in meine Richtung:

»Ist dort jemand? Sind Sie verletzt?«

Im Allgemeinen klingelte mein Handy wochenlang überhaupt nicht, und jetzt hatte ein *Unbekannter Anruf* meinen Aufenthaltsort verraten.

»Hallo, hallo?«, tönte es aus dem Apparat. »Ist dort jemand? Ich rufe an, um mich nach dem Paket zu erkundigen. Es war teuer.«

Das Paket.

»Hei! Bist du noch da?«

Klar hatte ich das Paket bekommen. Schon die dritte Woche lag es in der Küche, zwischen Heizkörper und Kühlschrank.

»Wer ruft denn dort im Hintergrund? Wo bist du eigentlich?«

Ja eben. Wo war ich eigentlich? Es dauerte eine Weile, aber dann erkannte ich deutlich das blaugraue Haus und davor das Schild, das die Passanten darauf aufmerksam machte: »Diese Hausecke ist kein Hunde-WC«. Die berechtigte, aber völlig wirkungslose Wut des Hausbesitzers war bemitleidenswert, denn gerade als Hundetoilette wurde sein Grundstück häufig benutzt, ohne dass er etwas dagegen tun konnte. Ich befand mich etwa auf der Hälfte der Strecke, auf der letzten Geraden vor dem Einkaufszentrum. Der Radfahrer stand auf. Er rief in den Nebel, schüttelte die Faust. Schließlich gelang es ihm, seine verschiedenfarbigen Gegenstände aufzusammeln, und er setzte seinen Weg fort, schob aber seinen Drahtesel, an dem anscheinend irgendetwas verbogen war.

»Hei!«

»Ja, es kam vor ein paar Tagen, danke vielmals.«

»Gut! Und?«

»Ich hatte noch gar nicht richtig Zeit…«

Ich stand auf und trat wieder auf die Straße. Der Radfahrer hätte sich gar nicht aufzuregen brauchen. Wenn ich mich nicht sehr irrte, war im Einkaufszentrum letzte Woche eine neue Fahrradwerkstatt eröffnet worden. Das hatte mich gefreut, ich mochte nämlich leerstehende Geschäftsräume überhaupt nicht, wenn man von der Straße her Einblick hatte. Sie waren gespenstisch. Furchterregend. Ich zog meine Sachen zurecht, schüttelte ein paar Grashalme ab. Meine Hosenbeine waren am Saum ein wenig feucht geworden.

»Die Familie des Österreichers kommt heute. Habe ich das nicht erzählt? Ich mache einen Schweinsbraten.«

Die Stiefel schienen in Ordnung zu sein.

»Des Österreichers?«

»Ja. Ich bin gerade auf dem Weg zum Einkaufen. Einen schönen Feiertag!«

»Um diese Zeit? Wie viel Uhr ist es dort überhaupt? Zu dieser Stunde bist du ja normalerweise noch gar nicht wach.«

Toll. Touché. Erstaunlich, wie manche Menschen es fertig brachten, Jahrzehnte lang mit der Welt zu kämpfen, so als wären sie selbst kein Teil davon. Und eine Situation wieder mal genau wie im Kino. Denn es war doch verrückt, man schaute hin, und, obwohl man natürlich wusste, dass die *Titanic* (auch bei diesem dritten Besuch, oder war es schon der vierte?) sinken würde, dass Rhett Butlers Geduld tatsächlich irgendwann endete und dass der Tyrann nicht mal in den letzten Augenblicken des Zweiten Weltkriegs zur Vernunft kam, wünschte man es sich irgendwie. Man suchte nach einem Punkt, ab dem alles anders hätte laufen können. Ich lachte über meine eigene Dummheit. Ich sagte, dass ich später zurückrufen würde und schaltete das Handy aus.

Auf dem Vorplatz des *Donauzentrums* wurde mir schnell klar, warum auf der sonst so stillen Straße so viel Verkehr geherrscht hatte. Ich wich den Menschenmassen aus, indem ich flink wie ein Reh über die benachbarte Baustelle lief und wurde nicht erwischt, auch das ein Zeichen dafür, dass der Schweinsbraten ganz großartig gelingen würde. Aber kaum hatte ich meine eigene wie auch Frau Bergers Einkaufsliste gezückt und in der Halle des *Eurospar* eine Münze in den Wagen gesteckt, als mich auch schon irgendein Drängler beiseite schubste, als wäre ich ein störendes Tier. Ich erschrak, und bei meinem Versuch auszuweichen kam es zu Folgeschäden. Gerade so passieren auf der Autobahn Massenkarambolagen. Dies war genau die Art, wie überflüssigerweise das Leben von Menschen gefährdet wurde, die ganz normal und unter Einhaltung der Verkehrsregeln Auto fuhren. Tötet euch selbst! Mir doch egal. Aber lasst uns andere um Himmels willen in Ruhe. Ich sah dem Hektiker kopfschüttelnd ins Gesicht und zeigte auf den Mann vor mir, der einen Kinderwagen schob, gegen den ich in meinem Schrecken gestoßen war. Auch dieser Mann war wütend. Er sah aus wie jemand, der geduldig darauf wartete, dass ihm das Leben den ersten Anlass zum Lächeln bot. Der Drängler wiederum, der eigentliche Verursacher des Problems, verzog sich, als der wütende Mann Nummer zwei mich anschrie:

»Was fällt Ihnen eigentlich ein?«

Der Mann Nummer zwei hatte einen auffallend buschigen Schnauzbart, er trug einen teuer aussehenden Anzug aus glänzendem grauen Stoff, und bei näherem Betrachten sah er genauso aus wie Tom Selleck. Ich entschuldigte mich für meinen Anteil an dieser bedauerlichen Kette von Zusammenstößen. Ich stellte klar, dass ich nicht die einzige Schuldige war. Vielleicht nicht mal zur Hälfte. Wenn und falls es in der Halle eine Videoüberwachung gäbe, bekäme man von den Kameras die richtigen Informationen, ich war zum Werkzeug des eigentlichen Verursachers des Unglücks geworden, *und Sie können mir glauben, dass diese blinde Rempelei in keiner Weise mein eigener Wille oder meine Absicht gewesen ist.* Tom schnaubte nur. Er versuchte Windelpackungen im Wagen zu stapeln. Sein Kind könne die Sache bezeugen. Zum Zeichen der Versöhnung streckte ich meine Hand aus. Das Kind im Wagen sang und greinte abwechselnd. Es wollte irgendetwas, aber mir war nicht klar, was. Ich sagte zu Tom, dass sein Kind ein Anliegen habe. Toms Blick schweifte von meinem Gesicht zu den Füßen und dann wieder zu meinen Augen. Ich war froh, dass ich doch noch die neuen Lederstiefel mit den hohen Absätzen angezogen hatte. Meine Stimmung wurde milder. Ich straffte den Rücken ein wenig. Ich winkte dem Kind zu, ob nun Junge oder Mädchen, und bückte mich, um den winzigen Babyschuh aufzuheben, den es abgestreift hatte, aber Tom untersuchte den Zustand des Wagens und bemerkte meine Geste nicht, obwohl ich mich mit ausgestreckter Hand zu ihm umwandte, um ihm den Schuh seines Kindes zu reichen. Ich räusperte mich. Keine Antwort. *Soll ich ihn an der Schulter stupsen?* Der Junge (aufgrund des kräftigen Kinns und des runden Kopfes hatte ich entschieden, dass es sich um einen Jungen handelte) hielt einen rotweißen Lutscher in der Hand, an dem er nach dem Zusammenprall wieder andächtig leckte. Die österreichischen Farben. Ich drohte ihm mit dem Zeigefinger, spaßhaft und doch auch im Ernst. Dafür gab es einen triftigen Grund. Ich habe Lutscher nie ausstehen können. Nicht mal als Kind. Man kann sich damit die Zunge aufschneiden. Man kann daran ersticken, gerade bei solchen Zusammenstößen, Unachtsamkeiten, Unfällen. Tom sah gut aus, für den Vater eines so kleinen Kindes wirkte er recht alt. Aber in den besten Jahren, nicht zu jung, nicht zu alt, er war insgesamt schlanker und hatte weniger Falten als der Österreicher, was nicht heißen sollte, dass ich die Falten des Österreichers nicht mochte, sollte er sie ruhig haben. Aber warum schenkte mir Tom keinerlei Beachtung? Ich war ja ebenfalls noch nicht uralt. Ich nahm das seidene Kopftuch ab, das ich zu Ostern von Sigrid Haydn geschenkt bekommen hatte.

»Passen Sie künftig besser auf«, sagte Tom, drehte sich um und eilte mit seinem Kinderwagen davon.

Während all meiner Österreich-Jahre hatte ich hier noch nie jemanden Knäckebrot essen sehen. Trotzdem wurde es im Handel angeboten. Knäckebrot war der nächste Posten auf meiner Einkaufsliste, sodass ich Toilettenpapier durchstrich und Kurs auf das Brotregal nahm. Das Knäckebrot befand sich jedoch nicht mehr dort, wo es noch vor ein paar Tagen gewesen war. Ich versuchte mich zu konzentrieren, vernünftig zu denken, aber ich hatte den Eindruck, dass die Leuchtröhren des Einkaufszentrums irgendetwas Eigenartiges an sich hatten. Jedes, wirklich jedes Mal, wenn ich den Supermarkt betrat, büßte ich mein Denkvermögen ein. Ich sah mich gezwungen, kehrt zu machen. Ich hatte die zweitteuerste Variante von Toilettenpapier gewählt, wegen der Gäste. Diese Kleinigkeiten waren für ihr Wohlbefinden und das Gelingen des Festes stets mit entscheidend, das wusste ich von mir selbst. So waren die Menschen nun mal, und ich war ein Mensch. Gerade mit gelungenen Details wurden die wichtigsten Dinge kommuniziert. Ein Restaurant, in dessen Damentoilette es Tampons in einer kleinen hübschen Schachtel gab, erntete von mir immer besondere Anerkennung, seinem Personal verzieh ich viele Fehler, und ich empfahl das Lokal weiter – aber jetzt war ich mir gar nicht mehr sicher. Der Vergleich der Papierrollen war mit Zunahme der Sorten und Packungsgrößen schwierig geworden. Nicht mal mehr blind tastend ließ sich ohne weiteres durch die Folie hindurch erkennen, welche Sorte die dicksten Rollen hatte. Wenn mir jemand in der sogenannten »Schulzeit« hätte erklären können, dass die Berechnung der Funktionswerte gerade solchen Zwecken diente, wäre ich Mathematikerin geworden. Mathematiker hatten bestimmt immer Arbeit, und sie brauchten sich nicht jeden Tag mit dem Portier zu streiten. Aber von Lehrern kann man natürlich nicht neben allem anderen auch noch pädagogische Fähigkeiten verlangen. Man müsste jeweils zwei von ihnen in die Klassen stellen, so wie in unserem Bildungszentrum. Einen, der das Wissen hatte und einen, der es erklären konnte. Ich kam zu keinem rechten Ergebnis, und im Laden herrschte auf einmal großer Lärm. Meine Ohren dröhnten. Die Leuchtröhren waren störend hell. Ich hasste Einkäufe. Für gewöhnlich überließ ich sie dem Österreicher. Ich bedeckte für einen Moment mein Gesicht mit dem Tuch aus reiner Seide, das ich von meiner Arbeitskollegin Sigrid Haydn bekommen hatte, und bemerkte dabei, dass es dringend gewaschen werden musste. Ich atmete ein paar mal tief durch. Das änderte nichts an der Tatsache: Knäckebrot musste her. Ich begriff, dass ich damit vielleicht allein nicht klarkommen würde. Allerdings beschloss ich ganz umsonst, Rat zu suchen. Ein Angestellter ohne Sprachkenntnisse, Neu-Europäer vom Balkan oder von anderswo, machte mich mit seinem Schweigen nervös und nahm meine Frage nicht ernst. Es fielen ein paar böse Worte. Er machte einfach auf dem Absatz kehrt und ging. Was plagte all die Leute heute eigentlich? Und warum lag das Knäckebrot nicht mehr hier? Was dachten die sich dabei?

Dann kam mir aber doch irgendein Chef zu Hilfe. Er roch aus dem Mund, aber er verstand meine Frage. Er stand ungewöhnlich dicht neben mir, fasste mich bei der Schulter und drehte mich um.

»Hier sind Kekse und Zwieback, gute Frau. Und gleich daneben das Knäckebrot.«

Da war es tatsächlich, mit schwedischer Lizenz in einer deutschen Fabrik hergestelltes, nach Österreich importiertes Knäckebrot. Ich hatte meinem Helfer mindestens ebenso Unrecht getan wie Frau Berger den Türken, es war ja nicht seine Schuld, dass die Dinge auf der Welt so verworren waren. Ich wollte Frieden zwischen uns, rang mir einen Witz ab und sagte: dieses Brot ist ein bisschen so wie ich, wenn auch mehr aus dem Westen. Das war für den Mann vom Supermarkt eindeutig zu hoch. Ich seufzte. Dann fragte ich, warum das Knäckebrot nicht bei dem anderen Brot lag. Anzunehmen, dass das in sein Interessengebiet fiel. Zur Begründung sagte ich, dass Knäckebrot so wie Brot sei, nur trocken. Er aber hielt es mehr für Zwieback, eine bessere Antwort wusste er nicht. War er überhaupt ein Chef? Ich fragte, wo sein Vorgesetzter war. Kaffeetrinken, sagte er.

»Wissen Sie was?«, sagte ich, »ob Sie es glauben oder nicht, aber hier liegt der Grund, warum Finnland die *Pisa-Studien* gewinnt und Österreich sie verliert.«

»Bitte sehr«, sagte er.

»Wissen Sie, was die Pisa-Studie ist? Haben Sie Kinder?«

»Bitte sehr«, sagte er erneut und ging.

Ich hielt immer noch den Schuh von Tom Sellecks Sohn in der Hand.

Wer von hinten kommt, hat eindeutig Unrecht. Das bloße Hintensein und Vonhintenkommen reichen als Begründung dafür. Jeder, der die Fahrschule absolviert hat, kennt diese einfachste Faustregel beim Autofahren. Es braucht gar nicht weiter diskutiert zu werden, wenn erst mal geklärt ist, wer hinten und wer vorn war, schon unterwegs, schon in Fahrt. Aber ich wollte keine große Nummer daraus machen. Es war höchste Zeit, dass ich lernte, einen anständigen österreichischen

Schweinsbraten zuzubereiten, wo ich jetzt schon so lange im Land war. *Du wirst sehen*, dachte ich und sah den Österreicher vor mir, er blickte zufrieden, stolz und froh. *Sehr geehrter Herr Fidler.* Zuallererst musste jetzt der Fall Maggikraut geklärt werden. Die Knödel könnte ich fertig kaufen, niemand würde den Unterschied merken. Für das Sauerkraut würden die vom Lande kommenden Gäste sorgen. So war es klipp und klar vereinbart. Ich legte den Kinderschuh ins Regal auf die Cracker. *Auch deine Mutter wird staunen.*

»Stop! Komm nicht rein. Auf keinen Fall!«

Stop. Na gut. Und die schweren Taschen? Durfte ich mich wenigstens bewegen? Ich stellte die Plastiktüten vorsichtig rechts und links neben mir ab, eine von ihnen kippte um, und Tomaten und Orangen kullerten heraus wie Bälle. Und Bälle waren die Tomaten und Orangen ja eigentlich auch.

»Halt!«

Der Österreicher kam mir in den Flur entgegen. Ein Feuer? Wasserschaden? Irgendein Tier? Ich baute auf den Österreicher in Notfällen, und womöglich war ein solcher Fall eingetreten. Gas? Ein leckender Herd? In Notfällen sollte man nicht fragen, sondern handeln, fragen war nervend, überflüssig und dumm. Wer hätte es gedacht, auch Scharlach muss der Gesundheitsbehörde gemeldet werden, damit sie dann tun kann, was sie vertraglich zu tun verpflichtet ist. Sämtliche Handbücher für Erste Hilfe waren voller guter Ratschläge, die man nicht befolgen durfte, wenn man die Maßnahmen nicht geübt hatte. Ja, was also? Durfte man oder durfte man nicht? Sollte man oder sollte man nicht? In jedem Erste-Hilfe-Buch, auch in jenen, die wir zu Hause hatten, stand gleich zu Beginn, dass man keine künstliche Beatmung durchführen soll, wenn man es nicht gelernt hat. Dass man viel Schaden anrichten kann, wenn man jemanden künstlich beatmet und es nicht beherrscht. Dass man unbedingt einen Kurs besuchen soll. Der Besuch ist freiwillig, aber empfehlenswert und gerade deshalb wichtig. Wegen des Trainings. Warnende Worte. Ich glaubte sie. Nun, und dann? In beiden Erste-Hilfe-Büchern, die ich gelesen hatte, folgten gleich nach der Titelseite die Anleitungen, wie man künstlich beatmete und Herzmassage praktizierte. Bei Erwachsenen anders als bei Kindern oder Babys. Und zum Schluss der warnende Hinweis, dass derjenige, der nicht half, also keine künstliche Beatmung oder Herzmassage durchführte, sich strafbar machte. Strafbar! Ja, was nun? Man musste quasi den anderen beatmen und sein Herz massieren und behaupten, man habe geglaubt, es zu können. Und hinter seiner Behauptung stehen. Denn wenn man bei den Hilfsmaßnahmen einen Schaden verursachte, den anderen tötete, versehentlich schädigte, konnte man sich damit trösten, dass auch die andere Alternative eine Straftat gewesen wäre. Immerhin konnte man sagen, dass man sein Möglichstes getan hatte, und das sollte doch etwas bedeuten. Man hatte einen Menschen künstlich beatmet, obwohl man sich geekelt hatte. In diesem Falle konnte man sich dadurch behelfen, dass man ein Taschentuch auf die Nase des Opfers legte und hindurchblies, Hauptsache, man beatmete, hieß es in dem Handbuch. Und wenn man sogar dazu außerstande war, weil dem Opfer Schaum oder etwas Ähnliches aus dem Mund kam, konnte man wenigstens das Herz massieren, rhythmisch pressen und auf professionelle Hilfe warten. So stand es in dem Handbuch, in dem alle Notsituationen aufgezählt waren, von Autounfällen über Stromschläge bis hin zu ansteckenden Kinderkrankheiten und zu Parasiten. Draußen vor unserem Haus hatte ich keine Einsatzfahrzeuge oder entsprechendes Personal gesehen. Ich hatte dennoch die Worte des Österreichers verstanden. Stop. Ich stellte also keine Fragen, sondern ließ ihn befehlen. Ich war sofort stehen geblieben, war erstarrt, steifer als ein Denkmal. Niemand könnte behaupten, dass ich nicht flexibel wäre. So müssen sich jene Leute fühlen, die ihr Geld damit verdienen, als Skulpturen in den Innenstädten herumzustehen. Manche von ihnen haben sich von oben bis unten silbern angemalt. Kann das gesund sein? Franz eilte mir entgegen, entspannt lächelnd, abwechselnd die Hand ausstreckend und Türen hinter sich schließend.

»Hier wartet eine große Überraschung.«

Bei einem Kleinkind, so hieß es, sollte man Mund und Nase mit dem eigenen Mund verschließen und vorsichtig pusten. Herzmassage war nur mit zwei Fingern erlaubt. Zu diesem Zweck zog man auf Höhe der

Schultern eine gedachte gerade Linie und ging von dort dann zwei Finger breit (das wechselt!) nach unten. Dabei musste man Obacht geben, dass man die inneren Organe nicht zerquetschte. Beim Erwachsenen kam es nicht so drauf an, denn was war schlimmer, eine gebrochene Rippe oder der Tod? Eine Frage, die leicht zu beantworten war. Franz nahm mir den Rucksack vom Rücken, hob die Sachen vom Fußboden auf und gab mir den ersten Morgenkuss. Ich wischte mir mit einem Papiertaschentuch die Stirn. Er nahm auch das Taschentuch an sich und verschwand mit den Sachen in der Küche. Er war immer noch im Pyjama, seine Füße steckten in dicken Pantoffeln. Kaffeeduft zog bis in den Flur. Warum lief Franz im Pyjama herum?

»Warte dort!«, rief er aus der Küche.

Ich nahm meine grüne Strickjacke vom Garderobenhaken und zog sie an. Jetzt würde ich mich wenigstens nicht erkälten, denn das konnte ich mir nicht leisten. Erst zum Montag, wenn das Fest vorbei und die Gäste wieder abgereist wären. Allerdings würde das nicht passieren. Ich war noch nie zum Montag krank geworden. Egal, wie heftig eine Krankheit bei mir zuschlug, bis zum Sonntag Abend war ich, ungelogen, wieder kerngesund, und an meinem Befinden war nichts mehr auszusetzen. Der Österreicher kam zurück.

»… aber du bist ja ganz verschwitzt. Warum hast du nicht das Auto genommen?«, fragte er verwundert, als er meinen klatschnassen, jetzt kalten Rücken streichelte. Von oben nach unten und noch mal und noch mal. Das Auto genommen? Ich nahm nie das Auto. Ich bat ihn aufzuhören.

»Alles geht gut. Du wirst sehen. Du bist nur ein bisschen aufgeregt. Das ist ganz natürlich«, sagte er.

Ich und aufgeregt? Ich war nur ein bisschen aufgeregt? Er selber sprang herum wie ein aufgescheuchter Hase. Hatte er wenigstens die Einkäufe ausgepackt, nachgesehen, ob etwas davon in den Kühlschrank musste? Der Österreicher pflegte, während er sprach oder wir uns unterhielten, wie ein Gummiband zu agieren, zu kommen, zu gehen, dabei zu reden, Fächer zu öffnen, im Kühlschrank zu wühlen, die Schuhe aus dem Flur in den Schrank zu räumen. Ich brauchte nur den Mund aufzumachen, wenn ich ihn in Bewegung setzen wollte, was manchmal sehr praktisch war, aber manchmal war das Ganze nur schwer zu durchschauen.

»Wo haben wir …, hier!«

Der Österreicher griff nach Sigrid Haydns reinseidenem Geschenk, das ich um den Hals trug. *Entschuldige, aber ich finde, dein Mantel braucht ein wenig Farbe,* hatte Sigrid gesagt. Es war der erste milde Frühlingsmorgen gewesen, und wir hatten zusammen mit den anderen im Büro Kaffee getrunken. So wie immer hatte Sigrid auch an diesem Tag frische Butter und Brot mitgebracht und dafür Lob eingeheimst. *Nehmt euch, so viel ihr wollt,* hatte sie wie gewohnt gesagt und Dank geerntet. Ich hatte lachend gesagt, dass die Ehefrauen von Männern im Ölgeschäft eigentlich ohne Lohn arbeiten müssten. Jetzt verband mir der Österreicher mit Sigrids Tuch die Augen.

»Die Eier und die Milch«, sagte ich, »sie müssen in den Kühlschrank.«

»Nicht bei uns«, lachte Franz.

»Was hast du eigentlich vor?«

»Einen Moment noch, deine Haare …, so! Drückt es irgendwo? Nein? Gut.«

Das Tuch war so fest gebunden, dass es mir unmöglich war, die Augen zu öffnen. Nur die Wimpern flatterten und begannen zu kitzeln. Der Österreicher fasste mich bei der Hand und zog mich entschlossen vorwärts. Ich bremste, aber er dachte nicht daran, nachzugeben.

»Hab keine Angst«, sagte er.

Ich machte einen Schritt. Dann einen zweiten. Und noch einen. Ich stieß mit dem Knie gegen die Ecke des Flurtisches, aber es tat nicht weh. Mein Aufschrei rührte mehr von dem Schreck. Waren wir schon am Ende des Flurs, war der nur so kurz? Mir kam er immer sehr lang vor, wie ein Tunnel. Der lange Flur hatte sogar meine Entscheidung beeinflusst, als wir seinerzeit auf der Suche nach einem gemeinsamen Heim all die unzähligen nichtssagenden Wohnungen besichtigt hatten.

»Wird es lange dauern?«

»Du musst keine Angst haben. Ich kümmere mich um dich«, versicherte Franz und strich über mein Knie.

Die Hände des Österreichers waren immer feucht, wenn er mich berührte, und auch sonst. Seine Hände hinterließen Spuren auf metallischen Gegenständen. An seinen Fingern hafteten Marmelade und Honig, die ich dann von der Kühlschranktür und den Tischplatten, von den

Radioknöpfen und den Lichtschaltern abwischen durfte. Bevor ich ihn kennen lernte, hatte ich geglaubt, dass dergleichen nur bei Familien mit Kindern vorkam. Mein Fuß traf auf etwas Weiches, einen Schuh vermutlich, wir waren ja immer noch im Flur. Ein eigenartiges Gefühl, blind in seinem eigenen Flur zu stehen. Es musste ziemlich blöd wirken. Wenn jemand ein Foto von der Szene machen würde, könnte ein Unbekannter schwerlich, ja unmöglich erkennen, worum es sich handelte. Eine Feier? Aber wo waren in dem Falle alle anderen Teilnehmer? Und warum war dann der Raum noch so unaufgeräumt? Ich wankte, versuchte mich an der Wand abzustützen, die ich tatsächlich bald mit den Händen tastete. Der Österreicher führte meine Hände an die Lippen und küsste meine Finger, einen nach dem anderen. Er geleitete mich zur Treppe, die ins Obergeschoss führte, drückte mich auf eine Stufe nieder, sagte: bleib einen Augenblick sitzen, ich komme ganz schnell zurück, und legte meine Hände aufs Geländer. »Halt dich hier fest, beweg dich nicht«, sagte er.

Vor dem *Eurospar* waren zahlreiche Hunde angeleint gewesen. Nur einer hatte einen Maulkorb gehabt, die anderen hatten gebellt oder gejault. Ich hatte einen großen Bogen um sie gemacht. Ich machte stets einen großen Bogen um Hunde. Sie waren plump, unberechenbar und schmutzig. Hunde waren nicht im Mindesten geradlinig. Sie gelangten niemals direkt an ihr Ziel, sondern mussten unbedingt jedes Mal überflüssige Umwege machen. Gab es überhaupt kompliziertere Wesen als Hunde? Ihre Besitzer wussten sehr wohl, wie es wirkte, wenn sie, wie es so schön hieß, ihre Hunde ausführten, aber es kümmerte sie nicht. Sie sagten: »Ich führe den Hund aus.« In Wahrheit wussten sowohl sie als auch ihr Hund, dass es genau umgekehrt war. In Wahrheit führten die Hunde ihre Herrchen aus und nicht die Herrchen ihren Hund. Alle wussten es, und niemand störte sich daran. Die Hunde kackten öffentlich auf öffentliche Plätze, fraßen und verlangten Auslauf zu unmöglichen Uhrzeiten. Die Menschen brauchten die Hunde, um rauszugehen. Der Freilichtaufenthalt des Menschen war abhängig von diesen Tieren. Ich zählte von eins bis zwanzig und zurück, die angenehmste Zahl aufwärts war die 14, abwärts war es die 8, ich befühlte das unebene Geländer, wusste gar nicht mehr, welche Farbe es hatte. Grün? Braun? Meine Hände juckten. Ich hätte auch Handcreme kaufen sollen, musste mir unbedingt angewöhnen, beim Putzen Handschuhe zu tragen. Vom Kiesweg jenseits der Hecke drangen Stimmen an mein eines Ohr, an mein anderes das Summen des Heizkessels unten im Keller. Der Österreicher glaubte, dass der Heizkessel einen Defekt hatte, obwohl ich ihn nur ab und zu zwischendurch ausschaltete. Wäre ich lieber blind oder taub, wenn ich gezwungen wäre zu wählen? Wahrscheinlich lieber taub. Heute hatte ich eigentlich noch nichts gehört, auf das ich nicht anstandslos hätte verzichten können. Niemand hatte etwas zu mir gesagt, das mir wirklichen Nutzen geschweige denn Freude gebracht hätte. Ich rief nach dem Österreicher. Wo blieb er eigentlich? Die Blinde zu spielen war vielleicht ganz nützlich, aber alles hatte seine Grenzen. Dann kam er zurück. Hatte dieses Spiel wirklich einen Sinn und Zweck? Ich erinnerte ihn daran, dass das Schwein noch nicht im Ofen war. Darauf sagte er, dass wir ganz bestimmt alles gut schaffen würden. Er entschuldigte sich, dass er mich hatte warten lassen und dass er nicht gleich gefunden hatte, was er suchte. Dann half er mir hoch und zog mich hinter sich her. Ich tastete nach Wänden, Möbeln, streckte die Hand nach dem Sofa aus. Zum Glück war ich nicht richtig blind, blind zu sein ist äußerst unangenehm und schwierig. Lieber taub als blind.

»Wo sind wir?«

Der Österreicher antwortete nicht, sondern drückte mich stattdessen auf einen Sitz. Ich hörte, wie Knöpfe bedient wurden, dann das Geräusch des Plattentellers im CD-Player, auf, zu. Anschließend begann Musik.

»Hier zunächst A«, sagte er.

Er wechselte die Scheibe und spielte dieselbe Stelle erneut.

»Und hier B.«

Ich wurde wirklich ungeduldig. Der Österreicher bat mich, mich zu konzentrieren und noch einen Moment zu gedulden. Wir näherten uns in großen Schritten dem Ziel.

»Noch einmal A.«

Ich fragte ihn, warum er immerzu dieselbe Stelle spielte, er möge die Scheibe ganz abspielen oder gar nicht. Komisches Theater. Er erkundigte sich, ob ich den Unterschied bei der Wiedergabe bemerkt hätte. Ja, hatte ich. Mühelos.

»Ich wusste es«, sagte er.

Er schien zufrieden. Er ließ die Scheibe weiterlaufen, schlang den Arm um mich und drückte mich. Milch. Honig. Der Österreicher roch nach süßer Milch. Mein Österreicher, den ich am liebsten gebissen hätte. Jetzt hatte ich wieder Spaß daran, mit dem Tuch über den Augen blind zu sein, die ersten hörenswerten Dinge des Tages zu hören und den Geruch des Österreichers zu spüren. Ich lehnte den Kopf an die Rücklehne des Sofas. Mein Nacken entspannte sich. Wie müde ich doch war. Gut möglich, dass das Lutscherkind gar nicht Toms eigenes gewesen war. Vielleicht war er deshalb so gereizt gewesen? Und vielleicht war das Kind doch ein Mädchen? Woher sollte ich das wissen. Salmonellen und bakterielle Meningitis waren Krankheiten, die unverzüglich den Gesundheitsbehörden gemeldet werden mussten. Ich war weder an der einen noch an der anderen je erkrankt. Die Menschen bildeten sich zu oft ein, sicher zu sein, weil sie glaubten, etwas davon zu verstehen, was um sie herum geschah. Ich kuschelte mich enger an den Österreicher. Ob ich mich wohl hier ein wenig ausruhen könnte?

Ich fuhr auf, als der Österreicher sich zurechtsetzte.

Und das Geschenk?

»Was meinst du?«

Der Österreicher foppte mich. Er versicherte, dass ich mich als kleine Entschädigung durchaus einen Moment erholen könnte, hatte ich doch schon den ganzen Morgen gerackert. Er wollte also meine Spannung bewahren? Für ein dreijähriges Kind war es äußerst wichtig, warten zu lernen, aber über dieses Alter war ich längst hinaus. Ich sagte, dass ich auch noch duschen müsste. Und eine Menge Entscheidungen waren zu treffen. Eine davon betraf die Kleidung. Wie viele Sachen man doch brauchte! Wo immer man hingehen wollte, zum Sommerfest des Betriebes, zu einer Hochzeit oder Beerdigung oder zum Sport, man brauchte ganz enorme Mengen passender Garderobe. Rückblickend fand ich es gut, dass der Österreicher mich so oft zwang, Kleider zu kaufen. Auf der CD schwoll die Musik extrem aggressiv an. Ich bat den Österreicher, den Ton leiser zu stellen. Ich war blind, nicht taub, sondern blind. Ich versuchte das Sigrid-Tuch von den Augen zu ziehen, aber es klappte nicht. Nur die Haare ziepten unangenehm an den Schläfen. Auf diese Weise wurden früher die Schüler gezüchtigt. Kein Wunder, dass sie schließlich lernten. Wo war der Österreicher? Auf meine Frage bekam ich keine Antwort. Ich stand vom Sofa auf und stolperte, schlug mit dem einen Knie auf dem Fußboden auf. Gäbe das einen blauen Fleck? Ganz bestimmt gäbe es einen blauen Fleck, ich könnte keinen Rock anziehen, und das wäre die Schuld des Österreichers. Der Augenverband ließ sich endlich lockern. Das Zimmer war leer. Nein, nicht ganz, das Sofa war drinnen, dazu die Stereoanlage, eine riesige Menge CDs und Staub.

»Nun, was sagst du? Alles wird perfekt sein, wenn Mutter kommt.«

Der Österreicher erschien wieder, mit zwei Gläsern Sekt. Er stellte die Gläser auf einen der Plattenkartons, zog mich vom Fußboden zu sich heran, zunächst teilweise auf sich herauf, entschuldigte sich, machte mir mehr Platz, setzte sich, nach merkwürdigen Verrenkungen, besser zurecht und führte mir das Cover von Glenn Goulds Klavierinterpretation des Werkes *Die Kunst der Fuge* vor, die er für diese Feiertage gekauft und die seine Mutter noch nicht gehört hatte, an sich unglaublich. Woher stammten all diese CDs? Wer hatte uns solche Unmengen von CDs gekauft? Wer hörte sie sich an? Und wann?

»Nun?«, sagte er und reichte mir eines der Sektgläser.

Wir waren uns darin einig gewesen, dass wir das Wohnzimmer zum Esszimmer umfunktionieren müssten, wir passten nicht alle zusammen in die Küche, und irgendwo mussten wir ja essen. Aber ich würde nie und nimmer rechtzeitig alles putzen und herrichten können, nachdem der Österreicher da herumgewühlt hatte. Auf diese komplette Aufräumaktion war ich tatsächlich nicht gefasst. Ich hatte mich darauf eingestellt, Staub zu saugen, den Fußboden zu wischen, zu lüften und den Tisch aufzustellen. Aber jetzt war hier alles voller CDs, Staub, Zeugs. Herumwühlen, das konnte er. Und die bewusste bunte Kuh vom Couchtisch? Wo war sie? Es war eigentlich gar keine Kuh. Es war ein Kunstwerk und hatte mindestens achtzig Euro gekostet. Der Österreicher erklärte, dass er jedes Missverständnis mit seiner Mutter vermeiden wolle. Im übrigen wisse er gut, was »diese Kuh« gekostet habe, schließlich habe er sie mir selbst gekauft. Weiter sagte er, dass nicht alle so viel gereist und herumgekommen seien und so viel gesehen und so viele Sprachen gelernt hätten wie ich. Ich müsse verstehen, wie seine Familie derartige Dinge möglicherweise interpretiere.

Ich suchte nach einem Gegenbeispiel. Ich schloss die Augen. Dann sagte ich:

»Deine Schwester war ein Jahr in London.«

»In Rom. Ein halbes Jahr. Als Austauschschülerin. Im Jahre null. Ich bitte dich.«

»Ja, stimmt. Ein ganzes Halbjahr. Da muss doch irgendwas hängen bleiben. In manchen Kulturen ist die Kuh ein heiliges Tier.«

»Kulturen? Gütiger Gott, sie kommen vom Lande!«

Der Österreicher begann zu lachen. Er versuchte auch mich zum Lachen zu bringen. Aber mir war nicht danach. Ein rascher Rundgang durch die Wohnung ergab, dass all meine Gegenstände, die mit Kühen zu tun hatten, aus dem Untergeschoss verschwunden waren. Und die Plüschkühe und anderen Tiere im Schlafzimmer? Würden wenigstens sie bleiben dürfen?

Der Österreicher hob erstaunt die Brauen. Dies ist wichtig, dies hier. Sieh doch, diese Schnur, dieses Gerät und diese Interpretation. Jetzt war es entschieden. Das war mein Verdienst. Ich war aufmerksam, gut und verlässlich. Der Österreicher hatte mich den Unterschied zwischen dem neuen und dem alten CD-Player und den neuen und alten Boxenkabeln hören lassen. Ich hatte den Unterschied erkannt. Das war doch ganz eindeutig. Ich spürte, wie ich bis über beide Ohren errötete; kein Geschenk, sondern die Hörprobe. Das also war seine Überraschung gewesen. Er hatte für seine neue Stereoanlage die perfekte Ecke eines gleichseitigen Dreiecks gesucht und sie anscheinend gefunden. Dort hatte er das Sofa, das ich unter dem Hintern gehabt hatte, aufgestellt. Ich nahm das Cover in die Hand, betrachtete es und drehte es um. Beide Seiten waren mit demselben blauen Motiv bedruckt. Sollte das ein Vogel sein? Oder doch ein Mensch? *Die Kunst der Fuge.* Die Kunst. Die Scheibe würde den Nachmittag krönen, aber noch nicht während des Essens. Wenn wir speisten, würde der Österreicher natürlich nicht etwas so Anspruchsvolles spielen. Das wäre Vergeudung. Stattdessen hatte er an etwas Finnisches gedacht.

Wie ich mich schämte. Ich flüchtete vor seinen Frozzeleien in die Küche, suchte dort nach einem passenden Ort, an dem ich mich sammeln und wieder einkriegen konnte. Ich fand ihn nicht. Für einen Moment war alles leer, gleich. Ich starrte aus dem Küchenfenster hinaus in den Nebel, der keinerlei Konturen erkennen ließ. Eine dicke, kilometerweite, endlose, graue Masse. Schließlich ging ich ein paar Schritte geradeaus. Um etwas zu holen? Ich trank ein Glas Milch. Dann kehrte ich zurück. Ich sah die Post durch, die sich seit Tagen angesammelt hatte. Anschließend studierte ich noch einmal das Rezept von vorn bis hinten. Woher stammten all die CDs? Wer hörte sie eigentlich? Ich prüfte auf der Milchpackung die Angaben zum Fettgehalt und seufzte. Schon wieder derselbe Fehler! Irgendwann musste sich hier etwas ändern, warum also nicht jetzt. Ich holte die Einkaufsquittung des Supermarktes aus dem Portemonnaie, schaltete den Computer ein und suchte im Internet nach der richtigen Adresse. Ich schrieb: *Sehr geehrte Damen und Herren,* ich werde bei Ihnen nie wieder etwas kaufen! Ich hasse Sie und Ihre Waren. Enter.

Schweine sind sensible und intelligente Tiere. Sie benötigen ausreichend Platz, um sich gesund und kräftig zu entwickeln. Sortimentsliste. Das Schwein liefert Fleisch für fast jedes Gericht, so hieß es auf den Internetseiten des Supermarktes, als ich sie genauer durchblätterte. Schweinefleisch ist jedoch nicht so günstig wie man meinen könnte. Vor allem Biofleisch nicht. *Biologisches Schweinefleisch hat einen volleren Geschmack, der Geruch ist angenehm. Es behält in der Pfanne seine Form.* Das würde ich ja sehr bald feststellen. Österreich, das gelobte Land der Biolebensmittel, Vorbild für ganz Europa. Das Schwein lag vor mir am Tischrand auf seinem dünnen weißen Papierbett. War das Fleisch verdorben, oder war es wegen der feuchten Oberfläche so glitschig? Oder vielleicht sonderte es aus seinem Inneren Flüssigkeit ab? Konnte totes Fleisch gleichsam schwitzen? Keine Ahnung. Ich war von brennendem Nackenschmerz erwacht. Auf dem Bildschirm war die zuletzt geöffnete Seite aufgeflackert, als ich die Stirn vom Küchentisch hob und mit dem Ellenbogen gegen den Computer stieß. Der Satz *Sehr geehrter Herr Fidler* war unter meiner Wange zu einem schmetterlingsförmigen Fleck zerlaufen. Das machte nichts, ich kannte das Rezept auswendig. Einschneiden, wenden. Das war alles. Die Knochen wurden zerhackt und in der Pfanne geröstet. Für diesen Zweck müsste es eine gusseiserne sein, eine Teflonpfanne würde sicherlich zerspringen und das ganze Essen vergiften. Eingewickelt in ein weißes Geschirrtuch, hatte der Braten wie eine Leiche ausgesehen. Um ehrlich zu sein, sah er auch ohne das weiße Tuch noch so aus, und in Anbetracht dessen, dass ich ihn schon vor etlichen Stunden aus dem Kühlschrank genommen hatte, war er erstaunlich kalt. Ich beugte mich vor, um sehen zu können ..., in diesem Raum war es schrecklich dunkel. Sparsame Frau, hätte der Österreicher gesagt, wenn er jetzt hereingekommen wäre und mich hier im Dunkeln hätte hantieren sehen. Er sagte, dass es ihm gefiel, wenn ich so sparsam war. Gelegentlich stellte er mich sogar seinen Freunden so vor, als sein sparsames Mädchen. Dann lachten die Freunde natürlich, das hörte ich sehr wohl. Ich stand auf, knipste das Licht an, und schon ein rascher Blick verriet, dass das Fleisch keineswegs feucht war.

Ich schloss die Tür. Ich würde natürlich um keinen Preis darauf verzichten, das Schwein zuzubereiten. Am Gewürzschrank das Foto vom perfekten Schweinsbraten. War er übergossen worden? Ich drückte mit Zeigefinger und Daumen ins Fleisch. Die Delle verschwand langsam. Das Stück war genauso lang wie mein Unterarm, aber dicker. Sämtliche Leute in unserer Straße, in all den Häusern mit den gemütlichen Lichtern, und sogar der arme Kerl, dessen Grundstück zum Hundeklo geworden war, waren imstande, rohes Schweinefleisch ganz normal anzufassen, und natürlich war das Stück kalt. Es hatte schon seit gestern im Kühlschrank gelegen. Wenn ich einen ganzen Tag lang nackt im Kühlschrank läge, würde ich mich ganz sicher nicht in drei Stunden auf Zimmertemperatur erwärmen. ...Man *schneidet in den Speck etwa 2 x 2 cm große Vierecke ... man nimmt die Gewürze ... lediglich Salz und Kümmel...* Es war Fleisch, das zum Essen gedacht war. Ich würde den Knoblauch schälen und die Gewürze mischen, und wieder einmal konnte ich es nicht lassen, auf die elende Uhr zu starren. Die Uhr starrte zurück. Andererseits, wenn Lernen leicht wäre, wären alle Menschen Genies. Immer schön einen Schritt nach dem anderen. Ich muss das Essen machen, muss die Spuren der Zubereitung beseitigen, muss die Gäste empfangen, muss essen und mich verhalten, wie Menschen es tun. Auch alle anderen waren dazu imstande. Ich beherrschte fünf verschiedene Sprachen, hatte die sogenannten »Schulen« stets mit hervorragenden Ergebnissen abgeschlossen, sodass ich auch mit einem einfachen Kochrezept fertig werden würde. *Du bist du*, sagte Sigrid immer. *Vergiss das nie.* Damit hatte sie recht. Hoch mit den Ärmeln, lange genug hatte das Schwein auf dem Tisch gelegen und auf eine sachgemäße und angemessene Behandlung gewartet. Auf der Wanduhr war es kurz vor elf. Die Zeit war dahingerast bei all den überflüssigen Musikhöraktionen, und dauernd tauchten neue Fragen auf, die zu klären ich nicht schaffte. Sie kamen und kamen. Für diesen Zweck war die Kunst erfunden worden. Die Kunst war die einzige Alternative, alle hereinflutenden und ungeklärten Fragen zu einem Ganzen zu verknüpfen. Da war dann für alle genug Platz. Ich holte mein Notizbuch hinter dem Telefon hervor und schrieb »Idyll«. Schon seit Tagen geisterte die Frage durch meinen Kopf, woher der Begriff Idyll kommt. Ebenso war es mit der Geographie, den Flüssen. »Wie lang ist die Donau«?, oder die eigene Kulturgeschichte: »Wann siedelten die ersten Finnen in Finnland?« Ferner gab es Dinge, nach denen mich nie jemand gefragt hatte, die ich aber trotzdem wusste und die sich dennoch möglicherweise geändert hatten, wie beispielsweise das Abitur. Der Österreicher hatte irritierend hereingelugt. Warum schlich ein erwachsener Mann durch seine eigne Wohnung wie ein Dieb? Von jetzt an würde ich mich auf meine eigenen Angelegenheiten konzentrieren, alles andere könnte später erledigt werden.

Ich las das Rezept langsam von vorn bis hinten durch, Wort für Wort. Ich hatte beschlossen, dass ich das Fleisch nicht übergießen würde. Das Schwein auf dem Foto war bestimmt nicht übergossen worden. Und der Deckel? Nirgends war die Rede von einer Abdeckung des Gefäßes. Warum stand in Rezepten nie etwas darüber? Schließlich machte es doch wohl einen Unterschied, ob man das Essen unter einem Deckel oder ohne Deckel briet. Unter einem Deckel bräunten die Bratenstücke nicht, vertrockneten aber auch nicht. Was war wichtiger, Bräunen oder Vertrocknen? Was hieß häufiges Übergießen eigentlich in der Praxis? Häufig kann alles mögliche bedeuten. Wiederholt. Viele Male hintereinander. Ich legte das Wörterbuch bereit. Das hier musste sorgfältig gemacht werden, von Grund auf und richtig. Das Wort *Wahnsinn.* Es war ein Zeichen. Ich stellte den Ofen auf knapp zweihundert Grad ein, band mir die Schürze um, wusch meine Hände. Ich würde den Braten nicht übergießen, sondern stattdessen einen Deckel benutzen. So würde ich es machen. Punkt. Ich ließ kaltes Wasser in gleichmäßigem Schwall über meine Handgelenke laufen und lachte bei der Erkenntnis, dass ich mich ganz umsonst gequält und aus einer einfachen eine viel zu komplizierte Angelegenheit gemacht hatte. Ab mit dem Schwein in den Ofen, und fertig. Schweinsbratenforum? Definitionen des Schweinsbratens? Es waren ja schier philosophische Gedankengänge, zu denen ich mich wegen eines toten Stück Schweins hatte hinreißen lassen. Gut, dass der Österreicher nicht hereinkam, sondern mich gewähren ließ. Wenn man etwas allein machte, klappte es am besten. Jeder hatte sein eigenes Spezialgebiet, und Arbeitsteilung war mehr als vernünftig. Die Angelegenheit war also in jeder Hinsicht einfach, und ich brauchte mir rein gar keine Sorgen zu machen. Ich steckte das Rezept, das inzwischen schon etwas gelitten hatte, in eine Plastikhülle und legte es neben dem Herd auf den Tisch. Dann öffnete ich den Knoblauchzopf und wählte die vier besten Knoblauchzehen aus, anschließend noch zehn andere. Ich schälte, zerkleinerte und zerquetschte sie. Ich mischte die Masse mit Salz und Kümmel und einem großen Maß *Schmalz,* und was wurde das nicht für ein faszinierend steifer, silberfarbener Brei, der sich drehte – *Pirouette!* Tänzer, *eine Kunst!,* und mich reizte zu rühren – *eine wahre Kunst* – und nie aufzuhören, sondern immer noch zu rühren und zu rühren.

Ich öffnete den Ordner mit den gesendeten Mails und las, was ich geschrieben hatte. Da stand: »Sehr geehrte Damen und Herren, ich hasse Sie und Ihre Waren.«

Ich verfasste eine neue Mail. Zunächst entschuldigte ich mich und schrieb dann folgendermaßen: Sie merken schon am (bedauerlich übertriebenen) Ton meiner vorherigen Mail, wie ernst es mir ist. Die Dinge müssen sich unbedingt ändern. Dennoch bitte ich abermals um Entschuldigung für den Ton der Mitteilung, ich hatte, wie gesagt, nicht die Absicht Sie zu verletzen, im Gegenteil. Enter.

Ich schrieb dann noch eine dritte, in der ich endlich zum Kern der Angelegenheit kam und alles genau so darzustellen vermochte, wie es sich verhielt: Sehr geehrte Damen und Herren, Tatsache ist, dass wir, seit Ihr Geschäft (an der und der Adresse) öffnete, froh sind. Unsere Familie kauft 95% all ihrer täglichen Lebensmittel gerade bei Ihnen. Wir merken den Unterschied in Geschmack und Qualität, wenn wir Ihre Waren mit denen anderer Geschäfte vergleichen. Nur beim Bezahlen habe ich mich schon so oft geärgert, dass ich schließlich beschloss, Ihnen das mitzuteilen. Schon früher ist es häufig vorgekommen, dass entweder a) besonders die Preise an der Obst- und Gemüsetheke nicht dieselben sind wie später an der Kasse, oder b) dass das Personal die Waren unachtsam mit völlig falschen Preisen versieht oder c) dass die Preise nicht deutlich lesbar sind. Letzteres betrifft besonders die Milchprodukte. In letzter Zeit hat sich das gebessert. Auch die Mitarbeiter sind generell freundlicher, professioneller und verständnisvoller als früher, wenn der Kunde mal eine Frage hat oder sich über etwas beschweren will. (Früher bekam man unter Umständen zur Antwort: »Ist nicht meine Schuld« oder »Dafür kann ich nichts«. Heutzutage bekommt man immerhin eine Entschuldigung.) Dennoch muss ich leider sagen, dass es immer noch Probleme beim Auspreisen gibt und dass die Mitarbeiter an der Kasse eher unfreundlich als sachlich interessiert reagieren, wenn der Kunde genau hinschaut und – zu Recht – beim Bezahlen leise zweifelt. All dies führt schlicht und einfach dazu, dass ich neuerdings zwei Mal überlege, vor allem, wenn ich es eilig oder mehr als fünf Produkte zu besorgen habe, ob ich in Ihr Geschäft komme oder ein anderes aufsuche. Ich habe nach wie vor das Gefühl, dass Sie es dem Kunden überlassen, zu prüfen, ob Preise und Waren übereinstimmen. Dazu bin ich weder gewillt noch habe ich die Zeit dafür. Sehr gern würde ich auch künftig meine Einkäufe unbesorgt bei Ihnen erledigen, ohne dass ich mir die Preise merken muss, damit ich sie dann selbst an der Kasse nachprüfen kann. Sonst passiert wieder dasselbe wie heute, und zwar, dass ich, daheim angekommen, feststelle, erneut einen Fehler beim Auspreisen entdecken zu müssen, oder, im Glauben eine fettarme Milch aus dem Sonderangebot gekauft zu haben, ich zu Hause dann verärgert feststellen muss, dass ich mich getäuscht habe und dass man mich in die Irre geführt hat. Preis und Produkt müssen korrekt beieinander stehen. Das ist eine ganz einfache Angelegenheit und gehört nicht in den Bereich der Sonderwünsche.

Mit freundlichen Grüßen

usw. Enter

Der Österreicher kam nachsehen, was ich machte, und forderte mich auf, mich aufs Wesentliche zu konzentrieren.

Der Österreicher hatte recht. Über die Knödel stand im Rezept allerdings kaum mehr, als dass man sie rechtzeitig zubereiten und dass man zunächst einen Probeknödel kochen sollte, um festzustellen, ob der Teig fest genug war oder ob die ganze Chose im Kochwasser zerfiel. Das war klar. Aber was sollte man machen, wenn die Knochen nicht mal in einer Stahlpfanne zerbröselten? Hatte der *sehr geehrte Herr Fidler* bedacht, dass außerdem sehr unangenehme spitze Splitter in der Soße zurückbleiben könnten? In Amerika dürfte man so ein Rezept vermutlich gar nicht veröffentlichen. Wer würde zahlen, wenn die Feier mit einem Ausflug ins Krankenhaus oder im schlimmsten Falle mit Ersticken enden würde? Höchstwahrscheinlich fehlte beim Rezept ein Teil. Welcher Teil? Anfang oder Ende? Ich zog Jacke und Schuhe an und trat ein zweites Mal am heutigen Tag an Frau Bergers Tür.

Frau Berger war im Begriff, meine Geduld jetzt auf eine noch härtere Probe zu stellen als am Morgen. Ich trommelte mit den Fingern auf meinen Arm und gelangte zu der Erkenntnis, dass es, falls wir uns eines Tages aus irgendeinem Grunde von der hohen Fichte, die draußen vor dem Haus im Nebel stand, trennen müssten, nicht einfach sein würde, sie zu fällen. Hatte irgendeiner der Menschen, die die Fichte so riesig hatten werden lassen, bedacht, dass man sie vielleicht mal würde entfernen müssen? Nein, sie hatten nur an die Schönheit des Vorgartens und den angenehmen Schatten an heißen Sommertagen gedacht. Niemandem war in den Sinn gekommen, sich ein Gesamtbild von den Dingen zu machen und auch jene Tatsachen mit zu berücksichtigen, die nicht unbedingt zu den angenehmsten gehörten, wie etwa, was zu tun war, wenn man sämtlichen Nutzen aus dem Baum gezogen hatte und ihn aus dem Weg räumen müsste. Wie fällte man Bäume dieses Ausmaßes in kleinen Gärten? Stückweise? Ich drückte erneut auf die Klingel. Mein Handy hatte ich zu Hause gelassen, obwohl es nicht das erste Mal wäre, dass Frau Berger ihre Türklingel nicht hörte und ich sie anrufen müsste. Eines Tages würde ich eine Rechnung aufmachen über all die Male, da ich sie anrufen musste, weil sie nicht geruht hatte, ihre Türklingel zu hören. Das Telefon hörte sie tadellos, also musste da irgendwas faul sein.

Der Österreicher kam aus dem Haus und brachte anscheinend irgendwelche Papierabfälle zum Container. Er winkte mir zu, als er ging, und auch, als er wieder zurück kam. Ich verabscheute diesen Wiener Nebel, der schon mal ganze drei Wochen wie ein Topfdeckel auf der Stadt sitzen konnte und einem durch Mark und Bein ging. Kein Kleidungsstück oder Gebäude konnte einen vor diesem zähen und feuchten Nebel schützen. Auch im Haus des Österreichers war es immer kalt. Sommers wie winters. Es war zu groß, ganze acht Zimmer, *ich habe nie zuvor in einem so großen Haus gewohnt! Es enthält zwei große und sechs kleine Zimmer, denkt nur, sechs!* All die Räume ausreichend zu heizen war zu teuer, man würde kaum je mit bloßen Füßen über den Fußboden gehen können, ohne dass man fürchten müsste, krank zu werden *ich kriege hier bestimmt noch eine Harnleiterentzündung!* Der einzige warme Ort des Hauses war die Badewanne mit heißem Wasser, aber heißes Wasser kostete, und was würde die Familie des Österreichers denken, wenn sie zur vereinbarten Zeit einträfe und kein Essen da wäre, weil die Hausfrau im Schaumbad lag? Die Situation wäre ungeheuerlich. *Leute, zückt eure Kameras, die Welt ist aus den Fugen, Österreicherinnen kriegen nicht das versprochene Schwein!*

Nebel, Dunst, Rauch. Frau Berger störte das nicht im geringsten, obwohl ihre ganze Wohnung manchmal voller Qualm war, wenn wir gemeinsam dort rauchten, im Wohnzimmer am Tisch. Wir saßen uns gegenüber, jeder auf seinem zerschlissenen Stuhl, eine Tasse Kaffee oder ein Glas Tonic vor sich, und ab und zu hustete Frau Berger heftig. Mein Blick fiel dann instinktiv auf die vielen Pillenpackungen, obwohl es mir sonst gut gelang, den Anblick zu meiden. Sie standen auf einem Nebentisch wie eine kleine Plastikdosenarmee, und die sah keineswegs ungefährlich aus. (Irgendwo hörte ich es kratzen. Wahrscheinlich ein Eichhörnchen, davon gab es genug.) Frau Berger sprach oft vom Tod, vor allem von ihrem eigenen bevorstehenden Tod, und dann stieg Scham in mir auf. Ich war fast drei mal jünger als sie, trotzdem war ihr Lächeln jugendlicher und heiterer als meins. Und als ob das für sich nicht genug wäre, lächelte sie dazu auch noch viel öfter als ich. Oder vielleicht schämte ich mich dafür, dass ich da mit den Zigaretten mein junges gesundes Leben vor ihren Augen verkürzte. Vielleicht hatte sie ja Krebs, und ich rauchte einfach mit ihr. Zur Tasse Kaffee bot mir Frau Berger Mentholzigaretten aus einem braunen Lederetui an und erzählte jüdische Witze, die ich als gewissenhafte und vorsichtige Ausländerin nie anderen Leuten weiterzuerzählen wagte, höchstens mal dem Österreicher. Frau Bergers Tage waren ausgefüllt mit Tätigkeiten, so plante sie zum Beispiel die Erneuerung ihrer restlichen Fenster und suchte telefonisch nach dem besten Angebot. »Endlich ist das Leben vorbei«, sagte sie etwa. »Es steht kein Muss mehr hinter den Dingen. Wie habe ich doch immer all die Zwänge gehasst, und die Tatsache, dass man sich von anderen kommandieren lassen musste.« Dann seufzte sie, lächelte und sagte: »Jetzt ist alles getan, was zu tun war. Ich brauche nie mehr an die Arbeit zu denken. Alle Aufgaben sind erledigt.« Und dann verschwand meine Scham, denn an Verstand fehlte es mir nicht, wenn auch an vielem anderen, in Frau Bergers Augen nistete nämlich eindeutig ein Funken Bosheit. Hatte ich ihr doch gerade erzählt, wie müde, erschöpft, total fertig ich nach einem Arbeitstag war. »Ich bin zweiunddreißig Jahre alt, die beste Phase meines Arbeitslebens. Jetzt muss ich Leistung bringen, oder alles ist vorbei.« Die beneidenswerte Frau Berger hingegen hatte echten Feierabend, und der würde bis an ihr Lebensende dauern. Aber warum kam sie nicht an die Tür, um zu öffnen? Drinnen hörte ich ganz deutlich schlurfende Schritte. Ich klingelte erneut, klopfte sogar.

»Ich bin's!«

Keine Antwort. Wirklich seltsam.

»Frau Berger?«

Ich wurde nervös. Ich hatte es letztlich doch nicht gewagt, fertige Knödel zu kaufen, obwohl ich es hätte tun sollen. Hier hatten wir einmal mehr, spürbar und im lebendigen Leben, eine Situation, die bewies wie lohnend es war, immer an seinen ursprünglichen Plänen festzuhalten. Ich stieß mit dem Schuh gegen die Wand, und dann hörte ich endlich von drinnen:

»Wer?«

»Ich.«

»Was ist jetzt wieder?«

»Die Knödel.«

Der Knödelteig wollte und wollte nicht gelingen, obwohl ich genau nach der Anleitung verfuhr. Er war jedes mal entweder zu locker oder zu fest. Die Teigbrocken schwammen hilflos im Kochwasser herum, und nicht mal, wenn man sie nachträglich zusammendrückte, ließen sich haltbare Bälle formen. Ich mochte keine Knödel, habe sie noch nie gemocht. Ich konnte die ganze Idee, die dahinter steckte, nicht ertragen. Wer, in aller Welt, hatte sich bloß ausgedacht, altes, feuchtes, gekochtes Brot zu essen? Ich hörte, wie Frau Berger durch ihre große leere Wohnung schlurfte, in der sie allein lebte, hinein in ihr Schlafzimmer, in dem sie allein schlief. Sie hatte es gut. Könnte sie mir eine Erklärung geben? Ja, das könnte sie. Wenn sie nur wollte. Sie könnte die Dinger herstellen. Sie war alt genug zu wissen, wie es ging.

»Klingeln Sie wieder, wenn Sie vom Einkaufen zurück sind. Bis dahin schlafe ich.«

Einkaufen. Frau Bergers Liste. Gurken, Milch und die Apotheke. Ein Glück, dass sie nicht geöffnet hatte. Ich hatte ihre Einkäufe vollkommen vergessen.

»Wann gehen wir zum Friedhof?«, fragte ich den Österreicher. Ich hatte das Silber hervorgeholt, die Serviettenringe hatte ich vorläufig nirgends gefunden.

»Morgen.«

»Genauer. Es ist ja wohl kein Geheimnis. Ich muss es wissen.«

Der Österreicher sah erst das Silber und dann mich an.

»Kommst du auch mit?«

»Du könntest mir ruhig diese Hilfestellung geben, immerhin handelt es sich um deine Verwandten.«

Ich öffnete den Geschirrspüler. Er war fast leer, gut so. Trotzdem schlug mir ein grässlicher saurer Gestank entgegen. Wusste der Österreicher, dass sich die Bakterien ein mal in zwanzig Minuten verdoppelten? Man muss das Geschirr erst abspülen, ehe man es in den Geschirrspüler stellt.

Der Spültisch oder der Abwaschlappen dürfen nicht feucht bleiben. Dazu hatte es mal eine Sendung im Fernsehen gegeben. Die Bakterien verdoppeln sich ein mal in zwanzig Minuten, daraus kann man dann seine Schlüsse ziehen. Und sich selbst die Schuld geben. Nein, das habe er nicht gewusst, sagte der Österreicher. Und interessierte es ihn? Nicht wirklich, sagte er. Und was ich mit all dem überhaupt meine, überall seien ja Bakterien, die ganze Welt sei ein einziger Bakterienhaufen. Wirkte der Österreicher genervt? Er wirkte ein wenig genervt.

»Willst du mich denn nicht mitnehmen?«

»Wohin?«

»Auf den Friedhof.«

»Sei nicht kindisch. Ich bin nur überrascht. Letztes Jahr hätte man dich nicht mal mit Gewalt hinschleppen können.«

»Letztes Jahr. Das war damals.«

»Da hast du natürlich recht, entschuldige.«

Er saß am Tisch und schlürfte in aller Ruhe seinen Tee, aß Toastbrot. Dann war er auch schon fertig, stellte sein Geschirr ins Spülbecken. Er drehte sich zu mir um.

»Was ist?«, fragte ich.

»Schau her.«

Er stand auf, nahm den gelben Wischlappen und wischte die Krümel weg, die in einer Reihe hintereinander wie die Enten im Teich mit dem Wasser im Abfluss verschwanden. Dann trat er ganz dicht an mich heran, küsste mich auf den Hals, verharrte so einen Moment.

»Bekomme ich eine Belohnung?«, fragte er.

Er kniff mich in den Hintern. Ich sagte ihm, dass er sich mal die Nägel schneiden könnte, denn die piekten. Und das Schwein. Das Schwein musste in den Ofen. Der Atem des Österreichers begann in meinen Ohren zu kitzeln. Ich versuchte das Kitzeln zu ignorieren, bis ich schließlich doch hinfassen und reiben musste.

Der Österreicher hielt jetzt mit seinen schweißigen Händen mein Gesicht nah an dem seinen. Radieschen, Essig, Honig. Warum schaute er eigentlich so? Und was grübelte er dauernd?

»Was?«, fragte ich erneut. »Ist irgendwas komisch an mir?«

Ganz als ob er mir schon lange etwas hätte sagen wollen, betrachtete er mein Gesicht, meine Haare, sein Blick wanderte über meine Schultern, so als suchte er etwas. Ich musste an jenen Winter denken, in dem ich Wochen lang Läuse gehabt hatte. Sie waren mir aus den Haaren über Schläfen und Nacken gelaufen. Ich hatte sie abgesammelt und zerquetscht. Zwar war ich damals bereits erwachsen gewesen, aber es hatte Wochen gedauert, ehe ich überhaupt begriff, wie das mit ihrer Vermehrung funktionierte. Nach vier Wochen fand ich dann in der Stadt einen Apotheker, der gleichzeitig denken und sprechen konnte. Er riet mir, mein Haar mit einem besonders dichten Kamm zu reinigen. Anders kriegte man die Läuse nicht weg, ganz egal, wie oft man die Haare und die Bettwäsche wusch. Ein schrecklicher Winter war das damals.

»Nein«, erwiderte der Österreicher.

Er steckte den Finger in den Knödelteig, kostete und forderte mich auf, Petersilie hinzuzufügen, und dann klingelte das Telefon.

Der Läusewinter hatte für Rekorde gesorgt. Er galt als der kälteste Winter seit hundert, mindestens jedoch seit fünfzig Jahren. Auch der diesjährige Herbst kündigte ein ähnliches endloses Abenteuer an, Schneemassen und hohen Energieverbrauch, obwohl wir uns so viel weiter südlich befanden. Der Österreicher scheuchte mich ans Telefon, machte mir entsprechende Zeichen. Aber in jenem zurückliegenden Winter hatte außer dem Wetter auch noch manch anderes stattgefunden, eine unglückliche kindische Liebe, die rückblickend mehr als unglücklich und vor allem mehr als kindisch gewesen war. Heute nun wüsste ich, wie man mit Läusen umging, aber jetzt kamen sie nicht mehr.

Das Telefon klingelte und klingelte und der Österreicher war der Meinung, dass ich rangehen sollte, weil das Gespräch bestimmt wieder aus Finnland kam. Ich machte keine Anstalten. Er beharrte auf seiner Meinung. Ich steckte die Finger in die Ohren und behielt sie dort so lange, bis das Klingeln aufhörte. Alles hörte auf, wenn man lange genug wartete.

»Musst du unbedingt so theatralisch sein? Warum öffnest du nicht einfach dein Paket und sprichst mit ihnen?«, fragte der Österreicher.

Da lag, zwischen Kühlschrank und Heizkörper, das Paket, das von den Finnland-Menschen gekommen war. Selbstverständlich würde ich es öffnen und mit ihnen reden. Aber ich würde es etwas später tun. Zuerst musste dieser Teig gemacht werden. Es gab eine Schweinsangelegenheit und eine Finnland-Menschen-Angelegenheit, beide hier und jetzt, und eine von ihnen musste eben eine Weile warten. Den Finnen tat es gut, ein wenig Flexibilität zu lernen. Sie selbst hatten mir beigebracht, dass man manchmal warten musste. Jetzt war die Reihe an ihnen. *Sehr geehrter Herr Fidler. Einschneiden einreiben wenden.* Zwei Kilo totes Schwein. *Einschneiden und einreiben.*

»Ich dachte, du hättest dich gefreut.«

Ich zuckte zur Antwort die Achseln. Geschenke waren wichtig. Mit ihnen signalisierte man, dass man sich etwas aus dem Empfänger machte, dass man an ihn dachte, und, nicht unerheblich, ein bedeutender Teil der Volkswirtschaft zehrte davon. Trotzdem. Die Sekunden vergingen ticktack, die Gäste waren im Anmarsch, und was ich auch tat, *spätestens* in sechzig Jahren wäre ich tot. Das war kein Grund sich zu grämen. Wir alle wären tot. Ich hatte den Österreicher mal gefragt, in welchem Alter er sterben wollte. Und ich hatte ihm gesagt, dass ich hoffte, vor ihm zu sterben, aber das war unwahrscheinlich, weil er älter und außerdem ein Mann war. Das erschien mir ungerecht. Und er war nicht mal bereit mich zu heiraten, sodass ich wahrscheinlich auch nichts erben würde. Mittlerweile hatte ich mich an das Aussehen des nackten Bratens gewöhnt. Und auch der Verstand sagte mir natürlich, dass ein Schwein nie so wichtig war wie irgendein Mensch. Ganz richtig. Aber dieses »finnische timing« war wieder mal das schlechtmöglichste. Ich konnte mich nicht auf all das gleichzeitig konzentrieren, obwohl diese sogenannten Finnen sich wie der Nabel der Welt fühlten, weil sie Sumpffußball spielten und Wettkämpfe im Werfen von Gegenständen veranstalteten und weil von diesen sogenannten speziellen finnischen Ereignissen regelmäßig europaweit in sämtlichen Massenmedien berichtet wurde. Gerade jetzt war ich dabei, Knödelteig zuzubereiten. Frau Mutti hatte ein feines Gespür, und ich wollte, dass das Fest unvergesslich würde. Ich sah die Festtafel vor mir. Eine solche Tafel zu decken, davon träumte ich schon von klein auf. Von einem amerikanischen Truthahnessen. Von den perfekten Truthähnen in amerikanischen Filmen. Das hier war allerdings ein Schwein. Es spielte keine Rolle. *Sehr geehrter Herr Fidler.* Ich würde nie erfahren, wer der geheimnisvolle Mensch war, der die Antwort geschrieben hatte. Und es war auch nicht nötig. Im Radio forderte eine

Frau, begleitet von Orchestermusik, die Hörer auf, loszuflitzen und rasch eine Brille zu kaufen, es gebe schwindelerregende Rabatte. Anschließend stellte sich eine andere Frau als Ellen vor und verlas die Nachrichten: Ausland, Inland, Sport und Wetter. Der Himmel über Österreich war wolkenlos, aber die Auflösung des Nebels über dem Stadtgebiet Wiens konnte Ellen nicht versprechen.

»Herrgott, manchmal verstehe ich dich wirklich nicht. Falls deine Leute erneut anrufen und fragen, werde ich mir keine Erklärungen mehr ausdenken. Und wenn nun Lebensmittel drinnen sind, Süßigkeiten oder Roggenbrot? Das kann man jetzt bestimmt nicht mehr essen.«

Und wenn schon. Der Österreicher machte es mir nicht leicht. Er machte es mir fast nie leicht. Nicht an gewöhnlichen Tagen und anscheinend auch nicht an Feiertagen. *Hat sich Taru gar nicht gefreut?*, würde auch seine Mutter verwundert fragen, wenn sie in drei – nein, spätestens in zwei – Stunden in der Tür stünde und das Paket sähe. *Taru bringt sich doch selbst immer Brot aus Finnland mit, jeden Sommer, jeden Winter, von jeder Reise, Roggenbrot aus Bio- und aus gewöhnlicher Produktion,* würde die Mutti aufzählen, mit ihrem vollen und festen Körper ihren Sohn schützen, sich dann zu mir umdrehen und sagen: »Magst du kein österreichisches Brot?«
Wenden, einschneiden, einreiben.

»Sieh mal, dort ist es«, sagte ich zum Österreicher und zeigte mit dem Finger auf den Ofen, wo das Schwein auf dem Blech lag.

»Gut.«

Er blätterte im Katalog eines Autohauses.

»Komm doch mal schauen.«

»Dort ist es, großartig.«

Ich trat dicht an den Ofen und schaute hinein. Der Braten sah herrlich aus. Das hatte ich vollbracht. Es war wie ein Wunder. Ich war eine Zauberin. Hier der Hut, hier das Kaninchen. Ob Hausfrau oder Diplomatengattin, ein Fest auszurichten war also nicht weiter kompliziert. Alles war möglich. Ich nahm dem Österreicher die Zeitschrift aus der Hand, sah ihn an. Er sagte, dass er in seinem Leben Hunderte Schweinsbraten gesehen habe. Das mochte durchaus sein, aber er hatte nicht diesen Braten gesehen. Er wusste nicht, was ich alles mit diesem Schwein durchgemacht hatte. Die Einschnitte längs und quer an der Oberfläche des Bratens vorzunehmen, war keine leichte Aufgabe gewesen. Ich hatte im Speck eine unebene Stelle entdeckt, hatte dort vorsichtig eine dünne Schicht abtragen müssen. Danach hatte ich bemerkt, dass das Fleisch an der einen Seite nicht richtig bedeckt war, und ich hatte auch dort ein Stück abschneiden müssen, etwa anderthalb Zentimeter. Ich war endlich einigermaßen zufrieden mit dem Aussehen des Schweinsbratens gewesen, bis ich das Standbein gewechselt und gesehen hatte, dass sich die Fettschicht, die für die Saftigkeit des Fleisches sorgte, in der Mitte fast völlig gelöst hatte. Das Fleischstück war wie ein Bogen geformt und in der Mitte keine nennenswerte Schwarte mehr vorhanden gewesen. Schließlich hatte ich dennoch eine recht gute und gleichmäßige, einem Würfel ähnelnde Form zustande gebracht, hatte meine Hände in die Gewürze getaucht und diese eine Weile in die Oberfläche des Schweins gerieben, bis ich entschieden hatte, dass es genug war. Ab damit. Und hier im Ofen lag nun das Ergebnis.

»Tattaratаa. Ist er nicht herrlich?«

Der Österreicher nahm den Katalog wieder an sich. Er drehte sich zum Ofen, um ohne etwas zu sehen, und gab ein unbestimmtes Hm von sich. Kein einziges Wort. Nur immer mehr Autos.

Ich entschuldigte mich. Selbstverständlich war ich zum Eingeständnis bereit, falls es falsch gewesen war, den Braten symmetrischer zu formen. Aber wir machen ja alle mal Fehler.

»Bitte, sei lieb.«

»Möchtest du, dass ich es für dich öffne?«

»Was?«

»Sie sind deine Verwandten, trotz allem.«

Herrgott noch mal, ich wusste es. Das Messer flog im Bogen ins Spülbecken. Ebenso gut hätte ich irgendein finnisches Gericht machen können. Heringsauflauf. Ich selbst könnte durchaus für den ganzen Rest meines Lebens Karotten und Tofu essen. Mir wäre es egal, aber seiner Mutter? Kaum. Ich holte das Paket, riss das Klebeband ab, öffnete es und packte den ganzen Inhalt auf den Tisch. Drei Wollpullover, Schokolade, Salmiak, ein hölzernes Reh, eine Finnland-Menschen-Puppe sowie vier niedrige Vasen in grün, blau, rot und gelb.

»Kein Brot. Bist du jetzt zufrieden?«

Die nächste glänzende Katalogseite.

»Bist du?«

Jetzt würde ich gar nichts mehr sagen, würde notfalls bis morgen aus dem Fenster schauen.

Der Ausblick war öde. Trübe und farblos. Im Raum machte sich unangenehmes Schweigen breit. So hatte ich mir das alles nicht vorgestellt. Tränen traten mir in die Augen. Meine Schultern hoben und senkten sich, ich spürte, wie meine Bluse über der Brust nach allen Richtungen spannte. Der Stoff dehnte sich. Dort lag das Schwein, warm und sicher unter dem Spotlicht des Ofens wie ein zufriedener Toter, der sanft entschlafen, rechtzeitig von der Bühne des Lebens abgetreten war. Dort war er, der Star des heutigen Tages, und niemand zeigte Interesse.

Ich holte die Zigaretten und den Aschenbecher mit Deckel hinter dem Toilettenbecken hervor, steckte eine der Zigaretten in die Spitze und zündete sie an. Wenn das Tuulikki wüsste. Ich lachte laut auf. Finnland-Tuulikki würde nicht aufhören darüber zu reden, falls sie mal versehentlich davon erführe. Probleme hier wie dort: Doppelseite drei Strich vier, Kaiserin Sissis Haare wogen mehrere Kilo und verursachten ihr Migräne. So hieß es da in klarem Deutsch, in einem Buch, das Ausländer aufklärte und sich vorzüglich als Badewannenlektüre eignete. Es hatte einen Hochglanzeinband und trug den Titel »Zauberhafte Sissi«, auf der Seite drei las man, wie die berühmten Haare Stunden lang gekämmt wurden, auf der Seite vier gab es eine Zeichnung vom Akt des Kämmens. Da wurde gekämmt, was das Zeug hielt, und die Haare wurden mit sternenförmigen Schmuckstücken verziert. Die konnte man sich, wenn man Lust hatte, als Kopien per Post bestellen, *zuzüglich Versandkosten.* Auf der Seite vier war in einzelnen Schritten demonstriert, wie Sissis Frisur entstand. Man könnte sich also auch heute noch so frisieren, wenn man wollte und genug Haare hatte. Da kämen dann etliche Kilo zusammen, günstig für den aufrechten Gang. Ich blätterte weiter bis zu der Stelle, an der es darum ging, wie Sissi drangsaliert wurde. Erst wurde sie zur Ehe gezwungen, dann wurde sie gezwungen, Kinder zu gebären, und als sie das getan hatte, nahm man ihr die Kinder weg. Der Hof nahm der Kaiserin von Österreich ihre eigenen Kinder weg, schließlich hatte eine Kaiserin auch noch anderes zu tun als Kinder zu säugen, für diesen Zweck gab es andere Euter. Zu jener Zeit herrschten bei Hofe sehr strenge Regeln, am österreichischen Hof sogar die strengsten von ganz Europa, aus Kaiserin Sissis Taille zu schließen. Kaum noch vorstellbar in diesen heutigen laschen gesamteuropäischen Zeiten, da jede x-beliebige Finnlandprotestantin jeden x-beliebigen Job ausfüllen konnte einzig dank der Tatsache, dass sie nach der Pause wieder rechtzeitig zur Arbeit kam. Und was tat Sissi, Kaiserin Elisabeth, Bayerns Lisl, Sisi? Zumindest gab sie nicht klein bei. Sie revoltierte und versuchte das Ihre, ja und dann? Dann wurde sie zu einer Legende, einem Vorbild, sie war eine Erneuerin des Hofes und seine erste magere Repräsentantin.

»Was geht da im Bad eigentlich vor? Warum hast du abgeschlossen?«

Der Österreicher rumorte hinter der Tür. Er flehte. Jetzt war heftiges Weinen angesagt. Er würde sonst nichts verstehen. Der Österreicher verstand keine gewöhnliche Rede. Er war einer von jenen Menschen, die ausschließlich Weinen verstanden, er nahm Worte nur ernst, wenn sie ihm flennend serviert wurden. Wenn man ihm sagte »so nicht«, drang das gar nicht an sein Ohr. Sagte man »hör mal«, begriff er überhaupt nicht, dass jemand wirklich das Wort an ihn gerichtet hatte. Der Österreicher verlangte von mir, dass ich seine Sprache verstand, aber er selbst war lediglich dann gewillt mich zu verstehen, wenn ich weinte. Er testete gleichsam, wie weit er bei mir gehen konnte. Ich heulte also los und fragte, ob er mich jetzt sehen wollte, so entstellt und grässlich, damit er mich dann auslachen könnte. Es sollte doch ein netter gemeinsamer Tag werden. *Ein schöner Feiertag.* Vor dem Spiegel des Badezimmers prüfte Taru Korhonen, Magister der Philosophie, ob ihr Aussehen von gutem oder schlechtem Befinden zeugte. Ich sagte ihm, ich würde erst kommen, wenn alles saubergemacht und das Speisezimmer endlich ordentlich hergerichtet wäre. Der Österreicher schnaubte unzufrieden hinter der Tür, ging aber schließlich nach unten und, aus den Geräuschen zu urteilen, legte er los. Na also. Hätte ich nicht geheult, wäre er nicht aus seinem Traum erwacht, irgendwelche Produkte aus einem blöden Katalog zu kaufen. Der Österreicher musste sich zusammenreißen und die ihm zugefallenen Aufgaben zuverlässig erledigen, ich konnte nicht die ganze Zeit aufpassen und mich überzeugen, ob er das tat, was er tun sollte oder etwas ganz anderes. Ich kannte ihn gut. Ich wusste, wie er manchmal aussah, wenn er zu Hause gedankenverloren von einer Küchenecke in die andere wanderte und vor sich hin murmelte. Er berührte das Käsemesser, rückte es gerade, korrigierte die Stellung des Brotbeutels, scharrte die Krümel zusammen, und dann hatte er seiner eigenen Meinung nach geputzt, aufgeräumt, die Dinge in Ordnung gebracht. Ich fragte ihn: was murmelst du, er sagte, ich murmle nicht. Doch, du murmelst. Tue ich nicht, und als ich ihn das nächste Mal sah, war er vor laufendem Fernseher eingeschlafen. Als ich jedoch auf ein anderes Programm umschalten wollte, verbot er es mir mit der Begründung, dass er auf keinen Fall auch noch im Fernsehen unglückliche Menschen sehen wollte, seine Arbeit genügte ihm völlig. Niemand würde mir glauben, wenn ich ihm erzählen würde, dass ich zu Hause keine Sendung mit unglücklichen Menschen anschauen durfte, weil Franz das nicht ertrug. Was glaubte er denn, wovon die Sendungen handeln sollten? Von glücklichen und ausgeglichenen Menschen, die nie auch nur ein einziges tieferes Kommunikationsproblem haben? So etwas wollte ja niemand sehen. Wir hatten schließlich keine »Nachkriegszeiten« mehr. Jetzt jedenfalls brachte er zügig das Wohnzimmer in Ordnung, soweit man den Geräuschen vertrauen durfte. Der Staubsauger surrte, Möbel wurden verschoben, hoffentlich war er vorsichtig und vermied Schrammen. Ich konnte mir vorstellen, wie Frau Mutti andernfalls mitten in meinem Wohnzimmer stehen und mir Ratschläge erteilen würde, wie man richtig Staub saugt, damit auf dem Fußboden keine Schrammen entstehen. Ich aß noch ein Stückchen Schokolade.

Der Österreicher kam erneut herauf und klopfte an die Tür. Er zählte alles auf, was er erledigt hatte und fragte, ob ich jetzt zufrieden sei. Ja, das war ich, aber ich antwortete nicht. Er sagte, dass er nicht verstehe, worüber ich mich aufregte. Alles laufe gut. Ich konnte mir ausmalen, wie er jetzt aussah, da hinter der Tür. Er schüttelte den Kopf, suchte nach Worten…

»Du, du …, hör auf mit dem … Zirkus … Theater…«

»Ja, ich ich ich«, sagte ich. »Es geht eben nicht immer um dich … du du Egoist.«

Er sagte, ich solle mich beruhigen, rüttelte an der Klinke, wollte zu mir herein kommen, ich protestierte, er begann zu stottern, holte Luft und versuchte laut zu schimpfen. Ich war gezwungen mich zu ergeben, mich zu bewegen. Die Zeit ließ sich nicht dadurch anhalten, dass ich in den Spiegel starrte und den Eröffnungssatz des Festes übte. Ich würde nachher doch noch den Braten übergießen. Zum Schluss. Ich würde den Deckel entfernen und stattdessen den Braten übergießen, würde es umgekehrt machen wie am Anfang. Wenn man mich fragen würde, ob ich übergossen hatte, könnte ich wahrheitsgemäß ja und nein antworten.

Die nächste Entscheidung betraf die Kleidung. Der Mensch muss Kleidung tragen. Mit ihr wehrt er nicht nur Kälte ab, sondern signalisiert auch alles mögliche. Was also sollte ich aus Anlass der Feiertage anziehen, damit ich einerseits nicht fror in diesem eiskalten Haus und damit es andererseits nicht hieß, *dass diese Skandinavierin aber auch immer solche Kittel trägt, die all ihre weiblichen Formen verdecken.* Nicht zu viel und nicht zu wenig. Laut Plan würden es ein langer schwarzer Rock aus Wollstoff, eine weiße Hemdbluse und darüber eine schwarze Strickweste sein. Denn der Kleiderschrank enthielt auch solche Stücke, noch ungetragen, klassisch weiblich, ziemlich kostbar wirkend, wenn auch in Wahrheit im Schlussverkauf erstanden. Kleidungsstücke dieser Art waren irgendwie geheimnisvoll. Sie hatten eine Qualität und Würde, die dummen Menschen verborgen blieb. Deshalb waren diese Stücke am allerbesten. Wer sie trug, den starrten dumme Menschen wie verhext an, ohne selbst zu wissen, was sie so aus der Fassung brachte. Vor dem Badezimmerspiegel entledigte sich das hellhäutige Menschlein rasch seiner Hose und seines Pullovers. Nackt trat es bibbernd in die Duschkabine. Das helle Fleisch färbte sich rosa, während heißes Wasser darüber strömte und ich es schrubbte. Wie unnatürlich. Der Mensch bildet sich ein, fortschrittlich zu sein, weil er mitten im Haus in einer Plastikkabine, einem Nassraum, stehen und sich waschen kann. Statt durch den Regen zu laufen oder im See zu baden, baut er sich eine Kabine aus Plastik, in der er dann den Regen simuliert. Kleidung bedeckt die Haut des Menschen, die Haut wiederum bedeckt Knochen und innere Organe, die ihrerseits nichts mehr bedecken. Beim Schwein und der Kuh findet man das Mark im Rückgrat, und es schmeckt lecker, einfach den Knochen zwischen die Zähne und kräftig gesaugt. Das Menschlein duschte sich mit warmem Wasser, duschte die Hüften, die Schenkel, den Bauch. Dann ließ es kühles Wasser folgen und noch einmal heißes, so heiß, dass es fast keine Luft bekam, von der Wärme mochte es gar nicht lassen, aber einmal musste auf jeden Fall Schluss sein, im Namen aller Vernunft.

Ich trocknete mich sorgfältig ab, dachte auch daran, die Vitamine zu nehmen. Der Österreicher hämmerte an die Tür. Die ganze Zeit hatte er gehämmert. Jetzt hatte er auch noch angefangen, laut zu rufen. Er rief, dass er mich liebte und dass er verzweifelt war. Ja. Auch ich wusste, wie es war, verzweifelt zu sein. Zum Beispiel bei den erzwungenen Kleiderkäufen. Der Österreicher zwang mich, Kleidung zu kaufen und benutzte dabei eine raffinierte Taktik. Im Frühjahr zum Beispiel hatte er zunächst gesagt, dass er sich im Schlussverkauf einen Wintermantel auf Vorrat für den nächsten Winter kaufen wollte. Dann bat er mich, mitzukommen und ihn zu beraten. Wir kauften für ihn einen Mantel von Karl Lagerfeld, der um ein Drittel im Preis gesenkt worden war. Es war derselbe Mantel, den wir bereits im Herbst gesehen hatten, und damals hatte ich gesagt, dass ich ihn um keinen Preis und vor allem keinen so maßlosen kaufen würde. Warum soll man für den bloßen Namen solche irrsinnigen Summen zahlen, hatte ich gesagt. Unverschämte Abzocke, hatte ich noch hinzugefügt und war beinah richtig wütend geworden. Aber während des Schlussverkaufs im Februar hatte mir der Mantel gefallen. Er war dunkelbraun, hatte hellbraune Längsstreifen und stand dem Österreicher außerordentlich gut, er musste nur gerade stehen, damit der Schnitt zur Geltung kam und sein Bauch sich nicht darunter abzeichnete, aber das galt für jeden Mantel. Ich hatte keine Probleme damit, Geld für die Kleidung des Österreichers auszugeben. Er verdiente fast doppelt so viel wie ich, hatte also das Recht, sich so viele Sachen zu kaufen, wie er wollte. Er sagte schon damals, dass er mittlerweile fünfzig sei und gut gekleidet herumlaufen wolle, das gebe ihm ein gutes Gefühl. Und als wir ihm den Mantel gekauft hatten, führte er mich in die Damenabteilung. Ich protestierte. Aber er brachte mir einen Mantel nach dem anderen. Die Modelle, die er auswählte, waren ganz anders als die, die ich als passend für mich empfunden hätte. Du brauchst etwas Weiches, sagte er und brachte mir einen hellroten Angoramantel. Ich schaute nach dem Preis und sagte: kommt nicht in Frage, außerdem sind die Ärmel zu lang. Franz nahm den Mantel von der Stange, an die er ihn gehängt hatte, und fragte, ob er mir nicht gefiel. Natürlich gefiel er mir. Franz hatte recht. Der Mantel stand mir gut, fühlte sich weich und angenehm an. Man sah, dass es eine gute Qualität war. »Den kaufst du«, sagte er. »Die Ärmel lassen wir kürzen.« Und ehe ich auch nur einen Mucks sagen konnte, hockten zwei Schneiderinnen rechts und links neben mir, maßen die richtige Länge und steckten sie ab. Also gut, dachte ich und sagte es auch und musste lächeln.

»Ich öffne ja schon!«, rief ich dem Österreicher zu und sperrte die Tür auf. Er nahm mich in die Arme und drückte mich, als wäre er ein Soldat, der nach mindestens dreijährigen Kämpfen und vielleicht auch noch anschließender Kriegsgefangenschaft zu seiner Frau heimkehrte.

Ich fragte ihn, ob er wusste, dass es zu Kaisers Zeiten ganz üblich war, der Kaiserin die Kinder wegzunehmen, und dass man besonders Elisabeth anfangs für außerordentlich dumm hielt. Bis man eines Besseren belehrt wurde. Bis man erlebte, wie sie Sprachen studierte, Gedichte schrieb. Alles hatte seine Grenzen. Sie baute später Schlösser, wo immer sie hinkam. Ging ihrer Wege und tat, was ihr gefiel. Die Kaiserin war eine magere Spitzensportlerin. Sie aß nichts. Das war dumm. So würde ich nicht handeln. Nun ja, sie aß pro Tag eine Orange. Und spritzte sich Kokain in die Venen. Auf Anweisung des Arztes. Auch das war dumm. Und falsch. Aber das erkannte man damals nicht, es war eine andere Zeit, wie man zu sagen pflegte – und pflegt. Die Kaiserin versuchte ihr Bestes, dichtete und trieb Sport. Aber aus irgendeinem Grunde kam sie nicht aus ihrer Kammer an den Esstisch. Nicht einmal wegen ihrer Kinder, die sie doch liebte. Das ist durch verschiedene Gutachten und objektive Meinungen belegt. Ihre schlechten Zähne legen die Vermutung nahe, dass sie in ihrem Leben ziemlich oft gekotzt hat.

Solche Feiertage zeichnen sich erwiesenermaßen dadurch aus, dass der Benzinpreis in den Himmel schießt und auf den Autobahnen, vielleicht gerade bedingt durch Frust und Stress wegen der Preiserhöhung, die meisten Unfälle im Jahr passieren. Ich hatte Unmengen von Essen vorrätig, fast zwei Kilo pro Kopf, wie die Küchenwaage zeigte, wenn ich alles zusammenrechnete. Ich hatte etliche Hunderter investiert in all die Speisen und Getränke und die Servietten mit den Engelsbildern. Ich hatte gebügelt und geputzt, und nun würden sie gar nicht kommen?

»Tja.«

Ich nahm dem Österreicher das Telefon aus der Hand, legte es an seinen angestammten Platz und sagte: »Das macht nichts, aber was habe ich gesagt?« Der Auftritt war wieder mal völlig überflüssig gewesen. Angerufen hatte weder Tuulikki noch sonst irgendein Finne, sondern Marie-Luisa, die Schwester des Österreichers.

Das Schwein brutzelte dennoch im Ofen vor sich hin, so wie es sollte. Ich räumte alle für die Zubereitung der Mahlzeit benutzten, abgewaschenen und getrockneten Gegenstände in die Schränke. Wäre es im Falle der Bratpfannen wohl besser, sie einzeln aufzuhängen statt sie im untersten Fach übereinander zu stapeln? Ich drehte aus den Servietten hübsche Rosetten (oder Rollen, weil die Rosetten nicht gelingen wollten), legte das Tafelsilber auf den Tisch und prüfte, ob es sauber war.

»Hast du gehört, was ich sagte?«, fragte der Österreicher.

Gewiss, das hatte ich, aber ich beabsichtigte weder aufzugeben noch aufzuhören. Meine Mannschaft bestand aus einem einzigen verlässlichen Mitglied für sämtliche anfallenden Aufgaben, und ehe nicht von oben ein Signal kam, würde ich nicht aufhören, sondern noch zielstrebiger mit der Organisation des Festes fortfahren. Ja, genau. In den Fünfsternehotels trugen die Angestellten weiße Handschuhe, während sie die runden Tische deckten, damit das Hautfett keine Abdrücke auf dem Geschirr hinterließ. Auf den silbernen Bestecks dunkelten die Fingerabdrücke mit der Zeit nach.

Ich holte die Salatfertigsoße heraus und goss ihren Inhalt in eine Glasflasche, Korken drauf. Ich stellte sämtliches Zubehör (Kochtopf, Salz, Holzlöffel, Sieb, Salatschleuder) beiderseits des Herds in der Reihenfolge auf, wie sie gebraucht würden. Und ja: die Aufgeregtheit des Österreichers nach dem hektischen Anruf seiner Schwester. Er sah mich ungläubig an, drückte sich dann an mich, hob mir das Gesicht entgegen, und in seinen Augen standen Tränen. Er sprach von der Fragilität des Lebens. Er sah aus wie ein Pfarrer. Manchmal sah der Österreicher genau wie ein Pfarrer aus. Immer. Der Österreicher hatte immer wie ein

Pfarrer ausgesehen. Fehlten nur noch der Altar, der Organist und der Chor. Der Österreicher presste die Hand zur Faust. Als ob er knetete. Seine Hände waren schweißig, die eine mehr als die andere. Wenn mich früher jemand gefragt hätte, ob die Hände des Menschen unterschiedlich schwitzen können, hätte ich geantwortet »bestimmt nicht«. Er sagte, dass er die Handynummer seiner Schwester suchen und einen erneuten Versuch machen wolle, sofern die Verbindung diesmal nicht zusammenbrechen würde.

Franz starrte aus dem Fenster, wartete auf das Signal im Apparat. Das Eichhörnchen lief immer noch am Baum hoch und wieder runter. Hatte es überhaupt eine Pause gemacht? Franz sah kein Eichhörnchen, sein Blick war getrübt, er sah die Natur nicht, er sah Stereos und Platten, Telefone und Autos. Die Furchen in seinem Gesicht führten alle nach unten wie kleine Flüsse, die ein gemeinsames Mündungsdelta suchten. Es sagt viel über einen Menschen aus, wenn er leben kann, ohne ein einziges Eichhörnchen zu sehen.

Der Österreicher bekam Verbindung mit seiner Schwester, und bald begann er zu lachen. Die Gäste würden sich verspäten. Das war alles. Es gelang mir schließlich, ihm die richtigen Informationen zu entlocken. Letztlich war nichts weiter passiert. Auf der Autobahn war nur jemand in die falsche Richtung gefahren, das passierte hier täglich, Nachrichtenwert null. Es wäre direkt ein Wunder gewesen, wenn gerade heute kein einziger Österreicher auf der Autobahn in die falsche Richtung gefahren wäre. Einer der von Frau Berger so geliebten Polizisten mit rundem Bauch und hohlem Rücken hatte den Verrückten stoppen können, und niemandem war etwas passiert. Es war sogar gut, dass wir auf diese Weise mehr Zeit für die Vorbereitungen hatten. In der Wohnung war alles geputzt und poliert. Die Knödel waren das einzige Problem, immer noch, aber was konnte ich dagegen tun? Ich war zu dem Schluss gelangt, dass ich das Gelingen oder Misslingen der Knödel nicht beeinflussen konnte. Ich hatte alles so gemacht wie es sich gehörte, wenn sie sich nicht kochen lassen wollten, dann eben nicht. Ich würde stattdessen Kartoffeln kochen, es wäre ja wohl das gleiche, sogar viel besser. In jenen sogenannten »Schulen« war mir beigebracht worden, dass gerade die Kartoffel früher der wichtigste Lieferant von Vitamin C für die Finnen gewesen war, also kann man sich ausmalen, wie enorm viel sie enthält, da ja bekanntlich Vitamin C nicht nur wasserlöslich ist, sondern auch teilweise beim Kochen abgetötet wird. In der Kartoffel lag weit mehr Vernunft als in dem Gericht namens Knödel. Das Nichtstun begann mich zu entspannen. Das Hin und Her der Familie des Österreichers war sehr ermüdend. Ich war müde, müde und müde. Abends war ich zeitig schlafen gegangen, damit ich heute gut durchhielte, aber es war vergebliche Liebesmüh gewesen. Zunächst konnte ich gar nicht einschlafen, und als ich dann endlich schlief, hatte ich einen bösen Traum, Maden im Speck oder etwas Ähnliches, und schließlich hatte ich resigniert und war in den frühen Morgenstunden aufgestanden. Was machten andere Leute in solchen Situationen? In solchen *Lebenssituationen*? Nahmen sie irgendein aufputschendes Medikament? Dann konnten sie vermutlich überhaupt nie mehr schlafen, auch wenn sie es noch so gern wollten, und starben vorzeitig an Schlaflosigkeit. Am liebsten würde ich jetzt ein Weilchen vor dem Fernseher auf dem Sofa liegen. An meinen freien Tagen schaute ich drei mal fern, während der Österreicher auf der Arbeit war. Das erste Mal beim Frühstück, da wurde die Daily Soap vom Vortag wiederholt. Das zweite Mal schaute ich, wenn ich Mittag aß, dann kamen entweder Zeichentrickfilme oder Nachrichten oder das Mittagsmagazin. Und schließlich schaute ich nachmittags die Soap, die ich dann also erneut am nächsten Morgen sah. Der Österreicher mochte die Sendungen nicht, die ich einschaltete. Er verachtete sie und das tat ich auch, aber mit dem Unterschied, dass ich sie gern anschaute. Manchmal verfolgte ich sie, manchmal dachte ich an ganz andere Dinge. Der Österreicher wirkte jetzt fröhlich und offen wie ein geteilter Apfel. Er nahm immer alles so ernst. Er begriff einfach nicht, wie man die Sendungen sehen musste, nämlich kritisch und analysierend. So konnte man etwas aus ihnen lernen. In dummen TV-Sendungen waren alle Bereiche des Lebens dargestellt, übertrieben, aber wahrheitsgemäß. Es machte letztlich keinen Unterschied, ob man die Zeitung las oder ob man Fernsehsendungen sah, in beiden war absolut von denselben Dingen die Rede. Frau Berger hatte diese Tatsache bereits vor Jahrzehnten erkannt, und auch der Österreicher würde es zugeben müssen, wenn er nur bereit wäre, sich die Begründungen richtig anzuhören. Ich würde nachher doch lieber das rote, ausgeschnittene Kleid anziehen, das ich ebenfalls zusammen mit dem Österreicher und mit seiner Hilfe gekauft hatte. Dazu würde ich weiße Perlen tragen. *Land der Berge.* Tom Sellecks Sohn wäre nicht der einzige weit und breit, der am Feiertag die österreichischen Farben tragen würde. Der erste Eindruck stimmte in fünfundneunzig Prozent der Fälle. Vermutlich war der Junge letzten Endes doch Tom Sellecks eigener Sohn, und die österreichische Hymne war schwer, schön, aber schwer. Die Knödel, sie sollten richtig fest werden. Der Österreicher befahl mir immer, mich auf das Wesentliche zu konzentrieren. Das Leben ist das hier. Konzentrier dich aufs Wesentliche!, verlangte er und wurde nicht müde, es zu wiederholen. Er hatte mich aufgefordert, Petersilie in den Teig zu geben, es hatte überhaupt nichts genützt. Ich würde mir das Rezept vornehmen, mit dessen Hilfe ich bis an diesen Punkt gekommen war. Ich würde mir zunächst die Hände waschen. Ich würde ein Glas Wasser trinken. Ich würde durchs Sichtfenster den Braten, der auf seinem Blech ruhte, kontrollieren, und sein Duft würde mir in die Nase steigen. Der Duft wäre absolut echt. Genau der, der einem Schwein, das im Ofen garte, entströmen müsste. Vor den Gästen gäbe ich mich dann gleichsam »überrascht« und »ungläubig«, aber letzten Endes zufrieden. Ich würde erhobenen Hauptes herumlaufen. Die gebräunte Kruste des Bratens wäre knusprig, und ich würde das pure Fett essen, mir hinterher genießerisch die salzigen Finger bis zu den Wurzeln ablecken. Auch in Frau Bergers Wohnung hing oft Essensgeruch. Und fast immer roch man bis an die Tür süßen Tabak. Daraus konnte ich schließen, ob sie auf den Beinen war und ob es ein günstiger Zeitpunkt war, bei ihr zu klingeln. Ich musste auf das Schwein aufpassen, jetzt, da es gar nicht zur vereinbarten Zeit aus dem Ofen genommen werden konnte. Ich müsste vielleicht die Temperatur drosseln. Oder den Ofen ganz ausschalten und auf die Restwärme vertrauen. Die zerhackten Knochen für die Soße. Ich würde noch ein zweites Glas Wasser trinken. Was hatte ich denn bisher außer Kaffee und Sekt schon groß getrunken? Der Mensch von heute war ein seltsames Wesen. Wenn man ihn nicht direkt an der Hand nahm und es ihm zeigte, vergaß er unter Umständen die einfachsten Dinge, wie etwa Wasser zu trinken und kleine Ruhepausen einzulegen. Auch ich hatte eine Taille. Der Duft des garenden Schweins strömte mir in die Nase. Da war der Schweinsbraten, da waren die Gegenstände aus Tuulikkis Paket, und da war der versehrte und vor Erleichterung weinende Franz. Er sollte sich jetzt zusammenreißen. Ganz ohne den Österreicher würde ich das alles nicht schaffen.

Komm her, so komm schon in meine Arme, du möchtest es doch auf jeden Fall, schmoll nicht herum. *Bitte.* Sagte ich. Nachdrücklich. So wie hier oft nachdrücklich und ausdrücklich Dinge gesagt wurden. Ich ließ mich von ihm umarmen. Und was nun? Gar nichts. Jetzt galt es nur zu warten.

»Hei.« Der Österreicher rüttelte mich an der Schulter und verlangte, ich solle aufstehen.

»Ich habe draußen ein Motorengeräusch gehört.«

Er rappelte sich von seinem Platz neben mir hoch, fuhr sich durchs Haar und lugte aus dem Fenster. Dann küsste er mich auf die Stirn, lächelte ganz leicht und entspannt, sagte nochmals danke und Verzeihung und bat mich:

»Knöpf dir die Bluse zu, Liebes.«

Es dauerte einen Moment, ehe die Willenskraft in meine gelähmten Glieder zurückkehrte.

Auch ich spähte durchs Schlafzimmerfenster, und tatsächlich, dort wuselte Marie-Luisa herum und zerrte ihre Mutter aus dem Auto. Der Hund rannte wild umher, pinkelte an mindestens drei verschiedene Ecken des Hauses. Wenn Frau Berger sehen würde, dass der Hund die Hausecken markiert hatte, bekäme ich Ärger. Außer allen Kindern hasste sie auch alle Hunde. Sie würde mich nie wieder zu sich einladen. Sie würde jemand anderen bitten, ihr die Zigaretten und Süßigkeiten zu besorgen. Frau Bergers Süßigkeiten. Medikamente. Gurken, Milch und Semmeln. Sie würde ganz sicher wütend werden. Die da unten sollten wenigstens den Hund irgendwo verstecken.

Der Österreicher versicherte, dass auch die Gäste nicht besonders aufgeputzt seien. Das Wichtigste sei jetzt einfach, sie zu empfangen. Ich schloss den obersten Knopf an meiner Bluse und strich die Haare aus dem Gesicht zurück, aus dem Weg, aus dem Blickfeld. Ja, gewiss. Nach

Frau Muttis Meinung gehörte es sich, dass eine Frau einen Rock trug. Woher sollte ich jetzt so auf die Schnelle das Passende nehmen? Ich stürzte zum Kleiderschrank und riss ihn sperrangelweit auf. Der Österreicher folgte mir und lachte fröhlich.

»Jetzt geht es also los! Bist du bereit?«

War ich nicht. Ich war ratlos.

»Nimm das«, sagte der Österreicher und warf mir das ausgeschnittene Kleid zu, das auf dem Bett gelegen hatte.

»Sei nicht lächerlich«, sagte ich. »Das oder das?«

Er sah mich ängstlich an. Hatte er mich schon lange so angesehen? Vielleicht hatte er es von Anfang an getan, aber ich hatte es erst neuerdings gemerkt: war jetzt doch noch im letzten Moment ein Anfall zu erwarten? Aber es gab keine Anfälle. Ich hielt mir abwechselnd ein schwarzes und ein gelbes Kleid prüfend vor den Leib.

»Das. Du bist wunderbar und schön. Wirklich«, sagte Franz, ging nach unten und ließ mich allein.

Als nächstes musterte ich vor dem Spiegel ein gelbes und ein grünes Kleid. Der Österreicher hatte falsch gewählt. Auf den zweiten Blick war völlig klar, dass das gelbe überhaupt nicht in Frage kam, wenn man es auch nur annähernd mit meinen Haaren, der durchsichtig hellen Haut und den blaugrauen Augen verglich. Wie hatte ich nur gestatten können, dass ein Kleid in so unpassender Farbe für mich gekauft wurde? Und wie kann ein neutraler Betrachter, sogar der Österreicher, so falsch wählen? Aus dem Abstand müsste er doch eigentlich eher sehen, was mir stand. Wenn er auch nur ein bisschen involviert war oder sich interessierte. Aber das war es eben. Der Österreicher wusste einfach kaum etwas von Finnland. Das Brot kannte er gut. Sagen konnte er das Wort allerdings nicht. Er konnte Wurst Senf Bier sagen. Als Mitbringsel wünschte er sich von mir Brot. Immer dieselben Gespräche, völlig überflüssig: Was soll ich dir mitbringen? Bring Roggenbrot. Manchmal kaufte ich es auf dem Flughafen Helsinki-Vantaa, kurz bevor ich in die Maschine stieg, auf den letzten Reisen hatte ich es allerdings in den Lebensmittelgeschäften der Innenstadt besorgt, denn dort war das Angebot viel frischer und besser. Ich öffnete die Schwänze in meinem Haar, die von beiden Seiten und vom Scheitel und von überall abstanden. Mit dem Anblick war ich alles andere als zufrieden. Der Kleiderschrank quoll über. Während unseres Zusammenlebens hatte mir der Österreicher, neben allem anderen, einen Blazer, zwei Hosen, vier Blusen, ein Kleid, einen Badeanzug, ein seidenes Nachthemd, Höschen aus Spitze und halterlose Strümpfe gekauft, wobei letztere natürlich nicht da blieben, wo sie eigentlich hingehörten, sondern sich, als wir die »Zauberflöte« in der Staatsoper sahen, in der Pause zu Würsten auf den Knöcheln zusammenrollten, ehe ich die Loge verlassen und auf die Toilette gehen konnte. Die Strümpfe waren ein Beweis dafür, dass meine Figur falsch geformt war für diese Kleidungsstücke. Nach dem Kauf des roten Kleides hatte der Österreicher gesagt: Jetzt habe ich dir gezeigt, wie es ist, in guten und schönen Sachen herumzulaufen.

Ich blickte erneut nach draußen. Marie-Luisa war tatsächlich nicht besonders gut angezogen. Aber das war sie ja nie. Dafür aber Frau Mutti. Elegant und schön. So wie immer. Der Österreicher erschien unten bei ihnen. Er zeigte mit dem Finger aufs Fenster. Ich trat blitzschnell zur Seite. Was dachte der Österreicher eigentlich von mir? Und was wusste ich letzten Endes von ihm? Ich schloss den Spiegelschrank, hob die herumliegenden Sachen auf und warf sie in den Wäschekorb. Aus meiner Hosentasche fiel Frau Bergers Einkaufsliste. Gurken, Milch, Semmeln, Morphiumpflaster. Morphium, um Gottes Willen. Ich hatte Frau Bergers Einkäufe vergessen. Wie konnte ich nur ihre Einkäufe vergessen? Die vergaß ich ja nie. Und woher wusste der Österreicher angeblich immer, was die richtige Rangfolge der Dinge war? Marie-Luisa hatte mich jedenfalls bereits gesehen. Die Familie des Österreichers. Auch ich hatte eine Familie! Es wäre ein Fehler, ihnen nicht entgegen zu gehen. Ich winkte ebenfalls.

Ins Stadtmuseum gelangte man an nationalen Feiertagen umsonst, und so herrschte dort natürlich ab und zu großer Andrang. Ich hatte noch keinen einzigen Wiener getroffen, der an einem gewöhnlichen Wochentag echtes Interesse an den städtischen Museen bekundet hätte, man fand, ein Besuch dort wäre, als ginge man zum Nachbarn, *welchen Sinn macht es, in Vitrinen gestopftes altes Küchengerät anzustarren.* Oder nach Hause *wir essen nun mal nicht von Silbertellern, was soll das.* Für so etwas mochten die Leute nicht extra bezahlen. Aber an einem nationalen Feiertag, da war alles anders, und wenn man dann den Museumsrundgang durchgestanden hatte, kehrte man gern anschließend noch im Museumscafé ein und, um die Bildung, die man sich angetan und das Neue, das man gelernt hatte, zu vergessen und wegzuwischen, aß man echte, sorgfältig gemachte süße Torte, und dann war es, als hätte man – außer dem Museumsbesuch – auch die noch spendiert bekommen.

Genau wie im Museum, war auch bei uns zu Hause die Treppe zwischen Erd- und Obergeschoss zu lang, und die Abstände zwischen den Stufen waren zu kurz. Warum nur musste in eine private Wohnung eine Treppe eingebaut werden, die jener im Stadtmuseum ähnelte? *Einen schönen Feiertag.* Die Gäste wuselten im Flur herum als kleine kreiselnde Wesen. Sie prallten gegeneinander. Ihre Hintern stießen aneinander. Sie waren Tiere. Kleine murmelnde kreischende runde Zootiere. Was für ein Cocktail von Stimmen und Bewegungen und Farben. Sie zogen sich aus, wussten nicht, wie viel sie ausziehen sollten. Sie holten aus ihren Taschen Strickjacken hervor, zogen sie an, zogen sie wieder aus, weil sie vermuteten, dass sie doch darin schwitzen würden. Der Österreicher versuchte ihnen zu helfen. Er versuchte! Ich wiederholte meine Worte, diesmal hörbar, straffte den Rücken – die Haare wogen mehrere Kilo – und ging auf sie zu, kam herunter, die Hände geöffnet. Frau Mutti hob den Blick. Sie hatte eine menschliche Stimme vernommen, wusste aber nicht, woher sie kam. Ihre Augen rollten in ihrem Kopf. Ich sagte meinen Gruß ein drittes Mal. Jetzt entdeckte Frau Mutti mich und war gereizt, gleich von Beginn an.

»*Einen schönen was*? Wir haben gerade einen lebensbedrohenden Autounfall hinter uns.« Sie machte eine kleine Pause, ehe sie hinzufügte: »Der Feiertag ist morgen.«

Marie-Luisa verbot ihr, gleich in der Tür zu übertreiben. Der Österreicher murmelte und grübelte und erbot sich dann, den von seiner Freiheit begeisterten Hund nach draußen zu bringen und im Garten toben zu lassen.

»Gott sei Dank«, sagte Marie-Luisa zu mir, nachdem sie das wilde Tier los war. »Franz ist immer so goldig und verständnisvoll.«

Ihr war es gelungen, die Stiefel gegen Hausschuhe auszutauschen. Sie legte die Hand auf die Brust um nachzuhelfen, dass sich ihre Atmung stabilisierte. Dann sagte sie:

»Elisabeth ist schon vorgestern in die Stadt gefahren und hat Maximus mir überlassen. In einer einzigen Nacht hat er mich zum Wahnsinn getrieben. Er will einfach die ganze Zeit fressen. Und zerstören.«

Sie lachte, schüttelte den Kopf und lachte erneut, sagte »so sind Hunde«.

Ja, da hatte sie recht. So waren die Hunde. Zu allem Überfluss und unter anderem so.

Marie-Luisa fingerte ratlos an ihrem Pelzhut. Der hielt sich einfach nicht an der Garderobe, denn der Haken war nicht lang und nicht steil genug für das große und schwere Ungetüm. Ich lächelte ihr zu, nahm ihr den Hut aus der Hand. Ich würde ihn auf den Stuhl legen, auf dem jetzt Frau Mutti saß, später, wenn alle nach drinnen gegangen wären. Marie-Luisa dankte und wirkte erleichtert.

»Entschuldige, dass wir uns so verspätet haben«, sagte sie. »Es ist unverzeihlich. Elisabeth ist bestimmt schon da.«

Elisabeth? Wieso? Würde sie auch kommen?

»Kommt Elisabeth gar nicht?«, fragte der Österreicher, der inzwischen wieder aufgetaucht war. Er wusste also entschieden mehr über die Dinge als ich. Dabei hatte ich ihn extra gebeten, mir alle Details bezüglich der Gäste zu erzählen, ihre Wünsche wie auch Zeitpläne, Krankheiten und neu aufgetretene Allergien, aber dass ihre Anzahl natürlich auch wichtig war, hatte ich wohl vergessen zu sagen.

»Zunächst wollte sie nicht kommen, dann wieder sagte sie, dass sie doch kommt, so sind die heutigen jungen Leute, keinerlei Bindung an die Familie. Ist sie noch gar nicht hier?«, fragte Marie-Luisa und drehte sich ein Mal um ihre Achse. Dann versuchte sie in unsere Wohnung zu spähen, wagte aber nicht, vor ihrer Mutter einzutreten. Sie trug schwarze Sachen. Sie hatte zugenommen. Wieder. Marie-Luisa wirkte, während sie da lachte und fragte und sprach und sich drehte, insgesamt sehr vorsichtig und schüchtern. Vielleicht gab es dafür einen triftigen Grund. Oder auch nicht. Auf jeden Fall und trotz alledem war es wunderbar, dass die Gäste jetzt eingetroffen waren, und als Frau Mutti keuchend ihre Stiefel ausgezogen hatte, beschloss ich zu Ehren des Feiertags, »heute können alle ihre Schuhe anbehalten«.

»Welch großartiger Gedanke«, sagte der Österreicher. »Nun kommt, tretet näher. Ich hole die restlichen Sachen.«

»Elisabeth ist sehr loyal gegenüber ihrer Familie. Sie ist ein gutes Mädchen. An ihrem Charakter und ihrer Familienbindung ist nichts auszusetzen«, sagte Frau Mutti, nachdem sie vom Stuhl hochgekommen war. »Vielleicht ist ihr etwas zugestoßen. Ich würde sie nicht zu Demonstrationen gehen lassen. Allein der Gedanke ist schrecklich.«

Sie kniff die Augen zusammen. Im Flur war es dunkel. Ich beeilte mich, das Licht anzuknipsen und entschuldigte mich. Die Gäste waren letzten Endes zu früh angekommen.

»Wir sind verspätet«, sagte Frau Mutti.

Nein, sie waren vorzeitig gekommen. Sie hatten gesagt, dass sie sich verspäten würden, aber wenn wir nach dem ursprünglichen Plan gingen – und nach dem mussten wir uns ja richten – »nein, dann seid ihr zu früh da.«

Frau Mutti sah mich an. Ich erwartete, dass sie gegen meine Berechnung protestieren würde, obwohl es da nichts zu protestieren gab, aber sie äußerte sich nicht dazu. Stattdessen sagte sie:

»Na gut. Jedenfalls sind wir jetzt hier. Sie wird kommen, wenn sie kommt. Und jetzt komm du mal her«, sagte sie zu mir, umfasste meine beiden Wangen und beugte sich zu mir.

Ich knickte in den Knien ein, knickste gleichsam, und ließ das Ritual über mich ergehen. Anschließend wollte Frau Mutti mir ein Geschenk überreichen.

»Marie-Luisa, den Beutel«, sagte sie.

Marie-Luisa drückte ihrer Mutter einen Plastikbeutel in die Hand, den diese mir hinhielt. Ich bekam einen großen Blumenstrauß und eine Pralinenschachtel, ein buntes Marmeladenglas, eine Kombipackung brauner Nylonstrumpfhosen und einen Kugelschreiber. Die Gegenstände steckten in dem Plastikbeutel, aber Frau Mutti zählte sie auf. Mit dem Kugelschreiber war eine hübsche Geschichte verknüpft. Frau Mutti begann zu lachen, noch ehe sie überhaupt zu erzählen begonnen hatte, und sie musste sich schnäuzen.

»Marie-Luisa, Taschentuch.«

Frau Mutti weinte, während die angenehmen Erinnerungen sie überfluteten, wie sie sagte. Sie war auf Reisen gewesen, in Italien. Wo genau? In der Toscana? An der Riviera? In Umbrien? In Sizilien? Frau Mutti sprach nur ganz wenig Italienisch, *amore,* was eben alle so können. Jeden Tag während ihrer Reise hatte sie sich die Worte, die sie gehört hatte, aufgeschrieben, damit sie sie nicht gleich wieder vergaß, und es hatte geholfen. Sie hatte im Restaurant Essen und Getränke bestellen und draußen den Kioskbetreiber begrüßen können.

»Mutter, so erzähl schon, wo du warst«, sagte der Österreicher.

»Nun, jedenfalls nicht an der Riviera, um diese Jahreszeit fährt kein Mensch dorthin. Wir waren natürlich in der Toscana. In Pisa. Unterbrecht mich nicht.«

Frau Mutti schnäuzte sich erneut, obwohl dafür gar keine Notwendigkeit mehr bestand. Die Verärgerung ließ ihre Nase trocknen, nachdem die Erinnerung sie hatte feucht werden lassen.

»Das Leben des Menschen ist so kurz – je älter man wird, desto mehr Bedeutung bekommt das Essen – schaut her, so habe ich immer aus dem kleinen Notizbuch abgeschaut …, jedenfalls …, ich habe an euch Kinder gedacht, ich denke ja stets an euch Kinder, und somit, da ist er nun.«

Der Höhepunkt der Geschichte war der, dass Frau Mutti, eingedenk der Tatsache, dass auch ich mir fleißig Notizen machte und lernte, zu dem Schluss gekommen war, der Stift könnte mir beim Korrigieren von Sprachfehlern Nutzen und Freude bringen. Sie ergriff meine Hand und tätschelte sie.

»Der Stift trägt das Logo des Hotels. Das Hotel allerdings kann ich nicht mal meinem schlimmsten Feind empfehlen. Vergesst das nicht. Das Badezimmer war schmutzig und das Frühstück eine einzige Katastrophe. Für zusätzliche Handtücher setzten sie einem eine unverschämte Summe auf die Endrechnung.«

»Wo mag die Elisabeth nun wirklich stecken?«, wunderte sich Marie-Luisa.

Sie zog ihre Strickjacke aus, darunter kam ein T-Shirt mit einer italienischen Aufschrift in goldenen Buchstaben zum Vorschein.

»Hier steht ›rosa‹ und hier ›Meer‹ und hier ›Italien‹ sagte Frau Mutti und deutete mit dem Finger auf die Brust ihrer Tochter, die unter dem Druck nachgab.

»Stich mich nicht«, sagte Marie-Luisa und stieß die Hand ihrer Mutter beiseite.

»Warum steht dort ›rosa‹?«, fragte der Österreicher.

Marie-Luisa schielte zur Eingangstür. Sie trippelte auf der Stelle, schaute aus dem Fenster in den Garten und dann auf die Straße und murmelte vor sich hin. Ich wusste gut, wie beunruhigend es war, wenn man sich um einen Verwandten Sorgen machte. Die Angst vor seinem Verschwinden oder einem Unfall war wie ein Virus – oder nein, schlimmer noch, wie ein bösartiges Geschwür, das, einmal im Gehirn entstanden, sich ausbreitete und verselbständigte, und zwar umso mehr, je bessere logische Gegenargumente man erfand. Es fraß die Gegenargumente auf. Das Geschwür wuchs, indem es die Gegenargumente molk und fraß wie Ameisen die Parasiten. Ich wollte Marie-Luisa helfen. Ich sagte zu ihr:

»Sieh Maximus an.«

Sie tat es, und ich fuhr fort:

»Wenn Elisabeth etwas passiert wäre, würde Maximus es wissen. Hunde wissen so etwas. Sie denken nicht, sie *wissen*.«

Marie-Luisa zeigte Interesse.

»Hunde sind so. Man kann sie lesen wie ein aufgeschlagenes Buch. Zum Beispiel Maximus. Er wäre noch nervöser als jetzt. Sein Schwanz hätte eine ganz andere Stellung. Er würde keine Ruhe geben, sondern wäre wahrscheinlich schon ausgerissen, um Elisabeth zu suchen.«

Ich schilderte eine Folge aus der äußerst beliebten österreichischen Fernsehserie »Kommissar Rex«, in der genau so etwas vorgekommen war. Eine Folge diesen Inhalts hatte es gar nicht wirklich gegeben, aber es gab ja in Österreich auch keine Kommissare, obwohl es gut hätte sein können, also egal. Marie-Luisa glaubte mir, beruhigte sich und dankte mir für die Fürsorge. Sie vergaß ihre Tochter – eigentlich erschütternd, wie schnell sie dazu imstande war, ein paar Sätze über den Polizeihund Rex, und die Töchter wurden vergessen und beiseite gelegt – und war bereit, sich anzuhören, was die anderen von ihren Reisen erzählten.

Marie-Luisa selbst verbrachte den Urlaub am liebsten auf Madeira. Sie war dort bereits sechs mal hintereinander gewesen und kannte die Insel wie »ihre eigene Westentasche«. So hatte sie es mir erzählt. Sie brauchte kein Meer, um zu schwimmen. Schwimmen konnte man am besten im Pool, falls einen plötzlich die Lust packte, und nach ihren eigenen Worten galten ihre Gelüste zumeist ganz anderen Dingen. Zum Beispiel gebratenem Fisch, den man zu Hause im eigenen Land nicht sehr oft frisch bekam. »Das Meer ist zum Anschauen und das Pool zum Schwimmen«, sagte sie etwa. Frau Mutti hingegen genoss, außer dem italienischen Meer, ausschließlich Schweizer Qualität wie Schokolade und gute Kurhotels. In ihnen wurde angeblich noch richtig gesprochen, und man brauchte sich nicht vor Dieben oder vor Infektionskrankheiten zu fürchten, die schlechte Frauen einschleppten, so wie in den Bädern von Budapest oder Prag oder, noch viel schlimmer, in denen der slowakischen Städte.

Ich bekam allmählich genug vom Aufwärmgeplauder, das an sich das A und O eines jeden gelungenen Besuches war, das nun aber wirklich lange genug gedauert hatte. Die Aperitifs warteten fertig in der Küche, die Gläser standen auf dem Tablett bereit, sie enthielten je eine Kirsche, der Prosecco stand bereits seit gestern im Kühlschrank.

»Aber erst mal den Mantel abgelegt und herein in die gute Stube.«

Frau Mutti suchte nach einem passenden Haken und Platz für ihren Pelz, fand keinen, sodass sie den Pelz anbehielt und damit ins Wohnzimmer trat. Dort knipste sie selbst das Licht an, ging ein paar Schritte hin und her, blickte prüfend über den Esstisch, klopfte auf die Stühle und summte die Ouvertüre irgendeiner Oper vor sich hin.

»Gib mir deinen Pelz«, sagte ich zu ihr. Sie drehte sich um, als sie meine Stimme hörte, und musterte mich.

»Du hast wohl schon wieder abgenommen«, sagte sie und prüfte mit beiden Händen meine Hüften.

Ich bedankte mich.

»Du kochst wohl gar nicht richtig?«

»Mutter!«, zischte Marie-Luisa durch die Zähne.

»Das war kein Tadel. Ich habe nur konstatiert. Die Menschen haben unterschiedliche Vorlieben und Begabungen, es ist nichts dabei. Habt ihr noch immer keinen ordentlichen Garderobenschrank in dieser großen Wohnung?«, fragte sie ihren Sohn, der ihr den Pelz abgenommen hatte und ihn jetzt zärtlich im Arm hielt, als wäre er immer noch lebendig und Teil eines richtigen Tieres.

Der Österreicher war vorhin mit dem Hund draußen gewesen, und jetzt war er wieder im Flur aufgetaucht – er trat auf wie ein Geist, jedes Mal, wenn ich hinschaute, stand er entweder da oder war gänzlich verschwunden. Er versprach, den Pelz irgendwo »in Sicherheit« zu bringen. Frau Mutti bat mich um die Erlaubnis, weitere Lampen anzuknipsen und lobte unser Wohnzimmer, das ihrer Meinung nach herrlich leer und elegant war. Sie selbst hatte zu Hause einfach zu viel Kram, wie sie sagte.

»Aber was soll man machen – mit dem Alter sammelt sich eben allerlei Zeugs an. Und man kann die Sachen nicht wegwerfen, denn an ihnen hängen all die Erinnerungen – und an den Erinnerungen hängt das Leben.«

Frau Mutti weinte ein wenig. Ihre Augen vergrößerten sich. Diese Augen waren von je her sehr ausdrucksvoll gewesen, und die pechschwarze Schminke betonte die Ausdrucksfähigkeit noch. Ich fand, dass man Frau Mutti, so wie sie war, auf jede beliebige Bühne stellen könnte, und das Publikum würde ihr begeistert zu Füßen liegen.

»Hör schon auf, Mutter«, sagte Marie-Luisa diesmal rundheraus. Sie schob ihre Mutter aus dem Weg, gab dem Österreicher ein Zeichen, dass er sich um sie kümmern sollte, und umarmte und drückte mich.

»Wie schön, dich endlich wieder zu treffen. Lass dich mal richtig anschauen. Dein Haar ist länger«, sagte sie. »Ich fand es als Pagenschnitt schöner, aber so ist es auch nicht übel. Zeig mir jetzt mal alles, ihr habt euch, wie man hört, eine neue Stereoanlage gekauft …, wo ist denn der Hund wieder? Maximus? Maximus, sofort hierher. Pass ja auf und friss nichts vom Tisch.«

Der Hund kam zu Marie-Luisa getrabt und ließ sich zu ihren Füßen nieder, aber erst, nachdem sie mit ihrem ganzen Gewicht sein Hinterteil nach unten gedrückt hatte.

Marie-Luisa sah mich an. »Keine Manieren. Ich verstehe es nicht. Wir waren mit ihm in der Hundeschule. In einer teuren Hundeschule. Kommandier ihn einfach, als würde er dir gehören. Sonst versaut er dir das ganze Haus.«

Frau Mutti schlich sich in die Küche. Der Österreicher holte Mitbringsel aus dem Auto. Er pfiff Prokofjews »Peter und der Wolf« vor sich hin.

Marie-Luisa wandte sich mir zu und erklärte: »Vorige Woche habe ich mit enorm viel Aufwand eine große Bananentorte zu Elisabeths Geburtstag gemacht…«

»Elisabeth hatte Geburtstag?«

Marie-Luisa nickte. »Das Fräulein hat nicht auf seinen Hund aufgepasst, und der verflixte Köter hat mehr als die Hälfte der Torte aufgefressen. Er war von oben bis unten mit Bananen beschmiert. Du kannst dir vorstellen, wie ich losgeschrieen habe?«

Es war sehr wahrscheinlich, dass Marie-Luisa geschrieen hatte, sodass die Antwort lautete:

»Ja, klar.«

»Er versteht unsere Rede. Es ist ganz erstaunlich, wie viel er von der menschlichen Sprache versteht. Du kannst es ausprobieren. Wenn du zu ihm sagst ›hol ein Huhn‹, dann bringt er tatsächlich sein Spielzeug, das wie ein Huhn geformt ist. Oder du sagst ›bring eine Semmel‹. Ebenso ›Teddy‹ oder ›Ball‹. Er irrt sich nie.«

»Kommt bitte herein«, sagte ich.

Ich konnte es einfach nicht erwarten, dass Marie-Luisa und Frau Mutti meinen Braten sahen.

Da standen die Gäste Seite an Seite in meiner Küche, sahen sich um, und ihre verkrampfte Haltung und ihre Gesten waren typisch, gerade so verhielten sich Leute stets in fremden Küchen, ehe sie sich an die Gegebenheiten gewöhnt und begriffen hatten, wie dort die Dinge gehandhabt wurden und hinter welcher Tür sich welches Gerät, Instrument oder Hilfsmittel verbarg.

»Seht mal. Ich hatte mir gedacht, dass wir zu Ehren des Feiertages einen Aperitif trinken. Der Prosecco ist kalt gestellt und hat schon seit gestern auf euer Kommen gewartet, genau wie ich«, sagte ich und gab das Getränk weiter. Aber Frau Mutti wies das Glas, das ich ihr reichte, zurück und rümpfte die Nase.

»Meinst du Alkohol? Um diese Zeit? Nein danke. – Was ist da überhaupt drin? Eine Kirsche? Im Glas liegt noch eine Kirsche«, sagte sie zu mir.

Sie zeigte mit dem Finger an die Stelle, an der sich die Kirsche befand und vergewisserte sich, dass ich gehört hatte, was sie sagte. Dann steuerte sie den Herd an.

»Oh je, dass der Braten bloß nicht ausgetrocknet ist. Es sieht fast so aus, als ob er ausgetrocknet wäre.«

Frau Mutti spähte mehrmals in den Ofen, öffnete und schloss die Klappe, öffnete Schubladen links und rechts. Was hatte sie eigentlich vor? Marie-Luisa ahnte, was sie suchte und hielt ihr eine Gabel hin. Frau Mutti langte mit der Hand in den Ofen.

»Ich hatte gedacht, dass wir…«, begann ich, aber Frau Mutti unterbrach mich.

»In diesem Backrohr ist ja nicht mal Licht.«

Sie drehte an den Knöpfen.

»Das Rohr ist bereits ausgeschaltet, Mutter«, sagte Marie-Luisa. »Mach keine Hektik, es wird schon. Ich würde gern einen Aperitif nehmen.«

»Es ist einfach so, dass das Fleisch eindeutig zu lange hier drinnen gewesen ist. Und man sieht überhaupt nichts, weil es ein unbeleuchtetes Rohr ist.«

»Natürlich gibt es Licht in dem Rohr. Es ist ausgeschaltet worden. Komm jetzt weg dort.«

»Wo kriegt man überhaupt solche lichtlosen Backrohre? In einem Backrohr muss doch Licht sein, damit man etwas sieht.«

Frau Mutti ließ den Blick durch die Küche schweifen, über den Knödelteigklumpen, der auf dem Tisch lag, die Salatschale, die Kartoffeln im Spülbecken, und schlug die Hände zusammen. Sie war unzufrieden, dass noch nichts fertig war. Sie waren doch verspätet gekommen, wie sie meinte.

»Ich mag Kirschen«, sagte Marie-Luisa zu mir und nickte viele Male.

»Mutter, weg da. Der Braten wird ganz fein«, sagte der Österreicher, der Sachen aus dem Auto herein brachte. »Ihr seid zu früh gekommen.«

Er schloss die Ofenklappe und drückte seiner Mutter ein Glas Prosecco in die Hand.

»In unserer Familie hätten wir nie etwas zuwege gebracht, wenn ich nicht flexibel gewesen wäre«, sagte Frau Mutti.

»Ja, ja«, sagte der Österreicher. »Prost!«

»Prost!«, wiederholten wir alle.

Dann brachte ich den anderen bei, wie man sich auf Finnisch zuprostet. Nur, dass der Österreicher mich bat, die Gäste vor dem Sprachkurs erst mal richtig ankommen zu lassen. Er leerte sein Glas mit einem Zug, gab mir einen Kuss auf die Wange und ging viele Male zur Tür. Es nahm kein Ende mit den Mitbringseln.

»Das ist ja hier wie auf dem Grand Central«, sagte ich.

»Was meinst du?«, fragte Marie-Luisa.

Ich gab keine Antwort. Marie-Luisa bat mich, den Tisch zu decken. Sie zwinkerte mir zu und nickte in Richtung ihrer Mutter.

»Damit sie keinen Anfall kriegt, you know.«

Marie-Luisa und Frau Mutti machten alles falsch. Ich sagte, dass ich zunächst das Essen fertig machen würde, und das würde einen Augenblick dauern, somit brauchte der Tisch noch nicht gedeckt zu werden. Ich hatte geplant, dass sich die Gäste nach dem Aperitif gemütlich im Wohnzimmer niederlassen oder eine Weile in ihren Zimmern ausruhen könnten. Sollten sie doch hinaufgehen in ihre Zimmer, dort die Glieder strecken und ihren nach der langen Autofahrt sicherlich steifen Nacken entspannen. Sollten sie etwas trinken, sich erfrischen. Ihre Betten waren bereit. Ich hatte sogar beide Zimmer mit frischen Blumen geschmückt, hatte einen kleinen Bonbon aufs Kopfkissen gelegt und zur Begrüßung eine Plüschfigur auf dem Bett drapiert. Für Marie-Luisa hatte ich ein Eichhörnchen, gleichsam das Thementier des Festes, und für Frau Mutti auf Wunsch des Österreichers ganz neutral eine weibliche Puppe gewählt. In diesem Moment begriff ich, dass ich zwar sonst alles bedacht hatte, doch ich hatte die Heizung nicht eingeschaltet. Frau Mutti hatte mit ihrem Gestänker bewirkt, dass ich die Heizung vergessen hatte.

Ich rannte in den Flur und von dort in den Keller, stellte fünfundzwanzig Grad auf der Skala ein. Das sollte reichen. Es war sogar zu viel. Ich senkte die Temperatur um sechs Grad. Dann erhöhte ich doch wieder auf fünfundzwanzig, heute durfte nicht geknausert werden, niemand sollte mir heute Geiz vorwerfen.

Als ich wieder in die Küche kam, stand Frau Muttis Glas unberührt auf dem Tablett, und Marie-Luisa sagte, dass das Zusammenrühren der

Soße nur eine Minute dauern würde, also wäre es gut, wenn ich jetzt ein Tischtuch, am besten ein weißes, aus dem Schrank holen und den Tisch decken würde.

Ich sagte, ich wolle das Essen machen.

Frau Mutti und Marie-Luisa betonten: *es dauert nicht lange.* So glaubten sie. Ich zerbiss mir fast die Zunge, um nicht mein Geheimnis zu verraten. Ich brannte vor Begierde, mein Rezept *Sehr geehrter Herr Fidler* und all die Zutaten zu zeigen, die in die Soße gehörten und die ich in der zeitlichen Reihenfolge ihrer Verwendung neben dem Herd bereitgestellt hatte. Ich sagte, dass ich am Ende auch das Maggikraut gefunden und sogar die berühmten zerhackten Knochen hingekriegt hatte. Und sie sollten mir glauben, in einer Minute wäre die Soße nicht gemacht. Marie-Luisa fragte, ob ich den Haufen Knochen in der metallenen Schale meinte, die neben dem Herd gestanden hatte. Genau den.

»Entschuldige, aber die Knochen habe ich Maximus gegeben.«

»Maximus?«

»Ja. In der Schale lag auch ein Hammer!«

Natürlich war ein Hammer dabei.

»Zum Schweinsbraten macht man nie extra Soße. Der Bratensaft reicht völlig.«

Marie-Luisa hatte die Soßenknochen Maximus gegeben. Genau, alles klar. Ich sagte, dass sie, da sie alle so großen Hunger hatten, von mir zu Beginn eine klare Suppe bekommen würden. Ich hatte immerhin auch das bedacht. Die beiden Frauen sahen einander an, äußerten sich nicht. Dann sagte Marie-Luisa zu mir, dass sie auf keinen Fall in meinen Schränken wühlen wolle, und ein Tischtuch werde aber benötigt. Keine Frau in Österreich wünsche, dass ihre Ordnung durcheinander gebracht werde. Das sei unverschämt.

Hier hat er es jetzt also hergebracht? An der Tür lag das Paket von Tulikki. Der Österreicher hatte es provisorisch wieder zusammengepackt und es, um in der Küche Platz für Maximus' Kissen zu schaffen, nach oben getragen. Hoffentlich war vom Inhalt nichts unter seinen Händen kaputt gegangen. Frau Muttis Mantel lag ausgebreitet auf dem Bett, mit der Pelzseite nach oben. Was machte der hier? Seine Mutter würde ja nicht in unserem Zimmer schlafen. Ich seufzte. Nun ging es also los. Ich wurde überhaupt nicht mehr gefragt.

Ich setzte mich vorsichtig neben dem Mantel auf den Bettrand, streichelte die glänzende Pelzfläche. Das Kleidungsstück roch nach vergangenen Zeiten, nicht stickig, nicht schweißig, sondern es war so ein alter Geruch, wie er auch an den Waren der Antiquitätengeschäfte und an den Theaterkulissen haftete. Die Schauspielerin stand manchmal lange auf der Bühne, ließ sich anstarren, bewundern, beschimpfen. Sie stand reglos da, aber wenn man konzentriert und lange genug hinschaute, konnte man sehen, dass sie unglaublich schlechte Zähne hatte. Sie war die Kaiserin persönlich. Ihre Zähne bedeckte sie mit einem Fächer. Tja, nun ja. Und jetzt? Ich hatte gute Zähne. Und die sonstige Situation, außer im Mund? Nichts war schlecht, aber auch irgendwie nichts gut. Die Gäste hatten meine Vorschläge nicht direkt abgelehnt oder meine Vorbereitungen über den Haufen geworfen. Nein, das hatten sie nicht getan. Aber sie blockten trotzdem. In ihnen nistete und lauerte der mir nur allzu bekannte österreichische Widerspruchsgeist. Der österreichische trotzige Eigensinn stach aus ihnen heraus, obwohl sie ihr Möglichstes versuchten. Denn tatsächlich versuchten sie sich zu benehmen, waren höflich und das alles. Was würden die anderen – Sigrid, Frau Berger, der Portier, (die Kaiserin) – in dieser Situation machen? In einer solchen Krisensituation? Sie würden sich nichts anmerken lassen. Sie würden Haltung bewahren, so als gäbe es gar keine Krisensituation, und sie würden langsam und gemessen ihre Meinung sagen. Nein, sie würden weitestgehend über die Unmanierlichkeiten ihrer Gäste hinwegsehen. Sie würden niemanden demütigen. Nur falls man sie offen beleidigen würde, würden sie die Stimme erheben. So würden sie handeln. Sich erst dann verteidigen, wenn alle andren Mittel – welche? – ausgeschöpft wären, nur im äußersten Notfall. Wann wäre das? Natürlich dann, wenn man offen und ehrlich sagen könnte: All meine Kräfte sind aufgebraucht. Ich bedaure, aber mehr Kräfte habe ich nicht. Keine Kräfte und keine Vorräte. Sie wären heruntergebrannt, an beiden Enden und in der Mitte. Nicht wahr? Ich atmete ein und aus. Man muss atmen, wenn man überleben will. Es wäre allerdings sehr schwer zu sagen, wann die Kräfte wirklich endeten. Obwohl das immer wieder thematisiert wird. Ständig liest und hört man Interviews, in denen Leute behaupten: ja, und dann war ich mit meinen Kräften am Ende. Und diese Leute sind häufig gar keine Sportler. Sie wissen wohl kaum, wovon sie reden. Denn auch sie dürften ja bemerkt haben, wie hinterlistig die sogenannten Kräfte sein können. Erst hat man gar keine, und dann nehmen sie irgendwie kein Ende. Wäre ich doch irgendwann mal vor Müdigkeit umgefallen, oder wenigstens vor Erschöpfung mitten beim Essen, im Satz, in der Schlange an der Kasse ohnmächtig geworden. Das wäre genug Beweis gewesen. Aber nein. Ob man in der Nacht schlief oder nicht, die Kräfte reichten und reichten immerzu. Jetzt hatte ich Stiche in der linken Seite. Das war kein Herzanfall und auch kein Lungenkrebs, hatte der Arzt versichert, sondern irgendein Verdauungsproblem, Sodbrennen, unten im Erdgeschoss lag ein Medikament bereit. *Rufen Sie nicht mehr wegen dieser selben Sache an!* Ich suchte nach einem Ausdruck für das erstickende Gefühl unter den Rippen und fand es schließlich auch: Ich bin außer Atem. Ich war physisch wie auch seelisch außer Atem. Ich atmete noch einmal aus. Ich dehnte die Rippen, hob die Knie und streckte die Fingerspitzen zum Fußboden aus.

»Hast du gehört? Deine Tischtücher!«

Der Österreicher hatte sich in der Schlafzimmertür aufgebaut. Auch vor Verärgerung kann man erstarren. Erwartete er, dass ich, sowie er auch nur irgendein Wort äußerte, hochspringen und gehorchen würde? Ich war nicht Maximus. Eine andere Sache war, ob ich es sein wollte. Draußen hingegen fraß der richtige Maximus den Tauben die Körner weg und bellte, und Frau Berger lehnte aus ihrem Fenster, rauchte und bewarf den Hund mit Steinen. Sie schien es zu genießen. Wundersame Alte. Die Atmosphäre in diesem Schlafzimmer erinnerte mich, von der Enge wie auch vom Geruch her, an einen heißen Sommertag, wenn einem der schweißige und sauerstofflose Wind in schweren Wellen ins Gesicht schlug. Ich öffnete das Fenster und winkte Frau Berger mit einem weißen Taschentuch zu. Werfen Sie bloß keine Steine zu uns herüber, wollte ich scherzhaft sagen. Aber nein, sie bemerkte mich nicht.

»Du kannst den Schweinsbraten doch nicht auf ein solches *Brett* legen. Darunter leidet ja sowohl das Schwein als auch das Brett«, hörte ich Frau Mutti im Erdgeschoss lamentieren.

Ich seufzte so tief, dass das Interesse des Österreichers erwachte.

»Hier ist es kalt«, sagte er.

Er machte einen Schritt auf mich zu und drehte mich an der Schulter zu sich herum. Die Bewegung erinnerte mich an den Abteilungsleiter im Supermarkt. Traurigkeit überkam mich. Der Österreicher sollte mit mir doch nicht so umgehen wie der Abteilungsleiter vom *Eurospar* im Donauzentrum. Trotzdem machte er es. Was war das eigentlich für eine Beziehung? Ich sah ihm in die Augen. Wieso ich und meine Tischtücher? Wir besaßen natürlich nicht mal die Tischtücher gemeinsam. Der Österreicher schloss das Fenster.

»Ich hatte geplant…«, begann ich. »Ich hatte gedacht, dass …, war der Prosecco irgendwie ein schlechter Gedanke? Prosecco kann doch nie ein schlechter Gedanke sein, oder doch?«

»Natürlich nicht.«

»Und die Kirsche?«

»Die auch nicht. Deine Idee war ganz reizend.«

»Sie hassen mich.«

»Tun sie nicht.«

»Sie halten mich für vollkommen dämlich.«

Der Österreicher legte sich die Hand auf die Stirn. So machten es Menschen, wenn sie Fieber oder Migräne hatten.

»Schatz, alles andere, aber bitte nicht das. Wein jetzt nicht. Du kannst dann später weinen, so viel du willst. Ich werde dich trösten, ich bitte, ich bete…« Er kniete vor mir nieder und sah tatsächlich so aus, als ob er sich genau jetzt erpressen ließe, falls ich wollte, dass er mir einen Antrag machte.

Der Österreicher wirkte gealtert. Die Furchen in seinem Gesicht schienen tiefer als je zuvor. Wann hatte er dieses müde Aussehen bekommen? Welchen Grund hatte er, so erschöpft zu sein? Er tat all das, was er wollte, er ging zur Arbeit, kaufte ein, aß, ging an die frische Luft und hörte Musik. Was fehlte? Sein plötzliches Altern war doch nicht von mir mitverschuldet? Seine Mutter würde es bestimmt so sehen.

»Sei unbesorgt«, sagte ich.

Jetzt musste vernünftig gedacht werden. Ich zwängte meine Gedanken gleichsam in ein Korsett. Genau. Meine Aufgabe war es, mich um den

Österreicher zu kümmern. Das stimmte, und ich konnte Frau Mutti nur dankbar sein, dass sie mich durch ihr Verhalten gezwungen hatte, mich an diese Selbstverständlichkeit zu erinnern. Fürsorge war Liebe, die in eine sichtbare Form gebracht worden war. Wer würde etwas mit unsichtbaren Gefühlen anfangen können, aus denen nichts Praktisches folgte?

»Ich weiß und ich kann. Du hast keinen Grund, dir um irgend etwas Sorgen zu machen.«

Welchen Grund hatte der Österreicher jetzt noch, besorgt oder kindisch zu sein? Zu schmollen? Keinen. Ich würde mich kümmern. So wie ich es versprochen hatte. Seine Frau war da ganz wie die richtigen Wiener, die es genossen, dass sie in den Kaffeehäusern der Innenstadt noch auf derselben Bank sitzen konnten wie einst der Kaiser soundso, seine Frau passte, wie sie selbst fand, gut ins Interieur dieses oder jenes Kaffeehauses. – Wenn man nur gerade saß und sich nicht lümmelte, was ich nicht tat.

»Wir essen den Braten ohne Soße. Genau wie deine Mutter es wünscht«, versicherte ich. Die Dinge liefen nicht immer nach den ursprünglichen Plänen. Das musste man berücksichtigen. An welch anderer Erscheinung oder Haltung könnte man wohl sonst den Begriff »Hoffnung« festmachen? Ganz zu schweigen von »Sicherheit«. Plötzlich verstand ich all die Priester, Nonnen und Diakonissen und was es sonst noch so gab. Für einen Moment schien mir der Gedanke, fromm zu werden, gar nicht so verrückt. Ich berührte das Gesicht des Österreichers hier und da, an den Wangen, den Ohren. Ich drückte ihm einen Kuss auf die Augen und ließ ihn dann allein, damit er sich beruhigen konnte.

Ich rannte hinunter ins Erdgeschoss und spähte in die Küche, wo Frau Mutti und Marie-Luisa sich in die Arbeit gestürzt hatten. Sie wuschen den grünen Salat und kochten die Knödel – sie hatten dem Teig ein Ei beigemischt, natürlich, ein Ei! – und schöpften Bratensaft in ein Sahnekännchen. Sie amüsierten sich gemeinsam über meine Salatsoße – sie sahen sich an, kosteten und sagten »Senf, da ist Senf drinnen« und lachten und machten eine neue Soße ohne Senf aus Apfelweinessig, Kürbiskernöl, Salz und Zucker. Ich ließ sie machen. Inzwischen schlich ich mich nach oben, um mich umzuziehen. Ich zog mein schönstes Kleid an, schminkte mich sorgfältig, Grundierung, Striche, ordentliche Konturen und alles, Lippen und Stifte und Pinsel.

»Hier, bitte«, rief ich in der Küchentür, als ich wieder nach unten kam, und breitete das Tuch mit kühnem Schwung über dem Tisch aus. Die Paketsendungen der Finnland-Menschen hatten immerhin den Vorteil, dass im Haushalt nie etwas fehlte. Dieses cremefarbene und elegante Leinentuch hatte schon wer weiß wie lange gebügelt und fertig in einem Paket gelegen und auf den Einsatz bei passender Gelegenheit gewartet. Ich würde nie wieder das Öffnen der Finnland-Pakete hinauszögern, sondern sie stets und sofort öffnen, würde den jeweiligen Absender anrufen, mich bedanken und ihm erzählen, wo die gesandten Gegenstände benutzt und eingesetzt worden, wann und wie die Lebensmittel verzehrt und bewundert worden waren. Ich würde die Nummer wählen, würde anrufen und sprechen, so wie es sich in solchen Situationen gehörte. Ich würde mich dort auf den Stuhl setzen und das Telefon auf den Schoß nehmen, ich würde die Sache nicht hinausschieben, sondern sofort anrufen, wenn mir der Gedanke in den Sinn käme. Nein, ich würde anrufen, noch bevor mir der Gedanke vom Anruf in den Sinn käme, einmal in der Woche und immer zur selben Zeit. Herrlich, wie sich das Tuch ausbreitete, genau wie eine Wolke, oder genau wie ein Fallschirm, genau wie … auf jeden Fall etwas im Zusammenhang mit dem Fliegen.

»Wir haben ein bisschen geholfen«, sagte Marie-Luisa.

Sie errötete. Wie amüsant! Ich war also in dieser Gemeinde nicht die einzige, die zum Erröten neigte. Die Gründe waren allerdings andere. Meine Finnland-Haut war ein für allemal sehr dünn und empfindlich und weiß, so angeboren. Marie-Luisas Haut hingegen war fettig und dick, also schien sie sich tatsächlich sehr zu schämen. Oder vielleicht schwitzte sie einfach, hatte sie doch – nicht zuletzt auch an meiner Stelle – wer weiß wie lange in der heißen Küche herumgewirtschaftet. Hoffentlich war sie nicht ernsthaft krank.

»Ich hatte gedacht, dass wir den Braten auf meine Servierplatte aus Keramik legen. Ich habe alles da, was wir brauchen«, sagte ich.

Frau Mutti hatte ihrerseits blaue Essteller aus dem Schrank genommen und auf dem Spültisch gestapelt, aber keine fünf zusammenpassenden gefunden.

»Nichts zu machen. Gib dem der dich bittet, und antworte dem, der dich fragt. Aber wenn man nicht fragt, kann man's nicht wissen«, sagte sie zu einem der Teller.

Ich wiederum sagte zu dem wieder aufgetauchten Österreicher: *du lässt hoffentlich nicht zu, dass deine Mutter in einer fremden Küche schuftet, zumal Feiertag ist.* Dadurch bekam ich die Frauen der Familie endlich raus aus meiner Küche. Zwar waren sie eine Hilfe gewesen, aber bei der Endfertigung war die Hausfrau gefordert. Außerdem, die Gäste sollten die Möglichkeit haben, vor dem Essen zur Ruhe zu kommen. Die verschwitzte und immer tiefer errötende Marie-Luisa wollte sich vielleicht sogar umziehen. Für die Dusche wäre jetzt nicht mehr genug Zeit.

»Einmal Mutter, immer Mutter. Sie kann das Kochen nicht lassen, wenn sie auch nur die Tür einer Küche sieht«, neckte der Österreicher seine Frau Mutti liebevoll.

Auch ich musste lachen. Ja, so war es zweifellos.

»Jetzt könnte ich einen Aperitif vertragen«, sagte Frau Mutti, wischte sich die Hände an der Schürze ab, hängte diese an den Türhaken und schob ihr toupiertes Haar zurecht.

Der Österreicher machte seiner Mutter einen Gin-Tonic, den er gleichsam als Lockmittel ins Wohnzimmer trug, was auch genau den beabsichtigten Effekt hatte.

Ich war wieder allein und konnte vor Erleichterung aufatmen. *Sie sind vom Lande!,* an diese Worte des Österreichers musste ich denken, ich tröstete mich damit. Dann sah ich mich um, von der Theorie zur Praxis. Liebe, Liebe zum Essen, Liebe geht durch den Magen, dachte ich, und dann, während ich da mit dem Schweinsbraten mitten in meiner österreichischen Küche stand, blieb die Zeit auf einmal stehen, und ich roch etwas …, roch einen Moment, den es früher bereits gegeben hatte, viele Male. In meiner Nase spürte ich überraschend einen Duft wie von den weichen braunen langen und schweren Haaren einer jungen Frau. Der Duft kam gleichsam aus dem warmen Ofen … oder aus den Läufern, aus dem Fensterputzmittel … oder aus einer anderen unbegreiflichen Quelle. Eine Haartracht und ihr herrlicher Duft. *Die Soßen, denk immer an die Soßen.* Solche Dinge hörte man angeblich in den Hauswirtschaftsschulen. Diese Information sollte weitergegeben werden an alle, die sie brauchten. *Einmal Mutter, immer Mutter.* Aber jetzt war nicht die Zeit zu träumen und zu genießen, sondern Hausfrau zu sein und Gäste zu bewirten. Jetzt galt es, sich ins Zeug zu legen.

Ich tauschte also den Platz von Knödeln und Sauerkraut. Ich rückte den Löffel des Preiselbeerkompotts zurecht, wischte die Brotkrümel ausnahmsweise auf den Fußboden. Mehr zu tun fand ich eigentlich nicht. Ich zupfte an der Gardine, legte das Telefon richtig hin, und dabei entdeckte ich die Rechnung von heute morgen, die ich gesucht hatte, um sie zu archivieren. Ich sah meine Liste durch. Abgesehen von der Soße und ihren zerhackten Knochen war alles fertig. Ich hatte schließlich sogar im Supermarkt das geheimnisvolle Gewürz namens Maggikraut gefunden. *Maggikraut ist ein äußerlich an Petersilie erinnerndes Gewürzkraut mit kräftigem Geschmack.* Das war's. Und da es die Soße jetzt nicht mehr gab, würde ich das Gewürzkraut in die Vorspeisensuppe geben, was ich dann auch tat. Sicherheitshalber zählte ich noch bis hundert. Anschließend ergriff ich die Knödelschüssel, öffnete mit meiner rechten Schulter die Tür zum Speisezimmer und trug mit gleichmäßigen Schritten aber zügig alles hinein außer dem Braten. Ich sagte ihm, dass er ein wenig warten müsste, dass er aber garantiert nicht vergessen würde. Dann saßen wir ein Weilchen im Wohnzimmer und entspannten, da der Österreicher immer noch seine neue CD vorführte. Wir warteten, dass Frau Mutti den Text auf dem Cover gelesen hätte. Es dauerte, ehe sie überhaupt anfangen konnte. Schließlich fand sie die richtige Lesebrille. Marie-Luisa und ich warteten, dass Frau Mutti und der Österreicher sich über die Interpretationen der *Kunst der Fuge* geeinigt hätten. Wir warteten, dass Frau Mutti ihr Glas geleert hätte. Alles war gut.

Frau Mutti hatte genug von der Scheibe und legte sie weg. Sie wollte wissen, worauf wir alle eigentlich warteten. Auf sie? Das war nicht nötig. Frau Mutti stand auf, klappte die Lesebrille zusammen, legte sie ins Etui und schaute mich an.

»Du hast dich ja richtig herausgeputzt.«

Der Österreicher sah mich an, und seine Miene schien auszudrücken:

»Was habe ich gesagt?«. Marie-Luisa blickte verstohlen herüber. Dann forderte ich alle auf, am Esstisch Platz zu nehmen, damit das Essen nicht kalt würde.

»Und Elisabeth?«, fragte der Österreicher.

Frau Mutti sagte, dass sie und Marie-Luisa schon verspätet angekommen seien, und wie lange es denn noch dauern solle. Wollten wir sie etwa Hungers sterben lassen?

Ich dämmte das Licht der Stehlampe und zündete die Kerzen im Ständer an. Sie erinnerten mich heute bereits zum zweiten Mal an Weihnachten. Im Allgemeinen dachte ich nie an Weihnachten, heute dafür schon zum zweiten Mal. Der Grund war vermutlich diese Beleuchtung und die Tatsache, dass ich eigentlich sonst zu keiner anderen Zeit Kerzen benutzte. Das sollte ich ändern. Kerzen kosteten nicht viel, wenn man bedachte, wie festlich sie aussahen. Marie-Luisa sagte, dass Frau Mutti und sie etwas früher als ausgemacht angekommen seien.

Früher brachte man alte Leute, wenn sie hinfällig wurden und man sie loswerden wollte, einfach um. Unglaublich, aber wahr. Ich könnte mir nur schwer vorstellen, dass ich etwa meine Großmutter von einem Felsen stieße oder einem Elternteil den Schädel einschlüge. Die Zeiten änderten sich und mit ihnen die Sitten. Frau Mutti war sowieso noch in ganz ausgezeichneter Verfassung. Und kümmerte sich um ihr Aussehen, ihre Haut, ihre Hände, ihre Zähne, ihre Haare.

Franz hatte den Blumenstrauß, den ich bekommen hatte und der aus Rosen, weißen Callas und Farn bestand, ausgepackt und in der Küche selbständig dafür eine Vase gefunden. Auch Vasen besaß ich, ich besaß alles was man brauchte, wenn man nur zu suchen gewillt war. Natürlich waren die Gegenstände nicht so beschaffen wie in der Familie des Österreichers. Meine Sachen stammten zum größten Teil aus Finnland, und Marie-Luisa oder Frau Mutti hatten keine Ahnung, wie wertvoll sie waren, das war daraus zu schließen, wie sie sie behandelten. Sie schmissen regelrecht damit herum, dass es nur so klirrte. Der Österreicher wusste Bescheid, denn ich hatte ihn informiert. Ich hatte ihm alles, was ich wusste, über die finnische Glaskunst, über finnisches Design und finnischen Stil erzählt. In der Mitte der Tafel prangten Tulpen in einer Vase von Alvar Aalto, ganz wenig Wasser, so wie der Blumenhändler – ein

Schweizer und echter Profi, bestens geschult, erfahren und künstlerisch begabt – mir geraten hatte. In reichlich Wasser und im warmen Zimmer würden die Tulpen zu stark wachsen und schon vor der Nachspeise auf unsere Teller herunterhängen. Die Rosetten, die ich gefaltet hatte, lagen als Farbtupfer auf der Tischdecke. Das Silber glänzte umso schöner, je dämmeriger es draußen wurde. Der Nebel hatte also doch einen Nutzen. So wie alles im Leben. Man musste nur vertrauen und glauben. Ja, glauben. Die Menschen brauchten Vertrauen und Dinge, an die sie glauben konnten. Das Gefühl dafür, dass sich nicht alles mit dem Verstand erklären ließ. Und hier ging es wahrlich nicht um Jesus. Nein, im Leben genügten ganz gewöhnliche Dinge, gewöhnliche Wunder, mittels derer man ohne ständige und überflüssige Fragerei in den natürlichen und allen gemeinsamen Kreislauf des Lebens eintreten konnte. Als Beispiel jene Tulpen.

Der Österreicher ließ im Hintergrund Musik laufen. Ich zündete weitere Kerzen an, stellte sogar kleine Teelichter ins Regal, das nach der Räumaktion des Österreichers fast leer erstrahlte. Dabei war es erst früher Nachmittag, und Kerzen passten eigentlich nicht im Mindesten zum Schweinsbraten. Macht nichts, dachte ich. Jetzt ist immerhin Feiertag. Da dürfen durchaus ein paar Kerzen den Esstisch schmücken. Vielleicht würden sie die Stimmung und uns alle besänftigen.

»Kommt und setzt euch«, sagte ich erneut. »Marie-Luisa sitzt hier neben mir, und du kannst da an der Heizung sitzen, wo es am wärmsten ist«, sagte ich zu Frau Mutti.

Ich musste alles mehrmals und zu jedem einzeln sagen.

Menschengruppen von einem Ort zum anderen zu bewegen, war ungeheuer schwer, das betraf Feiern generell, vor allem aber Familienfeiern. Man konnte sich auch noch so sehr darauf einstellen, das machte die Sache keineswegs leichter. Sobald Menschen, die zur selben Familie gehörten und dieselbe Abstammung hatten, zusammenkamen, verhielten sie sich wie Magnet und Eisen, sie klebten aneinander. Es war schrecklich, schon vorab zu wissen, dass zwischen dem Moment, da das Essen fertig war und jenem, da man endlich die Gabel in seine leckere Portion stecken konnte, so viele lange Minuten lagen. Es war quälend fürchten zu müssen, den kurzen Moment zu verpassen, jenen Moment, für den das alles eigentlich gemacht worden war. Auf Familienfeiern glupschten die Menschen zwar freundlich und mit halboffenen trägen Augen den Gastgeber an, aber sie taten das wie eine Herde Esel, ohne überhaupt zu begreifen, was die an sie gerichteten Worte bedeuteten – kommt, setzt euch bitte, fangt doch an, ehe das Essen kalt wird. Oh nein. Sie drehten sich einer zum anderen um und zögerten. Sie fragten einander: »Möchtest du anfangen?«, und die Antwort lautete: »Nein, du, nein du.« Ich hatte diese Erscheinung viele Male beobachtet. Auf Familienfeiern sollte man am besten so verfahren, dass man jedes Mitglied einzeln aufrief und zu seinem Platz geleitete, unter Schweigen. Einzeln würden sie sich ruhig und normal verhalten. Nur in der Herde spielten sie verrückt. Endlich scharrten keine Stühle mehr, die Witze waren erzählt und die Getränke hinuntergekippt, das ganze sinnlose Gemeinschaftsgedusel und die dummen Höflichkeiten hatten ein Ende und alle saßen auf ihrem Platz, bereit anzufangen. Allerdings nicht auf den Stühlen, die ich ihnen ursprünglich zugewiesen hatte. Ich verlangte, dass sie sich umsetzten. Ich erklärte ihnen auch bereitwillig, warum, und als sie die Erklärung gehört hatten, glaubten sie mir. Sie standen auf, tauschten die Plätze, nicht freiwillig, sondern weil ich damit drohte, dass vorher niemand etwas bekommt. Im Kindergarten herrschte mehr Disziplin als in der Familie des Österreichers, aber das machte nichts, meine Geduld versagte nicht. Mich nervte mein Chiffontuch, das ich aus einem seltsamen Einfall heraus ganze zwei mal um den Hals geschlungen hatte. Es war zu stramm. Mein Gott, wie das zwickte. Ich riss es ab und stopfte es unter mein Stuhlkissen. Dann wartete ich einfach. Ich wusste, dass ich siegen würde. Den Braten hatte ich nicht für mich gemacht. Sie erkannten die Situation, denn schließlich gehorchten sie, und wir gelangten gemeinschaftlich ein Kästchen nach vorn. Wir verstummten zum Gebet.

Zum Glück nahm sich Frau Mutti der Sache an, ich selbst hätte nicht mal daran gedacht. Frau Muttis Gebet bestand aus diversen Dankesworten und der Bitte um Segen für die verstorbenen Familienmitglieder. So etwas wäre auch mir zur Not eingefallen. Ich war von den Worten ein wenig enttäuscht. Außerdem fand ich, dass sie nicht den Norden und die Finnland-Menschen einbezog, sodass ich einen Satz hinzufügte. Amen.

»Sie sind doch gar nicht tot«, protestierte Frau Mutti.

»Vielleicht brauchen sie trotzdem ein wenig Hilfe«, sagte der Österreicher. »Braucht die nicht gelegentlich jeder von uns?«, fuhr er fort. »Ein kleiner Segen ist nie von Übel«, ergänzte er.

In der Suppe schwammen kleine, durchs Sieb gerutschte Reste von Karotten und vom Staudensellerie, den ich nach tagelangem Suchen endlich gefunden hatte. Wie wichtig solche unscheinbaren Pflanzenstückchen manchmal sein können! Frau Mutti äußerte über die Suppe kein Wort. Anscheinend war sie zufrieden. Laut Aussage des Österreichers tat auch sie in selbst gekochte Fleischbrühe zusätzlich einen Würfel, um den Geschmack zu verstärken. Ich räumte die Teller zusammen. Der Österreicher stand auf. Er sagte: »Ich hole den Braten, dann können wir anfangen.« Er ging in die Küche.

Ich liebte Fleischbrühe. Sie ließ sich gut essen, und sie führte dem Organismus Salz zu. Davon bekam man Durst, und das war wichtig. Warum es wichtig war, sich erst mit aller Macht Durst einzuhandeln, damit man dann mehr Wasser trinken konnte, war ein Rätsel. Aber so war schließlich das ganze Menschenleben. Ein ebenso großes Rätsel wie jenes, warum die Menschen in Gruppen so laut und so schwer zu bewegen waren. Wie sehr ich Weihnachten hasste. Die Menschen wurden dann störrisch. Was musste man sie nicht täglich an die Kandare nehmen, sie locken, bestechen, ihnen sogar drohen, damit sie wenigstens einen kleinen Teil der Dinge erledigten, die ihnen schon allein durch die Tatsache zufielen, dass sie als Menschen geboren worden waren. Eines dieser Dinge war es, den Müll in den Mülleimer zu werfen, das zweite war Zähneputzen und das dritte, in der Toilette die Spülung zu ziehen.

»He, hier ist nichts«, sagte der Österreicher und kam mit verwunderter Miene aus der Küche zurück.

»Was ist da nicht?«, fragte ich.

»Der Braten. Er ist nicht in der Küche«, erwiderte er.

Er fragte seine Mutter nach dem Verbleib. Sie sagte, dass sie den Braten nicht angerührt habe.

»Aber er muss doch dort sein«, ergänzte sie.

Ich war derselben Meinung. Ich hatte jedoch als letzte in der Küche hantiert, sodass ich am ehesten Bescheid wissen müsste. Ich erinnerte mich, dass ich ein paar Worte laut vor mich hin gesprochen hatte, ehe ich alle anderen Speisen ins Zimmer trug. Ich hatte sinngemäß zu dem Schwein gesagt, dass es nicht vergessen würde, hatte ihm befohlen zu warten und das freundlich, scherzhaft gemeint. Das verhieß nichts Gutes. Ich ging selbst nachschauen. Wie und in welcher Reihenfolge war alles geschehen? Frau Mutti hatte den Braten auf dem hölzernen Brotbrett angerichtet, das Brotbrett in eine Schüssel mit hohem Rand gesetzt und das Messer daneben gelegt. Ich hatte keine Ambitionen gehabt, etwas zu verändern, sondern wollte den Braten nehmen und ihn ins Wohnzimmer auf den Tisch bringen. Ganz normal. Aber im letzten Moment hatte irgendetwas in mir einen Sinneswandel bewirkt. Ich hatte kehrtgemacht und oben aus dem Schrank meine finnisch designte Keramikplatte geholt. Immerhin hatte ich das Recht, den Mittagstisch so zu decken wie ich es wollte. Und ich wollte, dass alles so schön wie möglich wäre. Nichts sonst. Es sollte festlich sein. Zu Ehren der Familie des Österreichers. Aber jetzt riefen sie alle drei abwechselnd aus dem Wohnzimmer …, sie mochten nicht mehr warten, sie hatten Hunger, sie wunderten sich, wo ich blieb und was jetzt wieder los war, sie wollten in die Küche kommen… Ich ließ sie nicht herein, sagte, dass das Schwein noch verziert werden müsste. Dass damit eine Überraschung zusammenhing.

»Also ist es doch dort. Was sollen diese Dummheiten?«, hörte ich Frau Muttis Stimme.

Sie war verärgert. So etwas fand sie überhaupt nicht lustig. Sie hatte Hunger, was sie ihres Wissens schon mehrfach geäußert hatte. Das stimmte. Niemand konnte ihr vorwerfen, dass sie nicht betont hätte, hungrig zu sein. Was sicherlich, wenn man das große Ganze sah, positiv gewertet werden musste. Wenn nur der Hauptakteur des Festes jetzt aus seiner Höhle kommen würde, um sich essen zu lassen. Ich öffnete die Schränke, da ich, ehrlich gesagt, nicht wusste, was ich sonst hätte tun sollen, und ich hatte gemerkt, dass jede Art von Tätigkeit immer die bessere Alternative für das Herbeiführen einer Lösung war als bloßes krampfhaftes Grübeln. Das Gehirn brauchte irgendeinen Fakt, der gar nichts mit der Sache zu tun hatte und seine Aufmerksamkeit beanspruchte, und erst dann war es imstande, unaufgeregt und ohne Druck Lösungen für das Problem zu finden. Sogar Quasi-Fernsehgucken veranlasste manchmal das Gehirn, in die richtige Richtung zu denken, während es ohne Fernsehen oder einen anderen Bezugspunkt vielleicht unbeweglich und trotzig wie steifer Brei in einer österreichischen Straßenbahn dagesessen hätte. Warum dachte ich an die Straßenbahn…? Beim Öffnen der Schränke fiel mir ein flacher Karton in die Hände, Verpackung für einen Bademantel, den ich vor ein paar Jahren vom Österreicher zu Weihnachten bekommen hatte. Wieder dieses Weihnachten. Und was konnte der Karton wohl anderes beinhalten als Weihnachtsschmuck. Ich öffnete ihn. Mein Blick fiel auf Gold und Silber, Wichtel und Kerzenhalter in allen Variationen.

Zuerst klopfte Marie-Luisa an die Tür. Dann klopfte Frau Mutti. Ich schloss die Küchentür von ihnen ab und schob noch einen Stuhl davor. Der Österreicher führte, aus den Stimmen zu urteilen, beide Frauen ziemlich entschlossen wieder zu ihren Plätzen und versuchte mich aus der Küche zu locken. Aber ich konnte nicht herauskommen. Ich konnte es nicht. Wie hätte ich die Situation erklären können, ohne dass man mich beschuldigt hätte, die Mahlzeit sabotieren zu wollen? Ich wollte die Mahlzeit nicht verderben. Ich wollte gar nichts verderben. Aber was hätte ich sagen sollen, denn Tatsache war, dass der Schweinsbraten, den ich den ganzen Vormittag zubereitet, gehegt und gepflegt hatte …, dass dieser Schweinsbraten, der bestimmt der beste gewesen wäre, den man im gesamten östlichen Österreich an diesem Nachmittag hätte verspeisen dürfen …, dass gerade er, mein Schweinsbraten, verschwunden war. *Schwein, wo bist du? Schwein, warum lässt du mich im Stich? Schwein, ich bin bereit, alles zu tun, wenn du nur auftauchst, ich verspreche es,* dachte ich, und dann widerrief ich meine Gedanken. Man konnte ja zu einem Schwein nicht wie zu Gott beten. *Aber trotzdem, wie erkläre ich das?,* dachte ich. Das Telefon schrillte. Ich ließ es einige Male klingeln, meldete mich schließlich: »Hallo? Ja? … Nein danke …, ich lese keine Tageszeitung… Aber ich schaffe ja mit Mühe die Wochenzeitung! … Das ist natürlich sehr freundlich… Selbst ein Euro ist viel, wenn die Zeitung sowieso direkt in den Müll wandert… Ihnen ebenfalls. Auf Wiederhören.«

Der Österreicher verlangte Einlass in die Küche. Es war sein Haus. Ich öffnete die Tür.

»Ich weiß nicht, was hier passiert ist. Es ist nicht meine Schuld«, sagte ich zu ihm. »Ich schwöre, dass ich nichts getan habe.«

Der Österreicher wunderte sich über den Weihnachtsschmuck auf dem Tisch, schaltete den Fernseher aus. Er stand eindeutig kurz vor einem Wutanfall. Er glaubte mir nicht. Er hatte sogar aus dem Fenster gespäht und war unten gewesen, um in den Beerensträuchern nachzusehen, sicherlich in der Annahme, dass ich womöglich aus purer Bosheit den Braten aus dem Fenster geschmissen hatte, so wie einst unser Festnetztelefon.

»Wir haben ja wohl eine andere Situation als damals, oder?«, sagte ich zu ihm. »Du weißt, dass ich nicht gern Essen vergeude.«

»Welche Situation?«, fragte er. Er forderte mich auf, mich zu beruhigen und behauptete, dass mich niemand für irgendeine Situation verantwortlich machte.

»Du sagst immer, dass ich faul bin«, erklärte ich. »Und dass deshalb alles schief geht. Aber hier ist der Beweis dafür, dass sowieso alles schief geht aus Gründen, die nichts mit mir zu tun haben.«

»Wann habe ich dich faul genannt?«, fragte er. »Ich hoffe lediglich, dass du allmählich wieder etwas weniger schläfst. Und hier ist überhaupt nichts schief gegangen. Du solltest aufhören, den Fehler immer bei dir selbst zu suchen, sonst machst du nicht nur dich, sondern auch uns alle verrückt. Wir benehmen uns jetzt ganz normal, so wie alle anderen. Es geht um den Braten und um sonst nichts. Beruhige dich. Alles ist in Ordnung.«

Der Österreicher demonstrierte Gelassenheit. In Wahrheit war er wütend. Die Menschen wurden oft wütend auf andere, wenn sie sich für ihre eigenen Fehler schämten.

Frau Mutti sprach im Wohnzimmer mit Marie-Luisa, und noch bevor sie sagte, was sie sagte, wusste ich, dass sie sagen würde, wie recht sie damit gehabt hatte, dass auf mich kein Verlaß sei, und wäre doch nur auf der Autobahn nicht der Unfall passiert und der Ersatzbraten, den sie dabei gehabt hatten, bei der plötzlichen Vollbremsung auf Maximus gerutscht, der blitzschnell zugeschnappt und seine Zähne in das Fleisch geschlagen hatte…

Ich verließ die Küche und ging in den Flur. Der Österreicher kam hinterher und verbot mir, ständig wie ein kopfloses Huhn durchs Haus zu laufen. Der Braten konnte nicht »entwichen« oder »verschwunden« sein. Wir sollten jetzt einfach vernünftig denken. Ich kehrte wieder in die Küche zurück. Der Österreicher blieb mir auf den Fersen. Es gab Momente, in den er einfach hoffnungslos dämlich war. Er packte den Weihnachtsschmuck in den Karton. Was heißt packte, er stopfte. Alle Engel, die Watte, die Äpfel und sogar das Jesuskind schmiss er ohne jede Sorgfalt hinein und klappte den Deckel zu. Der Österreicher war so naiv. Was wusste er denn von Braten und davon, wohin sie unter Umständen verschwanden oder was sie taten? Was wusste er davon, wie es sich anfühlte, nackt auf einem Blech zu liegen und sich begutachten und bewerten zu lassen, wobei die einen dieser und die anderen jener Meinung waren. Was konnte uns jetzt retten? Ich beschloss, die Wahrheit zu bekennen und die damit verbundene Schande auf mich zu nehmen. Ich hatte den Braten verloren. Ich hätte ihn nicht übergießen sollen, was jetzt natürlich keine Rolle mehr spielte. Der Braten war mir abhanden gekommen. Ich hatte ihn vernichtet. Erst übergossen und dann verloren. Einen größeren Misserfolg konnte es kaum geben. Ich müsste allerdings endlich meine Schande eingestehen und die daraus resultierenden Folgen tragen. Ich konnte schließlich nicht für den Rest meines Lebens in der Küche bleiben, mit oder ohne Schweinsbraten.

»Es ist nicht mein Fehler«, sagte ich ein letztes Mal zum Österreicher, und genau in diesem Moment hörte ich aus dem Wohnzimmer: Jessas Maria!

Durchs Wohnzimmer schritt ein Engel. Ein Engel, der ein Tablett trug. Frau Mutti rief erneut »Jessas Maria!« und faltete die Hände.

»Was ist denn los mit euch?«, sagte der Engel fröhlich und kam durchs Zimmer mit dem Schweinsbraten auf meinem Keramikteller von Iittala.

»Hier ist er und in gutem Zustand. Ihr könnt glücklich sein, dass Maximus ihn nicht aufgefressen hat, weil ihr nämlich einfach die Türen aufgelassen habt. Jetzt nichts wie ran!«

Ein Wunder war geschehen. Wir verstummten, und der Engel stellte den Braten mitten auf den Tisch zwischen die Kerzen.

»Ich hole noch ein Messer«, sagte der Engel. Marie-Luisa nannte ihn vorlaut und wollte ihn zurechtweisen, aber Frau Mutti ergriff beschwichtigend ihre Hand. »Heute ist Feiertag«, sagte sie, und Marie-Luisa machte den Mund zu. Niemand außer dem Engel wagte es mich anzusehen. Vielleicht glaubten sie, ich wäre verrückt geworden. Vielleicht war es tatsächlich der Fall. Der Engel jedoch lächelte mich freundlich an. Oder schaute er eher *bedeutsam*? Irrte ich mich, oder zeichneten sich am weißen Rand des Tabletts Fasern in derselben Farbe ab, die die Matte in unserem Badezimmer hatte? Wollte mir der Engel etwas sagen? Der Österreicher fasste mich um die Schultern und grinste zufrieden. Er sagte, dass er sogleich die erste Scheibe für Frau Mutti abschneiden wolle, und sie ihrerseits sagte, dass der Braten großartig dufte und dass die Mahlzeit endlich beginnen könne. Der Engel war natürlich Klein-Elisabeth.

Ehe ich sie begrüßen konnte, kam Maximus angerannt, wedelte wild mit dem Schwanz und hätte sicherlich vor Freude gelacht, wenn Hunde vor Freude lachen könnten.

»Gut, sehr gut…«, Franz freute sich. »Die Familie beisammen und den Menschen ein Wohlgefallen, und du bist eine richtige Lady geworden«, sagte er.

Natürlich, er musste schmeicheln. *Sei nicht so unhöflich, sie ist ja noch das reinste Kind*, korrigierte ich meine eigenen Gedanken und ging hinaus, um an der Flurgarderobe Platz zu schaffen, wo vorhin schon Frau Mutti und Marie-Luisa ihre liebe Not gehabt hatten. Ich hörte Elisabeth fragen, wo sie ein Kissen für Maximus hinlegen dürfte.

»In der Küche zwischen Bank und Heizkörper liegt schon eines, ganz bestimmt ein angenehmer und warmer Platz«, hörte ich Franz antworten. Dann kam Klein-Elisabeth zu mir und reichte mir die Hand. Klein, nun ja.

»Hei«, sagte ich. »Du bist Elisabeth, nicht wahr?«

Sie nickte.

Wie lange war es eigentlich her, seit wir uns zuletzt begegnet waren? Damals war sie noch zart wie ein Grashüpfer gewesen. Und von Maximus' prächtigem Wachstum wusste ich nur vom Hörensagen. Auch er war prächtiger, als ich mir vorgestellt hatte. Ich hatte ihn heute erstmals richtig betrachtet. Zwar konnte ich seine feuchte Schnauze und den heraustropfenden Geifer – oder wie man das Zeug nannte – und erst recht seinen Geruch nicht ertragen, aber ich musste zugeben, dass er feste Muskeln und ein schönes Fell hatte. Ganz wie Frau Muttis Pelz (der in jeder Hinsicht trocken war). Es konnte nicht immer alles vollkommen sein. Mir fiel eigentlich kein einziges lebendes Wesen ein, dass in wirklich jeder Hinsicht vollkommen wäre, außer vielleicht der Kolibri. Außerdem schienen dem Hund eindeutig die neuen Erkundungsmöglichkeiten zu gefallen, die unser Haus bot.

»Ist es ein Rassehund?«, fragte ich.

Elisabeth nickte.

»Bildest du ihn zum Rettungshund aus?«

Sie nickte erneut.

»Aber er ist noch ein bisschen jung.«

Jetzt nickte sie nicht einmal.

»Er lernt.«

Ich staunte auch über Elisabeths Aussehen. Sie war nur wenig kleiner als ich, ihr Körper rund und voll erblüht. Allerdings, als sie sich zu Maximus hinabbeugte, enthüllte der Rand ihres kurzen – und bei näherem Betrachten zu engen – Shirts, dass sie einen Hang zur Fülligkeit hatte, so wie die anderen Frauen der Familie. Frau Mutti hielt sich durch ein Korsett und den Besuch von Badeorten in Form. Marie-Luisa hingegen, nun die erwähnte man besser nicht mit dem Wort »mager« im selben Satz. Elisabeth klopfte zwei Mal energisch auf ihre Schenkel, die in stramm sitzenden Jeans steckten, und sagte kurz wie eine echte Hundehalterin: »Maximus, Platz!«

Der Hund war so begeistert von der Ankunft seines Frauchens, dass er, obwohl er eindeutig bestrebt war zu gehorchen, nur mit Mühe stillhalten konnte. Er setzte sich hin und stand wieder auf, suchte nach seinem Platz, so als hätte er Ameisen in den nicht vorhandenen Hosen. Er rieb sich an Elisabeths Bein, setzte sich schließlich auf ihren Stiefel und leckte sich die Schnauze. Als er endlich zur Ruhe gekommen war, gab Elisabeth ihm aus einem eigens mitgebrachten durchsichtigen Plastikbeutel einen Keks in Form eines Knochens.

»Ein schöner Hund«, sagte ich.

Elisabeth nickte.

»Wie alt ist er?«

»Ein Jahr.«

»Ich dachte, du sprichst nur mit dem Hund«, sagte ich und lachte.

Elisabeth fand den Witz nicht lustig, oder sie verstand ihn nicht. Ihre Mutter hatte keinen Sinn für Humor. Vielleicht hatte die Tochter, außer dem Hang zum Dickwerden, auch den mangelnden Humor von ihr geerbt.

»Ich wusste nicht, dass du auch kommst«, sagte ich. »Aber das macht nichts, im Gegenteil. Essen ist genug da, ganz sicher.«

Wenn ihre Pubertät vorbei wäre, würde sie aus dem Leim gehen und in alle Richtungen zerfließen wie ein warmer Camembert.

Der Österreicher hingegen fand Elisabeth sexy. Ich merkte es daran, wie er ihr aus dem Mantel half und ihr nachsah. Ihre Schlüpfer blitzten aus dem Hosenbund, als sie sich über Maximus beugte, um sein Halsband zu richten. Sie entschuldigte sich nicht und fragte auch nicht, wo sie sitzen dürfte. Ich beschloss trotzdem, ihr eine neue Chance zu geben, denn die hatten alle verdient, ungeachtet ihrer Größe, ihres Alters, ihres Geschlechts und der Hautfarbe.

»Du hattest Geburtstag, herzlichen Glückwunsch«, sagte ich zu ihr.

Sie nickte.

»Elisabeth passte natürlich nicht auf Maximus auf, und der verflixte Hund fraß mehr als die Hälfte der Torte auf. Er war von oben bis unten mit Bananen beschmiert. Und er weiß genau Bescheid. Was glaubst du, wie ich losgeschrien habe«, sagte Marie-Luisa. Sie hatte diese Geschichte mit denselben Worten vorhin schon mal erzählt. Litt sie an Demenz oder nur an einem schlechten Gedächtnis? Ich würde ihr Karotten geben, die halfen gegen solche Beschwerden. Wenn es sich später passend ergäbe, bekäme Marie-Luisa von mir eine handgeschälte Karotte.

Ich konnte meine Blicke nicht von Elisabeths Mund abwenden. Die Lippen waren unten geschwungen und oben scharf, als wären sie präzise mit einem Stift gezogen. Schminke trugen sie aber nicht. Die Augen hingegen waren leicht geschminkt. Und diese Haut. Sie sah so weich aus und war vollkommen ebenmäßig. Die Röte begann sacht an den Seiten und verstärkte sich, bis sie am höchsten Punkt der Wangen wie hellrote Rosen schimmerte, dann war Schluss. Kein einziges geplatztes Äderchen. Kein Mitesser. Keine auffällige Pore. Es war ewig lange her, seit ich selbst so ausgesehen hatte.

Warte nur, irgendein Bauerntölpel holt dich da raus aus dem Gestank von Pferdemist, und ehe du dich's versiehst, bist du verheiratet, wohnst in einem hässlichen modernen Landhaus, es gibt nichts Schrecklicheres als ein modernes, gerade erbautes Landhaus, möglichst noch gelb gestrichen, und dein Mann vögelt dich morgens und abends, bis dein Hintern vom Verzehr der vielen Pfannkuchen so schlaff ist, dass jede x-beliebige Hand darin versinkt. Du darfst weiterhin zur Kirche gehen, andere Vergnügungen als das und das Essen bleiben dir nicht. Das Traurigste an der ganzen Sache ist, dass du, würde ich dich jetzt warnen, mir nicht glauben würdest. Schau deine Mutter an. Schau das Schicksal deiner Mutter an. Du wirst noch sehen. Ihr werdet beide noch sehen, du und dein geifernder, Bananentorten fressender Hund. Ich musste über Frau Berger lachen, die außer allen Kindern auch alle Hunde hasste. Meine Freundin Frau Berger rauchte in ihrer Wohnung mindestens zwei Schachteln Zigaretten pro Tag und wurde nicht müde zu betonen, wie freudig sie auf ihren Tod wartete, der nichts von sich hören und sehen ließ.

»Haben wir nicht ein ganz überirdisch scheußliches Wetter?« Der Österreicher eröffnete das Tischgespräch zum selben Zeitpunkt, da die Schüsseln und Schalen in der Formation eines Eisenbahnzuges von Hand zu Hand gingen.

»Ja, stimmt. Passt aber genau zum Feiertag. Mir scheint, dass an Allerheiligen immer solch Wetter herrscht. Das kann kein Zufall sein«, antwortete Marie-Luisa.

Sie schlug ihre Serviette auf, legte sie aber nicht in den Schoß, sondern stopfte sich eine Ecke ohne viel Federlesens in ihren zu engen Halsausschnitt. Ich fürchtete, sie könnte ersticken, falls sie nicht aufpasste. Zumindest müsste sie möglichst aufrecht sitzen und es unbedingt vermeiden, noch mehr in den Ausschnitt zu stopfen. Ich wandte den Blick ab.

Der Schweinsbraten lag noch unberührt in seiner Schale auf dem Tisch, wie auf dem Rücken im Bett, und wartete. Er war bereit. Mehr als bereit. Ich korrigierte seine Stellung, rückte ihn gerade. Ich fand, dass er geschrumpft war im Vergleich zu dem Zeitpunkt, da ich ihn aus dem Ofen genommen hatte. Ganz zu schweigen von dem Zeitpunkt, da er noch roh und ungebraten, rot und feucht gewesen war. Er war doch nicht etwa ausgetrocknet, trotz allen Übergießens? Ich beklopfte ihn in der Mitte, wo die Bräune am stärksten ausgeprägt war. Ich klopfte auch ein wenig auf die Seite, dorthin, wo die Bräune eine Spur Orange annahm, stellte fest, dass er knusprig war und beruhigte mich. Ich hätte meine Stimmung als gelassen bezeichnen können. Hätte jemand gefragt, hätte ich sagen können, ich sei so gelassen wie lange nicht. Was war heute nicht schon alles geschehen? Ich war morgens zeitig aufgestanden. Ich hatte aus dem Fenster geblickt um festzustellen, welches Wetter uns am Feiertag erwartete (undefinierbar), hatte Frau Berger telefonieren gehört, so wie ich jeden Tag durch die Wand hörte, wie sie telefonierte und jüdische Witze in der ganzen Stadt herumerzählte, in ganz Europa – es kann sein, dass sogar überall in der Welt Frau Bergers jüdische Witze kursierten. Zumindest kursierten sie im Bekanntenkreis des Österreichers, die meisten immer wieder und in Abwandlungen. Keine Disziplin, aber sei's drum. Der Morgen war neu gewesen. Der Tag war neu gewesen. Ein anderer Tag, er hatte den Geruch von Neuem gehabt und sich neu angefühlt, genau die Faktoren, die normalerweise einen Alltagsmorgen so unerträglich machten. Es blieb ein Rätsel, wieso »der Geruch und das Gefühl von Neuem« an einem Alltagsmorgen so unerträglich fordernd sein konnten. Wie eine Vakuumverpackungsmaschine von Fleischern, die sog und verpackte. Nichts ahnende und unschuldige, dem Alltagsmorgen ausgelieferte Menschen wurden ins Rennen geschickt, um mit Arbeit und Aktion eine dröhnende Leere auszufüllen, die auf der ganzen Welt lastete und die nie und nimmer vom Leben, den Taten, ja nicht mal von der Seele eines einzelnen Menschen ausgefüllt werden konnte, in keiner Weise. Mittendrin natürlich auch *Ellen*, die an jedem Alltagsmorgen zuverlässig im Radio ihre Forderungen in Form schrecklicher Nachrichten vortrug. Und dann der Samstag. Alles war anders. Schon allein der Name des Tages, sein Etikett, änderte alles. Genau wie das Wochenhoroskop. Auch das schürte den trügerischen Glauben, dass auch ein Alltagsmorgen erträglich sein kann, was sich gleich wieder am Montag, und schon zuvor am Sonntag Abend, ein ums andere Mal als Illusion erwies. Heute hatte der Morgen, im Gegensatz zu Frau Muttis Pelz, neu gerochen. Hatte ich Lust gehabt, meinen Traum zu verlassen, unter der warmen Daunendecke hervorzukriechen und aus dem Bett aufzustehen? Nun? Falls eine ehrliche Antwort erwartet wird, was natürlich der Fall ist: Ich hatte nicht. Der Österreicher hatte recht. Ich schlief viel. Er hielt das für ein schlechtes Zeichen und sagte, dass ich vor irgend etwas auswich. Vor irgend etwas?, fragte ich. Ja, erwiderte er. Seiner Meinung nach stahl ich Gottes Zeit. Du stiehlst Gottes Zeit, sagte er etwa, zog mich gleichzeitig an der Nase und behauptete dann, sein Kommentar und die Geste seien Zärtlichkeiten. Genau für solche Situationen war der finnische Ausdruck *höpöhöpö* erfunden worden. *Papperlapapp*. Ich brauchte mehr Schlaf als er, na und?

Der Österreicher sagte, ich würde schlafen wie ein fünfjähriges Kind.

Fünfjährige Kinder erleben ja auch den Höhepunkt in ihrer Kleinkindentwicklung, antwortete ich und ergänzte: anders als dreijährige, die eher Unruhegeister und so wie er, der Österreicher, sind.

Draußen war der Nebel noch dichter als zuvor. Die Hecke, die unseren Vorgarten von der Straße trennte, war nur noch als dunkles, längliches Gebilde erkennbar, und auch die übrigen Farben schienen nach und nach aus der Welt verschwunden zu sein, ganz als hätte jemand sie gestohlen, hätte sie ausgeknipst. Drinnen, diesseits der Fenster, gab es dafür jede Menge Farben, wenn man mal von Marie-Luisa absah, die an die schlank machende Wirkung von Schwarz glaubte. Allerdings hing jetzt über ihrer Brust als leuchtender Farbklecks die Serviette. Da war Frau Muttis Violett, derselbe Ton wie im Sofa. Elisabeths blauer Jeansstoff korrespondierte mit den Gardinen, das ewige Braun des Österreichers mit dem knusprigen Braten. Überall in und außerhalb der Welt wiederholten sich die Farben und Formen, sie zu lernen und einzuordnen gehörte schon im Kindergarten zu den Erziehungszielen. Alles wurde Hand in Hand und in Zweierreihe gruppiert. Sogar auf dem überladenen Esstisch hatte jedes Ding den passenden Partner, jedes war mit seinesgleichen kombiniert, keines war allein. Die Kerzen waren rosa, das –

wieder – um meinen Hals geschlungene Chiffontuch strahlte gleichsam durch sein Blumenmuster, und das Kleid, das ich trug, war gelb. Wie eine Sonnenblume. Die Blume der Sonne. Es spannte beim Atmen über der Brust. Das Kleid hielt mich fest im Griff. Ich war auch ohne schweres Haar so kerzengerade, dass jeder potentielle Angreifer auf dem Weg zum Supermarkt die Situation schon von weitem erkennen und freiwillig auf die andere Straßenseite wechseln würde. Ich hatte Sendungen gesehen, in denen genau das geschah. Ich zog die Fenstervorhänge zu. Das Korsett war eine großartige Erfindung.

»... jetzt, da Vati nicht mehr ist«, unterbrach Frau Mutti meine Gedanken.

Ich drehte mich um, lächelte Frau Mutti zu. Fangt doch endlich an, ehe das Essen kalt wird, esst, esst! Der Österreicher fixierte die Position des Bratens mit der Gabel und sagte:

»Willkommen euch allen.«

»Willkommen«, sagte ich. Bereits bei zwei Sprechern kann man von einem Chor reden, nicht wahr?

Der Österreicher fuhrwerkte mit Messer und Gabel herum, tat das bereits eine ganze Weile, suchte nach der passenden Stelle, um die Kruste des Schweinsbratens zu durchtrennen. Gern würde ich selbst die Kruste meines Bratens aufschneiden. *Aber gut, mach du es, und mach es bald, ich halte das Warten nicht aus.* Der Österreicher drehte den Braten andersrum, dann noch einmal und wieder zurück. Was ist denn los mit dir? Versuch den Braten ruhig liegen zu lassen, er ist ja kein Karussell. Der Österreicher berührte den Braten mit der Gabel an den verschiedensten Stellen, prüfte ihn sogar mit dem Finger, und dann endlich lächelte er zufrieden:

»Hier geht es, seid ihr bereit?«

Das waren wir. Wir waren heftigst bereit, einschließlich Herrn Fidlers Braten, und ich wage zu behaupten, dass die anderen tatsächlich ebenso fühlten.

Ehe auch nur eine Scheibe vom Braten abgeschnitten war, klingelte jedoch das Telefon.

Die Konzentration des Österreichers erlahmte. Er war nicht imstande, zwei Sachen gleichzeitig zu tun. Er war nicht mal imstande, zwei Sachen gleichzeitig wahrzunehmen. Ganz zu schweigen davon, dass er imstande gewesen wäre, eine Sache mit zwei verschiedenen Sinnen parallel wahrzunehmen. Wenn er schmecken sollte, schloss er die Augen. Wenn er schauen sollte, bat er um absolute Stille. Und wenn er sich aufs Zuhören konzentrierte, forderte er von den Menschen in seiner Umgebung absolute Reglosigkeit und schloss außerdem die Augen. Den Mund ließ er allerdings gelegentlich offen. Kinder lauschen mit dem Mund, hast du es mal probiert, es ist faszinierend, sagte er etwa und sah dann mehr denn je wie ein Fisch aus.

Als das Telefon klingelte, zuckte der Österreicher zunächst zusammen, so als könnte er überhaupt nicht deuten, was dieses Gebimmel bedeutete. Die Eieruhr? Die Türklingel? Dann erstarrte er und sammelte ganz deutlich seine Kräfte, um sich gegen das Klingeln des Festnetztelefons zu wehren. Er mochte es nicht. Er wollte es loswerden. Sowohl das Gebimmel als auch das ganze Telefon. Und dabei war gerade er es, der verlangte, dass das Festnetztelefon bliebe. Ich hatte wer weiß wie oft gesagt, dass es weg könnte, einfach raus damit, von mir aus brauchte niemand unter dem Gebimmel zu leiden. Möglicherweise waren wir der einzige Haushalt im ganzen Stadtteil, der im neuen Jahrtausend noch ein Festnetztelefon besaß. Aber wenn ich sagte, lass es uns gleich machen, werfen wir das Ding aus dem Fenster, dann klingelt es nicht mehr, ja, dann hieß es: kommt nicht in Frage. Plötzlich wollte er gar nicht mehr darauf verzichten. Aus nostalgischen Gründen? Anders als er erwartet hatte, hatte ich zu ihm gesagt, dass er manchmal recht rührend sei.

Ich nutzte die Situation und nahm dem in seine Museumsgedanken versunkenen Österreicher das Messer aus der Hand. Er glotzte mich an, als sähe er einen Geist, er rührte sich nicht und eilte auch nicht ans Telefon, um abzunehmen. Stille und Warten schienen durch den ganzen Raum zu klingen, sie hallten von den Wänden wider und endeten in jenen Organen unserer Schädel, die sich Ohren nannten. Oder war es etwa doch Musik aus der Stereoanlage? Jener ewige, mit Gott diskutierende dicke deutsche Perückenkopf, den der Österreicher verehrte und liebte und den er gar nicht genug loben und preisen konnte? Hörte der Österreicher jetzt einfach mal zwischendurch mit offenem Mund Musik? Ich wusste es nicht. Ich musterte ihn, und er wirkte streng, was offen gesagt irgendwie amüsant war. Zuletzt war er auf der Griechenland-Reise so streng gewesen, als der Olivenölhändler von ihm verlangt hatte, dass er auch für ein spezielles, mit Rosmarin gewürztes Öl zahlen sollte, das er gar nicht bestellt, sondern lediglich auf Empfehlung gekostet hatte.

Er sagte: »Du verstehst nicht. Dies ist meine Aufgabe.«

Ein Wortwechsel würde folgen, zweifellos, das war nicht zu ändern.

»Ich glaube eher, dass es umgekehrt ist und du nicht verstehst, Schatz«, antwortete ich. Ich lachte sogar kurz.

»Das Telefon klingelt.«

Ich hob mein Glas und schlug mit der harten Klinge des großen Messers dagegen. Kein helles Klingen, sondern eher ein Klopfgeräusch. Das war ein bisschen kläglich, aber ich machte keinen Rückzieher, sondern fuhr fort:

»Jetzt können wir nicht, jetzt essen wir endlich, soll er doch später noch mal anrufen.«

Der Österreicher schien noch mehr zu erstarren. Er sagte:

»Das hier ist kein Kampf.«

Natürlich war es keiner. Ich war heute Morgen zeitig aufgestanden. Es hatte mich geradezu gedrängt, wie sehr hatte es mich doch gedrängt, aufzustehen und mich an die Vorbereitung dieses Festes zu machen. Es hatte mich so sehr gedrängt, dass ich um ein Haar schneller als die Uhr gewesen wäre. Österreicher, du mein kleiner süßer brauner und hoffnungslos nostalgischer Franz, ich wollte nur von meinem Braten das erste Stück abschneiden, das ist alles.

Der Österreicher starrte mich an und ballte die Faust fest um das Messer, versuchte es an sich zu bringen. Die Situation stand gleichsam. Das Telefon klingelte noch immer. Ganz wie du willst, sagte ich zum Österreicher, aber auf den Braten tropft Blut. Er merkte, dass er sich in die Hand geschnitten hatte und saugte die Wunde aus.

»Zum Schweinsbraten trinkt man Bier«, sagte Frau Mutti. »Und du bist nicht gegen Wundstarrkrampf geimpft.«

»Holst du es uns, Liebes?«, bat der Österreicher.

Vormittags wurden im Fernsehen stundenlang verschiedene Küchengeräte und vor allem Messer verkauft. Ein bebrillter und glatzköpfiger Verkäufer erzählte eifrig viele Male dasselbe, und ich muss zugeben, dass ich, als er sie zum fünften Mal vorzeigte und so unglaublich gut gelaunt – lebensbejahend – versicherte, wie sich mit seinen Werkzeugen eine überreife Tomate ratzfatz zerschneiden ließe, wobei er auch noch alle seine Nachbarn und Bekannten fragte, die dasselbe versicherten, ja dass ich es irgendwann glaubte und das ganze Messerset kaufte. Es war ein Fehler gewesen. Schon beim Kauf hatte ich gewusst, dass die Messer auf keinen Fall wie versprochen funktionieren würden, und jetzt verfluchte ich das Messerset noch aus ganz anderen Gründen.

Im Keller war es kühl. Links ging es zu einer Nische mit dem großen Heizungskessel und zum Wäschetrockenraum, und unmittelbar vor mir öffnete sich der Vorratsraum. In den oberen Regalfächern standen ordentlich aufgereiht all die Konserven, die ich am liebsten mochte: Spargel, Zuckererbsen, Champignons, Krabben und Muscheln. Diese jetzige Krabbensorte war nicht so gut wie die vorige, wir würden sie so schnell wie möglich verzehren müssen, damit wir andere, bessere kaufen konnten. Sie wegzuwerfen, so wie es der Österreicher vorschlug, kam nicht in Frage. Diese ganze Leidenskette: die Krabben am Meeresgrund und die Menschen, die sie fischten, und dann das Schälen der Tiere bei lebendigem Leib ..., von wegen wegwerfen! Aber der Österreicher rümpfte nur die Nase und sagte: Die Welt wird nicht besser, wenn auch die, denen es gut geht, anfangen zu leiden.

Ich setzte mich. Meine Schultern drückten schwer. Ich würde vielleicht nie mehr imstande sein, Krabben zu essen. Ärgerlich auch diese neue Erkenntnis, diesmal den Umgang mit Krabben betreffend. Nur weil sie Krebse waren, wurde mit ihnen so umgegangen. Ganz anders wäre es, wenn es sich beispielsweise um Säugetiere gehandelt hätte. An den Champignons gab es nichts auszusetzen, auch nicht an den Zuckererbsen. Mais fehlte. Ich hatte anscheinend ganz und gar den Mais vergessen. Die gelben, in Salzwasser eingelegten fröhlichen – wenn auch gelegentlich Durchfall verursachenden – prallen Maiskörner.

Im unteren Regal meines Vorratsraumes standen Kanister mit Sirup, Salzgurken, Sauerkraut, alle von mehr als mittlerer Größe, dazu Toilettenpapier, Servietten, Küchentücher, Taschentücher. Und natürlich Knäckebrot. Drei große Pakete Knäckebrot. Wie lange könnte man im Keller ausharren, überleben, wenn man dort aus irgendeinem Grunde bleiben oder dorthin flüchten müsste? Die Menschen hatten schon oft in ihren Kellern Schutz suchen müssen oder waren dort gefangen gewesen, so etwas kam vor. Eine Woche? Zwei Wochen? Ich müsste die Verwandten des Österreichers nach diesen Dingen befragen. Vielleicht hielt man es im Keller sogar drei Wochen aus, wenn man die Vorräte gut einteilte und nicht alles auf einmal verschlang. Wenn die Menschen zusammenhielten. Ich drehte mich ein Mal um meine Achse, und selbst wenn ich mit ehrlichem und neutralem Auge nach einem Fehler suchte, konnte ich doch nicht umhin festzustellen, ja ich musste geradezu eingestehen, dass es ein in jeder Hinsicht gut ausgestatteter und gemütlicher Keller war, in dem ich gern meine Zeit verbrachte. Wenn ich wählen müsste, ob ich in einem ewigen Winter oder einem ewigen Sommer leben wollte, würde ich den Winter wählen. Auch die österreichische Spitzenlangläuferin Fräulein H. hatte in einem Interview gesagt, bevor die bedauerlichen und sicherlich schmerzhaften Unfälle, die ihre Laufbahn unterbrochen hatten, sich fortsetzten, dass sie den Winter entschieden mehr mochte als den Sommer. Ich war zufrieden. Aber dann wurde mir kalt. Ich nahm aus dem Turm von Getränkekisten, der vor mir aufragte, vier Bierflaschen, klemmte mir zwei davon unter den linken Arm und stieg die Treppe hoch, dem Licht entgegen, das über den obersten Stufen leuchtete.

Die Kellerwände waren feucht und kalt. Ich bräuchte nie in den Vergnügungspark zu gehen. Ebenso gut könnte ich hier in den Kellergang kommen und genau dieselben Reize erleben wie in einer gebührenpflichtigen Geisterbahn. Ich reckte mich, um die Leuchtröhre auszuschalten und die Tür hinter mir zu schließen, und im selben Augenblick registrierte ich, dass im Wohnzimmer nicht mehr normal gesprochen, sondern geflüstert wurde. Dort wurde ähnlich geflüstert wie in der Kirche, ehe der Pastor an den Altar trat oder im Konzert, ehe der Dirigent am Pult stand. Ich spitzte die Ohren. Es ging um das Thema, ob man es einen wirklichen Skandal und eine schreckliche Katastrophe nennen konnte oder nicht, wenn jemand nicht begriff, dass das Aufschneiden des Bratens dem Mann zustand.

Ich drückte die Kellertür zu und löschte das Licht. Ich bekam zu hören, dass die Traditionalisten, die den Skandal bejahten, der Meinung waren, wer aus freien Stücken in ein fremdes Land umzieht, der müsste genügend Demut besitzen, die Landesssitten zu übernehmen. Das Beste wäre natürlich, wenn es nicht aus Demut, sondern aus natürlicher Freude und aus freiem Willen geschähe. Die anderen, die Modernisten, fanden, dass das Aufschneiden des Bratens nicht die wichtigste Sache der Welt war und keinerlei Tantam darum gemacht werden musste. Frau Mutti wechselte mittendrin das Thema und fragte, warum die einheimische Nicole eigentlich nicht infrage gekommen war, was hatte gefehlt, sie war schön und jung gewesen und einheimisch. Elisabeth sagte, Ehrlichkeit sei das A und O im Leben. Marie-Luisa war dafür, eines nach dem anderen zu erörtern. Frau Mutti wollte trotz der Bitten der anderen nicht aufhören darüber zu lamentieren, dass die einheimische Nicole nicht das Rennen gemacht hatte, die einheimische Nicole, die Nicole, die einheimische, (»wo bleibt denn das Bier?«), bis der Hunger siegte und die Rede allmählich im Geklapper und Geklirr der Bestecks und des Geschirrs, in Kau- und Schluckgeräuschen unterging.

Ich setzte mich im Flur auf die nach Art der Wiener Museen gestalteten Treppenstufen. Genau wie bereits morgens, als der Österreicher mich geführt hatte, stellte ich fest, dass die Stufen gerade die richtige Größe zum Sitzen hatten. Gehen konnte man auf ihnen gar nicht. Aber anders als morgens in den Jeans, spürte ich jetzt durch Kleid und Strumpfhosen hindurch, wie hart und kühl die Fliesenfläche war. Das war gut. Es erinnerte an die einzige praktikable Hilfe in dieser Situation: ich musste einen kühlen Kopf bewahren. Letztlich bot doch das Leben selbst immer wieder die geeigneten Hilfsmittel, man musste nur in sich hineinhorchen und nicht gleich die Nerven verlieren. Die Dinge waren fast nie so wie sie aussahen, so dass es ganz überflüssig war, sie zu deuten und sich aufzuregen. Stattdessen musste man den Blick immer geradeaus richten. Sowie der Blick umherzuirren begann, war das Spiel verloren. Was wäre beispielsweise beim olympischen Wettkampf herausgekommen, wenn der Blick des Turners mitten in der Konzentrationsphase, vor dem Sprung auf dem Schwebebalken, abgeschweift wäre? Gar nichts. Den Blick also geradeaus gerichtet und die Gedanken auf einen einzigen Punkt konzentriert. Keine Irrwege, sondern winzigkleine Mäuseschritte im Bereich der Tatsachen. Alles war eigentlich erträglich, wenn man die Dinge nicht als ganzen Komplex betrachtete. So war der Mensch beschaffen. Er war fähig zur natürlichen Anpassung, jedenfalls alle jene Menschen, die nicht gleich zu Beginn der ersten »Eiszeit« und dem Verschwinden der »Mammuts« aufgeben und aussterben wollten. Die sich nicht gleich auf die Erde legen wollten, den Spaten in der einen und das hölzerne Kreuz in der anderen Hand, wie die Opfer in einem Westernfilm. Scharfschützen könnte man sich zum Vorbild nehmen. Und Bogenschützen. Letztere hatten, außer guten Bauch- und Brustmuskeln, bewundernswert trockene Hände und einen kühlen Kopf. Auch mein Vater war seinerzeit ein vernünftiger und kühl überlegender Mann gewesen. Er hatte mir beispielsweise geraten: nimm Noten mit. Wenn du vor Publikum spielst und Gefahr läufst, die richtigen Töne zu vergessen, nimm ein Notenheft – genau wie alle anderen – und leg es auf das Notenbrett des Klaviers. Du brauchst die Noten nicht zu lesen, aber sie sind jedenfalls da, falls du sie brauchst. Du musst dich dann nicht schämen.

Ich legte die Bierflaschen in meinen Schoß. Auch sie waren hart und kühl. Ich war wahrhaftig von allerlei harten und kühlen Dingen umgeben, war es vielleicht immer gewesen, und selbstverständlich war der Ratschlag mit den Noten gut gewesen. Aber er war zu spät gekommen. Er war erst gekommen, als der Pfeil bereits an der Zielscheibe vorbei gegangen war, als der Blick sich bereits auf Irrwege begeben hatte und das Publikum nervös auf den Bänken hin und her rutschte, hüstelte und sich wand und das Stück kein Ende nehmen wollte. Leider. Entschuldigung. Es ist passiert. Bier wird in Österreich als Nahrungsmittel eingestuft. Und es nährt tatsächlich, gibt Nahrung und Vitamine. Ich tastete mit den Fingern über meinen Bauch. Dann über den Hals. Vor drei Monaten hatte ich damit angefangen schwimmen zu gehen, weil ich bemerkt hatte, dass sich im Verlaufe der Jahre um meinen Hals unbemerkt ein aus harten Körnern bestehendes Fettgewebe angesammelt hatte, das ich loszuwerden hoffte. Ich wusste nicht, ob es tatsächlich möglich war, das Gewebe loszuwerden. Vielleicht gehörte die Metamorphose des Fettgewebes zu jenen Dingen auf der Welt, die sich im Laufe der Zeit, mit dem Verfließen und Sterben der Sekunden, veränderten und nur noch eine Richtung ermöglichten, vorwärts, zunehmend, wachsend, hängend. Gäbe es beispielsweise mal eine Zeitungsumfrage zum Thema: Was war die wichtigste Erfindung, welche die Menschheit am meisten verändert hatte, würde ich antworten:

das Korsett. Garantiert würde ich nicht sagen »Vitaminpräparate«. Vorbeugung war schon allein als Idee völlig absurd. Wie kann man vorbeugen wollen, dass etwas eintritt, von dem man noch gar nichts weiß? Nein, ich würde antworten: das Korsett. Mit der Antwort auf die Umfrage könnte ich dann beispielsweise eine neue Waschmaschine gewinnen. Oder Waschpulver für ein Jahr. Oder vielleicht ein Wochenende im Hotel. Das Korsett war wirklich eine prima Erfindung. Vielleicht die bisher beste von all jenen, die nicht mit irgendeiner Maschine zu tun hatten.

Ich öffnete eine der Flaschen und trank einen Schluck, einen zweiten, dann noch einen dritten. Mein Hals fühlte sich unter meinen Fingern ein wenig besser, fester und gesünder an als vorher, aber bei weitem noch nicht so, dass ich von gut reden könnte. Ich wartete, bis das Geplapper und Geplauder im Wohnzimmer gänzlich verstummte. All das mit anzuhören, war wirklich fatal gewesen, aber ich hatte den Blick fest auf die seidene Rosette an der Krempe von Marie-Luisas Pelzhut geheftet. Genau wie bei einem Scharfschützen hatte das jahrelange Training Erfolg gebracht. Außerdem wäre es unhöflich gewesen, eine Geschichte zu unterbrechen, die vielleicht gar nicht für meine Ohren bestimmt war. Auch Sigrid sagte immer: »Sei so lieb und unterbrich mich nicht«, wenn sie mit dem Portier sprach und ich dazu kam, um Klebeband oder Heftklammern zu holen.

Ich brachte die leere Flasche in den Flaschenschrank in der Küche. Dort klapperte ich eine Weile herum, sortierte die leeren Flaschen nach Größe, Form und Farbe in vier verschiedene Reihen. Erst dann trat ich mit den vollen und kalten Bierflaschen ins Zimmer zu den anderen.

»Wir haben schon angefangen«, sagte Franz.

Immer wenn der Österreicher sich schämte und gleichzeitig sprach, gerieten seine Ohren unter Spannung und begannen zu zittern. Oder zu beben. Der Kopf und die Hände konnten zittern, aber das Ohr, ebenso wie das Blatt am Laubbaum, bebte eher.

»Warst du nicht am Telefon gewesen? So etwas kann dauern«, sagte Frau Mutti.

Ich stellte die Flaschen ans Kopfende des Tisches, dort befand sich genau eine für Getränke passende Lücke. Ansonsten bog sich der Tisch geradezu unter dem Speisenangebot. Man konnte dem Österreicher nicht vorwerfen, dass er nicht freigiebig oder gastfreundlich wäre. Er sagte: lieber zu viel als zu wenig. Das war sein Motto, wenn es um Gäste ging. Und auch sonst. Ich goss das Getränk in die Gläser, die mir hingehalten wurden, und wie es schäumte! Ein helles schäumendes Getränk, sein Verhalten war interessant wie ein abendfüllender Spielfilm. Dann zog ich auch an den anderen Wohnzimmerfenstern die Vorhänge zu. Die Wetterverhältnisse draußen waren wirklich nicht sehenswert, und jetzt schimmerte auch aus unserem Heim ein gemütlicher Lichtschein nach draußen, den die Passanten sehen würden, und sie würden von *unserem* Haus dasselbe denken wie ich, wenn ich an *ihren* Häusern vorbei ging.

Ich stand am Fenster, meine beiden Arme hingen seitlich herab ohne eigentliche Aufgabe. Ich verschränkte sie vor der Brust. Es war die Zeit gekommen, eine Rede zu halten. Ich wollte eine Rede halten. Eine Eröffnungsrede.

Ich lauschte eine Weile auf das Schweigen, öffnete auch schon meinen Mund, aber dann musste ich über das Mienenspiel des Österreichers lachen. Ich schlug die Hände vors Gesicht, beugte mich ein wenig vor …, ich fühlte mich wie ein Schulmädchen. Das Lachen wollte einfach nicht enden. Und der Österreicher konnte manchmal wie ein Schuljunge sein. Es fehlten nur noch die Bank, der Ranzen und der Zeigestock.

Ich beruhigte mich, zwang mich geradezu zur Ruhe – *bald würde ich mit Nachsitzen bestraft werden* –, indem ich mich auf die sechzehn Fächer des Regals an der gegenüberliegenden Wand konzentrierte. Sie waren alle genau gleich groß. Sie waren Quadrate. Rechteckig, und genauer gesagt Quadrate. Weitere geometrische Formen auf der Welt waren unter anderem Dreiecke, gleichseitige und gleichschenkelige Dreiecke, die zugleich Vielecke waren, aa hoch zwei plus bee hoch zwei ist ebenso viel wie cee hoch zwei.

»Komm jetzt«, sagte der Österreicher und klopfte auf den leeren Stuhl neben sich.

Ich legte den Finger auf die Lippen, machte eine abwehrende Geste, die ich von Frau Berger gelernt hatte, Frau Berger benutzte sie sehr oft, sie war effektiv, stoppte jede Situation, wann und wo auch immer. Ich räusperte mich.

»Von dem Tag an, da Franz den Besuch seiner Familie – euren Besuch – zur Sprache brachte, habe ich mich gefreut«, sagte ich.

»Das hast du«, bestätigte Franz.

Als fachkundige Ausbilderin von Erwachsenen war ich eine mehr als geübte Rednerin und brauchte mich in keiner Weise vorzubereiten, ich konnte einfach dastehen, mein Publikum betrachten und auf den Moment warten, da ich spürte »jetzt«, jetzt fang an. Dieser Moment würde kommen. Dann würde ich sprechen. Ich würde mich nicht beeilen, würde nichts überhasten. Ein Redner hatte ja immer den Eindruck, dass er unglaublich langsam sprach, während er in Wirklichkeit allzu schnell redete. Man musste langsam sprechen, betont langsam. Ich würde jeden Gast gesondert ansehen, würde von jedem irgendetwas Nettes erzählen, vielleicht meinen ersten Eindruck von ihm. In dieser Art baute man Reden auf. So machten es auch die Pastoren bei Hochzeiten und Beerdigungen. Erst befragten sie die Angehörigen, und auf der Grundlage dieser Informationen, blind darauf vertrauend, entwarfen sie ihre Rede, spannten sie den erzählerischen Bogen, der einen Anfang und ein Ende und ein paar Höhepunkte hatte. Vielleicht verfügten sie über eine Art Modul, eine Redebasis, deren Lücken sie mühelos mit den erforderlichen Informationen füllen können. Solche Aufgaben der Lückenfüllung wurden bereits in der Unterstufe fleißig geübt. In allen Ländern. Auch dafür musste es doch irgendeinen praktischen Grund geben.

Die Bestecke klapperten auf den Tellern. Die Kerzen beleuchteten den Tisch. Der Schweinsbraten sah wunderbar aus. Es tat einem fast leid, ihn zu essen. Weil die Maggikrautsoße fehlte, hatte ich ganz am Ende der Zubereitung in die Einschnitte der Speckschicht ein paar Tropfen Sojasoße geträufelt, die ein bisschen zusätzliche Farbe geben sollte, was anscheinend gut funktioniert hatte. Die Oberfläche des Bratens glänzte braun und knusprig. Mein amerikanisches Truthahnessen.

Am Ende meiner Rede ermunterte ich die Gäste:

»Willkommen, und nun esst, so viel ihr könnt. Esst sogar noch mehr.«

Dieser Aufforderung hätte es natürlich nicht bedurft. Die Verwandten hatten sich über das Festessen hergemacht wie hungrige Wölfe und die Mahlzeit nicht mal während meiner Rede unterbrochen. Da hätte ich auf der Arbeit Sigrid etwas zu erzählen. Marie-Luisa zum Beispiel. Sie hatte sich bereits drei faustgroße Knödel aufgefüllt und sie um ihre Scheibe Braten gruppiert wie Wächter um eine Festung. Für das Sauerkraut war nicht mehr recht Platz gewesen, es hing über den Tellerrand und befeuchtete das Tischtuch, der Fleck breitete sich langsam aus. Elisabeth hingegen war noch gar nicht bis zum Braten vorgedrungen. Auf ihrem Teller bildete gerade das Sauerkraut den größten Haufen, einen Knödel hatte sie mit der Gabel auseinander gerissen und einen Klecks Preiselbeerkompott darauf getan. Dem Österreicher schmeckte alles gleichermaßen. Seine Mutter aß ebenfalls vielseitig, aber in der Quantität weniger, wie ein Spatz. Sie hatte sich über die Kälte beklagt. Mit der Pelzkappe auf dem Kopf war sie zu einem kleinen violetten Spatz geworden.

Ob der liebe Österreicher ein paar Fotos machen würde? Ehe alles vorbei war?

Frau Mutti leckte einen Tropfen aus ihrem Bierglas, aber ich würde mich heute von keinem einzigen Fleck stören lassen.

Der Österreicher weigerte sich zu fotografieren und sagte, dass er nicht wisse, wo das Blitzlicht sei. So ein Unsinn. Er knipste ja immer. Auch dann, wenn mich das ewige Fotografieren, Arrangieren und Posieren ärgerte. Manche Urlaube – und ebenso Hochzeiten und Beerdigungen – waren mir regelrecht dadurch vermiest worden, dass er mit seiner Knipserei keinen Moment Ruhe gab *bleib so, das ist ein toller Hintergrund, du wirst sehen, noch nicht bewegen, Moment, so ist es gut, ein bisschen mehr zum Baum hin, Entschuldigung, habe den Blitz vergessen, noch mal.* Frau Berger hingegen hatte er noch nie fotografiert. Die goldige Frau Berger, die mich zu sich einlud, um mit mir Kaffee zu trinken und über Bücher und Theaterstücke zu reden. Sie gelangte kaum mehr nach draußen. Ihre Hüfte schmerzte, dass sie aufschrie. Der Schmerz strahlte bis in die Zehen aus, und es gab keine Stellung, in der Frau Berger es gut aushielt. Beim Liegen wanderte der Schmerz mitten in den Rücken. Wenn sie sich umdrehte, drehte auch er sich um. Der Schmerz folgte ihr wie eine Schmeißfliege. Wohin sie sich auch wandte, die Fliege war da und ärgerte sie, surrte vor ihrem Ohr, vor dem zweiten Ohr, vor der Nase, wurde bissig, wenn sie verjagt wurde. Frau Berger rümpfte die Nase, in die sich die Brille mit dem Kunststoffbügel im Laufe der Jahrzehnte eingegraben hatte als gehörte sie mit zum Körper. Ich kenne das, was in der Welt passiert!, sagte Frau Berger oft. Und: In England wäre alles besser! Frau Berger hatte immer auf alles eine Antwort. Ihrer Meinung nach wäre zum Beispiel das Drogenproblem auf dem Westbahnhof leicht dadurch zu lösen, dass man den drogensüchtigen Jugendlichen alles gab, was sie haben wollten, möglichst schnell und möglichst viel davon, sodass auch möglichst viele von ihnen möglichst schnell starben. Manchmal wurde Frau Berger frech.

Ich brachte dem Österreicher die Kamera und das dazu passende Blitzlicht, und so machte er denn von uns allen mehrere Aufnahmen. Als Frau Mutti ein Drittel ihrer Spatzenportion gegessen hatte, entspannte sie sich. Es war daran zu merken, dass sie beim Reden mit jedem Wort mehr in den Dialekt verfiel. Davon verstand ich nicht alles.

Das Messerset, das ich im Fernsehen gekauft hatte, war fest in Plastik und anschließend in Pappe verpackt gewesen. Aber ich hatte es aus dem falschen Land bestellt, und der Zoll hatte es nicht durchgelassen. Ein schreckliches Theater. Ich musste viele Male dort vorsprechen, musste zum Zoll hinwandern, um Zettel auszufüllen und den Pass kopieren zu lassen. Die Zollämter dieser Welt waren tatsächlich nicht für Menschen gemacht, die sich ohne Auto fortbewegten. Das äußerte Sigrid, als ich bereits den dritten Tag wegen ein und derselben leidigen Zollangelegenheit der Arbeit fern blieb, und damit traf sie den Nagel auf den Kopf. Schicken Sie es zurück und bestellen Sie es in Österreich, hatte man mir beim Zoll geraten, sowohl telefonisch als auch vor Ort. Ich hatte nicht eingewilligt. Rückblickend war das unsinnig gewesen. Ich konnte mich partout nicht erinnern, warum ich hartnäckig nein sagte, als man mir ganz freundlich erklärte, dass ich das Paket einfach zurückschicken könnte. Dass es kein Problem wäre. Ich hatte hartnäckig abgelehnt. Jetzt im Nachhinein war diese Hartnäckigkeit sogar zum Lachen. Diese Wiederholung des Wortes »nein« auf unterschiedlichste Art. Nein nein nein. Ich hatte dann endlich das Paket zu Hause empfangen, hatte es geöffnet – mit dem Messer, welche Ironie – und schon bei der dritten Benutzung festgestellt, dass das ganze Messerset nichts taugte. Es war völlig nutzlos.

Ich hatte es in den Schrank gestellt. Womöglich hat Finnland-Tuulikki im Teleshop das Verpacken gelernt, hatte ich damals gedacht und denke es immer noch. Auch sie verpackte ihre Pakete ebenso fest, fuhr mit der Rolle viele Male um Ecken und Fugen, sorgfältig, ohne am Klebeband zu sparen. Der Österreicher hatte gesagt, ich solle das nutzlose Messerset wegwerfen, damit es mich nicht länger ärgerte. Kam nicht in Frage. Das teure Set. Eines Tages würde ich mir eine Verwendung dafür ausdenken. Welche denn?, hatte der Österreicher gefragt. Natürlich hatte ich es damals nicht gewusst und wusste es auch heute noch nicht. Aber trotzdem. Oder gerade deshalb. Ich fand es außerordentlich wichtig, von der Annahme auszugehen, dass die Dinge manchmal anders liefen als erwartet, und sich darauf einzustellen.

Frau Muttis Füße reichten nicht bis auf den Boden. Nicht mal in Stiefeln. Sie pendelten in der Luft, während Frau Mutti redete und mit der Gabel in ihrem Essen stocherte. Ihr Rücken war gebeugt, ihr Kinn nach vorn geschoben. Man hatte Lust, sie wie eine gebogene Garnele zu behandeln, sie an Kopf und Zehen anzufassen und geradezuziehen. Ihre Bewegungsbahn folgte bestimmten Mustern, von denen es höchstens fünf verschiedene gab. Die Zahl ihrer aktiven Gelenke war auf zwei geschrumpft: Hals und Hüfte. So gesehen erinnerte sie an eine der ganz frühen Barbiepuppen, die nur zwei Stellungen gehabt hatten: sitzend und stehend. Ein Modell dieser Art hatte ich besessen. Es bildete den Anfang der Barbiepuppenphase, die unweigerlich über alle Menschen kommt. Meine Puppe war schrecklich gewesen. Mit ihr ließ sich nicht mal Restaurant spielen, weil man ihre Knie nicht beugen konnte. Es hätte nur Kellner und Köche und keine Gäste gegeben. Eine Stehbar wäre, nachträglich betrachtet, möglich gewesen. Ein Kiosk. Damals waren für mich die einzigen erträglichen Spielalternativen »Spaziergang« oder »Einkauf« oder »Schlafen« gewesen. So schlimm war die Situation mit Frau Mutti freilich noch nicht. Vorhin hatte diese alte zerbrechliche Frau die Befürchtung geäußert, hungers zu sterben. Schrecklich. Bestimmt überwältigten sie die Erinnerungen an Notstandszeiten. Oder an noch Schlimmeres. Das war verständlich. Oder auch nicht, da ich dergleichen nicht erlebt hatte, im Gegenteil, mein Notstand betraf, wenn, dann den Mangel. Als Kind war gerade das mein eigentlicher Traum und das Objekt meiner Sehnsucht gewesen: ach, hätten wir doch Mangel, hatte ich geseufzt und versucht unglücklich zu sein. Aber nein. Alles war immer gut. Wie konnte jemand so schrecklich unglücklich sein, wenn immer alles gut war? Darin lag das vielleicht größte Rätsel der Welt. In der Schule war die Frage gestellt worden, ein ums andere Mal, richtig im Klageton: Wie können aus den finnischen Kindern, den gesündesten der Welt, die kränkesten Erwachsenen der Welt werden? Schon die bloße Frage war absurd. Sie unterstellte einen Wendepunkt, eine Art von deutlicher Grenze und Veränderung. Was aber, wenn die Veränderung so heimtückisch war, dass es sie eigentlich gar nicht gab? Irgendeine alle Zweifel wegschaukelnde, wiegenartige und stetige Pendelbewegung? Ein finnisches Perpetuum mobile? Oder was, wenn alles wirklich nur vom Blickwinkel, von der Messmethode abhing? Und die Neutralität war außerdem bewiesen. Der Kubismus schon vor Zeiten erfunden. Das auch. Aber jetzt hatten wir andere Zeiten, Länder und Währungen. Und da packte mich denn mal wieder jene Welle der Milde und Sanftheit, mit einem Wort der sogenannte und vielfach zitierte »Humanismus«, packten mich »Menschlichkeit«, Mitgefühl. Es nahm mir fast den Atem, so sehr verlangte es mich danach, Frau Muttis Hände zu streicheln, ihre Waden, ihre sicherlich müde Seele. Ich konnte mir nämlich trotz nicht erlebter Notstandszeiten lebhaft den Unterschied zwischen zwei entgegengesetzten Situationen vorstellen: zum einen, wenn man nahe daran war zu verhungern und fürchten musste, bewusstlos umzufallen, falls nicht sofort Zucker ins Blut gelangte, falls das in den Mund gestopfte Essen nicht schnell genug mit dem Speichel in den Blutkreislauf und den Körper gelangte und man mit dem Mund voller Essen Hungers sterben würde. Und zum anderen, wenn man dem Körper genug Nahrung zugeführt hatte, sich beruhigen und wieder gut und sicher fühlen konnte und den großen Hunger, den man vor wenigen Minuten gehabt hatte, schon wieder vergaß. Die Grenze zwischen Leben und Tod, sozusagen. Das Überschreiten dieser Grenze zunächst in die eine und dann in die andere Richtung.

Frau Mutti hatte während des Essens ihre Pelzkappe abgelegt. Was würde sie sagen, wenn ich ihr Haar streicheln würde? Ich würde natürlich nichts dergleichen tun, weil es komisch wäre. Ihre Haare glänzten schwarz und schön, sie waren mit Lack besprüht. Sie waren, wahrscheinlich durchs Färben, rau und starr. Überzeugen könnte man sich nur durch Berührung. Ein paar einzelne Haare hatten sich trotz des Lacks aus der Frisur gelöst, wehten in der Wärme der Kerzen nach oben in Richtung Zimmerdecke. Sie tanzten gleichsam, wenn Frau Mutti beim Schlucken nickte. Auch alle anderen speisten konzentriert. Der aufregende Vormittag war jetzt endlich in eine geruhsame Mahlzeit gemündet, und meine Ohren ruhten, während das Gespräch der Familie des Österreichers dahinplätscherte. Ein Gespräch, das in meinen Ohren eher wie Musik klang, da ich eigentlich kaum etwas davon verstand.

Elisabeth war gerade dran mit Erzählen, und sie hatte die Angewohnheit, ständig zwischen ihren Sätzen kleine Schreie auszustoßen. Außerdem holte sie dauernd ihr Handy hervor, schaute drauf, tippte irgendetwas ein und steckte es wieder in die Hosentasche, an der sich bereits eine weißumränderte Ausbuchtung gebildet hatte, ein Telefonnest. Sie wiederholte all das präzise, routinemäßig, genau so wie andere sich dauernd an die Nase fassten oder ihre zu kurzen Haare hinters Ohr strichen, von wo sie ihnen natürlich gleich darauf wieder ins Gesicht fielen.

Die Familie des Österreichers war wie ein Orchester, und bei dieser Assoziation fiel mir plötzlich ein, was mich der Österreicher als erstes von seinem Heimatland gelehrt hatte: Österreichisch ist Deutsch mit Gefühl, und dies war der – vielleicht größte und wichtigste – Unterschied zwischen Österreich und Deutschland, so hatte er gesagt. Als wir im Taxi vom Flughafen zu ihm nach Hause fuhren, hatte er verlangt, dass ich mir diese Tatsache merkte, denk daran, hatte er gesagt, Deutsch mit Gefühl. Nicht Kartoffel sondern *Erdapfel*. Nicht Tomate sondern *Paradeiser*. Nicht Hackfleisch sondern *Faschiertes*. Und auf keinen Fall Metzger sondern *Fleischhauer*. Für all das hätte es im Abschlusszeugnis der Universität nachträgliche Zusatzpunkte und eine finanzielle Entschädigung geben müssen.

Frau Mutti legte eine Pause ein, als Elisabeth fertig war, und so ging das Wort an Marie-Luisa. Sie war sozusagen das schwächste Glied in der Kette. Ihr fiel es schwer zu erzählen, weil sie sich nicht entscheiden konnte, ob sie essen oder reden sollte, und deshalb tat sie beides gleichzeitig. Der Österreicher fragte ständig »Was?«. Was? Was? Was? Dann hob sie jedes Mal die Stimme, aber ihre Rede wirkte dadurch, wenn überhaupt, nur um weniges deutlicher. Dann musste er wieder nachfragen: Was? Es war furchtbar nervig. Vielleicht könnte Marie-Luisa aufschreiben, was sie sagen wollte, und es mit der Post schicken.

Ich überließ die Familie ihren Geschichten. Die vier schienen viel Gesprächsstoff zu haben, denn seit ihrem letzten gemeinsamen Treffen war einige Zeit vergangen. Die Sprache war eine interessante Erscheinung. Wenn man sie nicht verstand …, dann verstand man sie eben nicht. Zum Glück war Frau Berger nicht anwesend, sie hätte einen Herzanfall bekommen. Im Munde der Familie des Österreichers klang die Sprache so weich, dass man absolut nicht erkennen konnte, ob harte oder weiche Konsonanten gesprochen wurden. Gerade aus diesem Grunde klang das österreichische Deutsch nach Frau Bergers Meinung primitiv. Man sagte kleine und große Wörter, etwa *Hagel*, und alle gleichzeitig *Tischtennisspiel*. Und dann tauchten viele Male Dialektwörter auf. *Schui*, ganz wie das Rauschen des Windes in den Wipfeln der Laubbäume. In Wahrheit mochte es *Schuh* bedeuten. Andererseits schien das Wort vorrangig mit Elisabeth zu tun zu haben. Hieß es also doch *Schule*? Hatte sie für die Schule neue Schuhe bekommen? Gewechselt hatte sie die Schule jedenfalls nicht. Oder fragte ihre Mutter nach ihren schulischen Leistungen? Planten sie eventuell, Elisabeth als Geburtstagsgeschenk neue Schuhe zu kaufen? Ich würde mich auch gern beteiligen! Vielleicht Stiefel? Nachträglich quasi. Ich hatte mir mit fünfzehn die ersten Lederstiefel gekauft, hatte sie mir reservieren lassen und kaufen dürfen. Ich hatte die für solche Angelegenheiten zuständige männliche Person, meinen Vater also, auf der Arbeit angerufen, hatte sein Meeting gestört (Notsituation!) und um Erlaubnis gefragt. Er hatte es eigentlich zunächst verboten, zu teuer, hatte er gesagt, aber ich hatte schließlich meinen Willen durchgesetzt. Ich erinnerte mich gern an diesen Moment. Und dann auch wieder nicht. Ziemlich bald war die Zeit gekommen, da ich die Stiefel ganz nach unten gestopft und unter Halbschuhen, Tennisschuhen, Holzpantoffeln, Sandalen und sogar Gummistiefeln begraben hatte. Die Lederstiefel hatten nämlich doch zu hohe Absätze gehabt, waren zu glänzend, zu auffallend und zu grau gewesen. Sogar zu klein. Ich hatte damals beschlossen, mir nie wieder Stiefel zu kaufen. Zweifellos der kindische Beschluss eines kindischen Kindes. Ich mischte mich also in die Unterhaltung, indem ich mich ein wenig vorbeugte und sagte, dass meiner Meinung nach eine Fünfzehnjährige ruhig Lederstiefel haben sollte, wenn sie es wünschte.

Sie alle redeten mit offenem und vollem Mund. Auch der Österreicher. Es war schrecklich. Ein kultivierter Mann zeigte allen Anwesenden den Brei in seinem Mund, seine Zahnplomben, Erbsen, Preiselbeerkompott, alles mögliche. Mein Zwerchfell meldete sich mit einem Krampf, in einer Art und Weise, dass die Folgen absehbar waren, falls ich nicht vorsichtig wäre und mich auf etwas anderes konzentrierte. Furchtbarer Hunger und Übelkeit, auch mal eine Kombination. Ich musste wegschauen, mir unter den Gegenständen in der Umgebung irgendwelche Fixpunkte suchen, und gleichzeitig wusste ich, dass der Blick in die Münder der Familie in seiner ganzen Schauderhaftigkeit unwiderstehlich faszinierend war. Meine Fixpunkte waren: die hellbraune Farbe des Bücherregals, seine sechzehn Fächer, die gefaltete Stola auf dem Sofa, das Bild an der Wand mit den Quadraten (Vielecken) und dem Ball darauf. Was für ein perverses Wesen der Mensch doch sein konnte, lachte ich innerlich. Schuhe und Schule. Beide hatten ja viel gemeinsam, egal also, wovon ihr redet. Schaufelt euch neues Essen ein, ehe die alte Pampe heruntergeschluckt ist, na los. In die Schule würde kaum jemand ohne Schuhe gehen. Oder umgekehrt: wer Schuhe besaß, hatte wahrscheinlich auch irgendeine Schule besucht. So einfach war es auf dieser Welt.

Der Österreicher fragte, warum ich nichts aß, was ich da vor mich hin prustete und ob ich neue Stiefel wollte.

Ich langte in die Schüssel, nahm mir einen der Knödel, die Marie-Luisa gemacht hatte, und zerschnitt ihn. Die Hälften bestrich ich mit Preiselbeerkompott, als wären es dicke Butterbrote. Ich hatte eigentlich überhaupt keinen Hunger, denn im Keller hatte ich mich mit Krabben und Knäckebrot gestärkt. Ich drehte eine Knödelhälfte auf meinem Teller hin und her und bemerkte, dass Marie-Luisa gespannt darauf wartete, was ich sagen würde. Ich zerschnitt also die Hälfte noch ein Mal, steckte mir ein Viertelstück in den Mund, kostete und sagte: »Gut. Ausgezeichnet. Genau so hatte ich mir Knödel immer vorgestellt.« Es stimmte. Am Geschmack war tatsächlich nichts auszusetzen, wenn man wusste, wie ein altes, erst getrocknetes, dann befeuchtetes und anschließend gekochtes, mit Petersilie und Ei gewürztes Weißbrot schmecken sollte.

»Sieger!«, schrie Elisabeth, so als wäre dies irgendein Wettbewerb.

Aus dem Lächeln des Österreichers zu schließen, war es das vielleicht auch, fehlte nur noch die Preisübergabe, und Löffel hatten wir mehr als genug, auch Vasen, Kerzenständer, als Urkunden geeignete Pappe, dazu Bänder und Schleifen, die man um den Hals hängen konnte.

»Ich hätte eine Frage«, sagte Elisabeth. Sie hatte ihren Teller leer gegessen. Ein paar Reste waren noch drauf, über die ganze Fläche verteilt, aber geschenkt, man konnte gerade so sagen, dass sie aufgegessen hatte. In der Schulkantine, in Tankstellen, in der Uni und bei der Arbeit in der Gaststätte lernte man, dass sich die Menschen in zwei Gruppen einteilen ließen hinsichtlich ihrer Auffassung von einem leergegessenen Teller. Es gab jene, die meinten was sie sagten. (Der Österreicher hatte eindeutig die zweitbesten Zähne seiner Familie. Er lächelte immer noch. Lächelte und schielte und tätschelte mich hier und dort.) Und dann jene, die Sauerkraut verteilten und sich Unmengen Soße auf winzige Happen kippten, und am Ende esslöffelweise Ketchup übrig ließen. Sie sagten, der Teller ist leer, obwohl noch nicht mal ein Ansatz seines Musters zu sehen war. Sie spülten all den Ketchup in den Abfluss und bedachten im Rausch des Spülens überhaupt nicht, dass auch dieser Ketchup ein Lebensmittel war. Wirklich war. Herr österreichischer Österreicher, ein Lebensmittel, hergestellt aus Tomaten – *Paradeisern* – und Zucker. Als ob Ketchup ein Nichts wäre. Ein bloßer wertloser Zusatz aus Luft. Aber auch Ketchup hatte seinen Eigenwert. Natürlich aß niemand Ketchup pur, Fleischbällchen schon, umgekehrt nicht. Aber trotzdem. Warum musste man Beilagen gering schätzen, nur weil man sie nicht pur aß? Wohin sollte es führen, wenn es plötzlich überhaupt keine Beilagen mehr gäbe?

Der Österreicher streichelte beruhigend meinen Rücken, so als wäre ich eine Katze. Oder irgendein anderes Tier, das man in guten wie in schlechten Zeiten einfach streicheln konnte, mit dem Strich und gegen den Strich. Moralphilosophie interessierte die Familie kaum. Auch nicht die reine und nicht mal die praktische Vernunft. Und die Nahrung des Körpers? Ich bot Elisabeth von allen Speisen an. Ich hob die Knödelschüssel hoch, deutete auf den Braten, von dem noch mehr als genug übrig war, und auf die Getränkeflaschen, aber sie schüttelte den Kopf. Sie lächelte, ohne ihre Zähne zu entblößen, und hielt sich den Bauch.

Elisabeth zeigte nicht gern ihre Zähne, das hatte ich schon früher bemerkt. Gab es dafür einen Grund, oder handelte es sich um eine Gewohnheit? An ihren Zähnen war jedenfalls nichts auszusetzen. Hatte ich je in einem anderen Mund so weiße und saubere Zähne gesehen? Nein, hatte ich nicht. Nicht mal in meinem eigenen. Leider. Ich gehörte zu den Menschen mit gelben Zähnen, Elisabeth zu jenen mit weißen. Trotzdem hatte sie das Entblößen ihrer Zähne für wenige wirklich wichtige Ereignisse reserviert.

Elisabeth hielt ihren Blick auf den Teller geheftet und schob mit dem rechten Zeigefinger das Sauerkraut zu einem Haufen zusammen, verteilte es aber gleich wieder. Dann wickelte sie ihr Haar um eben diesen Finger. Herrgott noch mal. Wenn sie nicht bald aufhören würde, müsste ich ihr den Teller wegnehmen. Nun kippelte sie mit ihrem Stuhl. Marie-Luisa verbot es ihr und sagte warnend, sie könnte umstürzen und sich den Kopf aufschlagen. Darüber könnte man dann in der Zeitung lesen, und betroffen wäre diesmal nicht ein anderer, so wie die Leute immer glaubten und dachten. Möglich wäre auch, dass sie nicht stürzen, dass aber der Stuhl kaputt gehen würde. Elisabeth sah mich an und hörte auf zu kippeln. Dann räusperte sie sich in die Serviette und öffnete den Mund. Sie stellte endlich ihre Frage. Sie wollte wissen, wer von uns persönlich ein Schwein töten würde, wenn das die einzige Chance wäre, es essen zu können, Hand hoch.

Elisabeth war auch im Sitzen faltenlos. Das war bemerkenswert. Sie strahlte gleichsam vor Jugend. Würde jemand von mir wissen wollen, ob ich die Erscheinung kannte, dass jemand sichtbar wuchs, würde ich bejahen und hätte dafür ein lebendes Beispiel parat. Ich sah hier mit eigenen Augen, wie Elisabeth dort auf ihrem Stuhl wuchs und reifte wie eine Rose, ein Maiglöckchen, eine Walderdbeere, wie die erste Frühlingsblume, die die übrige Natur begrüßte.

Elisabeths Frage überraschte uns. Alle wechselten erschrockene Blicke. Einen kleinen Schrecken hatte sie uns tatsächlich auch eingejagt. Niemand hob die Hand.

»Du bist ein recht unverschämtes kleines Fräulein«, sagte der Österreicher mit einem leichten Lachen.

Dann breitete sich im Raum Schweigen aus. Sogar Maximus erstarrte. Wir saßen da wie eine Personengruppe im Wachsfigurenkabinett. Würde Frau Berger jetzt plötzlich auftauchen, so wie sie es tatsächlich manchmal tat, wüsste sie überhaupt nicht, wen sie vor sich hatte, Leute im Wachsfigurenkabinett oder einen Haufen ausgestopfter Tiere oder sonst was. Wir hätten jede der internationalen Performancetruppen ausgestochen, die zu Festwochen in den Städten auftraten und stolz ihr Können präsentierten.

»Hat das irgendwas mit der Demonstration zu tun, auf der du warst?«, fragte Franz dann.

Elisabeth setzte sich zurecht. Sie ging in Verteidigungsstellung. Oder rüstete zum Angriff. Sie wartete vermutlich erst, wie sich die Situation entwickeln würde. So hätte ich es gemacht an ihrer Stelle.

»Du hast richtig geraten«, sagte sie.

»Na klar würde jeder von uns ein Schwein töten, ehe er vor Hunger stürbe«, sagte ich. Punkt.

»Das Schwein ist ein ziemlich großes Tier…«, äußerte Franz.

Er wischte sich den Mund mit der Serviette ab und legte sie neben seinen Teller, dann trank er einen Schluck von seinem Bier, wischte sich über die Oberlippe und räusperte sich. Ihm war der Appetit vergangen.

»Ich habe jedenfalls nie ein Wesen getötet«, sagte Marie-Luisa. »Ich brächte das gar nicht fertig.«

Der violette Spatz – Frau Mutti – erwachte aus dem Winterschlaf.

»Jeder von uns hat in seinem Leben etwas getötet. Wenn nichts sonst, dann eine Made oder Fliege«, sagte sie, und damit hatte sie recht. »Du brauchst gar nicht so scheinheilig zu tun«, ergänzte sie. Marie-Luisa schnaubte.

»Na schön, ich erinnere mich tatsächlich an eine Situation, es ist Jahrzehnte her …, ich war damals gut zehn Jahre alt, glaube ich«, sagte Franz.

Er zögerte, fuhr dann aber fort:

»Damals, als ich klein war, habe ich mal eine Ente getötet.«

Frau Mutti machte große Augen, zwinkerte.

»Du hast eine Ente getötet?«

»Ja, und sie war dann auch das größte lebende Wesen, das ich je getötet habe.«

»Warum hast du es getan?«

»Ich musste. Ihr denkt doch wohl nicht, dass es mein Wunsch gewesen wäre, sie oder irgendeine andere Ente zu töten.«

Der Österreicher blickte in die Runde, auch zu mir. Wir dachten es doch wohl nicht.

»Sie war unser Lieblingstier, weißt du noch, Marie-Luisa? Du warst damals verreist. Ich faulenzte Tage lang im Garten, es war Sommer, ich baute an irgendeinem Apparat. Der Nachbar hatte diesen verrückten Hund. Und dann plötzlich, eines schönen Tages ..., vielleicht hatte der Hund zu viel Sonne abgekriegt, keine Ahnung. Jedenfalls kam er über den Zaun auf unseren Hof ..., unser Zaun war damals etwa so hoch wie der heutige ..., vielleicht war ihm das Geschnatter zu viel geworden, schwer zu sagen, so was kann sicherlich auch nerven, er sprang also ohne Vorwarnung über den Zaun auf unseren Hof, sah die Ente und biss ihr in den Hintern.«

Marie-Luisa hob beide Hände vor den Mund.

»Hör auf!«

»Dann ließ er sie los, aber von ihr fehlte die Hälfte. Ich musste handeln.«

»Hast du nicht die Polizei angerufen?«, fragte Frau Mutti.

»Selbstverständlich. Ich packte die bluttriefende Ente und flüchtete vor dem Hund ins Haus, wahrscheinlich habe ich dadurch etliche Teppiche verdorben. Ich weiß es nicht mehr. Aber die Polizisten sagten, dass sie wegen einer Ente keine Kugeln opfern.«

»Wo war ich damals?«, fragte Frau Mutti.

Das war eine gute Frage.

Irrte ich mich, oder errötete Marie-Luisa? Jedenfalls blickte sie nicht von ihrem Teller hoch, und, aus der Bewegung ihrer Schulter zu schließen, wippte ihr Fuß heftig. Dann sah sie ihren Bruder an und sagte:

»Schrecklich. Unser Lieblingstier.«

»Sodass mir nichts anderes übrig blieb. Ich musste es tun. Von der Ente war tatsächlich nur noch die Hälfte da. Übrigens hast du nie nach ihr gefragt.«

»Du warst echt mutig. Ich hätte gar nicht gewusst, welches die richtige Art ist, eine Ente zu töten. Andererseits, vielleicht gibt es einen Kurs für so etwas. Für alles gibt es Kurse«, sagte Marie-Luisa.

»Für was?«, fragte Franz.

»Fürs Töten.«

Vielleicht ja, vielleicht nein. Wenn man die Kochkurse mitzählte, dann ja. In China wurden die Fische lebend gebraten. Ich hatte mal eine entsprechende Sendung gesehen. Fürs Abschuppen und Braten lebender Fische war ein spezieller Handschuh entwickelt worden, und es würde sicherlich nicht lange dauern, bis man den auch in Europa bekäme, auf Märkten, zum Dutzendpreis in Billighallen. Marie-Luisa war eine Idiotin. Sie quälte sich selbst. Marterte sich mit Forderungen. Ich hatte große Lust, aufzustehen und ihr zu sagen: Vertrau auf dich. Sei mutig, Marie-Luisa, gib nicht nach. Aber Fehler lassen sich wohl nicht vermeiden. Zum Beispiel deine schreckliche Gewohnheit, die Serviette in den Ausschnitt zu stecken. Merkst du gar nicht, wie du dich selbst quälst?

Ich beugte mich zu ihr hinüber. Sie wich instinktiv zurück. Gib dein Lätzchen her, hätte ich am liebsten verlangt. Gib es mir. Fehler passierten, und sie wurden korrigiert. Ich würde bald verrückt werden, wenn ich Marie-Luisa das Lätzchen nicht auf den Schoß legen könnte. Es war sonnenklar, dass es, im Ausschnitt hängend, ihren Schoß nicht vor den wiederholt herabfallenden Fleischstückchen, Tropfen von Sauerkrautsaft oder Brotkrümeln schützen konnte. Marie-Luisa, deine Hände zittern. Und du musst nicht unbedingt alles Essen auf einmal in den Mund stopfen.

Marie-Luisa lächelte. Sie sagte, sie sei glücklich. Wir saßen hier alle beisammen, am gemeinsamen Tisch und bei einer gemeinsamen Mahlzeit. Wir tauschten Neuigkeiten aus, reichten uns gegenseitig die Speisen. Daraus bestand das Menschenleben. Genau daraus bestand auch das Leben der anderen Familien in unserer Straße, jeden Tag, es bestand daraus, Alltag und Feiertag miteinander zu teilen. Vielleicht könnte Franz seine Familie öfter einladen. Ja. Vielleicht. Warum nicht? Ich würde beim nächsten Mal Rindsrouladen machen, von einem toten Schwein zum toten Rind war es hinsichtlich der Größe ein beachtlicher Schritt, ebenso wie von der Ente zum Schwein, aber auch das würde ich ja wohl anständig hinkriegen. Oh Sigrid, Sigrid. Nächstes Mal nimmst du teil an der Feier, siehst mit eigenen Augen, wie die in der Familie des Österreichers abläuft. Ich schreibe dir eine Einladung, klebe eine Briefmarke drauf. Ich schicke sie per Post, bringe sie nicht mit auf die Arbeit. Überraschungen sind das Salz des Lebens, und du, kleine Sigrid, hast in deinem Leben nicht allzu viel Überraschungen gehabt. Immer die gleichen Datteln aus dem heißen Ölland. Es gäbe dort auch andere Dinge zu kaufen, Schmuck, Uhren, aber nein. Immer die gleichen Datteln.

Ich öffnete das Badezimmerfenster im Obergeschoss, zückte die Zigaretten. Ruhepause.

Ich lugte aus dem Fenster. Wenn Frau Berger gerade in ihrer Wohnung rauchen würde, könnte ich ihr zuwinken. Sie war nicht zu sehen.

Ich sog den Rauch ein.

Dann beugte ich mich weiter hinaus.

Irgendetwas verdeckte mir die Sicht, so als würde der Wind mich streicheln. Und gewissermaßen tat er das auch. Der Wind hatte das Chiffontuch gepackt, und ehe ich mich versah, löste es sich von meinem Hals.

Das Tuch blieb an einer kaputten Stelle im Fensterbrett hängen, einem Spalt, der zum Glück noch nicht repariert worden war. Ich wollte es fassen, aber da kam ein neuer Windstoß, und das Tuch löste sich wieder.

Es flog allerdings nicht weit, sondern sank wie ein Fallschirm.

Ich ließ es fallen. Im freien Fall.

Aus der Nachbarschaft klang Lachen herüber. Bestimmt hatten sie dort das Fenster offen. So wie wir. Von uns schallte Musik zu ihnen hinüber, von ihnen kam zu uns das Lachen, gemeinsames Lachen und Kreischen von Kindern und Erwachsenen. Es klang lustig, keine Frage. Ich konnte nichts dagegen sagen. Dies war ja nicht mein Feiertag. Und wonach roch es hier? Nach Fett? Vermutlich. Heute bereitete jede österreichische Hausfrau oder jeder Hausherr, die/der auf sich hielt, Schweinsbraten zu, schickte die Bratendüfte aus seiner Küche als Grüße nach draußen. Die Bratendüfte strömten aus den Lüftungsfenstern, vermischten sich in der ganzen Umgebung miteinander, es war wie finnisches Weihnachten. Aber woher kam jetzt dieser ausgeprägte Fettgeruch? Ich drehte den Kopf nach rechts, nein. Ich drehte den Kopf nach links, nein, ich schnupperte in der Luft und drehte den Kopf hin und her, bis ich fast einen Nackenkrampf bekam, und ich überlegte schon, wie ich den wohl erklären sollte, falls und wenn man mich im Gesundheitszentrum danach fragen würde. Aber dann, erst in der frischen Luft, merkte ich, dass ich selbst die Verursacherin war. Wie nur konnte es passieren, dass mein Haar und meine Haut so nach dem Fett des Schweinsbratens rochen. Ganz als hätte ich meine Hand und den ganzen Arm, sogar die Nase und den Kopf in das Fett getaucht, hätte darin gebadet, hätte mit dem Braten gerungen. Wie unangenehm. Ein schrecklicher, ekelhafter Gestank, das durfte nicht sein. Ich war von der Mahlzeit aufgestanden, um einen raschen Gang zu machen, »ihr wisst schon, wohin, Entschuldigung, nur ganz kurz, lasst euch nicht stören, wartet nicht auf mich«. Als ich fertig geraucht hatte, nahm ich meinen Schmuck ab und legte ihn an den Rand des Waschbeckens, eine ordentliche Ansammlung von Gold. Ich griff nach einem Frotteewaschlappen und wusch die leicht zu entblößenden Stellen mit Wasser ab, anschließend schnupperte ich. Keine Wirkung, das Fett stank immer noch. Seife war nötig. Ich öffnete Schränke, drehte Spiegeltüren. Ich fand keine anständige Seife, nur schäbige Reste. Wann hatte ich mich zuletzt mit Seife gewaschen? Wer verbrauchte bei uns eigentlich immer so viel? Zweifellos der Österreicher. Er war ständig am Schrubben, Bürsten, Schaben und Polieren. Bat mich sogar oft, ihm den Rücken und andere Körperteile zu bürsten, an die er nicht selbst hinlangen konnte. Und die Menge Schaum auf dem roten Österreicher! Mehr, fester, härter sagte er, schien nicht genug zu bekommen. Ich griff in Marie-Luisas Toilettentasche, stieß auf jede Menge Flaschen und Tiegel. Angenehm duftende und sicherlich teure Produkte. Ich wählte eine Flasche aus, ihr Inhalt war violett gefärbt, roch nach Jasmin und funktionierte wunderbar. Dann noch Lack auf die Haare und eine Deodorantdusche auf den Rock. Ich stellte die Flasche wieder an ihren Platz, genauso, wie ich sie vorgefunden hatte. Ich hatte sie außerdem sorgfältig abgetrocknet. Marie-Luisa brauchte nicht alles zu wissen, dass ich vergessen hatte Seife zu kaufen, ging sie nichts an. Ich war gerade im Begriff, meinen Schmuck wieder um den Hals zu legen, über die Finger und die Arme zu streifen, als ich mich anders besann. Ich würde ihn hier liegen lassen wie einen Köder.

Nun denn. Ich strich mein Kleid glatt, es hatte ein paar Wasserspritzer abbekommen, die im Handumdrehen trocknen würden. Ich würde zu Elisabeth sagen, dass ich wusste, wie es sich verhielt. *Schweine sind sensible und intelligente Tiere. Sie benötigen ausreichend Platz, um sich gesund und kräftig zu entwickeln. Der Geruch von Bioschweinefleisch ist angenehm, und es behält in der Pfanne seine Form.* Allerdings hatte das Fleisch in der Pfanne seine Form verändert. Der Fleischhändler irrte sich. Dinge veränderten ihre Form, das war ihr Charakter.

Heil und unversehrt war der Braten schön gewesen, braun gefärbt, gerade so, wie ein im Ofen gebackener österreichischer Schweinsbraten sein sollte. Danke. Danke, Schwein. Da hatte es gelegen auf meiner Keramikplatte, offen und bereit. Die Gliedmaßen, Kopf und Augen hatten selbstverständlich gefehlt, mit ihnen identifizieren wir uns ja am meisten, sodass ich während meiner Rede nicht recht gewusst hatte, an welche Stelle ich meine Äußerungen richten sollte. Ich war dennoch fortgefahren: Wir essen dich, weil wir dich so sehr lieben.

War meine Rede schlecht gewesen? Langweilig? Nein. Sondern gut, lustig und sachlich.

Ich hatte auch Herrn Fidler für seine Frage gedankt, ebenso wie jener geheimnisvollen Person, die mit ihrem Rezept auf seine Frage nach der Zubereitung des perfekten Schweinsbratens geantwortet hatte. Ich hatte gesagt, dass ich plane, eines der Fotos, die der Österreicher gemacht hatte, an eben jene Zeitung zu schicken. Das Foto würde veröffentlicht, die Leute würden es beim Sonntagsfrühstück betrachten, es bliebe ihnen im Gedächtnis, und vielleicht würden sie den Vorgang sogar weitererzählen, was sich positiv auf den Verkauf von Bioschweinefleisch und dadurch auf eine gesündere Volkswirtschaft des Landes, des Erdteils und des ganzen Erdballs auswirken würde. So hatte ich gedacht, und diese Gedanken, gepaart mit dem wunderbaren Aussehen des Bratens, hatten mich anerkennen lassen, dass auch der gedeckte Tisch schön war. Wenn man es positiv betrachtete, waren alle Gäste nahezu gleichzeitig eingetroffen und wir hatten die Hauptmahlzeit gemeinsam beginnen können, die Verspätung war Glück im Unglück gewesen, und es war im Grunde genommen nichts Schlimmes passiert.

»Da bist du ja, Schatz«, sagte Franz. »Setz dich her. Du brauchst nicht die ganze Zeit zu rackern. Die Küche kann gut eine Weile warten.«

Ich griff nach der silbernen Zange, die auf der Platte lag, mit der Absicht, weitere Bratenscheiben zu verteilen, als Frau Mutti gänzlich unerwartet sagte, dass sie keinen Hunger mehr habe, da sie erst gezwungen worden sei, stundenlang zu warten und dann, Suppe zu essen und gegen ihren Willen Alkohol zu trinken.

»Immer wird man so furchtbar enttäuscht«, stöhnte Frau Mutti. »Erst wartet und wartet man, und dann das.«

Der Österreicher sagte, sie solle keinen Unsinn reden, und nahm mir die Zange aus der Hand. Oder er hätte sie genommen, wenn ich sie ihm gegeben hätte. Frau Mutti hatte während meiner Abwesenheit aus irgendeinem Grund schlechte Laune bekommen. Was hatte man ihr getan oder zu ihr gesagt? Noch vor kurzem, ehe ich nach oben ging, war alles gut gewesen. Jetzt war Frau Mutti wie ausgewechselt. Sie moserte. Sie nörgelte. Sie stichelte gegen ihren Sohn. Sie mäkelte am Braten herum. Sie konnte nicht aufhören zu mäkeln. Sie piekte mit ihrer Gabel in die Kruste, nannte sie schlaff und sagte, der Braten sei deutsch. Sie drehte die Knödelschüssel andersherum, ebenso die Schale mit dem Sauerkraut, dann fragte sie, ob man in Schweden zum Schweinsbraten Preiselbeer aß. Sie verschob den Braten auf der Platte, bis er schief lag, rückte die Kerzen auf dem Tisch weiter auseinander, nahm mir schließlich mit sicherem Griff die Zange aus der Hand und gab sie ihrem Sohn.

Ich sagte, dass alles gut sei. Ich hätte ihre Hand gestreichelt, wenn ich mich getraut hätte. Ich sagte ihr, dass ihre Frisur großartig sei. Ich bot ihr von allen Speisen an, ebenso von den Getränken, aber sie schüttelte den Kopf und hielt sich den Bauch. Dann nicht. Nur so viel: Während unseres letzten Besuches bei der Verwandtschaft waren mir tatsächlich eine goldene Kette und ein Gürtel abhanden gekommen. Es war nicht auszuschließen, dass eine der hier anwesenden Personen die Selbstbeherrschung verloren hatte. So etwas kommt vor. Hier wie dort. Das Auslegen der Köder war nicht übertrieben gewesen. Ich sagte, ich hätte bemerkt, dass ich die im Dialekt geführte Unterhaltung der Familie jetzt besser verstand als sagen wir noch vor drei Jahren. Man gratulierte mir.

Dann stellte Elisabeth ihre Frage ein weiteres Mal. Sie erkundigte sich, wer von uns persönlich ein Schwein töten würde, wenn das die einzige Chance wäre, es zu essen, Hand hoch. Sie zeigte auf das Fleisch auf der

Platte und forderte uns auf, genau hinzuschauen und dann zu sagen, ob es das wert gewesen sei, das Leben eines lebendigen Wesens, einer Kreatur, zu opfern.

Marie-Luisa sagte zu ihr: Danke, das reicht zu diesem Thema, das nächste Mal gehst du in dein Zimmer.

Elisabeth schielte ihre Mutter wütend an und begann zu schmollen.

»Womit hast du übrigens die Ente getötet?«, fragte Marie-Luisa den Österreicher. »Weißt du noch, wie sie hieß?«

»Ja, Linda. Mit dem Küchenmesser. Eine andere Alternative gab es nicht. Die Polizei wollte nicht schießen, denn das war angeblich gesetzeswidrig, außerdem hätte es die Nachbarn womöglich gestört. Mir blieb somit nichts anderes übrig. Ich nahm sie auf den Arm, streichelte sie, redete ihr gut zu, und als der Hund weg war, schnitt ich ihr den Hals durch und ließ das Blut auf die Erde fließen.«

»So wird es also gemacht?«, sagte Marie-Luisa.

»Bei uns wurde das Geflügel mit einem Beil getötet«, sagte Frau Mutti. »Damals war keine Zeit, Enten zu streicheln. Außer wenn die Russen kamen, die wollten natürlich alles erschießen, was sich bewegte.«

»Warum hast du nie nach Linda gefragt? Du hättest doch merken müssen, dass sie fehlte«, wollte Elisabeth von ihrer Mutter wissen. Und dann fragte sie, wie viele von uns wenigstens bereit wären *zuzuschauen*, wenn ein Schwein getötet wird. Wer würde ertragen, es kreischen zu hören? Hand hoch. Marie-Luisa errötete vor Wut und drohte ihre Tochter zu ohrfeigen, aber der Österreicher verhinderte es.

Das morgendliche Gekreisch. Mein arbeitssuchender Kunde Ingenieur Alex Hauptmann, Sigrid und der Portier. Der Österreicher würde sich wundern, wenn er wüsste, wie ich unaufhörlich in Gedanken auch zu Hause arbeitete. Ich hob als einzige die Hand. Man glaubte mir nicht. Der Österreicher streichelte – wieder – beruhigend meinen Rücken. Aber jene Dinge hatten einen gewissen Zusammenhang. Die Themen »Schwein«, »Intensivwirtschaft«, »Rentabilität« und »Nutzen« sowie auch »Ehrlichkeit«, »Mut«, »Kaltschnäuzigkeit« und »Unnachgiebigkeit« könnte man sehr gut auch im Zusammenhang mit meiner Arbeit besprechen.

Der Österreicher meinte, dass ich nicht unbedingt etwas sagen müsse, und er wiederholte, dass Elisabeth ein unverschämtes kleines Fräulein sei. Jetzt essen wir, sagte er, und Elisabeth solle sich bei allen entschuldigen. Ich fand, dass es dafür keinen Grund gab. Ich erzählte gern von meiner Arbeit, und jetzt bot sich eine gute Gelegenheit. Ich begann beim Kern: Wenn ein erfahrener Chef eine Bewerbung liest, merkt er stets, ob der Bewerber ehrlich ist und vor allem, ob er es ernst meint. Also sollte der Bewerber genau wissen, was er eigentlich will. Marie-Luisa erklärte, dass sie überhaupt nicht verstehe, wovon ich jetzt redete, aber das konnte unmöglich stimmen. Jeder von uns, sogar die Frührentnerin Marie-Luisa, hatte mindestens ein Mal im Leben eine Bewerbung geschrieben oder zumindest gesehen, wie jemand eine solche verfasste.

Marie-Luisa zerrte die Serviette aus dem Ausschnitt. Sie legte die Fäuste rechts und links neben ihren Teller und wandte sich ihrer Tochter zu. Sie sagte, dass sie stattdessen aber sehr gut wisse, was Elisabeth da wieder andeuten wolle, und dass sie in ihrem Leben das Recht habe, wenigstens mal ein Feiertagswochenende zu genießen, ohne dass ihr etwas vorgeworfen werde, wofür sie nichts könne. Wofür schlichtweg keiner von uns etwas könne.

»Und was weißt du denn schon? Hast du auch nur irgendetwas davon selber gesehen, worüber du geiferst? Nein, hast du nicht. Trotzdem keifst du. Und rennst zu Demonstrationen. Glaubst das, was allerlei Selbstdarsteller dir einflüstern. Statt dass du auch nur ein bisschen dankbar bist für das, was du hast. Dass du deinen Mund hältst, still bist, wenigstens etwas isst.«

Endlich hatte Marie-Luisa die dicke und sorgfältig gebügelte Serviette vom Hals genommen. Die war jetzt natürlich nicht mehr glatt, sondern zerknittert und schmutzig, verschwitzt und hässlich. Wer zwang die Frau auch, sich das Ding in den Halsausschnitt eines italienischen T-Shirts zu stopfen, das nun ebenfalls ausgeleiert war.

Marie-Luisa verstummte. Ich fuhr also mit der Beschreibung unserer Arbeitssituation fort. Ich fand Gruppenarbeit sehr wichtig. Es war die beste Methode, auch dann Erfolge zu erzielen, wenn die Bedingungen nicht die allerbesten waren. Als Beispiel erwähnte ich, dass die elektrisch betriebene Jalousie im Kursraum unserer Dienststelle defekt war. Schon seit vielen Monaten. Wir mussten sie hoch und runter zerren. Sie klemmte oft. Das vor allen Dingen. Es wäre das beste, sie einfach abzunehmen, und zweifellos dachte ich an Alex Hauptmann, als ich hinzufügte, dass sich die Zeiten natürlich geändert hatten und dass außer der Erlangung einer beruflichen Qualifikation heutzutage die Fähigkeit äußerst wichtig war, seine Aufmerksamkeit in eine bestimmte Richtung zu lenken. Man musste fähig sein, sich in das rechte Licht zu setzen, das heißt, man musste sich gut vermarkten können. Die Bewerbung musste man als Werbung betrachten.

Als Werbung, sagte ich auch zu Frau Mutti. Werbung, Bewerbung. Es war nichts weiter dabei. So wurden diese Dinge heutzutage gehandhabt. Die Menschen waren nicht mehr so blauäugig wie einst. Ein beliebiger Farbklecks an einer Hauswand war keine Sensation mehr für sie. Nein, heutzutage wurden Werbemenschen jahrelang ausgebildet. Werbung wurde geschätzt wie Kunst. Sogar noch mehr. Über beider Unterschiede und Gemeinsamkeiten wurden Doktorarbeiten geschrieben und Untersuchungen verfasst. Als allgemeiner Rat konnte gelten, dass man kurze Slogans verwenden und mutig und persönlich sein sollte. Ehrlichkeit war gut, ausgezeichnet, sogar lebenswichtig, man sollte nicht versuchen, Schwächen zu verbergen, denn das fiel sofort auf – die Folge wären Ablehnung, sofortiger Rausschmiss – nein man sollte sie ummünzen, sie als Stärken darstellen. Marie-Luisa seufzte. Sie sagte, dass sie mir überhaupt nicht folgen könne.

Das ist nicht meine Erfindung, sagte ich zu Marie-Luisa, nach deren Meinung ich, neben allem anderen, »schon sehr fordernd« war. Aber ich war durchaus nicht gemein oder dergleichen. Ich war Lehrerin, es war meine Aufgabe zu fordern. Ich musste es tun. Sollte sie doch mal Sigrid fragen. Außerdem, ich und fordernd? Ihr solltet mal kommen und euch anschauen, was die anderen machen. Verglichen mit denen bin ich eine echte Mutter Teresa.

»Gerade das hatte ich befürchtet«, lachte Elisabeth.

Marie-Luisa prustete los.

Da lacht ihr. Ja und Sigrid? Sie ist in diesen Methodikfragen mit mir einer Meinung. Ihr könnt sie fragen, wenn ihr mir nicht glaubt. Ich gebe euch sofort ihre Nummer. Ingenieur Alex Hauptmann sagte: Ich würde wollen. Weiter kam er nicht, war angeblich zu mehr nicht in der Lage. Aber das reicht nicht. Man darf nicht einfach nur auf die passende Stimmung warten. Man muss anfangen zu handeln, wenn man sich auch noch so davor graut, man muss mitten hinein ins Getümmel und sich an den anderen ein Beispiel nehmen. Das erste Mal geht unter Umständen schief, macht einen geradezu fertig. Das zweite Mal ist leichter. Das dritte Mal genießt man bereits und weiß nicht einmal mehr, was an alledem angeblich so schrecklich gewesen ist. Ingenieur Alex Hauptmann würde am Montag ein neues Leben beginnen. Er würde zum Behindertenbetreuer Hauptmann, einem »Mann der Praxis«, der noch keine fachliche Ausbildung, dafür aber im Zivildienst erworbene Erfahrungen besaß. Es war gar kein großes Kunststück, sich einzubringen, den Anschluss zu finden. Man musste handeln, um etwas zu erreichen.

Marie-Luisa seufzte erneut. Sie spielte mit ihrem Besteck. Dann blickte sie auf.

»Linda. Ja natürlich, Linda«, sagte sie zum Österreicher. »Entschuldige.«

Der Österreicher hatte sich beruhigt. Er hatte ein ganzes Glas kaltes Wasser getrunken und keuchte nicht mehr so wie vorhin.

»Vielleicht ahnte ich, was mit ihr letztlich geschehen war. Das endlose Geschnatter und der irre Hund. Man konnte es sich denken. Vielleicht wollte ich gar nicht wissen, was passiert war«, sagte Marie-Luisa.

Frau Mutti sah ihre Kinder an. Was bedeutete diese Miene? Ihre Mundwinkel hingen herab. Ihre Brauen hatten sich gehoben, wodurch sich der Haaransatz auf der Stirn nach vorn schob. Ihre Nase wirkte länger und gerader als seit Jahren. Sogar ihre Ohren waren aufmerksam gespitzt. Wir hatten zu Hause eine Katze gehabt, die genauso aussah, damals, als ich ein Kind gewesen war, statt einer Ente, wie bei Marie-Luisa und ihrem Bruder, hatten wir eine Katze besessen. Gerade an sie erinnerte mich Frau Mutti jetzt. Auch bei der Katze hatte man nie gewusst, was als nächstes kam. Kratzen oder auf den Schoß klettern oder beides gleichzeitig?

Was also sagt ihr? Einer meiner Kunden erzählte mir, dass er bereits mehr als zweihundert Bewerbungen abgeschickt hat, ohne auch nur eine einzige Antwort zu bekommen.

Frau Mutti öffnete den Mund. Sie schob ihren Teller zur Tischmitte, während sie sagte: »Das muss schrecklich sein. Es können keine sehr guten Bewerbungen gewesen sein. Und was hat das mit dem Braten zu tun? Und mit uns und diesem ganzen Tag?«

War also doch nichts von dem zu ihr gedrungen, was ich gerade mit anschaulichen Beispielen erklärt hatte? Hier konnte man sehen, dass ein Mensch, der nie einen Fuß ins Arbeitsamt hatte setzen müssen, sich absolut nicht für jene interessierte, für die das Alltag war. Wie für den früheren Ingenieur Alex Hauptmann, dem wir, Sigrid und ich, neue Chancen im Leben eröffneten, einen Neustart ermöglichten.

»Man muss sich einsetzen. Das bringt Ergebnisse. Man darf nicht nachlassen. Jeden Tag Einsatz, Einsatz und nochmals Einsatz«, sagte ich und machte eine wohlüberlegte Pause, aber niemand stellte weitere Fragen.

Ich nahm Frau Muttis Teller. Sie hatte ja anscheinend genug gegessen. Ich sammelte das Sauerkraut auf, das um Elisabeths Teller verstreut war, verschloss das Glas mit dem Preiselbeerkompott und strich das Tischtuch an den Stellen glatt, an denen es möglich war. Nach Elisabeths Demo hatte es dem Vernehmen nach eine Party gegeben.

»Der Turm zu Babel?«

Ich drehte mich um. Frau Berger stand plötzlich in meiner Küche, wie im Vorbeigehen auf dem Weg zum Einkaufen, in den Händen hielt sie eine große Schüssel mit einer weißen Pampe und über der Schulter trug sie eine Handtasche aus Kunststoff.

»Frau Berger!«, rief ich. »Was machen Sie hier?«

Sie versuchte an mir vorbei durch die offene Tür ins Wohnzimmer zu spähen, sie starrte regelrecht hinein, aber es klappte vermutlich nicht besonders gut. Zum Glück nicht, sonst hätte sie womöglich gewinkt. Ich beeilte mich, die Tür zu schließen, ehe die ganze Truppe sich wieder in meiner Küche versammeln und für Chaos sorgen würde, wo sowieso schon keine klare Ordnung mehr herrschte.

»Wo ist der Turm zu Babel? Schauen Sie gerade einen spannenden Film?«

Sie hatte natürlich wieder etwas völlig falsch gehört und verstanden, und hätte ich aus irgendeinem Grund auf einer Leiter gestanden, wäre ich kopfüber herunter gefallen, so sehr erschrak ich über ihr plötzliches Erscheinen. Zum Glück stand ich auf keiner Leiter und fiel nicht. Frau Berger stellte die weiße Pampe vorsichtig auf den Tisch. Dann spreizte sie mehrmals die Finger, schüttelte sozusagen das Gewicht der Schüssel ab. »Viele Liter«, sagte sie. »Sie sagten, dass nie genug Essen für Ihre Leute da sein kann.«

Sie strich sich die Haare hinter die Ohren, rückte die Brille auf der Nase zurecht.

»Zumindest haben Sie das zu verstehen gegeben.«

Es stimmte. Musste es aber wirklich hier wiederholt werden? Nein, das musste es nicht. Frau Berger fuhr fort:

»Ich ..., ich habe versucht zu schlafen. Aber von hier kamen Stimmen, und dann fiel mir da im Bett ein ..., und ich fand in meinem Archiv dieses Rezept ..., und so machte ich dieses Dessert ..., als Kostprobe...«

Von hier kamen Stimmen? Natürlich kamen von hier Stimmen!

»Ich hätte angerufen, habe es auch versucht, aber niemand antwortete. Sie hatten den Hörer nicht richtig aufgelegt. Ich habe das korrigiert. Und hier«, sagte sie, »das habe ich Ihnen mitgebracht.«

Sie wühlte in ihrer Handtasche, fand das Gesuchte und hielt mir mit ihrer Insektenhand ein Blatt Papier mit irgendeiner »Anleitung« hin.

Eine Anleitung? Welche denn? Irgendwie passte es jetzt gar nicht ins Bild, dass diese alte Frau, die mehr einem ewig überwinternden Käfer als einem Menschen ähnelte, jetzt hier vor mir in meiner Küche stand, während ich Gäste und jede Menge zu tun hatte und die Situation mit einem Wort die war, die sie war.

»Die Anleitung für Schweinsbraten. Sie haben mich doch heute darum gebeten, und ich bedauere außerordentlich, dass ich so unfreundlich war und sie Ihnen nicht gleich komplett übergeben habe, aber jetzt, da sich der Nebel wegen des Regens endlich verzieht, schmerzt meine Hüfte nicht mehr so stark und, um die Wahrheit zu sagen, Sie taten mir leid, hier also wäre nun das Rezept«, sagte Frau Berger und reichte mir als Zugabe zum Dessert einen handgeschriebenen Zettel. »Ich bedauere wirklich sehr, dass ich am Morgen so abweisend war, ich hatte schlecht geschlafen und hatte Schmerzen und – mit einem Wort, Sie gingen mir heute Morgen auf die Nerven mit Ihrem Schweinsbraten, und hinterher machte ich mir Sorgen.«

Auf die Nerven?

»Ehrlich gesagt bin ich gekommen, weil ich wissen wollte, wie es Ihnen eigentlich geht.«

Ich nahm ihr den Zettel aus der Hand, den sie mir so eifrig hinhielt, und wahrscheinlich würde sie nicht eher damit aufhören, ehe ich nicht zugegriffen hätte. Anleitung für Schweinsbraten. Ein mit der zittrigen Hand eines alten Menschen geschriebenes Schweinsbratenrezept. Kümmel. Alles war gut zu lesen. Die Buchstaben waren absolut international, groß und deutlich geschrieben. Kümmel und Salz, auch Knoblauch.

»Mir scheint, dass es jetzt ein bisschen zu spät ist, mir die Anleitung zu überbringen, wie man einen Schweinsbraten macht, Frau Berger«, sagte ich.

Ich würde ganz allein die Verantwortung für alles übernehmen. Und sie könnte die Leute im Wohnzimmer um die Reste des Schweinsbratens bitten, falls sie Hunger hatte. Dort waren sie, viele sogar, Leute und Reste. Elisabeth hatte es fertig gebracht, sowohl Franz als vermutlich auch allen anderen den Appetit zu verderben, sogar Maximus hatte von seinem Fressen etwas übrig gelassen. War er überhaupt ein Hund?

Frau Berger hob ihr Gefäß vom Tisch, dessen Inhalt sie *Topfendessert* nannte, und reichte es mir. Forderte mich auf, vor dem Servieren daran zu riechen, ihrer Meinung nach war die Speise noch ganz frisch, aber nur sicher war sicher.

Bestimmt wäre sie schauderhaft, dachte ich. So wie alles Essbare, das Frau Berger mir aufzunötigen versuchte. Ebenso schauderhaft und ungenießbar wie ihr Kaffee.

»Danke, Frau Berger«, sagte ich. »Aber schauen Sie. Ich habe den ganzen Nachmittag für die Unterhaltung der Leute sorgen müssen, hatte keinen Moment Ruhe, sie wollen ununterbrochen über Politik reden und fragen nach Dingen in Finnland – schön natürlich, dass sie allerlei wissen möchten und interessiert sind – es war anstrengend.«

Ich drehte die Hand in der Luft, damit Frau Berger eine Vorstellung davon bekam, welch ein Irrenhaus die ganze Familie des Österreichers war und mich jetzt in Ruhe ließe.

Sie rührte sich nicht. Im Gegenteil, sie schien wieder voller Repliken zu sein, die in ihr entstanden und wuchsen wie Rankpflanzen, ohne dass sie etwas dagegen tun konnte. Sie schien zu erwarten, dass ich ihr einen Platz anbot, dass ich sämtliche Schüsseln und Schalen, Töpfe und Topflappen beiseite schob, eine regelrechte Großreinigung veranstaltete und ihr hier an Ort und Stelle spontan eine Bühne schuf und ihr die Chance bot, all die Repliken, Erklärungen, Antworten und Geschichten, die sie quälten, herauszulassen, obwohl ich gerade jetzt nicht das geringste Interesse daran hatte und auch nicht die Möglichkeit für irgendwelche Darbietungen sah. Die Familie des Österreichers wartete und forderte. Ich erklärte mit möglichst einfachen und deutlichen Worten:

»Ihnen als Stadtmensch, liebe Frau Berger, ist vielleicht nie aufgefallen, dass die Menschen vom Lande, und vor allem die österreichischen Menschen vom Lande, von Natur aus unerhört laut sind. Es ist ganz klar, dass hier Stimmen zu hören waren, weil die Gäste die ganze Zeit schreien.«

Frau Berger nickte verständnisvoll.

»Wenn sie in ihrer natürlichen Wohnumgebung, also in ihren Häusern auf dem Lande sind, stört es nicht, es ist sogar lustig.«

Ja. Besonders wenn man sich irgendwann davon nicht mehr stören lassen will, aber deswegen auch nicht an Orte flüchten will, an denen nicht dauernd geschrieen wird, etwa in die Räume im Erdgeschoss oder vor den Fernseher oder auf die Toilette oder zum Spaziergang nach draußen, sondern einfach mitschreit, richtig aus vollem Hals, sodass die österreichischen Schreihälse erblassen, denn ein Finne schreit sehr laut, viel lauter als sie alle zusammen, und genau das mache ich im Allgemeinen. (Frau Berger hatte inzwischen einen freien Hocker entdeckt und sich eigenmächtig darauf niedergelassen.) Aber wenn sie alle, und sie sind viele, sich in der Stadt versammeln und bei offenen Fenstern und Türen Stunde um Stunde schreien und dazu noch die ganze Zeit Musik hören wollen, die außerdem laut sein muss, gerade weil sie die ganze Zeit schreien und die Musik sonst übertönen, sodass ich mich in die kleine Kammer hinter der Küche flüchten muss, um ein Buch zu lesen und durchzuatmen, ist es nur verständlich, dass Sie, Frau Berger, ein paar Stunden später vor unserer Tür stehen. Ja. Wenn ich nur ein bisschen meinen Grips eingesetzt hätte, hätte ich nach der Erfahrung mit dem ersten Besuch wissen können, was auch heute wieder passieren wird.

Frau Berger nickte heftig. Schon damals, als die gesamte Familie des Österreichers erstmals in die Stadt kam, um seinen Geburtstag zu feiern, hatte Frau Berger den Lärm nicht ausgehalten. Es war das erste Mal gewesen, dass ich ihr begegnete. Ohne die schreienden Verwandten des

Österreichers wüsste ich heute vielleicht gar nicht, wer Frau Berger war oder dass in unserer Nachbarschaft eine Frau lebte, die sich nicht entscheiden konnte, wen sie mehr hasste, Hunde oder Kinder. Seither lud sie mich täglich zu sich ein, um Kaffee zu trinken oder Videos anzuschauen. Zwischendurch klingelte ich einfach selbst an ihrer Tür und fragte, ob sie Zeit hatte. Und die hatte sie fast immer. Außer wenn sie gerade Videos schaute. Beim ersten Mal sah sie sich gerade »Der Herr der Ringe« an. Später fragte sie mich, ob ich besagtes Opus gelesen hätte, und als ich verneinte, erzählte sie mir alles, was in der Geschichte geschah, wirklich in allen Einzelheiten. Sie sagte, dass sie das Buch ein Mal im Jahr las, immer aufs neue, und jetzt hatte sie also auch den entsprechenden Film gesehen; fehlte nur noch der Soundtrack, und sie besäße sozusagen das ganze Set. Die gesamte österreichische Familie des Österreichers kam gern nach Wien zum Feiern, und schon bei ihrem ersten Besuch hatte ich, als ich das Klopfen und die Türklingel hörte, gewusst, worum es sich handelte: es handelte sich darum, dass Frau Berger von dem Lärm genug hatte.

»Ich weiß«, sagte ich zu Frau Berger. Sagte ich damals und sagte ich jetzt. »Wir drehen die Musik leiser.«

Schon damals versuchte Frau Berger möglichst freundlich zu sein. Möglichst »tolerant«. Es wäre gar nicht nötig gewesen. Sie wusste nicht, dass sie meine Retterin war. Ich war ihr nur dankbar. Ich konnte nun mit gutem Gewissen verlangen, dass die Musik leiser gestellt und dass weniger gelärmt würde, ohne dass ich mit dem Österreicher streiten musste oder dass seine Familie wieder einen Grund hatte zu denken, ich sei komisch – zu denken: Da sieht man es, dass sich die Ausländerin nicht anpassen kann und schwache Nerven hat. Komisches finnisches unangepasstes Nervenbündel, wie lange würde es der Sohn/Bruder/Onkel wohl noch mit diesem komischen ausländischen finnischen Nervenbündel aushalten. Die Familie des Österreichers konnte mir nichts vorwerfen, musste höchstens der Stadt Wien, genauer gesagt dem 22. Bezirk nördlich der Donau, schwache Nerven vorwerfen, musste allen Städten vorwerfen, komisch zu sein, damit jedoch brächte sie den Österreicher gegen sich auf, und ich könnte meine Hände in Unschuld waschen.

Ich sagte zu Frau Berger:

»Die Gäste verlangen ständig interessante Unterhaltung und schreien, und ich verstehe kein Wort von dem, was sie sagen, raten Sie mal, wie das ist!«

Ich drehte mich um, weil ich mich schnäuzen musste, und das erschien mir in diesem Moment Privatsache zu sein. Hinter mir hörte ich Frau Berger fragen, ob ich das und das »skandinavische« Volkslied kannte.

Sie intonierte irgendein Lied, von dem sie behauptete, dass es »skandinavisch« sei. Ich kannte das Lied nicht und hatte keine Lust zu erklären, dass sie wahrscheinlich ein schwedisches Volkslied meinte, und das hatte mit fast hundertprozentiger Sicherheit nichts mit Finnland zu tun. Ich hatte nicht die Kraft ihr zu erklären, dass Finnland zwar politisch zu Skandinavien gehörte, geographisch jedoch nicht, und finnische und schwedische Volkslieder miteinander zu vermengen war ungefähr dasselbe, wie wenn man nicht weiß, wo die Grenze zwischen Österreich und der Schweiz verläuft, weil in beiden Ländern auf hohen schneebedeckten Bergen Ski gelaufen und laut gesungen wird. Ich versicherte Frau Berger, dass wir die Musik sofort leiser stellen und Türen und Fenster schließen würden, und sie sagte: gut, ihr Schlafzimmer liege nämlich genau auf der Seite, auf der alles zu hören sei. Einfach alles.

Ich warf das zerknautschte Taschentuch in den Müll. Ich hatte nebenbei ein bisschen Geschirr abgewaschen, ich wusste gar nicht mehr, was ich eigentlich in der Küche wollte, warum ich gekommen war und warum ich mich jetzt dort aufhielt.

»Ich muss wohl jetzt gehen. Wir haben bereits gegessen …, nach alledem«, sagte ich und wies mit der Hand aufs Wohnzimmer.

»Ich verstehe. Ganz recht. Wir sehen uns dann später, vielleicht an einem anderen Tag«, sagte Frau Berger.

»Ja genau. Vielleicht an einem anderen Tag. Der kommt ja immer. Das Ziffernblatt ist rund, und Zeit kommt ständig nach«, sagte ich.

Ich glaubte zu sehen, dass Frau Berger lächelte. Schmunzelte. Ich war mir nicht sicher. Auf jeden Fall verstand sie es wieder mal, mich zu überraschen, als sie nicht sofort aufstand, sondern sagte:

»Sie gehen ja doch nirgendwohin. Es ist einfach so, dass Sie ganz bestimmt nicht gehen. Obwohl Sie immer davon reden und damit drohen. Sie halten sich für fortschrittlich und klug. Verstehen Sie mich nicht falsch, sie sind ja eine meiner größten Heldinnen«, sagte sie. »Aber Sie glauben doch wohl nicht wirklich, dass Ihnen in einem ›England‹ eine andere Rolle angeboten würde als hier?«

England, wieder dieses England, Frau Bergers Einheitssymbol für Auswandern und Flucht.

»Ihnen wird genau die Rolle geboten, die Sie am besten beherrschen. An dieser Tatsache wird sich nichts ändern.«

Sie rümpfte die Nase.

»Natürlich haben Sie das Recht, aber Sie gehen trotzdem nicht.«

Sie selbst war es doch, die immer mal wieder nach England wollte, nachträglich bereute, dass sie nicht schon längst gegangen war und im Voraus bereute, dass sie nie gehen würde. Sie stritt mit sich selbst.

»Man wird sehen. Außerdem. Sie dürften einen sehr wichtigen Fakt vergessen haben, nämlich das Publikum. Dem Publikum ist es letzten Endes völlig egal, wen Sie darstellen. Hauptsache, Sie halten sich während des ganzen Stückes an Ihre Rolle.«

Ich war ihr auf die Nerven gegangen? Und meine Nerven? Interessierte sich irgendeiner der Anwesenden für meine Nerven?

Sie drehte sich um und ging. Frau Berger musste man behandeln wie ein Kind. Ich hätte hier kein Kind zu betreuen? Man musste ab und zu nein sagen zu ihr, musste da sein für sie, aber Grenzen setzen. Ein für allemal. Und nicht nachgeben. Auf keinen Fall. So eine war sie, eine alte Frau, die wieder Kind geworden war, damit sie sich den Bauch mit Süßem vollstopfen konnte und damit sich andere um sie kümmern sollten, sie beschützen konnten.

Bloß, dass kurz bevor Frau Berger zur Tür hinaus tappte, der Österreicher wieder mal erschien, durch die Wand, über die Kellertreppe oder auf welchen Wegen auch immer, und sie am Arm fasste.

Der Österreicher führte Frau Berger ins Wohnzimmer, platzierte sie zwischen zwei Kissen auf dem Sofa wie in einem Schaufenster und sagte, da ist sie also! Tattaratаa! Die alte Frau Berger war »unsere treue Nachbarin und Tarus Freundin«.

Die anderen reichten ihr einer nach dem anderen die Hand und stellten sich vor. Sie schienen Frau Berger zu mögen und sehr davon angetan zu sein, dass diese extra für sie ein Dessert gemacht hatte. Sie begannen, die Speise in ihre unersättlichen Münder zu schaufeln. Ich erzählte, wie närrisch Frau Berger war. Passt mal auf, wer hätte das gedacht. Ich erzählte, wie sie dauernd vom Tod sprach und dass sie Kinder hasste. Die Familie des Österreichers lachte. Ich beschloss dann zu gestehen und tat es auch umgehend, dass ich am Vormittag ihre Einkäufe vergessen hatte, für den Fall, dass sie gekommen war, um die Sachen abzuholen. Bevor sie selbst etwas von meinen Mängeln und Unzulänglichkeiten erwähnen konnte. Vor allen Anwesenden bat ich Frau Berger im Namen der Ehrlichkeit um Entschuldigung, keine Ausreden, nichts dergleichen, ich hatte es vergessen, das war alles. Sie könnte zürnen und mich beschimpfen, das wäre völlig berechtigt. Ich würde beim nächsten Mal versuchen mich zu bessern. Frau Berger könnte meine Schmerztablettensammlung durchforsten, die recht gut bestückt war. Auch Frau Mutti hatte bestimmt verschiedene Schmerzmittel dabei. Alle alten Leute führten stets welche mit sich. Wir würden sämtliche Lücken und Risse füllen. Aber Frau Berger, dürfte ich erfahren, wofür Sie Morphium brauchen? Ist das nicht schon ein bisschen heftig? In diesem Moment wurde mir bewusst, dass sie Jüdin und deshalb sicher nicht sehr interessiert daran war, Schweinefleisch zu verzehren. Mein Gott, wie dumm der Mensch doch sein kann. Mein Kopf pendelte nach links und rechts, als ich über meine eigene Dummheit nachdenken, ihr Ausmaß berechnen und an die Tatsache denken musste, dass ich den Österreicher immer meinen Mann nannte. Ich nannte das Schwein mein Schwein. Ich nannte die Küche und das Haus meine Küche und mein Haus, obwohl nichts davon mir gehörte. Nicht mal der Braten. Im Grunde genommen gehörte der Schweinsbraten vor allem Herrn Fidler. Wenn man es ehrlich betrachtete, was wir ja tun wollten. Dem Herrn Fidler gehörte es, das ganze Schwein. Die Dummheit dürfte das einzige sein, was ganz und gar mein eigen zu nennen war.

Frau Berger beklagte das Fehlen der Einkäufe, sagte aber, dass sie bis Montag ohne sie auskäme. Frau Mutti und Marie-Luisa machten sich eifrig daran, ihr Teile des Schweinsbratens zum Mitnehmen einzupacken. Die reichen bis Montag, sagten sie. Alles lief ziemlich gut.

Aber da, gerade da musste Frau Berger unbedingt verkünden, dass ich sie am Morgen nach der Anleitung für den Schweinsbraten gefragt hatte. Zwei, sogar drei Mal. Sie musste unbedingt detailliert schildern, wie zeitig ich erschienen war, wie oft ich geläutet, wie ich »verlangt«, »gebarmt«, wie viele Rezepte ich ihr vorgelesen hatte. Sie sah sich regelrecht gezwungen zu erzählen, wie ich geklopft und gefragt und gefragt hatte, viele Male, sowohl nach dem Braten als auch nach den Knödeln, wie ich sie mehrfach geweckt und – man sah es ja – »vor Aufregung« sogar ihre sämtlichen Einkäufe vergessen hatte. Sie musste sich unbedingt bei allen Anwesenden erkundigen, wie sie denn nun gelungen waren, der Braten und die Knödel, die ganze Mahlzeit, musste neugierig fragen und ihre Zettelsammlung präsentieren.

Man sah mich an. Schlimmer als es Sigrid je tat, schlimmer als jeder Portier im Bildungszentrum, schlimmer als es irgendjemand in diesem ganzen Jahr getan hatte, man musterte mich wie Billigwurst. Wie konnte es der Österreicher auch nur einen Tag mit so einer aushalten.

Bei den Knödeln hatte das Ei gefehlt. Ja, das stimmte. Warum war Frau Berger das fehlende Ei nicht eingefallen? Wo sie doch sonst so oft von den diversesten Mehl-Zucker-Eiprodukten redete. Immer war ein Ei dabei. Wenn Frau Berger ihren Mund aufmachte, kam als erstes Mehl und gleich als nächstes ein Ei heraus. Ich stellte sie mir vor, wie sie an einer Anschauungstafel für Insekten zappelte, so einer, an der Käfer und Schmetterlinge und auch Würmer aufgespießt werden, meinetwegen. Ich wollte sie umbringen.

Dann erklärte ich, dass Frau Berger Jüdin sei und deshalb kein Schwein aß. Dass es ganz überflüssig war, ihr welches anzubieten.

»Wie kommen Sie denn auf die Idee?«, wunderte sie sich.

Sie nahm sich ein Stückchen Fleisch von der Platte und stopfte es in den Mund, wie um zu beweisen, dass es ihr ernst war.

Ja, eben! Wie jüdisch war sie überhaupt? Welche Beweise hatte ich dafür? Gar keine. Und die Halbjuden waren ja immer besonders jüdisch.

»Sie brauchen keine Angst zu haben«, sagte der Österreicher zu ihr. »Wir leben ganz und gar in einem neuen Jahrtausend. Spucken Sie es hier in die Serviette, wenn Sie möchten.«

Frau Berger kaute noch eine Weile, dass das Gebiss in ihrem Mund klapperte. Dann spuckte sie das Bratenstück zu meiner Überraschung tatsächlich in die Serviette, die der Österreicher ihr anbot.

Anschließend sank sie auf ihrem Platz in sich zusammen. Das hätte auch ich an ihrer Stelle getan. Sie nahm schließlich ein Stück von der Torte, die Marie-Luisa gebacken hatte und die jetzt eigens aufgeschnitten und ihr angeboten wurde, niemand hatte sie bisher anrühren dürfen. Frau Berger führte einen kleinen Löffel voll zu Munde, aber plötzlich begann sie zu weinen.

Franz beugte sich vor und fragte, warum sie denn weinte. Er streichelte ihre Hand, aber das ließ die Tränen nur noch mehr fließen. Dann flüsterte sie etwas, das nicht zu verstehen war. Sie flüsterte Franz etwas ins Ohr und beruhigte sich anschließend.

»Wo spielen Sie? Ich erinnere mich nicht, Ihr Gesicht irgendwo gesehen zu haben, aber das liegt sicher nicht an Ihnen, sondern an meinem unglücklichen Gedächtnis«, wandte sich Frau Mutti interessiert an Frau Berger. Sie reichte ihr ein Taschentuch, demonstrierte, dass sie das Thema wechseln wollte. Dass sie einem anderen alten Menschen helfen wollte. Sie schloss in meinem Wohnzimmer mit Frau Berger einen gegen mich gerichteten Altenpakt. Ich wollte auch sie umbringen.

»Es ist gar kein Wunder, dass Sie sich nicht an mich erinnern. Ich habe seit Jahrzehnten nicht mehr auf der Bühne gestanden«, antwortete Frau Berger und fuhr fort: »Natürlich würde ich auch weiterhin gern spielen. Aber wer nimmt schon so einen Krummsäbel«, schnaubte sie.

Sie blickte zu Boden. Dann sagte sie:

»Allerdings stört es mich überhaupt nicht. Das Theater ist heutzutage nur noch Müll. Und die Menschen machen sich nicht mehr die Mühe zu denken.«

Sie drehte sich zu mir um. All das Interesse und die Fragen munterten sie eindeutig auf. Sie schluckte Frau Muttis Köder gern und mit Freude.

»Hermann Bahr. Das Konzert. Das war das letzte große Stück, in dem ich mitwirkte. Bleibt zu hoffen, dass es irgendwann im Fernsehen gezeigt wird. Ich finde, dass alle Leute wissen sollten, wie großartig Christiane Hörbiger in ihrer Rolle war. Als sie die Frau des Meisters spielte, begriff sie etwas. Immer ist einer dabei, der begreift. Sie begriff, was der Autor gemeint hatte, als er die Frau des Meisters zu dessen Geliebten sagen lässt: ›ich bin einmal aufgewacht und da war mir, wie wenn Sie leise weinten‹.«

»Sie haben ganz recht, Frau Berger«, sagte ich. »Sie haben immer recht.«

Ich bot ihr mehr vom Schwein an und befand mich dabei in Gedanken in Englands Provinz. In der Heide, auf den Hügeln.

»Ebenso auch damit, dass man die besten Stücke essen soll, wenn der Hunger am größten ist«, sagte ich. Verschwinden Sie, dachte ich.

»Was habe ich denn gesagt?«, fragte Frau Berger.

»Sie sagten, Sie möchten in England leben und dass Sparen dumm ist.«

»Ich kann mir nicht vorstellen, dass ich je Lebensregeln formuliert hätte, die mit Speisen oder dem Essen zu tun hätten.«

Doch, das hatte sie.

Marie-Luisa blickte mich an.

Frau Berger erhob sich. Wohin wollte sie jetzt wieder? Ich hatte keine Lust, mir auch nur noch ein einziges Mal anzusehen, wie Christiane Hörbiger sich bewegt, wie sie gestikuliert, wie sie, um ihre Repliken zu betonen, »die Hand geführt« hatte.

»Wann beabsichtigen Sie, das nächste Mal nach Finnland zu reisen?«, fragte sie mich mit ganz anderer Stimme. »Könnten Sie mir von dort etwas mitbringen? Ich mag Mitbringsel. Mitbringsel sind herrlich, das Warten vor allem. Die Erwartung ist sogar noch herrlicher als ihr Erhalt, nicht wahr? Aber nicht dieses schreckliche saure Brot. *Bitte!*«, rief sie. »Davon bekommt man Bauchkrämpfe. Wie kann jemand dieses Brot essen, ohne Bauchkrämpfe zu bekommen? Es handelt sich bestimmt um eine spezielle genetische Eigenschaft im Verdauungstrakt der dortigen Einwohner.«

Der Österreicher nickte, und dann begann er zu applaudieren.

»Eine genetische Eigenschaft!«, rief er und klatschte.

Jetzt lachte auch Frau Berger. Ich betrachtete ihre lachenden Augen. Sie ordnete das Taschentuch, das sie von Frau Mutti erhalten hatte, und schnäuzte sich dann feucht und lange. Anschließend verbeugte sie sich wahrhaftig.

Nach Frau Bergers Auftritt lächelte Frau Mutti zufrieden. Elisabeth kratzte sich den Kopf. Der Österreicher ergriff meine Hand und drückte sie fest. Frau Berger bedankte sich, verbeugte sich ein weiteres Mal und nahm einen Schluck von ihrem Wein. Sie lehnte es ab, sich noch ein Mal zu setzen und stopfte stattdessen die Reste vom Schweinsbraten in ihre Handtasche.

»Die nehme ich mit. Wenn es recht ist. Vielen Dank auch«, sagte sie.

Sie sagte, dass sie jetzt wirklich gehen müsse und bat den Österreicher, sie bis zur Tür zu begleiten. Draußen war es schon fast finster und sie fürchtete, auszugleiten. Frau Berger entschwand mit dem Schwein in ihrer Tasche. Der Österreicher kam zurück und erklärte, dass jetzt ein ausgezeichneter Zeitpunkt für eine Rede sei.

»Ich trinke auf die gelungene Mahlzeit«, sagte er und hob sein Glas. »Oder ist noch jemand hungrig?«, fragte er, umringt von den Frauen seiner Familie.

Alle waren höflich und begeistert und zufrieden und prosteten mir zu. Alle waren guter Laune und fröhlich. Ich sah mich um, denn da war sie, meine neue eigene Familie.

»Es ist schön, dass der Kontakt zwischen den Generationen aufrecht erhalten wird«, sagte Frau Mutti. »Eine forsche Tante. Alles was recht ist. Sehr erfrischend. Aber beachtet, dass auch ich noch nicht für den Sarg bereit bin.«

Aber nein, keineswegs. Frau Mutti nahm Lippenstift und Spiegel aus der Handtasche, zog sich Ober- und Unterlippe nach und schnalzte.

»Man wirft mir immer vor, kein Mitgefühl zu haben«, sagte sie. »Aber ich habe es. Außerdem wurden wir nicht dazu erzogen Mitgefühl zu haben, sondern klarzukommen. Und seht mich an. Soll ich noch immer weinen? Trauern? Nein. Das Leben geht weiter! Was hätte sonst werden sollen? Heutzutage sind die Menschen so verhätschelt. Auch vom Tod begreifen sie rein gar nichts. Ihr Hamster stirbt, und sie fallen ins Koma. Sie sollen eine Schnecke töten, und sie schreien vor Entsetzen auf und werden ohnmächtig. Eher flüchten sie aus dem eigenen Heim, als dass sie die Eier, die ihnen eine Taube auf den Balkon gelegt hat, in den Müll werfen. Vati starb. Ja, er starb.«

Sie streifte die gelähmte Hand ihres Sohnes mit einem kurzen Blick, aber weder früher noch jetzt stellte Franz' Behinderung für sie oder irgendeinen anderen ein Hemmnis dar.

»Frau Berger jedoch lebt noch«, fuhr Frau Mutti fort. »Als Zwieback, aber immerhin. Sie ist wirklich ein Charakter, seltsam ist sie allemal, gänzlich wie von einem anderen Planeten, mindestens aus einer anderen Zeit, es ist nur natürlich, dass sie Künstlerin wurde… Ihr wisst vielleicht gar nicht, dass auch ich beinah Künstlerin geworden wäre. Ich war kurz davor. In meiner Jugend pflegte ich stets zu sagen, dass ich alles dafür geben würde, als Künstlerin leben zu dürfen …, ich wäre bereit dafür zu leiden, sagte ich damals. Nun, natürlich wurde nichts daraus. Erst war Krieg, und dann kamen die Russen. Mit dem Alter wird man dann klüger. Außerdem. Alle haben den Verlust eines Menschen zu beklagen. Früher oder später. Wie sehr ich doch Vati vermisse. Alle wissen, wie sehr ich ihn vermisse.«

Frau Mutti wollte von ihrem Sohn wissen, was ihm die alte Schauspielerin eigentlich ins Ohr geflüstert hatte, warum gerade in sein Ohr, und warum Marie-Luisas Torte sie zum Weinen gebracht hatte. Auch ich wollte es wissen.

Franz sagte jedoch, dass er es nicht verstanden habe, er müsse uns leider enttäuschen.

»Das macht absolut keinen Sinn. Gute Torte«, sagte Frau Mutti.

»Nein, macht es nicht. Lass uns tanzen! Ich bin heute aus irgendeinem Grund so glücklich«, sagte der Österreicher gerührt zu seiner Mutter, schlang die Arme um sie und hob sie mit Tränen in den Augen hoch.

Ich stellte die Teller ins Spülbecken. Wo mochte meine Katze jetzt sein? Falls sie überhaupt noch existierte. Sie wäre jetzt mindestens zwanzig Jahre alt. Wo war sie wohl? Wohin war sie gegangen oder gebracht worden? Ich strengte mein Gedächtnis an, aber ich fand keinen entscheidenden Wendepunkt. Es gab viele Bilder, auf denen die Katze zu sehen war – und Bilder ohne Katze. Aber wo war der Wendepunkt gewesen? Was mochte die verbreitetste Todesursache bei Katzen sein?

Im Speisezimmer hatten die Erwachsenen laut zu lachen begonnen, natürlich lachten Erwachsene, und sie erklärten, Revolution zu machen bedeute heutzutage zu feiern. Dann schimpften sie Elisabeth aus, weil sie zu spät gekommen war.

»Ja, zum Erwachsenwerden gehört auch«, erklärte ihr der Österreicher, »dass man dann kommt, wenn man es versprochen hat. Das Essen muss man achten. So wie man auch andere Menschen achten muss.«

Der Österreicher predigte. Er predigte gern, und es war nichts dabei.

Würden wir in den USA wohnen, wäre es für ihn ein Kinderspiel, Pastor zu werden. Aber hier, auf dem europäischen Kontinent, in diesem einzigartigen Altenpflegeheim, hier wurde dauernd nur von »Qualität« gefaselt, was letztlich nichts anderes bedeutete, als dass alles so langsam und mühselig voranschritt, dass die Hälfte all jener, die Pastor werden wollten, das Rentenalter erreicht hatte, bevor sie fertig waren. Nach dem Vortrag des Österreichers zeigte sich Elisabeth wieder einsichtig. Sie würde sich bei mir entschuldigen, sowohl für ihre Verspätung als auch für die unziemlichen Reden von vorhin, »wenn und falls ich je wieder aus meiner Küche auftauchen würde«. Sie äußerte den Verdacht, dass von der Küche eine Geheimtür zu irgendeinem anderen Fest führte, das ich immer in Abständen besuchte.

Die Erwachsenen sagten im dreistimmigen Chor und Kanon zu ihr: glaubst du etwa, dass diese »Revolutionsträume eurer, also der jungen Generation«, neu wären? Und »zu unserer Zeit ging es wenigstens radikal zu.«

Marie-Luisa und der Österreicher lächelten, denn sie hatten zufällig genau im selben Rhythmus gesprochen. Der Österreicher streckte über den Tisch hinweg seinen Daumen aus, und die Schwester drückte den ihren dagegen. Sie durften hoffen. Auf was, das durften sie nicht verraten.

Elisabeth schüttelte enttäuscht den Kopf. Sie protestierte und sagte, dass von alledem heute nicht viel übrig sei. Die Radikalen seien faul und gierig geworden, wie schon gesagt. Ihr selbst werde das nicht passieren, es durfte nicht passieren. Der Österreicher verteidigte ihre edlen Ansichten.

»Man darf politikinteressierte Jugendliche nicht vor den Kopf stoßen«, sagte er. Und zu Elisabeth: »Aber belass es nicht nur beim bloßen Reden.«

»Ganz bestimmt nicht«, versprach sie und gab ihm einen Kuss auf die Wange. »Ich werde ab sofort Vegetarierin und schwöre, dass ich erst dann das nächste Mal Schwein esse, wenn ich es selbst getötet habe.«

»Ja, ja«, sagte Frau Mutti. Es folgte Schweigen. Dann meldete sich Frau Mutti und fragte: Wollt ihr ein Geheimnis erfahren? Alle wollten.

Ich hatte genug davon, sie zu belauschen. Ich setzte mich an den Tisch, auf denselben Stuhl, genau denselben Platz, auf dem ich vorhin schon gesessen hatte. Finnland-Tuulikki war in Wahrheit gar nicht meine Patentante. Sie gehörte ja nicht mal der Kirche an, was mehr als genug

Beweis war. Sie hatte sich lediglich eigenmächtig zu meiner Patentante erklärt, nachdem sie uns am dritten März des Jahres 1979 »als nahe Angehörige« telefonisch ihr »Bedauern« erklären musste, dass sie nicht wusste, wohin ihre Schwester gereist war, womöglich nach Indien, womöglich nach Amerika. Oder abwechselnd in beide Länder. Dass es auch niemand sonst wusste, nicht mal die Polizei, was aber nichts an der Tatsache änderte, dass eine Mutter ihre Kinder liebte, so wie immer. Eine so starke »Energie« und ein so festes »Band« würde man sogar über den Atlantik hinweg spüren. Das konnte man nicht verhindern, nicht einmal, wenn man es gewollt oder versucht hätte. Laut Tuulikki lag die Ursache für »alles« in »ungünstigen Umständen«, für die »niemand« etwas konnte. Sie hatte seitdem beschlossen, meine Ohren mit all den »nützlichen Wahrheiten« vollzustopfen, die ihre eigenen Kinder vermutlich zu hören bekommen hätten, sofern sie welche gehabt hätte, stattdessen musste ich nun alles herbeten, musste mich abfragen, prüfen und die Ergebnisse bewerten lassen. Wäre ich doch ein afrikanisches Kind, für das irgendeine europäische Großmutter die Patenschaft übernahm. Ich konnte mir absolut nicht vorstellen, dass Frau Mutti in einem Lehmdorf anrief und unbekannte Menschen mit unerwarteten Telefonaten quälte. In welcher Sprache wollte sie sich überhaupt verständlich machen? Frau Muttis Geheimnis nämlich lautete: »Ich habe ein Patenkind in Afrika.«

Meines Wissens war bisher niemand von uns in Afrika gewesen, wenn man Marie-Luisas Tunesien-Urlaub nicht mitrechnete. Und das konnte man nicht. Sie hatte im Hotel und am Pool gesessen, am Rand des Pools mit den Füßen im Wasser und hatte Saft geschlürft. Das war alles.

»Ein Patenkind?«, fragte der Österreicher erstaunt.

»Ja. Ich war gezwungen mir ein Patenkind zu kaufen, weil mir niemand Enkelkinder beschert.«

Marie-Luisa war offenbar völlig perplex. Sie rang sich trotzdem die Frage ab:

»Wie alt ist es?«

Frau Mutti sagte:

»Ist euch übrigens jemals aufgefallen, dass man Kinder nicht als Enkel adoptieren darf? Was kann wohl der Grund dafür sein? Das wäre für einige Leute eine gute Geschäftsidee.«

»Wie heißt es?«, wollte Elisabeth wissen.
»Mdings, sagte Frau Mutti. »Und es ist neun Jahre alt.«
»Mdings?«
»Ja. Ich kann mir einfach nicht den Namen merken …, gerade deshalb wollte ich ursprünglich ein Kind aus Asien. Aber wann wird schon auf die Kunden gehört. Nie. Man sagte mir nur, dass keines erhältlich sei. Die Asiaten haben kurze einfache Namen. Es ist doch peinlich, wenn man sich nicht an den Namen seines Patenkindes erinnert. Ich hätte lieber eines aus Asien gehabt, aber es gab keine. Ist doch eigenartig, so viele Kinder, und dann angeblich keines erhältlich. Sie verteilen die doch sicher eher an Paten, als dass sie sie verhungern lassen. Und bevor wieder einer von euch zu zetern anfängt, sage ich ganz offen, dass ich es getan habe, um mein Gewissen zu beruhigen. Ich bin nämlich bereit, sofort wer weiß wie viel zu spenden, wenn ich nur weiß, dass es für einen guten Zweck verwendet wird. Menschen aber, die vor Lebensmittelgeschäften betteln, ertrage ich nicht. Das mit dem Kind war so eine Zwischenlösung.«
Auch ich ertrug Menschen nicht, die vor Lebensmittelgeschäften bettelten. Ich gab ihnen Geld, damit sie mich möglichst wenig beachteten. Ich hatte mich schon viele Wochen lang leicht und angenehm gefühlt, bis ich schließlich begriff, dass der Bettler fehlte. Daher die Leichtigkeit und Sorglosigkeit. Sogar Frau Bergers Einkäufe hatte ich als angenehme Aufgabe und geringe Traglast empfunden. Bis der Bettler wieder auftauchte. Dem Österreicher sagte er, dass er an einem Haus gebaut hätte. Aber der Österreicher bezweifelte den Hausbau. Er fand, dass der Bettler im Vergleich mit seiner Behauptung zu weiche Hände hatte. Hatte er also Urlaub gemacht? Warum sollte nicht auch ein Bettler in Urlaub gehen?, hatte ich damals den Österreicher gefragt und frage es immer noch. Um seine Familie zu besuchen, vielleicht in irgendeinem anderen Land. Vermutlich in irgendeinem anderen Land.
Frau Mutti bat Elisabeth, ihr das Portemonnaie aus der Handtasche zu holen, und Elisabeth gehorchte. Marie-Luisa verbot ihrer Tochter, von der Oma etwas anzunehmen, aber es wurde nicht auf sie gehört. Welchen Nutzen hatte Marie-Luisa überhaupt davon, Mutter zu sein, wenn nie auf sie gehört wurde? Sie hätte einfach nur Tochter bleiben sollen, die Töchter wollte man ebenso gern loswerden wie die Mütter, da gab

es keinen großen Unterschied. Erst musste man Kinder bekommen, machen, anschaffen. Die Kinder warfen sich, wenn sie auf dem Hof hingefallen waren, ihren Eltern an den Hals, warfen sich ihnen schutzsuchend in die Arme. Dann kam ein Wendepunkt, und was geschah? Kinder und Eltern hassten einander, wollten einander loswerden. Der letzte Ort, Schutz zu suchen, wären in dieser Phase die Arme der Eltern oder des Kindes. Im Gegenteil, die Kinder steckten vorab hundertachtzig Grad in entgegengesetzter Richtung vom Aufenthaltsort ihrer Eltern ab, damit sie wussten, wohin sie laufen sollten, falls irgendein Unglück geschah. Dagegen war nichts zu machen. Es war erschütternd, musste aber ertragen werden. Es gab keine einzige Eltern-Kind-Paarung, bei der nicht irgendwann die blanke Enttäuschung und der Hass vorherrschen würden. Nichts weiter. So war es, und man sah es auch jetzt wieder. Alle, die eine Ausbildung zur Krankenschwester machten, sagten immer, sie hätten eigentlich Hebamme werden wollen. Genau so wie jede Miss immer sagen musste, dass sie den Weltfrieden wollte, dass sie bereit war, alles Erdenkliche für die Liebe zwischen den Völkern zu tun und dass sie sich mit all ihrer Kraft dafür einsetzen wollte, um die Welt zu retten. Das war eine Forderung, die Friedenssache ebenso wie die Hebammensache. Kein leiser Wunsch, sondern eine handfeste Forderung. Könnte ich doch von mir auch so reden. Ich wünschte, ich hätte Hebamme werden wollen.

Elisabeth bekam als Geburtstagsgeschenk viele Geldscheine. Sie dankte und knickste. Dann grinste sie ihre Mutter zufrieden an.

»Was hast du?«, fragte der Österreicher mich plötzlich.

Er war fröhlich. Der Österreicher war permanent fröhlich. Immer wenn er mit seiner Familie zusammen war, war er fröhlich. Vielleicht sollte er wieder zu seiner Mutter ziehen, dann brauchte er nicht an meiner Seite zu leiden. Er brauchte nie auch nur daran zu denken, eine Schönheitsoperation machen zu lassen. Seine Falten würden sich von allein glätten, ohne Eisen und Chemikalien.

»Nichts.«

Ich musste aufstehen. Ich brauchte unbedingt frische Luft. Wo trieb sich der Maximus wieder herum? Fraß er heimlich im Schrank meine Schuhe?

Der ganze Garten war verdreckt. Der ständige Regen verdarb den Rasen und tat sein Bestes, um aus der Anlage ein Modderloch, ein Mennigebecken, einen Schweinekoben zu machen. Auch aus Sicht eines Lehmhändlers gäbe es hier gewaltige Ressourcen. Hier könnte gewühlt und gegrunzt werden, wobei ja heutzutage gesagt, ja regelrecht betont wurde, wie sauber und klug die Schweine waren. Sie zertrampelten nicht ihr eigenes Fressen, waren sensibel, ganz ähnlich wie wir, die Menschen. Und was war mit den Kühen, den Schafen? Und dem Geflügel, den Hühnern? Vermutlich genau dasselbe.

Auch die Pflanzen lebten, sonst würden sie ja nicht wachsen. Wenn nachher der Frühling nahte, würden die orangefarbenen und gelben Narzissen in den Rabatten, die den Garten eingrenzten, auf wundersame Weise wissen, dass ihre Zeit gekommen war. Sie würden dann dort stehen und fröhlich allen zuwinken, die Lust hatten hinzuschauen. Es würde nichts kosten. Man brauchte eine gelbe Narzisse nur anzuschauen, und schon winkte sie fröhlich zurück. Da konnte man nichts falsch machen. Ich ordnete die Schuhe und Mäntel im Flur, nahm ein paar Wollmäuse mit, wo die bloß immer herkamen, Wolle und Mäuse und dieser Name? Ich müsste Tuulikki anrufen und mich für das Paket bedanken. Auch ich hatte meine Familie. Und jetzt war das berühmte Paket ja geöffnet. Der Österreicher hatte recht, anzurufen und mit Finnland-Tuulikki zu reden, war meine Aufgabe, nicht seine. Ich würde mich um die Versicherungs- und Bankangelegenheiten kümmern, um die Rechnungen und ums Putzen. Und um Tuulikki. Auch das war meine Aufgabe. Der Anblick im Flurspiegel war nicht berauschender als am Morgen.

»Er wagt es ja doch nicht«, sagte Frau Mutti zu Marie-Luisa.

Ich spähte über das Geländer in den Keller. Da unten drückten sie sich herum, am Fuße der Treppe, und stöberten vermutlich in meinen Lebensmitteln.

»Bestimmt wagt er es, du wirst sehen. Franz ist anders als wir«, sagte Marie-Luisa zu ihrer Mutter. »Das kommt daher, dass er sein ganzes Leben lang in der Stadt gewohnt hat.«

Der Österreicher tauchte wieder aus dem Heizungsraum auf, hatte sicherlich wieder seine Messgeräte beklopft, hatte kontrolliert, ob ich dort etwas gemacht hatte, was er mir verboten hatte, er umhalste seine beiden Frauen und sagte:

»Ich weiß zwar nicht, wovon ihr redet, aber sagen wir ruhig, dass ich es wage!«

Dann lachte, wieherte er. Nahm ein paar Dosen mit Krabben und eine mit Champignons mit. Warf sie in die Luft, der einhändige Jongleur.

»Wer wagt, gewinnt.«

Marie-Luisa und Frau Mutti tauschten Blicke. Frau Mutti hob die Brauen.

»Was sagt ihr…?«

Franz blickte seine Frauen an. Keine von beiden sagte etwas. Frau Mutti korrigierte ihre Frisur. Marie-Luisa pulte in ihren Zähnen. Knabberte danach noch sicherheitshalber am Rand eines Fingernagels.

»Ihr kennt Taru nicht«, sagte der Österreicher und betonte die Silben meines Namens falsch, so wie er es immer tat, er machte nicht mal aus Versehen den Fehler, ihn seiner Meinung nach falsch und dadurch wenigstens manchmal richtig zu betonen.

»Ihr werdet sehen, wie sie ..., wie sie so …, sie ist so enorm intelligent. Und … nein, nein und nochmals nein. Von den intimen Dingen erzähle ich euch nichts, auch wenn ihr es noch so gern hättet!«

Der Österreicher lachte. Spielte den Rätselhaften.

»Ach ja?«, fragte Frau Mutti. »Und deshalb zieht sie sich wohl so an, wie sie sich anzieht? Ist das die Art der schwedischen Frauen?«

Ich drückte mich an die Wand. Wie ein Laubblatt. Das Maggikraut lag derzeit im Gefrierschrank, sicher verwahrt in einer Plastiktüte, zwischen vegetarischen Suppen, Tiefkühlgemüse und Sahnepackungen. Ich hatte es am Ende ganz weggelassen und es nicht in die Suppe getan. Ich hatte es in Plastikfolie gewickelt und in den Gefrierschrank gelegt. Für später. Das Maggikraut war nämlich allzu kräftig gewesen, um essbar zu sein. Wie eine aus Pflanzen gekochte Fleischbrühe. Aber ich hatte den Braten übergossen. Im letzten Moment hatte ich mich doch noch dafür entschieden.

Marie-Luisa schrie auf, drückte die Hand auf die Brust, dahin, wo sie das Herz vermutete.

»Meine Güte, habe ich mich erschrocken. Was sind das hier bloß für dünne Wände!«

Frau Bergers Telefon hatte wieder geklingelt. Bald würde sie einen Witz erzählen, der die Runde durch Europa machen würde. Marie-Luisa drückte das Ohr ans schmutzige Heizungsrohr im Keller, und ich konnte im Schutz von Frau Bergers Telefonat unbemerkt ins Badezimmer schlüpfen. Ich sammelte sämtlichen Goldschmuck vom Waschbecken, streifte mir den Reifen über den Arm, drückte mir die Stecker in die Ohren. Dann hängte ich mir noch die Ketten um den Hals und setzte mich aufs Toilettenbecken, um meine siebte Zigarette am heutigen Tag zu rauchen. Wenn ich das morgendliche Gequalme mit Frau Berger nicht mitrechnete, und das tat ich nicht. Sie hatte mich dazu verführt. Ich war gezwungen gewesen, mit ihr zu paffen. Frau Berger war in Wien meine beste Freundin. Nicht so wie Sigrid, die zu mir sagte: Ich finde, dein Mantel verlangt nach Farbe, und hinterher: Hast du hier in deiner Freizeit Gesellschaft?

Huuh. Ich ließ meine Stimme erneut von den Fliesen des Badezimmers widerhallen. Huuh. Frau Mutti hatte zu einem früheren Zeitpunkt im Flur zu ihrem Sohn gesagt, ich hätte eine tiefe Stimme.

»Ein Alt, fast ein Tenor«, hatte sie gesagt.

Die Kellertür wurde zugeknallt. Getrampel und Gekicher waren zu hören, dazu das Öffnen anderer Türen und erneutes Getrampel.

Eine unbestreitbare Tatsache war, dass die Sopranstimmen weltweit mehr galten als die Altstimmen. Sämtliche großen Gesangstars waren Soprane. Wer als Alt geboren wurde, konnte sich gleich darauf einstellen, dass er nie ein so großer Star werden würde, wie es ihm als Sopran möglich wäre. Aber was willst du machen. Ich würde jetzt gehen, um die Sahne fürs Kaffeetrinken zu schlagen. Die musste fest sein. Zuletzt hatte es geheißen, dass sie zu flüssig war, dass sie am Kuchen herunterfloss und man sie ebenso gut direkt aus der Packung hätte draufgießen können. Ich warf die Zigarettenkippe in die Toilette und zog ab. Der Österreicher hatte bemängelt, dass ich ungeachtet seiner Verbote Frau Bergers Wunsch entsprochen und das Formular eines Bestattungsinstituts im Internet ausgefüllt hatte, sowohl für sie als auch für mich. Frau Berger nämlich sagte, nachdem sie das Begräbnis für eine fast unbekannte Verwandte hatte organisieren müssen, dass sie in ihrem eigenen Falle anderen die Sache erleichtern und alles selbst verfügen wollte. Es sollte einen papiernen Recyclingsarg und eine Feuerbestattung geben. Ihre Asche sollte in irgendein Gewässer gestreut werden, egal wo. Der Österreicher dürfte entscheiden. Sowohl über den Verbleib meiner als auch ihrer Asche. So hatte es Frau Berger für sich bestellt, und ich hatte es – wie einer Art Doppelbestellung – in Auftrag gegeben. Blumen wären nicht nötig, höchstens ein einziger kleiner Strauß. Farbe? Sorte? Hinsichtlich der Musik war noch nichts beschlossen. Sämtliche Angaben konnten noch verändert werden. Dies war erst der Anfang. Und Frau Berger dachte über die Dinge genau so wie ich. Sie liebte England und hasste Österreich. Englands Landleben. In ihren Augen war kein einziger Österreicher gut gekleidet oder sprachkundig. Welch schreckliche Enttäuschung das war!, hatte sie ausgerufen. Als junger Mensch in eine Stadt namens Wien zu kommen, weil man geglaubt hatte, die Menschen dort wären schön und gebildet, und dann keinen einzigen schönen und gebildeten Wiener vorzufinden. Frau Berger konnte nicht anders, sie musste einfach auf ihr Heimatland und ihre Heimatstadt und deren Bewohner schimpfen. Sie gehörte zu einer Gruppe und Generation von Grantlern. Ihre Erfahrungen besagten, dass, traf man mal versehentlich einen gebildeten Menschen, spätestens zehn Minuten nach Beginn des Gesprächs klar wurde, dass er nicht aus Wien stammte, auch nicht aus Österreich, und dass er im Prinzip nichts mit dem Land zu tun haben wollte. Und, so hatte sie hinzugefügt, jedenfalls nichts mit irgendeiner Schule oder Ausbildung. Auch Frau Berger kleidete sich hässlich, im Allgemeinen trug sie Trainingshosen. Sie hielt sich nicht mal selbst für gut gekleidet, und dabei war sie immerhin Schauspielerin. Aber sie war einfach nur zufrieden, dass alles bald vorbei wäre. Sie sprach dauernd vom Tod. »Ich werde mich nicht selbst töten«, sagte sie, »aber wenn der Tod denn kommt, werde ich froh sein, ich warte richtig mit Freude und Interesse.«

Ich klebte mir ein Pflaster auf den Arm. Hier waren sie, in Schubfächern und Packungen, Frau Bergers Morphiumpflaster. Welche Wirkung hatten sie? Wie fühlte sich das an? Musste man sich tatsächlich selbst töten, ehe einem geglaubt wurde? Aber essen konnte man die Pflaster nicht, der Rachen war nicht geeignet dafür. Ich zerriss sie und spuckte sie aus, warf sie in den Müll, die teuren Dinger.

Frau Berger lud mich gern zum Kaffee ein, um sich mit mir über Bücher und Theaterstücke zu unterhalten. »Haben Sie je einen Mann gehabt, Frau Berger?«, fragte ich mal. »Haben Sie Kinder?« »Nein«, sagte sie und schürzte die Unterlippe. »Einmal hatte ich beinah einen Mann, aber als sich herausstellte, dass er schon verheiratet war, ließ ich es bleiben. Außerdem«, fuhr sie fort, »kann ich Kinder nicht ertragen. Kinder sind so töricht, finde ich, auch die gesunden. Ich spreche nicht von kranken oder behinderten Kindern, das ist etwas anderes. Ich meine ganz gewöhnliche Kinder, von denen immer alle sagen: Seht nur wie süß, seht nur wie herrlich, was sind Kinder doch für ein Geschenk des Lebens. Ich verstehe das nicht. Ich habe Kinder nie gemocht. Ich weiß nie, was ich zu ihnen sagen oder was ich mit ihnen anstellen soll. Ich habe es nie gewusst, und es interessiert mich auch nicht. Es ist herrlich, allein zu leben«, sagte sie, »zumal in diesem Alter. Ich kann machen was ich will und wann ich es will. Manchmal habe ich Lust, um ein Uhr nachts Palatschinken zu backen. Ich kann es machen, ohne dass jemand kommt und mich verrückt nennt oder mir verbietet herumzulärmen.«

Frau Mutti hatte sich am Thema Italien festgebissen und kam nicht davon los. Ich hätte wahrscheinlich ein ganzes Jahr wegbleiben können, ohne dass sich unten im Erdgeschoss etwas verändert hätte. Frau Mutti saß in ihrem enganliegenden violetten Kleid auf ihrem Stuhl, schön und gekonnt in einer von fünf verschiedenen Stellungen und sagte: »Wer hätte glauben können, wie viele Bettler es selbst in Italien gibt.«

Sie lamentierte, rückte ihre Frisur zurecht, wischte sich einen Krümel aus dem Mundwinkel und fuhr fort: »Ein kultiviertes Land und so viele Bettler.« Dann seufzte sie. Ganz als wäre beim Gedanken an Italien gar nichts anderes möglich als ein Seufzer. Vielleicht noch Kopfschütteln. Damit hatte sie vielleicht sogar recht. Was hätte man in Bezug auf Italien sonst tun sollen?

Sie fuhr fort. »Die Welt ist so sonderbar geworden. Ich hasse Bettler ja nicht. Sie tun mir leid. Obwohl man heutzutage wohl so was nicht sagen darf.« Sie lachte kurz auf. »Mitleid ist zu einem unerwünschten Wort geworden. So wie bald alle Wörter. Auch das ist etwas, was ich nicht verstehe. Bankfräulein darf man nicht sagen, Feuerwehrmann auch nicht. Ich bin da anderer Meinung. Vorige Woche stand zum Beispiel in der Zeitung, dass ein japanisches Restaurant in New York im Rahmen seiner Hummerbestellung einen regelrechten Superrentner erhielt. Ich habe den Artikel auswendig gelernt. In der Zeitung hieß es: Das Alter des ältesten Hummers in der Lieferung betrug immerhin hundertvierzig Jahre. Er landete nicht im Kochtopf, denn man hatte Mitleid mit ihm. Das Mitleid rettete ihn.

Frau Mutti lachte so sehr, dass sich ihre Frisur löste und nach einer Seite neigte. Und der Österreicher wurde angesteckt und lachte mit ihr. Frau Mutti verhätschelte und neckte ihren Sohn. Zwischen ihnen bestand ein festes Liebesband. Frau Mutti zeigte sich weiterhin als verärgerte Seufzerin. Bereit zum Angriff.

»Da habt ihr es. Man kann froh sein, wenn man überhaupt noch etwas sagen darf, ohne dass man gleich ins Gefängnis muss. Aber das ist nicht Schuld der Bettler. Sie dürften kaum verstehen, was an den Negern falsch ist.«

Frau Mutti machte eine Pause, hüstelte, rieb sich den Kopf, rieb sich das Knie und kratzte sich am Ohrläppchen.

»Am liebsten würde ich den Bettlern jeden Tag etwas geben, man bekommt dann ein gutes Gefühl. Aber das geht nicht, in Österreich gibt es ja nicht so viele Bettler, dass man jeden Tag welche finden würde. Jedenfalls nicht bei uns auf dem Lande. In der Stadt gibt es natürlich alles mögliche. Die Stadt ist schon an sich so vielfältig. Deshalb wurden die Städte ja gegründet. Damit man dort alles auf einmal hat.«

Elisabeth sagte, dass die Großmutter ihre Mildtätigkeit sofort ausüben könnte, falls ihr danach war. Sie, Elisabeth, könnte notfalls direkt von der Demo gleich zwei Paradeexemplare herbeischaffen, nämlich sehr hungrige, farbige, verwegene und magere Freunde.

»Bloß nicht!«

Allein der Gedanke ließ Frau Mutti schaudern.

Laut Elisabeth würden sie brav draußen im Garten sitzen und warten. Sie würden im Allgemeinen nichts verlangen, wären aber froh und dankbar für Essensreste, die wir sonst in den Müll warfen.

Ach käme doch ein Sturm, wenigstens heulender Wind. Das graue regnerische Wetter war unerträglich gleichförmig. Ich füllte den Geschirrspüler mit schmutzigem Geschirr. Der Österreicher war romantisch, und deshalb hatte ich die Maschine erst von demselben schmutzigen Geschirr leeren müssen. Der Österreicher war unverbesserlich romantisch. Nämlich töricht und gedankenlos. Ein richtiger Österreicher würde es nicht so machen. Jedenfalls kein West-Österreicher. Franz haute das Geschirr in die Maschine wie ein Franzose oder Italiener, wie ein Südeuropäer oder Balkanbewohner, nämlich wie es gerade kam, da nützten kein Zureden und kein Erklären. Aber das Geschirr durfte sich in der Maschine nicht berühren. Die einzelnen Stücke mussten so hineingestellt werden, dass jedes seinen Platz hatte. Sonst würden sie sich gegenseitig zerkratzen, beschädigen. Die Spülmittel mussten richtig dosiert werden. Manchmal musste man die Maschine mit einem Intensiv-Programm laufen lassen, dadurch konnte man Schimmelbildung und einen großen Teil der Verkalkung vermeiden. Der Österreicher behauptete, dass im Wasser von Wien kein Kalk sei, da es aus dem Gebirge kam. Wieder eine Illusion. Der Österreicher sagte: »Nerv nicht.«

Nerven? Ich? Ein Ausländer glaubte zweifellos alles, auch die Lügen und Irrtümer, die unsinnigen Interpretationen, er gewöhnte sich an alles und jedes und passte sich an. Einen Ausländer konnte man zu jedem Mist beschwatzen oder zwingen mit der Begründung: »Das macht man hier so«. Jedermann weiß, dass Waschmittel in der Ukraine nicht so riechen wie hier, und es ist nichts Schlimmes dabei. Aber im Ausland zu leben, war sehr schwer, und zwar aus dem einzigen Grunde, dass einem Ausländer nie geglaubt wurde, nicht mal in der kleinsten Angelegenheit, obwohl doch ein Außenstehender immer den besten Blick auf die Dinge hatte. Wenn sich irgendwann mal der erste Mensch im Weltraum ansiedeln und das Geschehen auf der Erde auf Video aufzeichnen würde, würde sich alles ändern. Er würde sagen: Schaut euch selbst an. Er würde da im Weltraum sitzen und sich Notizen machen. Das war eine ganz einfache Angelegenheit. Die Österreicher beispielsweise bildeten sich ein, gut gekleidet zu sein.

Der Geschirrspüler sprang an. Er brauchte dafür im Laufe der Jahre mehr und mehr Zeit. Ich drehte den Knopf, er sagte knack, und dann wartete er. Ganz als säße auch in seinen Knochen und Arterien Kalk oder als hätte sein Gedächtnis nachgelassen. Mein Geschirrspüler war wie die Narzissen im Garten: wenn man mit ihm sprach, funktionierte er besser. Ich musste ihm sagen, dass er tapfer, weiß, fleißig, sanft und zuverlässig war, ein richtig guter und liebenswerter Geschirrspüler. Ich durfte ihm nicht verraten, dass mir die Waschmaschine lieber war, schon allein deshalb, weil man in sie hineinsehen konnte und weil das Waschmittel Schaum schlug, während das Waschmittel im Geschirrspüler basisch und ätzend war. Aber die beiden standen ja auch in verschiedenen Räumen und verschiedenen Etagen, erfüllten unterschiedliche Aufgaben, sie ließen sich nicht vergleichen. So dachte ich, und es zerriss mich fast innerlich, ich musste mich auf den Fußboden setzen, denn ich weinte. Ich sprach mit dem Geschirrspüler, weil er Jahr für Jahr immer wieder ansprang, und darüber weinte ich. Das war wirklich so furchtbar idiotisch, und ich hätte mir nie verziehen, wenn mich jemand von der Familie des Österreichers beim Weinen erwischt hätte.

Es dauerte nicht lange, und der Anfall war vorbei. Ich wischte meine nassen Finger am Läufer ab und arbeitete weiter. Ich war wie ein Eisenbahnzug. Ich füllte das leere Preiselbeerglas mit Wasser, schraubte den Verschluss fest und stellte es auf den Kopf, damit es sich von allein reinigte. Ein Franzose hatte mir diese Methode beigebracht. So, wie er mir auch die optimale Methode beigebracht hatte, Honig in einen Joghurtbecher einzumischen, der für die Menge zu klein war. Der multinational geformte Joghurtbecher eines multinationalen Konzerns würde dafür sorgen, dass ich den Franzosen nie vergessen würde. Diese Kleinigkeiten und die stillen Gewässer des Lebens, abwaschen und so weiter, so verfloss die Zeit. Mein amerikanisches Festessen. Es lief ab, Minute für Minute, funktionierte bald von ganz allein. Wenn die Maschine erst mal in Gang war, absolvierte sie das ganze Programm bis zum Ende.

»Wenden Sie, braten Sie, übergießen Sie.« Ich hatte getan wie verlangt. Hatte den Braten übergossen. Es hatte sogar Spaß gemacht, dieses Übergießen. Man konnte sich richtig mit Andacht hinein vertiefen, konnte verfolgen, wie die Bratensoße seitlich am Fleisch herunter lief wie an einer Wasserscheide. Vom Berghang ins Grundwasser. Wieder und wieder lief es in die Rinnen der eingeschnittenen Speckschicht. Ein Reisfeld. Eine dränierte holländische Kuhweide. Der Herr Fidler empfing also offene Briefe. War das Leben dafür nicht zu kurz? Für bloße offene Briefe? Briefe sollten doch persönlich und geheim sein. Als Kind hatte ich mir Brieffreunde aus der ganzen Welt per Katalog gesucht, so wie Frau Mutti es heute mit Patenkindern machte. Wo mochte Claire P. aus Kanada heute sein? Wo Robin C. aus England? Oder Hans Müller aus Frankfurt am Main? Er hatte betont, dass die Stadt am Main lag. So als hätte ich damals in der sogenannten »Grundschule« gewusst, dass es noch andere Frankfurts gab. Die Deutschen waren da genau wie alle anderen, sie bildeten sich ein, der Nabel der Welt zu sein. Der letzte Brief von Hans Müller aus Frankfurt am Main war eine langweilige Aufzählung seiner Weihnachtsgeschenke gewesen, die er im Jahre null bekommen hatte. Beigefügt war ein schlecht gezeichnetes Bild von seinem abgebrochenen Zahn. Wie kann jemandem der Zahn abbrechen! Falls ich bis dahin noch irgendwelche romantischen Hoffnungen in Bezug auf Hans Müller gehabt hatte, so war davon nach diesem Brief nichts mehr übrig. Ich war einfach nur erleichtert, dass er mir nie wieder antwortete. Frankfurt am Main. Wie abhängig Kinder doch von den Weltdeutungen der Erwachsenen waren. Aber eines schönen Tages mochte die Ameise kein Backpulver mehr fressen. Sie platzte doch sonst. Wobei es letztlich eine durchaus kreative Lösung war, Backpulver in den Zucker zu mischen. Eine fast ebenso kreative Lösung wie das Verhalten meines sogenannten Vaters in Bezug auf Finnland-Tuulikki im selben Jahr, da Hans Müller mir seine Weihnachtsgeschenke auflistete und mir ein Bild von seinem zahnlosen Mund zeichnete. Zunächst hatte ich geschrieen. Nachdem mein Vater Tuulikkis an mich gerichtete Briefe gelesen und befunden hatte, dass sie keine Weihnachtslektüre waren, verbot er mir, mit der »Rothippie-Tuulikki« jemals wieder in Kontakt zu treten. Er sagte: Du tust es ganz bestimmt nie mehr! Auf keinen Fall! Damit endeten die Übernachtungsbesuche und das damit verbundene Baden und Ausschütten des Bades. Damit endeten Tuulikkis Vorträge über die anatomischen Unterschiede zwischen Männern und Frauen und darüber, dass Männer im Bett hauptsächlich furzten. Das war »ihre Erfahrung« in diesen Dingen. Laut Tuulikki musste ein

Kind so sein dürfen wie es war und mehr wissen als nur, wo Frankfurt am Main lag. Sie brachte meinem Vater Bücher als Beweis. Und nein, sie wusste nicht, wo ihre Schwester war, wollte verschont werden von all den bohrenden Fragen. Nichts von alledem, was sie mir erzählt oder geschrieben hatte, war ausschließlich ihre eigene Erfindung, obwohl jeder zum selben Endergebnis kommen musste, wenn er nur die Augen aufmachte. Ein Kind war keine Reihennarzisse im Garten, sondern eine sich selbst verwirklichende Erdbeere aus dem wilden Wald. Oder ein struppiger Strauch. Oder wie auch immer. Und auch für die Geriatrie wurden Pflegerinnen gebraucht, und eine Hebamme war keinesfalls besser als eine Altenpflegerin. Die Hippie-Tuulikki mit den wehenden Röcken hatte später als Finnland-Tuulikki aus ihrem Fragehorror einen Frageeifer entwickelt, der im Laufe der Zeit am Telefon zum Redeeifer wurde. Unbekannter Anrufer. Es war die natürliche Folge einer Übergangszeit, nach der ihr niemand mehr irgendwelche Fragen stellte, nicht nach dem Aufenthalt ihrer Schwester, nicht nach den kosmischen Prinzipien im Weltall und auch nicht nach den körperlichen Beschwerden alter Menschen. Vielleicht war eine Hebamme nicht besser oder wichtiger als eine Altenpflegerin. Aber attraktiver und begehrter war die Hebamme allemal. Das musste man anerkennen, wenn und falls man ehrlich sein wollte. Aber egal jetzt. Dennoch. Ich ging nach oben ins Bad, um die Lippen nachzuziehen.

Es war falsch gewesen, einen Stein nach der Taube zu werfen. Nun versuchte sie, ihre Flügel zu öffnen. Aber sie musste doch verstehen, dass es früher oder später so kommen würde, dass es die unausweichliche Folge war, wenn sie dauernd auf den Gartenweg kackte und gurrte, auf die zum Abkühlen hinausgestellten Speisenbehälter kackte und dazu quakte, obwohl sie kein Frosch war. Was machte sie überhaupt dort im Regen? Tauben flogen gar nicht bei Regen, sondern hockten in irgendwelchen Hohlräumen und warteten.

Ich überließ die Taube ihrem Schicksal, gezwungenermaßen. Für Frau Mutti hatte ich das wärmste Gästezimmer im Obergeschoss gewählt.

Ich lüftete ihr Bett, das Nachthemd rührte ich nicht an. Nichts hätte mich dazu bringen können, Frau Muttis Nylonnachthemd, eindeutig Kunstfaser, anzufassen, nur den losen Faden, der am Ausschnittsaum hing, zupfte ich ab. Ich zog auch in diesem Zimmer die Vorhänge zu. Die Zimmer der Gäste sollten für den Abend bereit sein. Wie im Hotel. Blumen, Seife, Schokolade, Mineralwasser, Äpfel. Fehlten nur noch die Wäscheliste und die Saunaöffnungszeiten. Die konnte ich leider nicht bieten. Ich legte viele Handtücher hin, und in die Toilette brachte ich zusätzliche Papierrollen. Das Papier war zu Ehren des Festes dick und rosa. Wie herrlich wäre es, im Hotel zu wohnen. Der Österreicher verstand nicht, wieso jemand gern in einem unpersönlichen Hotel wohnen wollte. Ich sagte: und Prawy? Marcel Prawy? Er wohnte im Hotel. Und ihn hast du sehr wohl respektiert.

Nachdem ich das Kopfkissen aufgeklopft und gelüftet hatte, war ich zufrieden. Ich ging nach unten und machte mich an Marie-Luisas Zimmer. Sie hatte unbedingt ihre Sachen kreuz und quer verstreuen müssen. Unter dem Kopfkissen lag ein Schokoriegel. Natürlich. Im ganzen Zimmer roch es nach Schweiß, mit einem Wort: nach Mensch. Vielleicht hätte ich ihr doch vor dem Essen eine Dusche gestatten sollen. Ihr Zimmer musste ich wahrscheinlich hinterher wochenlang lüften, und jetzt war kein Sommer! Im Fenster blitzte schon zum zweiten Mal eine Gestalt auf. Ein Gesicht? Ich wandte mich ab. Dort war nicht wirklich jemand. Trotzdem grauste mir davor, die Vorhänge zuzuziehen.

Der nächste Einsatzort. Elisabeths Gepäck war ungeöffnet. Auf dem Frisiertisch lagen nur das Tagebuch, das Telefon und das Schminktäschchen sowie die Geldbörse. Ich öffnete Elisabeths Börse, wollte wissen, ob sie dort ein Foto von ihrem Freund hätte. Ich schnupperte an ihren Sachen, denn das Recht hatte ich: zu wissen, ob so ein Teenie womöglich nachts heimlich in meinem Haus rauchte. Das Tagebuch würde ich nicht anrühren und tat es auch nicht. In der Haarbürste waren viele Haare. Elisabeth war nicht sehr reinlich. In ihrem Zimmer stank es dennoch nicht, es duftete. Fruchtig. Ich setzte mich auf ihr Bett.

Ich würde dennoch lieber in einem Mehrfamilienhaus als im Hotel oder in einem Eigenheim wohnen. Frau Mutti hatte recht. Solch großes Haus war nichts für mich. Ich hatte anderes zu tun als Mauerrisse zu suchen und Dachziegel zu reparieren, mit Baufirmen zu telefonieren und Gärtner durchzufüttern. In einem Mehrfamilienhaus würde ich einfach nur am Fenster stehen. Wie moderne Kunst im Rahmen. Dann, wenn die Wohnung geputzt wäre. Die Sauberkeit würde viele Tage lang anhalten. Die Zimmer wären kühl und ein wenig dunkel, immer. Dort würde ich mit einem Baby im Arm aus dem Fenster schauen und darauf warten, dass mein Mann nach Hause kommt. Hinein und hinter die Samtvorhänge. Ich würde spaßeshalber ein wenig über mein eigenes Unglück weinen, vielleicht würde ich mir eine Krankheit gönnen, falls mir das als gute Alternative erschiene, ich würde mich trösten, indem ich Schokolade und Krabben aß, und Not sähe wahrlich anders aus.

Der Österreicher rief mich zu sich ins Wohnzimmer. Wo blieb ich eigentlich, wohin hatte ich mich verirrt, ich hatte doch gesagt, dass ich nur neues Preiselbeerkompott holen wollte. Verirrt? Ich hatte mich nicht verirrt. In meinem eigenen Heim, ich bitte dich. Aber der Österreicher meinte natürlich etwas ganz anderes als das, was er sagte. Aus seiner Stimme klang die von ihm so geliebte »Sehnsucht«. Dennoch hatte ich mich nirgendwohin »verirrt«. Ich musste lachen. Ich hatte alles so ernst genommen. Es gab überhaupt keinen Grund, beleidigt zu sein oder Angst zu haben. Meine eigenen Augen hatten vorhin in der Fensterscheibe geglänzt und mir einen Schrecken eingejagt. Für einen Moment war ich wie vom Teufel besessen gewesen. Oder zumindest von ihm gejagt und gepeitscht. So wie in den alten Märchen, in die man so leicht eintauchen, sich fallen lassen konnte, all die schrecklichen Menschenschicksale glauben und das Aufschneiden der Wölfe ernst nehmen. *Höpöhöpö*, papperlapapp, würde der Österreicher sagen, würde meinen Kopf streicheln, oben am Scheitel beginnend bis nach unten in den Nacken. Immer wieder und wieder. Ich wäre ein Pferd. Oder andersherum. Ich säße auf seinen Knien. *Höpöhöpö.* Ich steckte Elisabeths Sachen wieder in die Börse und legte die gereinigte Haarbürste auf den Frisiertisch, in dieselbe Stellung, in der ich sie vorgefunden hatte. Die Haare steckte ich in meine Tasche. Als ich mich umdrehte, stieß ich beinah mit einem dunklen und drohenden Wesen zusammen. Ich wich rasch aus und ging in Angriffsstellung.

»Was machst du denn da?«, fragte ich.

»Ich habe ein Pflaster gebracht. Du hast dir mit der Bürste den Finger verletzt. So wie Franz es vorhin mit dem Messer getan hat. Ihr passt gut zusammen«, sagte Elisabeth.

Sie hatte mich in ihrem Zimmer aufgespürt und lachte. Endlich entblößte sie ihre herrlichen weißen Zähne, und ich umarmte sie. Da hörte sie auf zu lachen und machte sich los. Ich nahm ihr Gesicht in meine Hände und küsste es. Ich hatte gleich von Beginn des Besuches an wissen wollen, wie sich ihre Haut unter meinen Lippen anfühlen würde. Jetzt wusste ich es, und die Erkenntnis war keine Enttäuschung, im Gegenteil.

Ich kehrte ins Wohnzimmer zurück, und mich erwartete ein vertrauter Anblick. Die Kerzen waren halb heruntergebrannt. Messer und Gabeln klapperten bereits langsamer auf den Tellern. Sobald auch Marie-Luisa satt wäre, hätte die Mahlzeit ihren Höhepunkt überschritten. Bis dahin würde es wohl noch eine Weile dauern. Baseballschläger, Pfefferspray, Handys. Ich würde uns alle zum Schutz in den Keller bringen. Alle müssten sich still verhalten. Man forderte mich auf zu schweigen. Im Garten war niemand. Punkt. Warum sollte denn jemand bei diesem Wetter im Garten herumschleichen?

Niemand außer mir glaubte Elisabeth. Natürlich war es dem Mädchen ernst. Ihr war es ernst mit allem was sie tat. Man hatte es bereits daran erkennen können, wie sie dem Österreicher ihre Wange hinhielt, um sich küssen zu lassen.

Halb fünf. Nicht mehr vier und noch nicht fünf. Noch nicht Abend, aber auch nicht mehr richtig Tag. Ich schüttete den Tauben Körner in eine kleine Metallschale und stellte sie unters Vordach, dorthin, wo die Terrasse endete und das Narzissenbeet begann. Nehmt euch, dann kann man euch in Ruhe lassen. Übertreibt es aber nicht. Es gibt hier klare Grenzen. Die Narzissen waren bis zum Sommerbeginn stets tot. Sie standen und winkten nur ein paar Wochen. Wenn sie mit ihrem Winken begannen, war es, als ob es nie enden würde. Man muss hinschauen, liebe Leute, unbedingt, das hält nicht ewig an! Ein schrecklicher Gedanke, dass die Narzissen winkten, und niemand schaute hin. Eine schreckliche

Vorstellung von Narzissen, die allein und ohne jedwedes Publikum dastanden und winkten. So viel Liebe auf dieser Welt und keine Ahnung, wohin damit.

Ich floh aus dem Regen rasch wieder ins Haus, schüttelte die Steine von der Flurmatte vor die Tür. Frau Berger hatte ich nicht gesehen. Was mochte sie treiben? Schmollte sie? Wenn ich Frau Berger wäre, würde ich wahrscheinlich schmollen, würde eine Entschädigung verlangen. Wenn mich Sigrid zum Beispiel fragte, ob sie mir Brot mitbringen sollte, ich dankend annahm und sie es dann vergaß, hasste ich sie viel mehr, als wenn sie es gar nicht erst angeboten hätte. Ich hatte ja nichts verlangt, aber wenn sie sich doch selbst erbot, war es wirklich billig, wenn sie dann nur die Achseln zuckte nach dem Motto »ich bin nicht für dein Essen verantwortlich, mach mir keinen Vorwurf«. Aber das tat ich, ihr warf ich ihre Unzuverlässigkeit und mir meine Dummheit vor.

Nach den Narzissen würden die Rosen blühen, so war die Abfolge. Allerdings konnte man bei den Rosen nie wirklich sicher sein. Man begoss sie und düngte sie, und trotzdem wusste man nie.

»Ich möchte frei sein. Solltet ihr anerkennen, dass dies echt ungarisch war, möchte ich nie wieder irgendeinen Vorwurf hören«, sagte Frau Mutti, nachdem sie uns wahrhaftig einen echten ungarischen Volkstanz vorgeführt hatte. Welche Freude, welche Farbe, welch Glanz und Rhythmus. Dann ließ sich Frau Mutti wieder auf ihren Stuhl sinken. Sie sagte, als sie wieder ruhig atmen konnte: »So, bitte sehr. Was man sät, das erntet man, also kein Grund zur Beunruhigung. Nehmt euch ein Beispiel.«

Ich hatte Stechen in der Hüfte und merkte, dass ich an meinen Nägeln kaute. Meine Finger waren ständig im Mund, obwohl ich mir fest vorgenommen hatte, nie wieder daran zu kauen. Die Gäste mussten mit ihrem Gezänk aufhören. Ich zog den Österreicher am Hemd und sagte, er solle sich ein nettes Gesprächsthema einfallen lassen, weil ich das Essen nicht gekocht hatte, damit sich dann alle den ganzen Tag stritten.

Der Österreicher sagte, dass ich absolut recht hatte, dass ich aber die Hänseleien seiner Familie nicht persönlich nehmen solle. Es sei eine Kulturfrage, sei normal. Alles sei gut. So verhalte man sich nun mal in seiner Familie. Ihre Art, sich gegenseitig zu achten, war also, dies nicht zu zeigen. War es so? Sie spielten Billard und trafen über die Bande das Ziel, nicht etwa direkt. Der Österreicher hatte das Fenster geöffnet, damit mein Kopf frische Luft bekam. So sagte er. Er sorgte sich um meinen Kopf. In dem Falle, sagte ich, hätte ich gern einen Blumenkranz, aber er bat mich, einfach still zu sein. Auch die anderen wollten erzählen, und ich sollte auch mal bereit sein zuzuhören. Kindchen, sagte er, auch die anderen entwickeln manchmal gedankliche Assoziationen, und sie unterbrechen die anderen trotzdem nicht laufend. Jeder deiner Sätze beginnt mit dem Wort »ich«.

»Nun schau doch nicht so«, sagte er dann. »Es ist ja nichts Schlimmes passiert. Ich habe das nur gesagt.« Er lachte und küsste mich wieder auf die Wange. Ganz als hätte nicht Elisabeth, sondern ich Geburtstag. Was gewissermaßen auch zutraf. Im weitesten Sinne war es auch mein Festtag, obwohl selbst das vermutlich kaum jemanden interessierte. Namenstag. Gerade heute war mein Namenstag. Nach meinem zweiten Vornamen. Der Österreicher hatte es nur vergessen. Finnland-Tuulikki hatte ihm ziemlich viele Hinweise gegeben, die ihm helfen sollten, daran zu denken, dass auch Menschen wie ich Namenstage und Geburtstage hatten.

Elisabeth ritt auf ihren Thesen herum und sagte, dass niemand mutigen Menschen Arbeit gibt und dass es nicht mehr lange dauern wird, bis die Gewerkschaften aufgelöst werden. Typisch Teenager, würde Sigrid dazu sagen, und sie hätte recht. Die Gäste ödeten mich an.

Ich stieg die Treppe ins Obergeschoss hoch, im Vorbeigehen löschte ich das Licht in Frau Muttis wie auch in Elisabeths Zimmer. Dauernd musste man hinter den Gästen Lampen ausschalten und Müll in den Mülleimer werfen. Wie kamen sie nur bei sich zu Hause zurecht, wo sie niemanden hatten, der diese Dienstbotenaufgaben erledigte? Da saßen sie dann und jammerten über die Höhe ihrer Stromrechnung und beklagten, dass es auf der Welt immer schlimmer zuging. »Die Leute kennen kein Bitte und kein Danke mehr!« klagten, keiften, kreischten sie.

Ich setzte mich an den Schreibtisch und sah den Haufen von Gratiszeitungen durch. Der Haufen wurde von Tag zu Tag größer, obwohl ich ihn täglich länger durchsah. Außerdem hatte Frau Berger den Einfall gehabt, ein Rentnerangebot zu nutzen und sich eine Tageszeitung bestellt, die ihre Stimmung trübte. Und dann hatte sie den Einfall gehabt, die Zeitung täglich nach der Lektüre zu uns rüberzubringen. Ich ertrank in dieser Zeitungsflut. Ich hatte auf Frau Berger eingeredet, dass es nicht vernünftig war. Dass sie aufhören sollte Zeitungen zu lesen, weil sie davon nur schlechte Laune bekam. Aber sie war nicht bereit, darauf zu verzichten. Niemand schmollte so gern wie Frau Berger. Oder bestellte Produkte per Telefon und war dann enttäuscht, wenn sie ihr endlich ins Haus, in den Flur gebracht oder getragen und auf der Matte zu ihren Füßen abgelegt wurden wie ein Blumenkranz vor einer Gedenksäule. Frau Berger schmollte, und deshalb hätte sie in Wahrheit überhaupt keine Zukunft in England, hatte sie nie gehabt, denn in England mussten die Menschen freundlich sein. Wenigstens höflich. Frau Berger hätte nie die Chance gehabt, länger als drei Wochen in England zurechtzukommen. Schauspielerin hin oder her. Kein Österreicher hätte die Chance. Ein Finne vermutlich eher. Genau wie die Engländer und wie Frau Berger liebte jeder, der in Finnland geboren war, Polizisten, liebte und fürchtete sie zugleich. Das war in Finnland oft, eigentlich immer, ein und dasselbe. Was geliebt wurde, wurde auch gefürchtet. Wenn nicht sonst, dann zumindest sein Ende, wie etwa beim Sommer. In Österreich wiederum mochten die Leute Gesetze absolut nicht. Hier war es vollkommen überflüssig, eine positive Meinung zu Gesetzen oder der Polizei überhaupt nur zu äußern. Jeder Polizist musste Diplomat sein, wenn er auch nur eine der Aufgaben, die sein Beruf vorsah, erledigen wollte. Die Diplomatie gehörte zur Ausbildung der Polizisten. Zu den inoffiziellen Seiten der Ausbildung, die, wie man gut wusste, die hauptsächliche Seite jeder Ausbildung waren. Die Polizisten waren in Österreich vermutlich die mitfühlendste und sanfteste und bravste Menschengruppe. Wünschte man sich, dass einem der Kopf getätschelt wurde, musste man nur einen Polizisten finden. Den Österreichern musste stets das Gefühl vermittelt werden, dass nicht etwa die Gesetze über ihnen, sondern dass letztlich sie, die Menschen, immer über dem Gesetz standen. Es war nicht einmal möglich gewesen, irgendeinen Österreicher jemals ohne seine eigene Einwilligung zu verhaften, ohne, dass er schließlich darum selbst bat. Wenn der Österreicher also dann eines Tages stirbt, wird sein letztes Wort vermutlich doch nicht »Mutter« sein, sondern »nein«.

Maximus lag reglos unter dem Tisch und genoss es, dass ihn ständig jemand trat. Jetzt war die Reihe an Marie-Luisa. Sie sagte:

»Ich verstehe nicht, was ihr meint, wenn ihr dauernd von gesetzlosen Menschen sprecht. Das Gesetz betrifft von Rechts wegen alle, ungeachtet des Alters, des Geschlechts und der Hautfarbe. Niemand kann außerhalb des Gesetzes stehen.«

Marie-Luisa war wie ein Haufen Klebeband. Oder Kaugummi. Im Haar klebendes Kaugummi. Ihre Art, wie sie eine Sache aufgriff, um sich Klarheit darüber zu verschaffen. Noch amüsanter war, dass es dabei stets um Fragen ging, die ohnehin schon so klar waren, dass Diskussionen darüber höchstens dazu führen konnte, sie zu verwirren. Marie-Luisa bewegte sich auf ihrem Stuhl. Ich musste bei ihrem Anblick an einen dicken, schwarzen Albatross denken. Das behielt ich aber für mich. Jetzt wurde mit vereinten Kräften auf Elisabeth eingeredet und ihr erklärt, dass man sich hüten müsse, irgendwelche Ausländer wie Katzenjunge zu füttern, sie kämen dann immer wieder.

»Wer hat von Ausländern geredet?«, fragte Elisabeth.

Sie war »beleidigt« und »bestürzt« und sagte, dass sie nie mehr wieder etwas essen wolle.

»Sind sie Flüchtlinge? Richtige Flüchtlinge? Das ist etwas anderes«, sagte Marie-Luisa.

»Flüchtlinge sind immer etwas anderes«, sagte der Österreicher.

»Ich finde, die beiden haben recht«, sagte Marie-Luisa zu ihrer Mutter.

Frau Mutti schnaubte nur. Nun ja, vielleicht ist es denn so. Trotzdem glaubte sie nicht, dass im Garten irgendjemand war und auf Essen lauerte.

Ob diese Sache mit dem Garten vielleicht etwas mit dem morgendlichen Gekreisch zu tun hatte, wollte der Österreicher wissen, und ich berichtete ihm alles, was mir von dem Kreischen bekannt war, trug sämtliche diesbezüglichen Informationen und Zweifel zusammen.

»Huch, schrecklich, schauderhaft«, mit diesen Worten quittierte Marie-Luisa den Bericht. »Warum wohnt ihr ausgerechnet hier? Kann man es hier überhaupt wagen rauszugehen?«

»Wohin wolltest du denn gehen?«, fragte ihre Mutter, und fuhr fort:

»Als die Russen kamen, musste man sich reglos auf den Boden legen. So.« Sie hielt mit den Augen die Zeit an und zeigte mit dem Finger auf

Maximus. »Genau so, wie Maximus da liegt, still und reglos von einer Minute zur anderen. Das war eine hässliche Zeit damals«, flüsterte sie, legte den Finger auf die Lippen, öffnete ihre schwarzen Augen wie zwei Fenster und verzog den Mund.

Der Österreicher hielt es nicht länger aus. »Elisabeth hat recht«, sagte er, »Zunächst müssen die Menschen und dann erst die Tiere gefüttert werden. Die Wohlhabenden können denen etwas abgeben, die weniger besitzen. Alle hören sofort auf zu essen, und dann gehen wir in den Garten! Die Teller gegriffen und marsch.«

»Aber wir haben ja hier schon eine Ausländerin!«, sagte Frau Mutti.

Und Marie-Luisa sagte nein, haben wir nicht.

»Was ist sie dann? Eine Österreicherin ist sie auch nicht. Immer werde ich unterbrochen…« Frau Mutti bekundete ihre Unzufriedenheit, indem sie die Stirn runzelte, den Kopf schüttelte und die Augen rollte.

»Und was ist verkehrt an den Wohlhabenden? Sie bescheren den Gemeinden viele Steuereinnahmen. Alle haben ihre Aufgabe. Wo sollte es hinführen, wenn jeder Arbeiter wäre? Die Bienenvölker beweisen es. Außerdem müssen wir auch am Abend noch etwas essen.«

»Aah«, stöhnte Marie-Luisa. »Sei so lieb und sprich nicht vom Essen.«

Der Österreicher wedelte, während er abräumte, so viel mit der Hand herum, dass der Ärmel seines Leinenjacketts immer wieder Gefahr lief, in die Speisereste auf den Tellern zu tauchen, aber über den Tisch hinweg würde ich jetzt natürlich nichts sagen. Außerdem pflegte er über solche Bemerkungen wütend zu werden, obwohl ich nur sein Bestes wollte. Er würde mich böse anschielen und etwa sagen: Du hast auch deine Fehler, oder: Du riechst dafür aus dem Mund, oder, wenn er richtig beleidigt wäre: Du hast immer noch nicht die Artikel im Deutschen richtig gelernt. Der Österreicher hinderte mich daran, aufzustehen und Ordnung zu machen. Er sagte, dass er allein zurechtkomme. Dann stellte er jedoch die Teller wieder auf den Tisch, fasste mich um die Taille und zog mich an sich. Ich bat ihn, sich zu beruhigen. Falls er mich weiterhin so oft auf die Wange küssen würde, bräuchte ich bald eine Creme zur Verhinderung von Hautrötungen.

»Warum musst du immer zu viel essen, Marie-Luisa? Lernst du es denn nie?«, sagte Frau Mutti.

Und mich fragte sie:

»Spaß beiseite, und mal im Ernst. Darfst du hier überhaupt offiziell tätig sein, oder sind wir jetzt deine Komplizen? Gehört Finnland zur EU?« Ich vermied es, in den Badezimmerspiegel zu sehen. Man hatte mich mit einem Auftrag losgeschickt, und zwei Reihen verschiedenfarbiger Handtücher begrüßten mich beim Öffnen der Schranktür wie fröhliche Regenbogen. Ich wählte eines von der kleineren Sorte, ein blaugeblümtes, befeuchtete es und drückte es dann kräftig aus. Das blaugeblümte Handtuch hatte bisher alle Gäste erfreut, die gesunden wie auch die kranken. Marie-Luisas Beutel entnahm ich ihren Anweisungen entsprechend die Medikamente. Da waren so viele Dosen, dass ich mich mehrmals vergewisserte, ob ich die richtige geöffnet hatte. Aus einem dunkelbraunen kleinen Glas rollten zwei glänzend weiße Tabletten in die sichere Rinne in meiner hohlen Hand. Dort würden sie bleiben, wie in einem für Pillen eingerichteten Nest. In der Küche kam zum Behandlungspaket noch ein Glas klares Wasser hinzu, woraufhin alle Artikel ihren Weg zum Wohnzimmersofa nahmen. Dort hatte die Patientin nun also beschlossen zu liegen und zu ächzen.

Elisabeth hielt ihre Hand, drückte sie und rieb die Gelenke, versuchte ihrer Mutter irgendwie Linderung in ihrem Unwohlsein zu verschaffen. Es war nicht das erste – und vermutlich auch nicht das letzte Mal. Maximus schlief zu Elisabeths Füßen, und Frau Mutti saß unbeteiligt da. Ich zog Marie-Luisa die Strümpfe aus, weil sie in ihrer halb liegenden Stellung nicht selbst hinlangen konnte. Ohne die Strümpfe schwitzte sie weniger, wie sie sagte. Das Handtuch bedeckte faltenfrei ihre ganze Stirn.

Elisabeth hielt offenbar ihren Moment für gekommen, denn sie führte eine Eilabstimmung über vegetarische Ernährung durch. Keiner von uns wollte Vegetarier werden.

»Ihr wollt keine Tiere töten, nicht mal an Tiere denken, aber Vegetarier zu werden ist euch ebenso zuwider. Ihr wollt alles«, schimpfte, zankte, quengelte sie.

»Ja, das wollen wir«, sagte Marie-Luisa.

Dann sagte sie: »Ooh…«

Marie-Luisa sagte, sie wisse sehr wohl, dass sie dick sei. Sie hielt sich den schmerzenden Bauch, tätschelte ihn. Sie war dick, und sie bekam zu hören, dass sie abnehmen könnte, wenn sie nur wollte. Alle sagten immer zu ihr: Wenn man es nur will, dann klappt es.

Ich versuchte, meine Augen auf etwas anderes zu richten, aber es war schwierig, da nun Marie-Luisas Umfang so offen zur Sprache gebracht worden war. Marie-Luisa anzusehen war anstrengend. Von ihr war so viel da, dass es ermüdete, all das zu betrachten, zu überlegen, wie man die Masse verkleinern könnte. Man müsste Marie-Luisa irgendwo einschließen, ihre Fresslust austricksen. Ehe sie tötete. Die Gier tötet, wahr und wahrhaftig. Marie-Luisas Körper gewann alle Kämpfe. Ohne dass sie selbst oder ein anderer etwas dagegen tun konnte. Das verlangte Nahrung, mehr Nahrung. Marie-Luisa zu verkleinern, war ohne Zwang und Gewalt eine völlig unmögliche Aufgabe.

Die Familie des Österreichers diskutierte über vegetarische Ernährung und Bionahrung und beider Einfluss aufs Abnehmen.

Ich schloss für einen Moment die Augen und versuchte so zu tun, als gäbe es mich gar nicht. Versuchte all die Worte über Fett oder Töten oder Konzentrationslager oder andere schreckliche Dinge zu überhören, die offenbar aus Sicht der Familie der einzig lohnende Themenkreis waren. Frau Berger tat recht daran, ihre Freizeit allein zu genießen. Nicht alle Leute wollten Kinder. Sie mussten es auch nicht. Kinder waren keine besseren Menschen. Warum sollten sie auch? Warum sollte jemand besser sein, nur weil er kleiner und neuer ist? Idiotisch. Aber so war die Welt. Es genügte sogar, sich nur in die Kette der Kleinen und Neuen einzureihen. Auf dieser Grundlage war der Händler für Kinderbekleidung etwas Besseres als jener für Gesundheitsschuhe. Einen Händler für Kinderwindeln verstand man noch einigermaßen. Einen Händler für Erwachsenenwindeln hingegen bemitleidete man. Logisch war das nicht. Dafür aber die Wahrheit. Und richtig. Marie-Luisa hatte ihr Bestes getan. Marie-Luisa, dieser Haufen Mensch, bei dem man kaum einzelne Teile unterscheiden konnte, hatte es versucht. Ich habe Kurse besucht, sagte sie. Ich bin ihrer müde. Sie wollte, dass die anderen ihr versicherten, sie habe ihr Bestes getan.

»Du hast recht, meine Tochter. Wir alle wissen, dass du stets dein Bestes versucht hast«, sagte Frau Mutti. »Da, mach weiter.« Sie gab ihrer Tochter den Teller zurück und seufzte. Eine unmögliche Aufgabe. Eine völlig unmögliche Aufgabe.

Wenn die Sonne unterging und der Abend dämmerte, klappten die Menschen automatisch die Kinnlade herunter und begannen zu gähnen. Das geschah in allen Ländern, jeden Tag. Unabhängig von der Nationalität, Hautfarbe oder Religion. Sogar die kultivierte Sigrid tat es, obwohl sie sonst sämtliche Körperregungen sorgsam vor den anderen verbarg. Sigrid schwitzte nie, sie errötete nicht einmal.

Wir hatten alle so lange geschwiegen, dass Frau Mutti eingenickt war. Ihre Pelzkappe war verrutscht, ihr Kopf nach rechts gekippt. Auch ich hatte mehrfach versucht, im Sessel sitzend zu schlafen. Es hatte nicht geklappt. Wie machte Frau Mutti das? War ihr Nacken nicht zum Zerreißen gespannt? Ich würde mir Nadel und Faden holen und, während ich hier saß, Hemden des Österreichers ausbessern, bei denen immer Knöpfe fehlten oder der Kragen einriss.

»Marie-Luisa, du hast bestimmt irgendwo eine zweite Torte?«, sagte Franz. Er war auf Süßes versessen, der Österreicher. Auch ich würde backen, wenn er den Wunsch äußern würde. Er brauchte nur eine Andeutung zu machen, und ich würde ihm notfalls jeden Tag eine Torte fabrizieren. Torte mit vielen Schichten und mit Sahne, Schokolade oder was immer er gern hätte, meinetwegen auch Salzgurken oder Kartoffelchips. Solange man mich nicht zwingen würde, etwas so Unnützes zu essen. Mir wäre ein Salat lieber. Ich mochte eigentlich alles, was grün war. Auch Kohl, Rucola, Spinat. Gelbes ging ebenfalls. Wie etwa Paprika. Maggikraut. Kann man Maggikraut einfrieren, oder schadet ihm das? Und hatte der Österreicher den verschwundenen Mais aufgegessen? Ich könnte ja ganz aufs Kochen verzichten, wenn er lieber im kalten Keller hockte und heimlich Mais aß. Ein einziges Wort würde genügen. Ich war nicht dumm und auch nicht taub. Die Torte Nummer zwei war im Anmarsch, aber nicht sofort. Wenn der Mensch nicht im Alter von drei Jahren zu warten lernt, dann lernt er es nie. Frau Mutti döste vor sich hin. Es war nicht übermäßig schwer, Kinder zu erziehen oder eine bestimmte Menge Zucker und Eier miteinander zu vermischen.

Marie-Luisa versuchte sich ein weiteres Stück Knödel zu angeln, ohne mit dem Besteck zu klappern. Es schien, als könnte sie nicht aufhören zu essen, solange noch etwas da war, egal was. Je mehr vom Abnehmen die Rede gewesen war, desto gieriger musste sie essen. Jedenfalls konnte man ihr nicht nachsagen, dass sie klein beigab. Gegen was kämpfte sie eigentlich? Sammelte sie auf diese Weise Geld für irgendeinen wohltätigen Zweck? Gleichsam mit einem umgekehrten Hungerstreik? Oder wollte sie uns beweisen, dass der Mensch platzen kann?

Das Messer rutschte mehr als einmal aus, und als Frau Mutti im Schlaf tadelnd brummte, wurde Marie-Luisa nervös. Der Österreicher hatte sich als Kind stets für seine Schwester eingesetzt, so auch jetzt. Er sah sie an, und sie erwiderte seinen Blick mit Augen, die Maximus hätten gehören können. Es stimmte, dass Frauchen und ihre Hunde einander stark ähnelten. Da habt ihr ein Naturgesetz, verehrte Vertreter der Menschheit, denn mir wollt ihr ja nicht glauben. Marie-Luisa warf flehende Blicke. Sie machte mir Angst. Marie-Luisa war immer noch hungrig, Marie-Luisa war ständig hungrig, und der Österreicher stellte sich zwischen seine Mutter und seine Schwester, gab stimmliche Rückendeckung, damit sie essen konnte. Schließlich legte sie das Besteck auf den Teller und nahm die Finger zu Hilfe. So ging es besser, es war schneller und sauberer.

Wie kann ein so großer Mensch bloß dermaßen schnell und sauber essen, nagen? Der Körper eines Elefanten und der Kopf eines Eichhörnchens. Widersprach das nicht schon wieder den Naturgesetzen?

Die Kerzen gaben nicht mehr genug Licht, aber der Österreicher wollte die schummerige Beleuchtung beibehalten, damit seine Mutter nicht gestört würde. Das war absurd. Welchen Sinn machte es, in einem dunklen Zimmer zu sitzen, ohne dass einer den anderen sah. Ein Kreis von Höhlenmenschen. Elisabeth gab Maximus heimlich, wie sie glaubte, ein Stück Fleisch. Aber ganz wie ein im Dunkeln lauerndes Tier wurde Frau Mutti gerade davon wach, von dem Schnappgeräusch, das der Hund machte.

Frau Mutti rülpste in ihre Serviette und rückte ihren Sessel zurück, damit sie ihre kurzen Waden ausstrecken konnte. Sie hatte wohl etwas Angenehmes geträumt, aus der Art zu schließen, wie sie sich die Knie rieb, dann stieß sie einen zufriedenen Seufzer aus.

»Das Essen war – ja es war, und zumindest gab es genug«, sie lachte in meine Richtung.

Sie führte die Serviette an die Augenwinkel. Die orange Farbe des Tuches passte gut zu ihrem violetten Kleid.

»In unserer Familie gab es zum Schweinsbraten nie Knödel und auch kein Sauerkraut«, sagte sie. »Vati wünschte sich Kartoffelsalat, und den bekam er. Ach, er fehlt mir so sehr. Aber das dazu. Seht nur, wie gut es uns geht.«

Sie zeigte auf Marie-Luisa.

»Essen ist herrlich. Es ist herrlich, nie mehr Mangel leiden zu müssen. Heutzutage spricht man viel von Qualität anstelle der Quantität. Ich bin der festen Überzeugung, dass die Quantität über die Qualität geht. Und ich behaupte, dass alle ehrlichen Menschen mit mir einer Meinung sind.«

Dann fügte sie hinzu:

»Huh, das haben wir also auch hinter uns, wenngleich es nicht leicht war. Vielen Dank an alle. Ist denn jetzt noch weiteres Programm vorgesehen?« Sie stand auf, wollte sich »die Nase pudern«.

Mir wurde verboten, Ordnung zu schaffen, ich sollte alles so lassen, wie es war. Die Familie des Österreichers fand, dass ich zwischendurch geschont werden müsste. Lachend und gut gelaunt meinten die Damen, dass sie eine Weile bleiben und dass meine Kräfte noch gebraucht würden. Ich war für sie gleichsam zu einem Strumpf geworden. Oder zu einem Schlittschuh. Die Bänder wurden fest geschnürt, aber nicht zu fest, damit der Schuh nicht scheuerte und auch nicht schlappte, sondern gut saß.

Wie auf gemeinsame Verabredung standen die Gäste auf und wanderten herum. Man hätte sie anschirren oder anpflocken müssen. Sie waren wie Kinder, die gerade laufen gelernt hatten und vor denen nichts sicher war. Sie fassten alles an, räumten Schubladen aus, steckten ihre Finger in dies und jenes. Wie im Kindergarten. Sie gingen von Zimmer zu Zimmer, und davon gab es etliche. Eine blätterte in einem Reiseführer von Venedig, den sie im Bücherregal gefunden hatte, eine andere hatte im Flurschrank Gesellschaftsspiele entdeckt und sah sie durch, dann wieder spielten zwei von ihnen ein rasend schnelles Kartenspiel, das ich nie begriffen hatte. Dabei wurden Punkte gezählt, rote und grüne Perlen, und mit dem Trumpf wurden wahnsinnig rasch Karten gesammelt (sieh doch mal, das geht ganz leicht!). Eine wusch sich im Bad lange die Hände, eine andere ordnete in ihrem Zimmer ihre Sachen (vielleicht suchte sie etwas), dann wurden die heruntergebrannten Kerzen durch neue ersetzt, Geschirr hin und her geräumt, kalte Speisen probiert, Getränke aus dem Keller geholt, die Flaschen geöffnet und die leeren durch neue ersetzt. Ich wurde um ein Bügeleisen, um weitere saubere Wäsche und um den Stadtplan von Wien gebeten. Mehr als einmal ging ich zum Österreicher, schlug ihm vor, wenigstens sein bekleckertes Hemd gegen ein sauberes auszuwechseln. Er war nicht dazu bereit. Ich brachte ihm einen Zahnstocher. Den wollte er auch nicht. Er hatte sich im Wohnzimmer auf den Fußboden gesetzt, in der Hand die Bedienungsanleitung für seine neue Musikanlage.

»Aber falls du dich langweilst, könntest du von irgendwo mehr Licht holen. Ich bräuchte eine ordentliche Lampe, damit ich richtig sehen kann«, sagte er, während er die kleinen Buchstaben zu entziffern versuchte, wobei er den Zeigefinger als Lineal benutzte. Die neue Anlage bot dem Vernehmen nach erstaunlich viele Möglichkeiten.

Marie-Luisa saß neben ihrem Bruder und hörte sich aufmerksam alles an, was er sagte, aber begriff sie etwas davon? Ich holte eine Taschenlampe. Der Österreicher bat mich, sie für ihn in der richtigen Stellung zu halten, aber als meine Hand ermüdete, sagte er, ich solle mir jetzt selbst eine Beschäftigung suchen, ebenso könnte ich durchaus auch eine Weile gar nichts machen, das würde mir niemand verübeln, schließlich hatte ich den ganzen Tag herumgewirtschaftet. Wenn ich wollte, könnte ich auch einen Spaziergang machen, meinte er. Na großartig. So als könnte ich mitten in einem Fest, das ich selbst veranstaltete, weggehen und die Gäste sich selbst überlassen.

Und schließlich sagte er, ich solle aufhören, vom heutigen Feiertag dauernd so zu reden, als wäre *Allerheiligen* dasselbe wie *Allerseelen.*

»Das ist so peinlich«, flüsterte er mir zu. »Glaub mir, auch wenn du es vielleicht nicht verstehst.«

Hier war es nun aber, sicher verwahrt unter meinem Arm, das Fotoalbum, das ich holen wollte, um es den anderen zu zeigen. Ich hatte Finnland bisher nur mangelhaft vorgestellt. Ich würde es erneut tun. Ruhig, am Tisch und bei ordentlicher Beleuchtung. Niemand brauchte sich meinetwegen die Augen zu verderben. Ich würde die Sache jetzt besser machen, und zwar so, dass die Botschaft ankäme. Mit Fotos. Ich würde den Hafen von Helsinki beschreiben und erzählen, dass man von dort stündlich nach Tallinn und mehrmals täglich nach Stockholm gelangte, und dass man im Januar des Läusewinters 1987 wegen des dicken Eises nirgendwohin gelangt war, nur mit dem Bus nach Suomenlinna. Schaut alle her. Und die Eisbrecher waren in Finnland keine Museumsgegenstände, noch jedenfalls nicht, sondern Arbeitsgeräte. Ich würde von der Abiturprüfung erzählen, die an allen Schulen gleich war, und vom Kalevala, obwohl ich an dieser Stelle stets sagte, schaut selbst im Internet nach. Ich sagte, dass man den Satz »Sie kommt nach Hause« eigentlich nicht ins Finnische übersetzen kann. Ich würde von den evangelisch-lutherischen Pastorinnen erzählen und von der zahnmedizinischen Betreuung in Finnland, denn die ist so außerordentlich, dass, als ich in Wien zur Untersuchung ging, die Sprechstundenhilfe sämtliche Zahnärzte und anderen Sprechstundenhilfen aus den Nachbarräumen holte, damit sie meine sauberen, eigenen, finnischen, heilen Zähne bewundern sollten, und sie kamen, ließen ihre Patienten verwundert und mit offenem Mund sitzen und erschienen, um sich selbst mit offenem Mund zu wundern. Ist es in Finnland wirklich so?, fragten sie staunend, und ich nickte mit großen, langsamen Bewegungen, ja, ganz sicher. In Finnland ist es wirklich so. Und ich habe mein Heimatland nie so geliebt wie in diesem Moment. Wie viel war dort doch in mich investiert worden. Schon als Kind hatte ich bestimmt mehr Rinderfilet geschluckt als die gesamte erwachsene Bevölkerung im Durchschnitt. Meine Zähne waren gepflegt, mein Blut gestärkt, meine Gesundheit überwacht worden mit den vereinten Kräften einer Krankenschwester und eines Arztes im Gesundheitszentrum. Sie hatten mich auch dann noch ernst genommen, als ich mich bereits für meine ständigen Terminreservierungen schämte. Ärzte mochte ich. Noch mehr als Polizisten. Ärzte hatten mehr Fragen, und das Allerbeste: Schweigepflicht. Ärzten konnte man jede beliebige Horrorgeschichte erzählen, oder eine solche nur andeuten, sie setzten sich einfach hin, hoffentlich erschüttert. Trugen Zentimeter und Kilogramm in ihre Bücher ein, da sie vor Erschütterung zu nichts anderem fähig waren. Ich und Finnland. Wir standen Hand in Hand auf der Bühne: Taru, Mika Häkkinen, Nokia, Janne Ahonen, Kalle Palander, Tanja Poutiainen, Värttinä, Tarja Halonen und die Gebrüder Kaurismäki. Wir ernteten gemeinsam Ruhm und Ehre, man applaudierte uns, forderte Encore.

Wartet kurz, hatte ich gesagt, ich bin bald zurück, habe eine nette Überraschung für euch, und jetzt kam ich nicht die Treppe hinunter.

Ich schlug mir gegen den Fuß. Es half nicht. Ich klatschte mir auf die Wange. Das schien immerhin etwas besser zu funktionieren, eine Stufe gelang mir. Noch eine zweite. Aber dabei blieb es, mit den Schlägen wie auch mit den Stufen. Gute finnische Zeugnisse und starke Zähne, was konnte denn nun noch schief gehen? Ja, das war eine gute Frage. Die stellte unten auch der Österreicher.

Ich sah mich um und wog die Alternativen ab. Das ganze Obergeschoss wirkte irgendwie völlig einsam und leer, obwohl ich ja dort war. Im mittleren Fach des Kleiderschrankes lagen die Zutaten bereit, dass ich mir einen Joint drehen und in einer herrlichen Wolke schweben könnte – was ich niemandem verraten durfte. Was heißt dürfen, vielmehr bestand keine Notwendigkeit. Wozu auch? Die Sache war illegal in diesem Land, und hätte ich darüber mit jemandem (dem Österreicher? Sigrid? Frau Berger?) gesprochen, hätte ich denjenigen nur in eine heikle Situation gebracht. Das konnte ich nicht tun. Man musste die Verantwortung für sein eigenes Tun übernehmen. Manchmal stand der Mensch außerdem mit seinen Entscheidungen allein da, und das musste er aushalten. Zum Beispiel hatte der Österreicher nach dem Kauf des roten Kleides zu mir gesagt: Jetzt habe ich dir gezeigt, wie es ist, in guten und schönen Sachen herumzulaufen, und von nun an kannst du deine Kleidung allein besorgen. Seitdem hatte ich mir nichts wieder gekauft.

Ich räumte den Kleiderschrank aus. Ob mein Chiffontuch noch im Garten war? Könnte es sein? Vielleicht hing es an einem Strauch oder Ast. An solchen Stellen, an Vorsprüngen, blieben gerade hauchdünne Chiffontücher leicht hängen. Ich sah aus dem einen Fenster, dann aus dem anderen, entdeckte aber keine Spur von dem Tuch. Und rufen konnte ich wohl schlecht. Was würde es nützen? Das Chiffontuch war seiner Wege gegangen.

Ich stand vor dem offenen Fenster. Der Wecker auf dem Nachtschrank war stehen geblieben, ich müsste Batterien mit auf die Einkaufsliste setzen. Auf dem Nachtschrank stand auch ein Foto, das den Österreicher und mich während einer gemeinsamen Urlaubsreise auf Hawaii zeigte. Darauf trug der Österreicher ausnahmsweise keinen Anzug und auch sonst nichts Langweiliges oder Braunes, sondern ein buntes Hemd mit halblangen Ärmeln. Mein roter Badeanzug saß tatsächlich mal gut, war jedenfalls nicht zu groß! Der Österreicher prostete dem Fotografen zu und lachte. Er hatte den Arm um meine Taille geschlungen. Sein Hemd stand ihm überhaupt nicht. Er hatte es aus Gutmütigkeit einem fliegenden Händler abgekauft und sah sich zu allem Überfluss auch noch genötigt, es zu tragen. Manchmal war der Österreicher einfach zu weich. Einfach zu gutgläubig. Wie spät war es? Der Österreicher hielt mich für intelligent. Ich wertschätze dich, hatte er gesagt. Sagte er vom Foto her und hob sein Glas. Ja, du.

Erschreckend, dass Marie-Luisa ihre geliebte Ente so völlig vergessen hatte. Wenn Marie-Luisa hundert Jahre früher geboren worden wäre, könnten wir vielleicht auch von ihr als »Fallbeispiel Linda« oder als einen anderen entsprechenden »Fall« lesen. Früher wurde Menschen wie ihr gesagt: grabt in eurem Gedächtnis. Inzwischen hat man gemerkt, dass die Zeit nicht reicht, auf der Couch des Psychiaters zu liegen und zu grübeln. Heute sagte man zu den Menschen: richtet den Blick nach vorn, ins Morgen. Sitzt nicht auf dem Sofa und wundert euch, das ist das Schlimmste, was ihr tun könnt. So hieß es heute. Vor hundert Jahren: Tut auf keinen Fall etwas, ehe ihr nicht auf der Couch gelegen habt, und heute: Liegt auf keinen Fall auf der Couch herum!

Derart präpariert stand ich aufrecht da und sagte mir: Auf dem Konto sind genügend Ersparnisse. Zumindest in diesem Monat wird keiner von uns – trotz Inflation – vor Hunger oder Kälte sterben, und alles andere ist eigentlich unwichtig. Frau Mutti war eine törichte alte Frau, das war alles. Man musste sie jetzt einfach anderthalb Tage ertragen. Es war möglich. Alles war möglich. Ich nahm einen der vielen Steine auf, die auf dem Fensterbrett lagen. Er fühlte sich in der Hand ein bisschen kalt an. Konnte man's wissen, vielleicht enthielt er ja tatsächlich irgendwelche Kräfte, wie es manche Quacksalber behaupteten. Laut ihrer Aussage musste man die Steine in der Tasche bei sich tragen, man musste mit ihnen schlafen, fehlte bloß noch, dass man mit ihnen singen musste. Ich presste den Stein in der Hand, bis er warm geworden war. Dann hob ich ihn ins Lampenlicht und versuchte durch ihn hindurch zu sehen, ohne Erfolg. Es war kein Kristall. Was war es dann? Der Österreicher wusste es. Er hatte die Steine schließlich hergeschleppt. Er brachte oft Steine in seinem Rucksack mit. Seltsames Hobby. Natürlich waren sie keineswegs hässlich. Wenn sich nur außer mir gelegentlich auch ein anderer dazu durchringen könnte, sie zu entstauben. All der Schmutz, der sich zu Hause ansammelte, wenn man nicht ständig putzte, störte den Österreicher von Tag zu Tag weniger. Noch vor fünf Jahren war er ohne Brille ausgekommen. Auch das war eines seiner neuen Hobbys: zu Ärzten zu rennen. Es wäre interessant zu beobachten, wie weit der Österreicher seine Lebensumgebung verkommen ließe, wenn man nicht eingriff. Aber aus dem Experiment würde leider nichts werden, denn ich würde vorher verrückt werden. Ich betrachtete den Kleiderhaufen auf dem Fußboden, ein buntes Meer. Tatsächlich könnte ich gut früher aufstehen, wenn der Morgen später wäre. Das Aufstehen an sich war nicht das Problem. Ich mochte nur die Morgenstimmung nicht. Ich konnte sie nicht ertragen. Sie forderte. Die Stille schrie geradezu, sie kreischte aus den Sträuchern draußen vorm Haus. Die Sachen nach Farben zu sortieren, war vielleicht die beste Lösung. Das mittägliche Sonnenlicht hingegen lud ein wie zum bereits eröffneten Fest. Wer will der erste Gast sein? Niemand. Nicht mal der Österreicher, dieser leidenschaftliche Frühaufsteher, ertrug es, wenn wir irgendwo eingeladen waren und auf mein Betreiben hin als erste Gäste erschienen. Mich störte es nicht. Ich konnte so die Örtlichkeiten prüfen und meine Strategie wählen, brauchte dann keinen Augenblick lang zu überlegen, sondern wäre sofort zum Handeln bereit, wenn das Büffet eröffnet würde.

Die Tür des Kleiderschrankes war offen gewesen, als ich ins Zimmer kam. Wer hatte sich zuletzt hier drinnen aufgehalten? Ich selbst oder eine von Franzens Frauen? Sie würden natürlich gern in meinen Sachen stöbern, nachschauen, was ich alles im Schrank hatte. Meinen Schmuck hatte ich im Bad wieder eingesammelt, sodass sie natürlich hofften, stattdessen etwas aus meinem Kleiderschrank zu bekommen. Natürlich würden sie ihr Geschenk erhalten. Sie erhielten es immer. Ich begann, die Stücke nach Farben auf verschiedene Haufen zu sortieren: violette, schwarze, blaue – und andere. Vor der Verteilung der Geschenke könnte ich zu ihnen sagen: In meinem Kleiderschrank waren Kleider. Nichts weiter.

Zuerst wäre Schmutz da, dann käme die Inkubationszeit, und danach bräche die zehrende Krankheit aus. Unter diesem Aspekt betrachtet, war die Waschleidenschaft des Österreichers verständlich.

»Bist du schon fertig?«

Ich war fertig, kein Problem. Was würde jetzt auf mich zukommen? Welche Aufgaben? Welches Verhalten?

Der Österreicher lachte. Er klatschte mir auf den Hintern. »Eins A«, sagte er.

Dann zog er sich aus. Splitternackt. Er pfiff und zog sich aus. Das Pfeifen begleitete ihn ins Badezimmer und in die Duschkabine.

Ich sammelte seine Sachen vom Fußboden auf, damit sie nicht staubig wurden, legte sie auf den Wäschekorb und faltete sie sorgfältig und langsam zusammen. Ich folgte ihm. Durch die Wände der Duschkabine war sein begehrenswerter Körper zu sehen. Wenn man von dem gewölbten Bauch absah und davon, wie oft auch das schon zu einem Drama geworden war. Der Österreicher hatte inzwischen die Wassertemperatur nach seinem Geschmack geregelt und begann mit der Reinigungsprozedur.

Ich erneuerte den grünen Lidstrich, dann kamen Mascara und Lippenkonturen dran, alles ordentlich und sorgfältig. Die Anforderungen wuchsen ständig, wenn man sich nicht die Augen aus dem Kopf schämen oder wenn man sich überhaupt noch irgendwo sehen lassen wollte. Wenn ich mein Studium fortsetzen würde, brauchte ich nicht mehr ständig auf der Hut zu sein, sondern könnte gelassen reagieren, wenn mir etwa in Helsinkis Akademischer Buchhandlung Bekannte von früher begegneten, die inzwischen Politiker oder anderweitige Promis geworden waren. Sie kämen an mit ihren Kindern und Titeln und Auszeichnungen, würden auf den Putz hauen, und bei Fragen zu meiner Person könnte ich sagen, was soll ich machen, ich bin nun mal so neugierig und interessiert. Beiläufig könnte ich dann erwähnen, dass aus dem

Magister der Philosophie ein Doktor der Philosophie geworden ist und zufrieden sein, wie vermutlich jenes Mädchen, das im Superstarwettbewerb am Ende zwar nur den zweiten Platz belegte, das aber in all diesen Wettbewerbsjahren als einziger Kandidat Gold und Platin errang, sogar in den Nachbarländern, und sich darin bestätigt sah, dass die Zuschauer bei ihrer Abstimmung von Anfang an ungerecht gewesen waren und sich geirrt hatten.

Der Österreicher fand meine Idee ziemlich gut, bezeichnete sie als »förderlich« und für den Menschen »natürlich«.

Der Österreicher stand dampfend und wassertriefend in der offenen Duschkabine. Er sagte, dass er hoffe, eines Tages den Bauch loszuwerden, den er sich in den letzten Monaten zugelegt hatte. Er bewegte sich auf der Arbeit kaum und aß immer zu viel. Er würde also nach diesem Fest die abendliche Mahlzeit weglassen, denn ihn störte, dass er sich älter und weniger sexy fühlte. Der Anblick seines Bauches war ihm selbst unangenehm. Er zog sich ein Polohemd an und ein neues Jackett, das ihm besonders gut stand.

»Gibt es ein Problem?«, fragte er.

»Nein, wieso?«

»Du siehst aus, als hättest du eine Zitrone verschluckt.«

Eine Zitrone? Im Gegenteil, ich war fröhlich, denn ich hatte mich entschieden, was ich zum Kaffee und zum Abend anziehen würde.

»Deine Mutter kann jeden Moment kommen.«

»Bitte sprich jetzt nicht von ihr«, bat der Österreicher.

Der Österreicher hatte sich mit einem sauberen Handtuch abgetrocknet. Warum auch nicht, es war schon einige Zeit her, ein neuer Tag, ein neuer Anfang, konnte als Symbol dafür gelten.

»Dreh dich um.«

»Wohin?«

»Dreh dich einfach. Und frag nicht.«

Alex. Alex Hauptmann. In Russland würde man ihn Sascha nennen. Sascha. Schaschlik. Bum. Und danach:

»Geh jetzt«, sagte der Österreicher.

»Wohin?«

»Irgendwohin. Ich möchte mich in Ruhe anziehen.«

»Irgendwohin?«

»Ja. Ich kriege die Sachen auch allein an. Geh jetzt und frag nicht«, sagte der Österreicher und fasste mich am Arm.

Sehr geehrter Herr Fidler. Der Regen wurde immer stärker, und das Essen war eine merkwürdige Angelegenheit. Als alle den Bauch voll hatten, kam es in der Folge automatisch zu einer Annäherung. Im Wohnzimmer war es warm. Dort war es all die Jahre vermutlich noch nie so warm gewesen wie jetzt, und der Österreicher hatte anscheinend gute Laune bekommen. Wie ein Weihnachtsmann wollte er allen die Wünsche erfüllen, denn er sagte:

»Apropos Vati, Programm und Friedhöfe. Wann wollt ihr morgen zum Friedhof?«

Ich kämpfte in der Küche mit dem Sahnebecher bis mir einfiel, dass ich ja die Sahne schon geschlagen hatte. Da stand sie, wartend und perfekt, ein herrlich steifes, wolkenartiges Gebilde, in das man einfach hineinpieken, in dem man graben und wühlen musste. Wie chaotisch ich doch war. Überhaupt nicht systematisch. Und immer zu spät. Das kommt dabei heraus, wenn man so ein Gefühlsmensch ist.

Und weil gerade von Perfektion die Rede ist. Frau Berger sagte: Hüten Sie sich vor Perfektion. Und sie erzählte mir ein warnendes Beispiel aus dem wahren Leben: »Ich habe einmal einen perfekten Marillenkuchen gebacken. Ich habe Stunden, Tage, Wochen aufgewendet um herauszufinden, was das richtige Verhältnis von Zucker und Mehl ist und wie man Eier richtig schlägt, sodass genau die passende Menge Luft hinein kommt. Meine Mutter konnte auch perfekt einen Hefeteig zubereiten, und ich schwor, dass er mir ebenfalls eines Tages gelingen würde. Wenn nicht Hefeteig, dann wenigstens dieser Zuckerkuchen. Schließlich, nachdem ich Dutzende von Eiern und kiloweise Zucker verbraucht hatte, gelang es mir dann auch ein einziges Mal.« An dieser Stelle hatte sie in die Hände geklatscht, gleich darauf aber die Augen niedergeschlagen und war fortgefahren: »Aber es blieb das letzte Mal. Danach habe ich nie wieder einen Kuchen gebacken. Es war sein Ende.

Es gab nichts hinzuzufügen. Verstehen Sie? Darin liegt ja auch die Bedeutung des Wortes: vollkommen. Kein Platz mehr für irgendetwas anderes. Punkt.«

Das war natürlich purer Unsinn. Ich hätte sofort hundert perfekte Dinge aufzählen können, die kein Hindernis für ihre weitere Vervollkommnung oder das Zustandekommen und die Entwicklung neuer perfekter Dinge darstellten. Zum Beispiel die finnischen Schulen. Oder meine Zähne. Im Gegenteil, nichts war so alt wie der Erfolg von gestern, auf den konnte man nicht bauen. Aber Frau Berger stritt weiter über das Thema. Ich müsse das doch verstehen, sagte sie. Und mit leuchtenden Augen versicherte sie mir, dass auch sie wusste, wie es ist, Erfolg haben, klarkommen, wachsen zu wollen, eine Lebensgier zu spüren, die alles andere bedeutungslos erscheinen lässt. Und dass sich ihrer Meinung nach die Zeit in Momente, in kleine Momente aufspaltete, von denen man einen nach dem anderen irgendwie überstehen musste. Man musste »hindurch schreiten«, ohne dass die Momente selbst es begriffen, womöglich Widerstand leisteten. Mit einem ganzen Momentekomplex auf einmal gelänge das nicht. Sie sagte, man müsse die Zeit als Feind betrachten. Aber jeweils einen Moment auf einmal… »Sie wissen sicherlich wie es ist, bei Frost auf den Linienbus zu warten.«

Ja, gewiss. Das große »Hier und Jetzt«. Eisbaden, genau dasselbe, ergänzte ich. Auch das erträgt man nur jeweils eine Sekunde lang. Oder Sport, ein schlechtes Konzert, schwitzende Menschen in der Straßenbahn, Kopfschmerzen, Eigenlob des Museumschefs bei der Ausstellungseröffnung, Kater, Durst oder zu heiße Aufgüsse in der Sauna. Eigentlich jede Art von Folter oder Selbstzufriedenheit. Ich steigerte mich geradezu hinein in das Thema und brachte Frau Berger tatsächlich ausnahmsweise zum Lachen, sogar so, dass ihr die Tränen über die Wangen liefen. Und ich fuhr fort, dass ich außerstande war, aus der Sauna ins Eisloch oder unter die kalte Dusche zu gehen, weil ich stets fürchtete, zu erfrieren. Nachdem ich mal einen Film gesehen hatte, in dem Leute lebend vereist wurden. Wirklich. Das konnte ich nicht vergessen, sagte ich. Daran versuchte ich immer zu denken, wenn mir meine eigenen Sorgen zu groß vorkamen.

Und plötzlich sank Frau Berger auf ihrem Stuhl in sich zusammen, und ihr Gesicht färbte sich grau. Ihr Verkündigungseifer schlug in Abwehr und Rechthaberei um. Sie sagte, dass es falsch sei, dass ich nichts verstanden hätte und dass man die Leiden anderer nicht ausnutzen dürfe.

Ich hielt dagegen, wies den Vorwurf zurück. So hatte ich es nicht gemeint. Es hatte sich falsch angehört. Ich war nicht böse oder gemein oder ein lebensuntüchtiger Mensch. Das war keiner von uns beiden. Nicht wahr?

Sie wurde noch grauer im Gesicht, entschuldigte sich bei mir. Nun ja, sagte sie. Aber sie wollte nie wieder in einen Bus einsteigen oder sonst wohin gehen. Weil ihr stets ein Platz angeboten wurde und sie das nicht ertrug. Schon den bloßen Gedanken nicht, dass sie im Bus einer anderen Person den Platz wegnahm, wie sie es tatsächlich oft tat und getan hatte, indem sie sich auf Bänke setzte, die freundlicherweise für Menschen wie sie reserviert waren, gekennzeichnet durch einen Aufkleber. Und alle anderen Leute standen. Nicht freiwillig, aber weil sie kein Aufsehen erregen wollten, demütigten sie sich zumindest scheinbar, da hatten wir sozusagen den Charakter der Österreicher im Miniformat, sagte Frau Berger.

»Am schlimmsten ist es, wenn eine junge, übereifrige Mutter, die sämtliche Erziehungs- und Haushaltsratgeber gelesen hat, so richtig von Herzen ihr Kind bittet aufzustehen, damit ›die alte Tante einen Platz hat‹. Das ist am allerschlimmsten. Lieber die vorwurfsvollen und widerwilligen Demütigen als jene mit offenem und reinem Herzen«, sagte sie.

Mir fiel keine gute Antwort ein, und sie nutzte die Gelegenheit, nachzulegen:

»Ich kann da nicht mehr hingehen! Sie akzeptieren nicht, dass ich das nicht will. Sie schimpfen und zetern. Meine Freundin nannte mich undankbar. Sie sagte, ich solle froh sein, dass es wenigstens noch ein bisschen Höflichkeit gibt. Früher konnte ich das noch. Froh sein. Oder wenn auch nicht froh, so doch zumindest dankbar. Ich bin ein Glückspilz, ja ich. Wer hätte das gedacht, sagte ich. Jetzt kann ich das nicht mehr. Diese Schuldenlast wiegt zu schwer. Das hat überhaupt keinen Sinn und Verstand. Ich erinnere mich nicht mehr, welchen Sinn das haben sollte.«

Frau Berger sank und floss in sich zusammen, sie sank und floss, und ich musste zu ihr gehen, um sie zu stützen. Und sie schrie: Lassen Sie mich in Ruhe! Lassen Sie mich fließen, fließen. Ich möchte fließen, mich hier für einen Augenblick verstecken, ausruhen, möchte mich für eine Weile entfernen, so als gäbe es mich gar nicht…

Ich schrak zusammen.

Im Zimmer hörte ich den Fernseher. *Keeping Up Appearances.* Eine neue Folge der Serie begann. Zu Beginn nahm die perfekte Hausfrau stets mit Gummihandschuhen an den Händen die Milchflasche aus dem leeren Geschirrspüler und dann würden zahllose Folgen in ungeordneter Reihenfolge kommen, so war der Videorekorder programmiert. Ich sagte zu Frau Berger: Verzeihen Sie mir, ich habe nicht gemeint, was ich sagte, das meine ich fast nie, ich sehne mich nach Ihrer Gesellschaft, ich möchte gern, dass Sie sich wieder auf den Stuhl setzen, es ist nicht egal, ob Sie auf dem Stuhl sitzen oder kraftlos am Boden liegen, dort ist es außerdem kalt, lassen Sie mich Ihnen helfen. Und dieses Mal ließ sie es zu, was durchaus keine Selbstverständlichkeit war in Anbetracht dessen, wie laut sie geschrieen und wie sie mich und sich selbst geschlagen hatte. Mich sogar gebeten hatte, sie zu schlagen, mir gezeigt hatte: hierher. Ein Schlag dorthin warf den Menschen innerhalb einer Sekunde zu Boden. In weniger als einer Sekunde. Hatte sie wirklich darum gebeten? Ich packte sie unter den Achseln und hievte sie auf den Stuhl, und sie schnäuzte sich.

»Wo war ich stehen geblieben?«, fragte sie und sortierte ihre Spielkarten.

Im Wohnzimmer wurde Geschirr verteilt, der Kaffeetisch gedeckt. Der Österreicher reckte den Rücken, legte die Anleitung für seine Stereoanlage in die Schublade, verstaute die Brille im Futteral, hob den Blick und versammelte die Familienmitglieder um sich wie Schafe.

»Also, wann gehen wir?«

Marie-Luisas Blick hatte sich aufgehellt, Frau Mutti hingegen wehrte ab. Zum Friedhof?, wunderte sie sich. Hier? Es gab doch niemanden, den sie kannte. Und einen Friedhofsbesuch hatte sie schon absolviert. Genügte das nicht? Wollte man sie immer wieder an den Tod erinnern, an ihr Alter? Steckte das dahinter?

»Wir gehen hin«, sagte Marie-Luisa. »Ganz bestimmt. Lasst uns schon heute gehen. Lasst uns gleich gehen.«

»Ja, lasst uns gleich gehen«, sagte Elisabeth eifrig. »Auch ich habe Blumen gekauft.«

»Du? Für wen?«, fragte Frau Mutti.

»Für wen schon, für die Menschen.«

»So kann man die Sache natürlich auch sehen«, gab Frau Mutti zu.

In diesem Moment packte mich irgendwie der Wahnsinn. Ich beschloss nämlich, dass ich die Familie auch nächstes Jahr wieder einladen würde. Und zu allem Überfluss sagte ich laut, was ich beabsichtigte. Vielleicht machte es die Wärme im Zimmer oder die neuen Kerzen. Ich weiß nicht, im Nachhinein würde mein Verhalten vermutlich absolut gedankenlos wirken, aber Fakt war, dass ich beschloss, Herrn Fidlers Rezept aufzubewahren, also nun: marsch zum Friedhof. Unbedingt zum Friedhof. Ich seufzte. Ich würde Sigrid Haydn am Montag beiläufig erzählen, jedoch so, dass auch der Portier es hören würde: »erst haben wir gegessen, und dann sind wir zum Friedhof gegangen«. Ich würde es in einem Ton sagen, dass der Portier vergessen würde, dass er mir nicht die Schlüssel hatte aushändigen wollen. Ich würde ihm natürlich keinen Champagner bringen, das wäre ja vollkommen verrückt. Vielleicht würde er sogar glauben, dass ich mit ihm flirtete. Der Portier würde uns beide, Sigrid wie auch mich, mit anderen Augen ansehen, ab Montag würden wir zur selben Truppe gehören, wir wären identisch wie Zwillinge. Und das waren wir gewissermaßen ja auch, Zwillinge, Sigrid und ich. Der Besuch auf dem Friedhof war eine wunderbare Idee. Wieso war ich nicht selbst darauf gekommen? Gewissermaßen war es die Schuld des Österreichers. Er war nicht bereit gewesen, mir zu sagen, für wann er den Besuch plante. Ich hatte ihn gefragt. Aber er hatte meine Frage für nicht wichtig befunden. Er hatte gesagt »mal sehen« und »dann, wenn es passt«. Er wollte das Lob für die Idee selbst kassieren, so wie Sigrid immer das Beste und vor allem das Lob für Ideen für sich einheimste. *Hast du hier in deiner Freizeit Gesellschaft? Hast du Freunde? Entschuldige, aber ich finde, dein Mantel braucht ein wenig Farbe!* Ich wusste gut, was Sigrid mit ihren Geschenken anstrebte, weigerte mich aber, mich gedemütigt zu fühlen.

Diesmal fragte ich gar nicht erst nach der Erlaubnis, Ordnung schaffen zu dürfen, sondern lief einfach so oft zwischen Küche und Wohnzimmer hin und her, bis ich sämtliche Sachen und Gegenstände dort hatte, wo sie hingehörten. Marie-Luisa half mir angeblich, indem sie mir folgte und jeweils immer nur einen Gegenstand trug: den Salzstreuer, die Kelle, die Sauerkrautschüssel, das Preiselbeerkompott, die silbernen Serviettenringe. In Wahrheit war sie mir nur im Weg. Sie entschuldigte sich bei mir, dass sie vorhin so heftig geworden war. Sie sagte, aus ihrer Sicht sei auch das bloße Denken schon Arbeit, sodass also jeder das Seine verdient habe. Ich hatte recht gehabt, fand sie. Mein Essen war gut gewesen, und die Einwanderer hatten eine gute Arbeitsmoral. Das stand auch in der Zeitung. So sagte Marie-Luisa, und der Österreicher hatte vielleicht zu viel Wein getrunken, denn seinem Mund entfuhren die Worte: »Die Jüdin unserer Familie.«

Sollte sich Marie-Luisa doch zu Tode essen! Sie wäre nicht der erste Mensch auf der Welt, der sich tot aß, während gleichzeitig ein anderer verhungerte. So war es nun mal. Schrecklich frustrierend. Die Dinge waren an den falschen Orten. Das Essen war in Marie-Luisas Magen, während es im Magen eines anderen hätte sein sollen. Marie-Luisas Unterhalt, ohne dass sie etwas tat, verschlang sicherlich die Energiemenge, die ein kleines Kraftwerk produzierte.

Fliegen surrten um die Stehlampe. Frau Mutti hatte sich daneben auf dem Sofa ausgestreckt. Beabsichtigte sie, Sand ins Getriebe zu streuen? Sie bat um die Stola, denn ihr war kalt. Das Thermometer zeigte fünfundzwanzig Grad, genau so viel, wie es zeigen sollte. Frau Mutti konnte unmöglich frieren, aber ich brachte ihr trotzdem die Stola. Sie musste bei Laune gehalten werden. Elisabeth motzte ihre Mutter an, sie mochte nicht warten, bis ich in der Küche Ordnung gemacht hätte. Ich hatte ihr verboten, mir zu helfen, und sie hatte mich beim Wort genommen, keinerlei Erziehung. Sie hatte dann eine eigene CD geholt und bat den Österreicher jetzt um Erlaubnis, Vivaldi dagegen auszutauschen. Er willigte ein. Ich schob auch Marie-Luisa aus der Küche und machte die Tür zu. Ich konnte sowieso nicht alle Felder gleichzeitig beackern, sodass ich lieber allein sauber machte.

Ich arbeitete so schnell ich konnte, ich hetzte geradezu. Ich spülte das ganze schmutzige Geschirr ab und stellte es in den Geschirrspüler. Die Speisereste sortierte ich in die dazugehörigen Behälter und Beutel und klebte auf alle ein Stück Malerklebeband, auf dem das Datum des Tages und die Uhrzeit vermerkt waren. Ich wischte die Tische ab, rieb sie trocken. In den Ofen sprühte ich ein Reinigungsmittel, das im Idealfall vierundzwanzig Stunden einwirken sollte. Auch an der Ofenklappe befestigte ich Malerklebeband: *nicht öffnen*, dazu das aktuelle Datum und die Uhrzeit.

Ich hatte beinah alle Aufgaben erledigt, machte bereits die Kontrollrunde und glaubte im Prinzip fertig zu sein, als ich entdeckte, dass unten im Kühlschrank ein Haufen Karotten lag, von denen die unterste Schicht leider verschimmelt war. Die Karotten mussten raus. Den Schimmel musste ich auswaschen, ehe er sämtliche anderen dort befindlichen Lebensmittel befiel. Auch musste ich den Kühlschrank gründlich lüften, und wo war das Waschmittel, das für die Reinigung von Flächen zur Lebensmittellagerung vorgesehen war und das ich mir eigens aus einem Spezialgeschäft im Internet bestellt hatte? Ich hatte extra dem Klub beitreten müssen, um das Mittel kaufen zu können. Wo war es jetzt? Ich würde nie wieder erlauben, dass der Österreicher in meinen Reinigungsmitteln stöberte, wenn er sich doch konsequent weigerte, die Flaschen hinterher wieder an ihren angestammten Platz zu stellen. Ich würde ein Schloss für den Schrank kaufen. Ich würde die Reinigungsmittel hinter Türen verschließen.

Schließlich war alles in Ordnung. Ich war zufrieden. Ich ließ die Jalousie herunter, ging nach oben, um die Kleidung zu wechseln und praktische Hosen und einen Pullover anzuziehen. Dann trat ich ins Wohnzimmer, um den anderen Mitgliedern der Gruppe mitzuteilen, dass ich fertig war und wir jetzt starten könnten. Wir würden alle gut in ein Auto passen, das schonte die Natur, was sicher auch Elisabeth gefiel, und den Geldbeutel, worüber sich Marie-Luisa freuen dürfte, Maximus könnte dableiben und das Haus bewachen. Aber man brachte mich zum Schweigen, weil alle begonnen hatten, den Österreicher um die Wette zu loben.

Die ganze gemeinsame Aufbruchstimmung, die damit verbundenen Gedanken und die Vorfreude kamen zum Stillstand, weil Frau Mutti so entschieden hatte. Maximus störte sich nicht an solchen Planänderungen. Er liebte die Mitglieder seiner Familie, was immer auch geschah.

Wurde Hunden jemals bewusst, dass ihr hauptsächliches Betätigungsfeld und Glück darin bestand, die Befehle anderer zu befolgen? Und dass jene befehlenden Wesen in Wahrheit viel schwächer und langsamer und oftmals auch noch hässlicher und kranker waren als sie selbst? Wussten die Hunde, wie schwer es für einen Außenstehenden – vor allem einen Menschen – zu begreifen war, dass sie, die Hunde, nicht nur unglücklich, sondern geradezu lebensunfähig waren, wenn niemand da war, der befahl und verbot und herumfuchtelte und sie irgendwohin schickte? Die kleinste Unklarheit im Befehl, und das glückliche Bellen selbst der fröhlichsten Hunde verstummte, ihr Blick trübte sich, sie waren niedergeschlagen und mochten nicht einmal mehr fressen.

Aber Frau Mutti hatte mit den Lobgesängen auf ihren Sohn schon vor Stunden begonnen, und jetzt fragte sie mich: »Mein Sohn ist ein fescher Kerl, oder nicht? Das Profil und alles. Ganz der Vater.«

»Ich nicht, aber Elisabeth«, wehrte der Österreicher ab. »Setz dich auf meine Knie«, bat er das Mädchen. »Die Zeit vergeht so schnell, ich mag einfach nicht aufhören, in dir meine kleine Nichte zu sehen, die als Baby so schön rülpste, dass keiner mit ihr mithalten konnte.«

Sie saßen rittlings auf einem Holzstuhl, der nicht für das Gewicht von zwei Personen gemacht war. Könnte mir freundlicherweise jemand mitteilen, ob und wann sich die Pläne geändert hatten, ohne dass ich in den Entscheidungsprozess mit einbezogen worden war?

Marie-Luisa verbot dem Österreicher, sie an jene Zeiten zu erinnern, da Elisabeth noch ein Baby gewesen war. Das mache sie traurig, wie sie sagte.

Elisabeth seufzte.

»Musst du immer so negativ sein, Mutter? Kannst du nicht einfach mal fröhlich sein, ohne dass du einen Grund findest zu heulen? Diese Familie ist ganz unmöglich«, sagte sie zu mir und erhob sich vom Schoß des Österreichers. »Sie wagen nie fröhlich zu sein. Es liegt daran, dass sie glauben, dass Menschen, die es zu etwas bringen, ihrem Schicksal überlassen werden. Sie meinen, sie müssten die Armen beneiden, weil die Sozialhilfe bekommen.«

Elisabeth legte ihre mitgebrachte CD ein. Die Musik war sehr rhythmisch, hatte ethnische Einflüsse. Elisabeth schwenkte die Hüften oder hüpfte auf der Stelle, sie versuchte ihre Mutter dazu zu bringen, mit ihr zu tanzen, drehte die Musik noch lauter und bewegte jedes Mal beim Refrain die Lippen nach dem Text. Ich wurde nicht schlau aus den Worten, der Sänger war irgendein österreichischer Dialektpopartist. Die österreichischen Dialektpopartisten waren berühmt und besaßen Können. Obwohl Elisabeth ihre Mutter nicht zum Mitmachen veranlassen konnte, bekam diese doch durch den Tanz bessere Laune. Ihre Tränen versiegten, während sie zufrieden ihre Tochter betrachtete, sie kam sogar auf die Idee, die Hand wie eine Trompete zu formen, vor den Mund zu halten und über die Musik hinweg ihrem Bruder zuzurufen:

»Es ist noch nicht lange her, da suchte ich auf dem Dachboden nach Schlafsäcken und stieß dabei auf einen großen Karton mit Elisabeths alten Babysachen. Die waren so herrlich, ganz winzig. Als Elisabeth geboren wurde, hatte sie Platz auf meiner Handfläche. Sie war wie eine Elfe. Eine kleine schwarzhaarige Elfe. Während der Geburt kam es mir allerdings nicht so vor – es war einfach tierisch. Wollt ihr die Sachen haben? Vielleicht habt ihr mal Bedarf dafür. Furchtbar traurig, dass Vater nicht mehr lebte, als Elisabeth zur Welt kam. Er hätte sich Hals über Kopf in sie verliebt. Alle verliebten sich Hals über Kopf in Baby Elisabeth. Stimmt's nicht?«

Der Österreicher antwortete. »Doch.«

»Alle hätten es getan«, sagte Marie-Luisa zu sich selbst.

Dann wollte sie mehr.

»Vater hätte sich sofort in Elisabeth verliebt, nicht wahr, Mutter?«, rief sie in Frau Muttis Richtung.

Die versuchte zu weinen, aber es gelang ihr nicht. Sie trocknete sich die trockenen Augen mit der Serviette, versuchte sich auch zu schnäuzen, aber kein Tropfen Körperflüssigkeit wollte sich zeigen. Diese Menschen mussten zum Aufbruch veranlasst werden. Sie frönten wieder dem Familienfeierprinzip, das vor dem Essen dominiert hatte. Ich brachte Frau Mutti also den Pelz, hielt ihn hübsch ordentlich solange auf dem Arm, bis sie gezwungen war aufzustehen, dann half ich ihr hinein. Ich setzte Marie-Luisa den Hut auf und hatte gerade für Elisabeth eine robuste wetterfeste Jacke gefunden, als das Telefon klingelte.

»Komisch«, sagte Marie-Luisa. »Komisch, erst klingelt und klingelt es, dann lange Zeit gar nicht, und gerade wenn wir gehen wollen, klingelt es erneut. Wie verhext. Ganz als gäbe es ein entsprechendes Gesetz oder eine Regel. So wie in einem Film, in dem ein Geschehen gewaltsam hinausgezögert werden soll.«

»Sei nicht kindisch. Es hat heute schon wer weiß wie oft geklingelt«, sagte Frau Mutti.

»Darf ich dann rangehen?«, fragte Elisabeth. »Vielleicht ist es Nicole?«

»Du bist frech«, sagte ihre Mutter.

Die Gäste konnten sich nicht entscheiden, was sie machen sollten. Sie standen da in Hut und Pelz, sahen einander an und zuckten die Achseln, hoch runter hoch runter. Der Österreicher erklärte seiner Mutter, dass es nicht sein Telefon sei, sondern dass er ein Handy besitze und dass jeder, der ihn und nicht mich sprechen wolle, das wisse. Er werde nicht mehr ans Telefon gehen, nie mehr.

Marie-Luisa sagte, dass sie Sodbrennen habe, sie brauche einen Verdauungsschnaps, sonst könne sie nirgendwohin gehen.

Als ich lange genug gewühlt hatte, fand ich unter den Putzmitteln eine geöffnete Flasche Ouzo. Das Putzmittel für den Kühlschrank mochte also durchaus im Barschrank stehen. Ich wusste nicht, woher die Ouzoflasche stammte oder wer sie geöffnet hatte, ich probierte den Inhalt, er war völlig in Ordnung.

Das Telefon verstummte. Ich hatte heute schon etliche Male den Stecker herausgezogen. Ich reichte Marie-Luisa den Ouzo, sie trank, und dann fragte sie, wer der Anrufer eigentlich sei.

Eigentlich war es nicht der Rede wert. Im Gegenteil, die Praxis, sich nicht immer am Telefon zu melden, war weitaus üblicher als jene, stets erreichbar zu sein. Früher waren die Leute ja auch nicht ständig erreichbar gewesen. Heutzutage dagegen war es ganz üblich, mitten in einem persönlichen Gespräch den angefangenen Satz zu unterbrechen, wenn das Handy geklingelt hatte, und mit dem Anrufer den nächsten Satz zu beginnen, dabei dem Gesprächspartner zuzunicken: Es dauert nicht lange, was in fast allen Fällen nicht stimmte.

»Da ist etwas Wahres dran«, sagte Marie-Luisa.

Der Österreicher murmelte etwas von kindischem Benehmen.

»Lass mich raten, es ist deine Mutter«, sagte Frau Mutti.

Das war nicht wahrscheinlich. Es wäre im Grunde genommen ein ziemliches Wunder.

»Wie werden hier eigentlich die Mütter behandelt«, entrüstete sich Frau Mutti. »Ich würde sterben, wenn mich meine Kinder nicht lieben würden.«

Die anderen nickten.

Die Art, wie Frau Mutti den Kopf schüttelte, zeigte, dass sie wirklich ein Landei war, trotz ihrer Opernbegeisterung.

»Es ist die Pflicht der Kinder«, fuhr sie fort.

Frau Mutti war nicht die »Mutter« oder »Oma«, die ich in ein Kinderbuch zeichnen würde. Nein. Für ein Kinderbuch war sie einfach zu trocken und zu kurz und krabbenähnlich. Hingegen jedes Mal, wenn ich das Wort »Mutter« hörte, kam sofort und wie aufs Stichwort ein Mensch mit braunem Haar und mit Sonnenbrille und häufig auch mit den Händen in den Taschen hinter dem Vorhang vor und ging auf der Bühne hin und her. Das war auch heute schon wer weiß wie oft passiert. Der Österreicher hatte nach seiner Mutter gerufen, und wieder war jener brünette Mensch mit Sonnenbrille erschienen. Popelinemantel, Sonnenbrille. Auch das wollte der Österreicher nicht glauben. Er sagte, dass niemand so etwas Jahrzehnte lang mache. Natürlich nicht! Und an die Pflichten brauchte mich keiner zu erinnern. Sigrid war, wenn möglich, noch schlimmer als der Österreicher. Sie hatte bis letztes Jahr nicht geglaubt, dass ich sogar meine Steuern gern bezahlte. Dass ich es *mochte*, wenn ich bei einer Überweisung auf meinem Internetkonto die Steuersumme eintippen, sie begleichen und auf die Rechnung *bezahlt* schreiben konnte, eine große Befriedigung, wirklich! Und eine Freude. Nahezu ebenso angenehm, wie wenn ich es geschafft hatte, die Wäsche richtig zu sortieren. Aber Sigrid glaubte es einfach nicht. Sie wurde nicht müde zu wiederholen, dass sie es hasst hasst hasst. Dass alle es hassen hassen hassen.

Ich würde unsere Truppe jetzt anschieben und in Gang setzen, marsch Richtung Flur, beginnend beim jüngsten Mitglied. Sie würde uns nach draußen führen und hinein in die Autos, die uns in der Reihenfolge unseres Alters zum Friedhof bringen würden.

Alles war im besten Gange, aber dann natürlich kurz vor dem Start sagte Marie-Luisa, dass sie jetzt das Telefon sei, und sie begann nervös zu kichern. Sie entschuldigte sich, aber »dagegen war nichts zu machen«. Wir sollten warten, weil sie noch rasch »ihr wisst schon wohin« musste. Danach wollte Elisabeth dasselbe, und Frau Mutti ebenfalls, und schließlich auch noch der Österreicher. Und dort brüllte die Horde dann wieder herum, sie ließen es plätschern, lachten, amüsierten sich untereinander, die drei Generationen von Frauen, weil sie in einer fremden Wohnung warmes Wasser verschwenden konnten. Bei sich zu Hause wuschen sie sich tapfer die Hände stets nur mit kaltem Wasser. Sie trotzten dem Schmutz, der Kälte, den Bakterien, den Krankheiten und härteten sich ab. Sie legten Ziegelsteine in den Spülkasten, zogen nicht ab, wenn sie nur »Klein« gemacht hatten, sparten wo sie nur konnten. Aber hier, in der Stadt, hier war zweifellos alles anders. Hier durfte man getrost den Hahn aufdrehen und das warme Wasser rauschen lassen, welchen Sinn machte es denn sonst, in die Stadt zu kommen. Ich müsste die Hände falten, dachte ich, und tat es auch. Lieber Gott, bitte keine Überraschungen mehr.

Frau Berger sagte, sie sei zu dem Schluss gekommen, dass das Schuldbewusstsein ihren Geschmackssinn verdorben hatte. Nicht die Zigaretten und das Alter, wie es der Arzt natürlich behauptete, weil er a) immer alles besser wissen und b) manipulieren wollte. Ihr war völlig klar, dass der Zucker nicht gestreckt wurde. So blöd sei sie nun auch wieder nicht. Aber der Mensch musste wissen, dass das Leben vorbei war, wenn er in einer Stadt wie Wien wohnte und keinen Kuchen essen konnte, weil der nach nichts mehr schmeckte. Sie hatte all das zur Genüge geprüft und durchleuchtet, so lange und so weitgehend, dass sie zu folgendem Ergebnis gekommen war: Der schlimmste Feind ihres Lebens war die Torte. Aber das machte nichts, weil auch alle Menschen, die Torten verschlangen, in jedem Falle Monster waren, und auf die eine oder andere Weise waren alle Torten dieser Welt gestohlene Torten.

Mir war schleierhaft, warum sie nie direkt sagen konnte, was sie meinte. Stattdessen fiel mir ein, dass, ebenso wie die im Laden fertig gekauften teuren Torten, noch vor drei Jahrzehnten Krabben und dunkle Schokolade in Familien der Mittelklasse eine Seltenheit gewesen waren. Davon träumten und das bekamen nur eitle und kapitalistisch denkende Menschen, solche wie Sigrid. Wer einen Krebs richtig öffnen und in den Mund stecken konnte und zu alledem auch noch den Geschmack mochte, der war im richtigen Fahrwasser unterwegs. Was Krebse anbelangte, hatte der Tierarzt die Katzenbesitzer gewarnt: ein einziger Krebs auf dem Teller der Katze würde bedeuten, dass das Tier nie mehr etwas anderes zu fressen bereit wäre, auch auf die Gefahr hin, dass es verhungerte. Das war eine faustdicke Lüge. Keine einzige Katze war bisher verhungert, auch wenn sie mal einen oder mehrere Krebse bekommen hatte. Aber vor drei Jahrzehnten wusste man es ganz genau, die Nachricht wurde hinausposaunt, auf Feiern, bei Einladungen, am Telefon, wo auch immer, sogar am Arbeitsplatz wurde vor Krebsen gewarnt, das Sonntagsfrühstück wurde unterbrochen, die Leute wurden per Notruf aus dem Schlaf gerissen, und der Inhalt war immer derselbe: Aha, ihr habt also eine neue Katze, gebt ihr nur ja keine Krebse, denn es ist bekannt, was darauf folgt, vermutlich der Ruin der Familie.

Heute dagegen war man sich selten seiner Sache so sicher, dass sie derart hinausposaunt wurde. Im Gegenteil, alles wurde endlos abgewogen. Ein paar Jahrzehnte nur, und aus der völlig sicheren Welt war eine in jeder Hinsicht unsichere geworden. Man traf seine Wahl nur durch einen Schuss ins Blaue, und die Folge war nicht Zufriedenheit darüber, dass man etwas richtig gemacht hatte, sondern Reue noch vor Beginn der eigentlichen Tat. Reue und auch Enttäuschung. Eine Wahl musste man jedoch treffen, zum Beispiel bei Schuhen. Man konnte nicht alle Schuhe gleichzeitig anziehen, so viel war klar. Trotzdem zögerte und lavierte der Österreicher eine Ewigkeit. Er hatte die passenden Schuhe im Minutentakt ausgewählt, meine Meinung erfragt und geglaubt oder nicht geglaubt, was ich ihm gesagt hatte. Er wog Wanderstiefel und Gummistiefel in den Händen. Er wollte hundertprozentig die Wanderstiefel nehmen, überlegte aber, ob sie bei Regen verderben würden, ob es Verschwendung wäre. Dann zog er sein Standardargument aus der Tasche: Ich bin über fünfzig. Ich möchte in guten Sachen herumlaufen, das gibt mir ein gutes Gefühl. Neuerdings fügte er häufig noch hinzu:

Ich habe das Recht. Ich könnte ihm eine Fahne in die Hand drücken und ihn zum Marschieren auf die Straße schicken. Ich könnte ihn als Teilnehmer an jede beliebige Demonstration vermieten, so oft redete er von seinen Rechten. Im Zusammenhang mit Sex, mit dem Essen, dem Schlafen oder dem Toilettenbesuch hieß es immer: Ich habe das Recht.

Ich hatte es gewusst, der Österreicher nahm die Wanderstiefel. Mein süßer, dummer, durchschaubarer Franz. Ich müsste ihn fester auf meine Seite ziehen. Verbündete sind nie von Übel, sagte ich mir lachend, ganz als wäre dies tatsächlich eine Demonstration, ein Krieg oder ein entsprechendes Spiel.

»Und jetzt geht's endlich auf den Friedhof, nicht wahr? Habt ihr die Kerzen und die Blumen?«, wandte er sich fragend an die Frauen seiner Familie. »Alles ist gut und wir können starten?«

»Wir sehen uns auf dem Friedhof«, sagte Marie-Luisa fröhlich und erleichtert, so als wäre jener Friedhof das hauptsächliche Ziel ihres Lebens. Sie hatte sich soweit hergerichtet und starrte mit leeren Augen ins Nichts.

»Wieso hast du es eigentlich so eilig, hinzukommen? Von dort läuft niemand weg«, sagte der Österreicher lachend zu ihr.

»Ich möchte nach Hause«, äußerte Frau Mutti.

»Ja, natürlich«, sagte Franz.

Auf dem Friedhof würde sich die Gelegenheit bieten, mit dem Österreicher unter vier Augen zu reden. Wir mussten planen, wie wir nach dem Ausflug vorgehen, ob wir als einheitliche Front von Hausherr und Hausfrau auftreten wollten. Ich würde an seiner Seite über einen Wiener Friedhof gehen, würde zu den entgegenkommenden Passanten *Grüß Gott!* sagen, und wenn die anderen ihre Kerzen anzünden und für einen Moment schweigen würden, würde ich den Österreicher am Ärmel ziehen und mit ihm ein Stückchen beiseite treten (damit wir niemanden störten) und ihn nach seiner Meinung fragen. Wie ich den Österreicher doch liebte. Diesen herrlichen verlässlichen Mann, den jene seltsame, viel kleinere und hutzelige Frau geboren hatte. Ich hatte ihn immer geliebt. Als wir uns begegneten, hatte ich sofort gewusst: auf dich habe ich gewartet und dich geliebt, mein ganzes Leben lang.

Marie-Luisa war als erste fertig. Sie zog sich die Strümpfe an – sie war viele Stunden lang ohne Strümpfe über die kalten Fußböden gelaufen

– und schürte die Aufbruchstimmung, indem sie beim Warten mit den Fingern Schießgewehr spielte. Homo ludens. Sie lächelte mich an. Mit ihren winzigen Zähnen. Sank in den Wohnzimmersessel, ganz tief hinein wie in einen Schoß. Sie zielte auf die einzelnen Möbelstücke im Raum und schoss, peng, wischte sich dann am Rock den Schweiß von den Händen und schoss erneut. Sie nahm sich die Sofakissen, die Stereoanlage, das Sofa, den Kerzenständer, alle drei Fenster, den Teppich und die Küchentür vor. Auf mich zielte sie wenigstens nicht. Ein lustiges Spiel. Aber dann stürmte rasch und wie der Blitz aus heiterem Himmel Maximus auf sie zu und schnappte nach ihren Fingern. Er hatte irgendetwas völlig falsch verstanden. Marie-Luisa kreischte vor Schreck auf, sie schrie und kommandierte, aber der Hund gehorchte nicht. Auch der Österreicher kam herbei, und Elisabeth stürzte aus dem Badezimmer, um dem Hund Befehle zu geben, umsonst. Frau Mutti drückte sich die Hände abwechselnd auf die Ohren, den Mund und die Augen, ging quasi nacheinander die einzelnen Sinne durch. Marie-Luisa schrie, der Hund würde sie auffressen, und da rannte der Österreicher in die Kammer, holte einen Besen, schlug Maximus damit kräftig auf den Hintern, und das wirkte. Der Hund ließ von Marie-Luisas Hand ab.

Nirgends war Blut zu sehen, und Marie-Luisas Gesicht war auch nicht schmerzverzerrt, aber Frau Mutti hielt trotzdem ihren Moment für gekommen. Sie schlug mit ihrer Handtasche auf Maximus ein.

»Böser Hund, böse böse böse!«

»Nicht! Er dachte, du wolltest mit ihm spielen!«, rief Elisabeth und versuchte sich zwischen ihren Hund und ihre Verwandten zu stellen.

Maximus flüchtete.

Im Zimmer war Keuchen zu hören. Frau Mutti und Elisabeth setzten sich aufs Sofa, und der Österreicher stützte sich mit der Hand auf den Tisch. Elisabeths Augen waren geschlossen. Ihre Wangenmuskeln mahlten Speichel.

»War das denn wirklich nötig?«, diese Frage stellte ich Marie-Luisa und allen anderen Anwesenden.

Maximus war nur verspielt. Es war nicht seine Schuld gewesen. Er hatte nichts Böses im Sinn. Er war erst ein Jahr alt. Es war gar nichts Ernsthaftes passiert. Entgleisungen kommen vor. Aber wenn ihr wirklich tragische und dramatische Tiergeschichten hören wollt, die kann ich euch bieten. Während meiner Österreich-Jahre hat es nämlich schon zwei Mal im Wiener Zoo schreckliche tödliche Unfälle mit Tieren gegeben. Oder Morde, wie man es nimmt. Einmal hat ein pubertierender Elefant in seinem Lebensfeuer den Pfleger an der Wand des Geheges zerquetscht, und beim anderen Mal hat ein hungriger Puma seinem Pfleger den Fuß abgebissen. Pumas öffnen die Schädel von Wassersäugetieren wie Nüsse, fügte ich hinzu. Das ist für sie ein Klacks.

Elisabeth rannte in den Flur.

»Liebes!«, stöhnte der Österreicher.

Was hatte er da zu stöhnen? Ich stöhnte zurück. Ich holte Elisabeth aus dem Flur und nahm sie mit mir.

»Komm«, sagte ich zu ihr, »ich zeige dir etwas.«

Es war der passende Zeitpunkt gekommen, ihr die vermutlich schon lange und heiß ersehnten Geschenke zu geben. Bald würden ihre Tränen trocknen, und sie könnte wieder ihr jugendliches Lachen anstimmen.

Elisabeth sträubte sich, aber ich führte sie entschlossen die Treppe hinauf.

»Schau, die Tür zum Paradies«, sagte ich.

Vor uns erhob sich ein hoher Berg, ein kunterbunter Mix verschiedenster Textilien, aus denen große und kleine Kleidungsstücke zugeschnitten, genäht, gestrickt und gehäkelt worden waren, Oberteile, Hosen, Röcke, Kleider, Blazer und Sportsachen.

Ich hatte es nicht geschafft, alle Stücke ordentlich hinzulegen, eigentlich gar keine. Es war lustig, darin herum zu wühlen.

»Nimm. Du kannst haben, was du willst«, sagte ich zu Elisabeth.

Als Beispiel holte ich ein paar anilinrote T-Shirts und Hosen heraus.

Elisabeth rührte die Stücke nicht an, die ich ihr hinhielt.

»Was hast du? Du brauchst die Sachen nicht zu bezahlen«, sagte ich.

»Du bist lieb, aber ich brauche nichts.«

»Nimm was du willst.«

»Ich mag wirklich nicht.«

»Aber ganz egal, was!«

»Ich ziehe es sowieso nicht an, es hängt nur im Schrank.«

»Du nimmst.«

»Hör auf.«

»Aber du hast es doch früher immer gewollt.«

»Ich will die nicht mehr, wirklich nicht.«

Elisabeth stand auf und rannte die Treppe runter. Ich hörte, wie sie nach ihrem dämlichen Hund rief.

»Wir bringen doch wenigstens die Blumen hin, oder?«, sagte Marie-Luisa. Sie stand auf, war aber anscheinend von dem Vorfall mit dem Hund noch so benommen, dass sie gleich wieder auf ihren Stuhl sank. Auch sie begann zu schluchzen.

»Ich ahnte es. Wir gehen heute nirgendwo mehr hin«, sagte sie. »So läuft es immer, wenn ich mich einmal auf etwas freue. Es ist schon zu spät geworden.«

Ich konnte vielleicht keine Torte backen, dies aber konnte ich: Man durfte nicht aufgeben. Niemals.

In all den Jahren, da Frau Berger mich zu sich eingeladen hatte, hatte sie immer auf demselben verschlissenen Stuhl gesessen, bei dem man nur an den tiefen Randnähten erkennen konnte, welche Farbe der Samtbezug einst gehabt hatte: grün. Mir, dem Gast, wurden natürlich auch andere Sitzmöglichkeiten als immer nur ein und dieselbe Bank angeboten. Wenn wir uns einen Film anschauten, musste ich mich neben Frau Berger setzen, weil ich den Fernseher sonst im Rücken gehabt hätte. Und ich musste ihre Haut betrachten, ihre Runzeln und Falten, die großporige Haut auf der Nase, ich musste mit ihr dieselbe Luft atmen. Wenn wir jedoch nur Kaffee tranken, musste ich ihr gegenüber sitzen, sodass ich immer dasselbe Bild an der Wand und dieselben Gegenstände und Pflanzen sah. Die änderten sich nie. Aber ich merkte es, wenn die Putzfrau da gewesen war, denn dann war alles bewegt worden. Eine schlechte Putzfrau, sie hatte nicht den richtigen Dreh raus. Viele wussten gar nicht, wie schwer der Beruf der Putzfrau war, wenn sie ihre Arbeit ordentlich machen wollte. Ich wusste es. Man durfte nicht zu viel und nicht zu wenig wischen. Man musste sich manchmal rücklings auf den Boden legen, den Raum aus dieser Perspektive mustern und prüfen, ob man irgendwo Kaugummi oder Fingerspuren auf den Stühlen fand. Manchmal musste man auf eine Leiter steigen und nach toten Insekten oder Staubmatten auf den Schränken suchen. Nach künstlerisch geformten, an Schneehänge erinnernde Staubformationen in Vorhängen, die nie bewegt wurden. In ihren Falten. Es gab Stellen, die das Auge nicht erreichte, da musste man dann mutig mit der Hand hingreifen und tasten. Komme was da wolle. Man musste ein Reinigungsmittel hinsprühen und das Beste hoffen. Ein anderes Mal brauchte man nur alle Ecken und Hohlräume in unmittelbarer Nähe zu kontrollieren. Und auch den Gesamteindruck durfte man schließlich nicht vergessen.

»Hoch mit euch«, sagte ich.

Und als hätte ich in der Umkehrsprache gesprochen, zogen sie alle ihre Jacken und Mäntel aus, trugen sie in den Flur und setzten sich wieder auf die angestammten Plätze.

Aus dem Nebel war schon vor Stunden Nieseln geworden und aus dem Nieseln Regen. Ich öffnete den Schirm, den ich im Vorbeigehen im Flur gegriffen hatte. Diesmal verhinderte die Mitnahme des Schirms nicht das Einsetzen des Regens, wie sonst fast immer. Ärgerlich, wenn man keinen dabei hatte.

Als ich am Morgen unterwegs gewesen war, hatte ich gehofft, dass keine Autos kämen. Jetzt war es so, kein einziges tauchte auf. Verrückt, die Leute, die sich Kopfhörer in die Ohren stopften an Orten, an denen sie für kurze Zeit Stille hätten genießen können. Hoffentlich wussten sie, was sie taten, wenn sie auf dem Radweg gingen mit Stöpseln im Ohr und einer Sonnenbrille auf der Nase und wie kopflose Hühner Kurznachrichten schrieben, abrupt ihre Richtung änderten und sich selbst in Lebensgefahr brachten, ganz zu schweigen von ihren Mitmenschen. Ich hingegen hatte hier meine absolute Ruhe.

Schwer zu glauben, dass dieses triste, farblose Wohngebiet nördlich der Donau tatsächlich zu einer größeren bedeutenden Einheit gehörte. Ich nahm mir eine Zeitung aus dem Ständer, zahlte die Hälfte des geforderten Preises. Ich suchte in dem Artikel nach Worten, die ich nicht kannte. In Anbetracht der Umstände waren es ziemlich viele, nämlich drei. Im Nahen Osten waren wieder irgendwelche Touristen gekidnappt worden. Von mir aus könnten sie für den Rest ihres Lebens dort bleiben. Ebenso wie all jene, die unbedingt von einer Schneelawine überrollt werden wollten. Die aus Steuermitteln finanzierten Rettungsmaßnahmen müssten eingestellt, müssten gesetzlich verboten werden. Vielleicht würden sie dann endlich lernen, auf sich aufzupassen und eine gewisse Verantwortung zu übernehmen. Ich bereute, dass ich für die Zeitung überhaupt etwas bezahlt hatte.

Ich ging schnell. Es gab kein schlechtes Wetter, es gab nur unpassende Kleidung. Aber wer hätte sich vorstellen können, dass es dermaßen regnen würde? Der graue drückende Nebel hatte gleichsam den Halt am Himmel verloren und rann jetzt in schweren, immer schwerer werdenden trägen Bächen auf die Erde.

Die Straße wirkte noch schrecklicher als am Morgen, sofern das überhaupt möglich war, noch unansehnlicher, der Belag noch rissiger. Sie war einfach in Vergessenheit geraten. Niemand war daran interessiert, in die Verkehrswege des Wohngebietes zu investieren, weil nicht klar war, ob man nicht in ein paar Jahren oder schon nächstes Jahr oder morgen eine Autobahn mitten hindurch bauen würde. Welch unsinnige Art zu denken und zu handeln. Mit derselben Begründung könnte man Neugeborene aus den Armen der Hebamme reißen und direkt aus der Klinik zum Friedhof karren. Oder die Geburt von Kindern gänzlich verhindern. Natürlich hatte nichts irgendeinen Sinn und Verstand. Darin lag ja gerade das Mysterium des Lebens, dass jeder Mensch, der auf der Erde gelebt hat, sich einbildete einzigartig zu sein. Und darin, dass solche Illusionen aufrecht erhalten und genährt wurden. Es hieß immer: Du bist einzigartig. Alles nur Märchen, an die sich die Menschen in ihren schwachen Momenten gern klammerten. Und man konnte es ihnen nicht mal verübeln. Besonders nicht an solchen trostlosen Orten wie auf diesem Parkplatz am Donauzentrum. Es war wichtig, solche Orte aufzusuchen. Es war wichtig, gerade an solchen realen Plätzen zu stehen, statt dauernd nur in Reiseveranstalterkatalogen zu blättern und nach den besten und schönsten Plätzen der ganzen Welt zu suchen, denn auch dort lauerte hinter jeder Ecke irgendein Schrecknis, etwa bedrohte Natur oder eine Naturkatastrophe, eine sämtliche Urlaubsträume zerstörende Baustelle, ein Slum oder einfach nur ein Haufen Abfall, eine spontane, von Ratten wimmelnde wilde

Müllkippe. Besser, mit offenen Augen durchs Leben zu gehen und die Wirklichkeit zu sehen, als aus seinen Träumen gerissen zu werden. Enttäuschungen sind schrecklich. Ich persönlich würde nie mehr irgend etwas erwarten oder erhoffen.

Ich ging schneller, so als würde ich dadurch weniger nass. Ich ging die Straße runter. Ich hatte den Österreicher schon oft gefragt, warum man in seiner Sprache diese Straße in die eine Richtung »runter« und in die andere »rauf« ging, wo doch gar kein Berg oder Hügel da war, aber ebenso wie ein Genie nicht erklären kann, woher es seine besonderen Fähigkeiten hatte, wusste auch der Österreicher keine Erklärung für diese Sache. Es war eben so.

Maximus' Schwanz und Kopf schienen tiefer zu liegen als sein Rücken. Dadurch wirkte er demütig. Er kam angetrabt, war mir gefolgt. Ich fragte ihn, was er hier tat und ob jemand über seinen Ausflug Bescheid wusste. Hatte er sich abgemeldet, oder war er einfach allein abgehauen? Ich sagte zu ihm: Husch, lauf zurück, was willst du hier.

Maximus rührte sich nicht. Marie-Luisa hatte behauptet, dass er die Worte der Menschen verstand. Benutzte ich vielleicht die falsche Sprache? Ich versuchte es erneut auf Finnisch, dann auf Deutsch. Kein Ergebnis. Wie war Elisabeths Stimmhöhe? Jedenfalls höher als meine.

Auch das nützte nichts. Es hörte sich komisch an, aus dem schrillen Gekreisch wäre ich nicht mal selbst schlau geworden. Maximus stand stur da. Der eiskalte Regen kümmerte ihn überhaupt nicht, doch mir war das einfach zu viel, zu viel Regen, zu viel Nässe, zu viel nahezu von allem. Maximus starrte mich an. Er war voller Eifer. Maximus war noch jung. Die Kindheit war auch für ihn die wichtigste Zeit. Wenn er älter würde, würde man ihn nicht mehr so viel beachten. Man würde ihn abends sogar allein lassen. Man würde ihm Leckerli versprechen, wenn er brav wäre, würde sie aber garantiert vergessen, würde sagen, der Hund versteht das sowieso nicht und erinnert sich nicht, wozu sich also die Mühe machen. So würde es kommen. Die Aufmerksamkeit würde nachlassen, unweigerlich. Das gehörte zur Selbständigkeit, die das Ziel jeden Wachstums war. Man musste Maximus darauf vorbereiten, musste seinen Eifer ein wenig dämpfen. Im Prinzip war alles schon getan, waren alle Plätze besetzt. Maximus starrte. Die Welt ist voll, das einzige, was gebraucht wird, ist der Müllmann, die Putzfrau und, am allerwenigsten, Menschen, Autos, Schmutz, Waren. Und wir konnten nicht einfach hier stehen bleiben wie zwei Steinpilze.

Maximus war gekommen, und nicht nur gekommen, sondern auch geblieben. Welch süßer und treuer Hund. Ich sagte ihm, dass er ein süßer und treuer Hund sei. Verstand er Finnisch? Anscheinend. *Hol das Huhn.* Er folgte mir, als ich weiterging.

Ich ging, und Maximus kam hinter mir her. Es war schön, dass mir jemand folgte, und während ich nun mit Maximus die Donaugasse entlang ging, merkte ich, dass ich daran dachte, wie ich die Straße »runter« ging und dass ich den Gedanken völlig natürlich fand. Es war ein erleichternder Gedanke. Im wienerischen Sandkasten spielte man nun mal so, man ging eine Straße »rauf« oder »runter«, auch wenn kein Berg zu sehen war. »Runter« bedeutete hin zu spannenden Ereignissen, zum Zentrum, zu wichtigen Stadtteilen. »Rauf« bedeutete hin zur Ruhe, weg vom Zentrum.

Es war wieder ganz logisch, durch die Donaugasse zu gehen und dabei Häuser und Schaufenster zu betrachten. Es war logisch, die *Pisa-Studie* zu vergessen. Ich merkte, wie überaus logisch es plötzlich war, jene idiotische Studie zu vergessen und über den Eifer zu lachen, den ich bis heute an den Tag gelegt hatte mit dem einzigen Ziel, den Wienern zu zeigen, wie unmöglich sie waren. Die Fiakerfahrten, die unzähligen Kirchen und die unterirdischen Gänge. Während ich mit Maximus die Donaugasse »runter« ging, dachte ich, dass ich aufhören würde mich zu echauffieren und nun auch noch über die Pferde zu lamentieren, ich konnte mich nicht auch noch um sie kümmern!, und was wusste ich überhaupt von ihnen, nichts. Und irgendwann, bald, an einem freien Tag oder nach der Arbeit, würde ich selbst eine Fiakerfahrt machen. Ich würde meine besten Sachen anziehen, würde wählen aus den Stücken, Marie-Luisa, die dein Bruder mich immer zu kaufen zwingt und die bei meinen hiesigen Freunden für Begeisterung sorgen, in Helsinki aber die Leute zu der amüsierten Äußerung veranlassten, dass ich »wirklich wie eine Österreicherin« aussehe. Ich würde mein Gesicht sorgfältig schminken und meine lederne Handtasche mitnehmen, die ich nach mehr als dreiwöchiger Suche in einem Laden entdeckt und die mehr als einen Wochenlohn gekostet hatte. Hinterher würde ich in ein echtes wienerisches bürgerliches Kaffeehaus gehen, ins *Café Demel*, das von allen wienerischen bürgerlichen Cafés das bürgerlichste und wienerischste war und das derzeit im Grunde genommen einem türkischen Multimillionär gehörte.

Maximus folgte mir. Ein schimmernder, teurer und bürgerlicher Hund.

Ich lachte, seufzte und lächelte. Ich würde mich rechtzeitig selbst daran hindern, in irgendwelche kindischen Träume zu verfallen. Nach diesem Ausflug zum Friedhof müssen wir dann wieder zu den normalen Konstellationen zurückkehren und den Gästen irgendein Programm bieten. Was sagst du dazu, Maximus? Auf der Welt gab es viele Personen, die ohne weiteres große Menschenmassen unterhalten und aus dem Stegreif spontane Ideen für Gemeinschaftsspiele umsetzen konnten. Man begegnete ihnen in den Schulen, in Jugendklubs, in Zirkeln und in führenden Positionen. Die Leiter der Spiele waren häufig keine facettenreichen oder charismatischen oder interessanten Charaktere, sondern sie waren wie Sigrid Haydn. Leiten konnte also nicht sehr schwer sein. Bei Feiern, ob es sich nun um Geburtstage oder andere Anlässe handelt, kann man sich als Gastgeberin nicht damit begnügen, die erhaltenen Geschenke zu bewundern und sie nach der Rangordnung zu sortieren. Man muss mit den Gästen etwas machen, damit sie sich nicht langweilen, sondern bis zum Schluss bleiben und auch in Zukunft wiederkommen. Andernfalls kommen sie nicht. Das war eine ganz einfache Angelegenheit, die Mutter selbst des kleinsten und unbedeutendsten Kindes wusste das, und wo die Mütter recht hatten, da hatten sie recht.

An der nächsten Weggabelung wandte ich mich nach links. Am Ende der Asphaltstraße, etwa zweihundert Meter entfernt, zeichnete sich das Buswartehäuschen ab, dort konnten wir uns unterstellen. Der Bus würde uns beide auf direktem Wege ans Ziel bringen, zum *Kagraner Friedhof, Goldmundeweg 11.* Eilig hatten wir es nicht, denn von dort lief ja keiner weg. Aber würde es bei Regen Blumenverkauf geben? Es müsste. Und ein Puzzlespiel wäre vielleicht gut, auch international gesehen ein eindeutiger Gedanke.

Maximus wollte jedoch eine andere Richtung einschlagen. Er blieb stehen und war nicht bereit, auch nur einen Schritt zu tun. Ich ging voran und sagte ihm, dass ich jetzt diejenige war, die bestimmte, aber er wartete an der Kreuzung, die Augen auf den Sandweg gerichtet. Er wollte dort herumschnüffeln, und er hatte ja keine Leine oder dergleichen, weil er von allein losgelaufen war. Wie könnte ich ihn ziehen? An den Ohren, am Schwanz? Ich versuchte ihn zu locken. *Hol das Huhn*. Es wirkte nicht. Dann kam auch schon der Bus. Ich rief Maximus zu, dass der Bus kommt und er jetzt auch kommen sollte, aber der Bus interessierte ihn nicht. Weit mehr interessierten ihn die Hinterlassenschaften anderer Hunde. Der Bus hielt an, entließ einen einsamen Fahrgast auf die Straße und fuhr weiter. Er wusste ja nicht, dass er auf uns hätte warten sollen. Maximus glotzte. Hier hatten wir nun wieder die übliche Erscheinung beim Hundeausführen, die belegte, dass der Hund der Herr des Menschen oder, umgekehrt gesehen, der Mensch der Hund des Hundes war. Ganz egal. Ich würde flexibel sein. Auf meinem Weg war eine Kurve aufgetaucht, also würde ich heute etwas anders machen als sonst. Zu einer guten Strategie gehörte auch, dass man ab und zu bereit war, sie zu ändern. Wenn es die Situation erforderte. Das war jetzt eindeutig der Fall. Ich würde Maximus die Richtung wählen lassen.

Er wählte den komplizierten Sandweg, ließ die einfachere Asphaltstraße links liegen. In Ermangelung einer Leine musste ich mich von ihm führen lassen. Ich war gezwungen, ihm zu folgen. Maximus war so kindisch.

Der kurvenreiche Sandweg, den Maximus gewählt hatte, war gar nicht übel. Die Wegerichpflanzen und Rohrgewächse, die anfangs so unscheinbar gewirkt hatten, bildeten nahezu künstlerische Ensembles. Es empfahl sich, stets eine Kamera dabei zu haben. Von nun an würde ich stets eine mitnehmen. Was glänzte dort für ein Rohr? Und daneben, war das tatsächlich eine dieser Eisverpackungen, die gar nicht mehr hergestellt wurden? Ich bohrte mit dem Schuh im Boden. Ja, tatsächlich!

Ich blieb stehen und betrachtete den Bach und die herbstbraunen Pflanzen. Wieso versteckte sich hier dieser niedliche kleine Bach, von dem ich gar nichts gewusst hatte? Der Bach war mir verheimlicht worden. Ohne Maximus hätte ich die einfache und langweilige Asphaltstraße gewählt und wüsste immer noch nicht, dass man, wenn man dem Sandweg folgte und hinter den Häusern entlang ging, an einen kleinen

Bach kam, der das Wohngebiet umfloss. Wie spät mochte es sein? Wenn Maximus weiter jedes Blatt und jeden Stein am Bach untersuchen würde, so wie er es bisher getan hatte, würden noch Stunden vergehen.

»Guten Abend«, sagte der Besitzer des Hunde-WC-Grundstückes mit lauter Stimme zu mir. Er stand in seinem Vorgarten, auf dem Kopf trug er eine Mütze mit bemerkenswert breiter Krempe. »Scheußliches Wetter.«

»Es gibt kein schlechtes Wetter. Es gibt nur unpassende Kleidung«, erwiderte ich. Die Redensart hatte ich von Sigrid gelernt.

Seine Miene blieb ausdruckslos. Wenn er ein paar falsche Artikel benutzt und mit Akzent gesprochen hätte, hätte man ihn gut und gern für einen Nordländer halten können.

»Es ist Mistwetter.«

Aus seinem ausdruckslosen Gesicht schoss er die Sätze völlig unerwartet heraus.

»Ja, stimmt.«

Was würde er machen, wenn ich widersprechen würde?

»Hat Ihr Hund keine Leine?«, fragte er.

Jetzt war ich also dran, als Frau aufzutreten, die einen Hund besaß. Alles klar. Darum ging es natürlich. Es ging um sein Hunde-WC-Problem. Ich hätte ihm am liebsten gesagt, dass er mir leid tat und dass ich seinen Frust absolut verstand. Als Fachfrau vielleicht sogar noch besser als er selbst. Ich könnte ihm versichern, was er mir vermutlich nicht glauben würde, dass ich häufig, ehe ich neben dem Österreicher einschlief, gerade an ihn und sein Problem dachte. Es handelte sich um ein Autoritätsproblem. Denn es gab ja heute nirgendwo mehr Frieden und Sicherheit. Etwa in Deutschland. Ich könnte ihm erzählen, wie idiotisch es von Anfang an gewesen war, in ein deutsches Café zu gehen und für ein paar Mark an der Tellerbar zu stehen. Aber das Idiotischste war gewesen, erst das eine zu versprechen und zu glauben und dann das andere zu bekommen und zu erreichen. Wie viele Jahre war das jetzt her? Zehn? Mindestens acht Jahre waren auf jeden Fall vergangen, seit die Chefin des *Café Reichard* in Bahnhofsnähe einer Universitätsstadt einem ahnungslosen Finnland-Menschen eine rosa Bluse angezogen und ihn mitten vor die Tellerbar gestellt hatte, damit er an die Kunden mehrsprachig Teller verteilte. Hier der Vorspeisenteller und hier der

Hauptspeisenteller, und weil das Café ganz in der Nähe des Bahnhofs lag, war es nach Meinung der Chefin sehr wahrscheinlich, dass Sprachkenntnisse gebraucht würden.

»Doch, klar«, sagte ich.

»Gut. Nicht alle haben eine. Und Hunde können nicht lesen… Wie es hieß, soll sich das Wetter demnächst endlich ändern. Wenn der Nebel zu Regen wird, bessert sich anschließend das Wetter. Wo ist die Leine Ihres Hundes?«

Aber sofort, noch ehe die entzückte Chefin zur Tür hinaus gegangen war, zerrte man mich weg von der Tellerbar. Man riss mir die rosa Bluse herunter, die angeblich lächerlich war, und schickte mich in die Küche zu »richtiger Arbeit«.

»Gut verwahrt«, sagte ich und klopfte auf meine Tasche.

Er glaubte mir nicht, legte die Hand auf sein Schild.

»Dort in der Tasche nützt sie nicht viel«, sagte er. »Schreckliches Wetter. Sie sollten nicht draußen sein. Niemand sollte das«, sagte er.

Nein, das sollte niemand. Ich konnte ihm jedoch nicht sagen, dass ich ja eigentlich gar nicht freiwillig hier war, jedenfalls nicht allein und ohne menschliche Gesellschaft, ich konnte ihn nicht in die Sache hineinziehen, aber je mehr ich darüber nachdachte, desto mehr kam ich zu dem Ergebnis, dass ich genau genommen geflohen war, oder zumindest hatte man mich verjagt, aus meinem eigenen Heim. Man hatte mich von meinem selbst organisierten Fest verjagt, ohne Rücksicht auf das Wetter, und das war, weiß Gott, unverschämt. Genauso unverschämt wie die Tatsache, dass einer Chefin in ihrem eigenen Café nicht geglaubt wurde. Dass eine Chefin im Prinzip keine Ahnung hatte, was dort passierte, während sie selbst nicht anwesend war. Es war wie Zauberei. Das Lokal bekam einen ganz anderen Charakter, abhängig davon, auf welcher Seite der Tür sich die Chefin jeweils befand. Die Arbeit im Café hätte eine richtig gute Arbeit sein können, musste durchaus nichts Glorreiches sein. Es war ja erst ein Anfang.

»Sie sind ja auch draußen.«

»Bin ich nicht wirklich«, sagte er.

Er war verwirrt. Vielleicht brauchte er Hilfe.

»Doch, das sind Sie.«

Oder war auch er vor einer unerträglich gewordenen Situation geflohen? War er ebenfalls hinausgejagt worden? Vielleicht mit Aufträgen? Er wirkte, als hätte man ihn zu irgendwelchen Arbeiten verdonnert.

Demselben Chefinnengesetz folgend wurde im Café aus widerwärtigem Essen hervorragendes, wenn die Kellnerin den Teller abräumte und fragte, ob es geschmeckt hat. Im selben Augenblick wurde aus einer nicht essbaren, im Magen rumorenden und zu kleinen, achtlos zusammengepanschten Portion eine leckere und sättigende, also jetzt nur noch einen Kaffee und dann die Rechnung bitte.

Der Mann hob die Hand. Er wollte mir drohen.

Meinetwegen. Ich würde nach Hause zurückkehren.

»Gut«, sagte ich, »dass sich das Wetter ändert.«

Maximus lächelte den Besitzer des Hunde-WC-Grundstücks an, der sich auf sein Schild stützte und solange wartete, bis ich ganz sicher kehrt machte und wieder in die Richtung verschwand, aus der ich mitsamt meinem Hund gekommen war. Erst dann drehte auch er sich um und ging nach drinnen.

Maximus hatte bemerkenswerte Klugheit bewiesen. Er hatte begriffen, dass er brav und gehorsam tun musste und nicht auf das Hunde-WC-Grundstück pinkeln durfte, solange der Besitzer anwesend war. Auch meine Blase drückte schon seit geraumer Zeit. Wir waren ein gutes und heldenhaftes Paar. Vielleicht sollte auch ich mir einen Hund anschaffen. Wie nur konnten Hunde es akzeptieren, dauernd befehligt zu werden? Sie taten es einfach. Man konnte nur verwundert den Kopf schütteln. An meinem nächsten Geburtstag würde ich Sigrid bitten, lieber für hilfsbedürftige und misshandelte Tiere zu spenden als mir etwas ähnlich Unnützes zu schenken wie dieses seidene Tuch. Du bist ein herrliches Wesen. Aber spring mich nicht an. Spring nicht und leck mich nicht mehr. Ich kann dich nicht anfassen, du Dummchen. Aber natürlich liebe ich dich. Spring trotzdem nicht. Hör auf zu springen. Meine Blase drückt. Du stinkst, und man kann sich hier nirgends die Hände waschen.

»He!«, rief der Mann mir nach. »Sagten Sie, dass der Hund Maximus heißt? Ich hätte schwören können, dass heute derselbe Hund schon einmal hier vorbeikam, aber das kann nicht sein.«

»Wieso nicht?«

»Die Besitzerin war viel jünger als Sie. So eine flotte Biene. Enge Hosen und … Sie wissen schon. Lebensfroh, würde ich mal sagen.«

Der Mann lachte und hob und senkte die Hände, so wie man es in Italien macht, wenn die Pizza gut schmeckt.

»Trotzdem komisch, ich hätte schwören können.«

Ein Mal. Zwei, drei, vier und fünf. Keiner der Gäste, auch nicht der Österreicher, hörte die Türklingel. Ich hingegen hörte von drinnen Musik, auch Gesang, dazu Lachen und zwischendurch kleine fröhliche Schreie. Sehr untypisch. Von außen drang nichts hinein, während von drinnen recht viel nach außen drang. War es nicht normalerweise genau umgekehrt? Ich nahm also Anlauf und schlug mit der Faust an das kleine Fenster, gerade so, wie es tatendurstige Männer im Film machen. Erst knallte und dann klirrte es. Nach dem Schlag wurde das Haus still. Es hielt gewissermaßen den Atem an. Ich tat es ebenfalls. Dann brach ich die Scherben heraus, so wie man es aus Sicherheitsgründen machen muss. Mich amüsierte der Gedanke, drinnen und draußen zugleich zu sein. Ich sagte zu Maximus, schau her, hier ist ein Loch, das die Innen- und Außenseite verbindet, ein Tunnel, eine Passage, tu etwas. Es war absolut stockdunkel. Ich war nass bis auf die Unterwäsche. Ich hatte ein Loch ins Haus geschlagen. Ich würde sofort den Glaser anrufen müssen, die Ölrechnung war schon jetzt hoch genug. Aber niemand würde mich aus meinem eigenen Zuhause aussperren, und darum handelte es sich hier, um mein Zuhause. Ich vergaß vielleicht manchmal Dinge, wie etwa jetzt die Schlüssel, möglicherweise brauchte mein Mantel Farbe, und es gab sicherlich noch andere Mängel an mir, aber hilflos war ich nicht.

Dann lüftete Elisabeth auch schon die Gardine, spähte aus dem Licht ins Dunkel, hielt sich die Hand über die Augen, um auszuschauen, wer da nach drinnen strebte, und ihr Gesicht leuchtete gleichsam auf, als sie mich erkannte. Ich war nicht hilflos und auch nicht dumm. Elisabeth öffnete mir die Tür. Warum hatte ich nicht geklingelt?

Ich ging an ihr vorbei, ohne zu grüßen oder zu antworten, sagte nur, dass ich rasch die Telefonnummer des Glasers brauchte, aber sie redete einfach weiter.

»Du triefst ja von Wasser. Wir haben uns schon gewundert, wohin du verschwunden warst. Wir waren besorgt.«

Maximus bellte, und ich übersetzte seinem Frauchen, was er erzählte, dass wir nämlich zusammen draußen gewesen waren und mit den Bäumen gesprochen hatten.

»Wirklich aufmerksam«, sagte Elisabeth.

Ich delegierte die Sache mit dem Glaser an sie weiter. Sie sollte ruhig mal üben, wie man so etwas machte, Dinge erledigte. Sie konnte mir dankbar sein. Ich trocknete mich und Maximus im Bad ab, zog mir saubere Sachen an. Ich hätte eine Waffe, einen Stein oder dergleichen, benutzen sollen. Jetzt zierte Blut meinen Arm. In der Faust klopfte der Puls. Ich klebte ein Pflaster drauf. Andererseits war ich munterer als während des ganzen bisherigen Tages, vielleicht während der ganzen Woche, überhaupt des ganzen Monats, und alle meine Sinne benötigte ich jetzt tatsächlich. Als ich die Tür zum Wohnzimmer öffnete, zeigte sich mir ein haarsträubendes Bild, eine regelrechte Landkarte des Familienlebens.

Frau Mutti reckte sich, rutschte hin und her. Die Gäste, der Österreicher mitgezählt, gammelten herum, fläzten sich und futterten und waren in jeder Hinsicht unruhig, »sonntäglich« sozusagen. So, wie man an seinen freien Tagen ist, wenn der Zuckerrausch oder ein anderer Rausch allmählich verfliegt und man ihn eigentlich nicht verlängern mag, es aber doch tun muss, weil noch so unendlich viel Zeit übrig ist, die man irgendwie nicht herum kriegt, die man aber auf keinen Fall für die Arbeit oder fürs Schlafen verschwenden und auch nicht wegschmeißen kann, sondern die man genießen muss, koste es was es wolle.

Der Österreicher. Da hing er im Sessel, ein imposanter, großer, aber von Tag zu Tag stärker zusammenschrumpfender Mann. Seine Nase war die drittgrößte in der Familie. Seine Haare waren im Bogen hinter die Ohren gekämmt. Sie waren vergangene Woche geschnitten worden. Ohne den Österreicher wäre ich nicht hier, hatte ich zu Frau Berger gesagt.

Frau Berger sprach, außer vom »Durchschreiten der Momente«, auch vom »Schritt in den Tod« und verglich diesen Schritt mit einem Aktienkauf. Sie sagte: »Man muss die Chance ergreifen, sowie sie kommt.

Wenn man auch nur einen Moment zögert, tut man es nicht mehr. Und dann bereut man es vermutlich. Zumindest habe ich es immer bereut, wenn ich hinterher feststellte, dass ich wieder mal eine Chance verpasst habe, wie sie es in der Form nicht sehr oft gibt«. Sie sagte, sie könne mit gesicherter nachträglicher Weisheit behaupten, dass sie, wenn sie stets die passenden Chancen ergriffen hätte, heute Millionärin wäre. Ich hielt ihren Vergleich für geschmacklos. Klar, fügte ich hinzu, oder sie wäre tot. Drei Tage später erzählte ich dem Österreicher von dem Gespräch. Er erklärte mir, dass Frau Berger sicherlich nur so gesprochen hatte, weil sie einen Weg gesucht hatte, mir verständlich zu machen, was sie meinte. Gemessen daran fand er den Vergleich ziemlich gut. Man musste ihn nur ohne Vorurteile betrachten. Franz lachte sogar hinterher mehrmals darüber.

Und nun dieser frappierende Familienkreis. Nur Marie-Luisa beachtete mich. Sie flüsterte mir zu, dass ihre Mutter einen neuen Liebhaber hatte, so als würde all das – das Essen, der Spaziergang, der Regen, die Festgäste und ihre Liebhaber – nahtlos zusammengehören. So als gäbe es tatsächlich zwischen diesen Dingen eine Verbindung. In einem ziemlich ähnlichen Milieu hatte meine männliche Ursprungshälfte, also mein sogenannter Vater, auf meine Frage, was er in dem ganzen Chaos eigentlich unternehmen wollte, geantwortet, dass er anscheinend unbeabsichtigt ein One-Way-Ticket in die Hölle gekauft hatte. Und erstaunlicherweise, wenngleich es einige Jahre dauerte, bis diesbezüglich Sicherheit bestand, erwies sich seine Vermutung am Ende als richtig.

Der Österreicher saß da, hatte die Beine übereinandergeschlagen und spielte mit seiner Mutter Karten. Natürlich fand er alles normal und gut. Er schlürfte Rotwein, schob das leere Schokoladenpapier beiseite, um für das Spiel Platz zu schaffen. Je älter der Österreicher wurde, desto mehr Platz brauchte er um sich herum. Er stieß überall an. Was glaubte er eigentlich, wo ich bleiben sollte, wenn ich ihm ständig ausweichen, vor ihm und um ihn herum Vasen und Glasgegenstände in Sicherheit bringen musste. Der Österreicher war langsam, seine Bewegungen waren langsam und unpräzise. Und dann wieder überraschten sie manchmal durch ihre Unberechenbarkeit und Abruptheit. Besonders dann, wenn er wieder mal »das Recht hatte«. Zum Glück gab es den Keller und davor eine Tür. Die Tür hatte ein Schloss und darin einen Schlüssel. Auch der Österreicher hatte eine Brille auf der Nase, trotzdem hielt er die Spielkarten weit von sich weg wie ein grübelnder Professor. Seine Hose hatte einen Schokoladenfleck bekommen. Seine Wangen waren gerötet.

»Niemand denkt, dass du reif für den Sarg wärest, Mutter«, sagte Marie-Luisa, beantwortete damit anscheinend eine zuvor gestellte Frage. Sie selbst fragte mich stets nur nach irgendwelchen praktischen Dingen. So erkundigte sie sich jedes Mal, ob ich ihr das Bett im Ober- oder Untergeschoss machen würde. Als wäre das meine Entscheidung! Man hatte mir gesagt, dass Marie-Luisas Fenstersturz im Herbst 1986 ein Unglück gewesen war, ein Zufall, das unglückliche Zusammentreffen unglücklicher Umstände, aber so war es natürlich nicht gewesen. Nachdem sie von ihrem italienischen Liebhaber verlassen worden war, war die aus London oder Mailand oder von sonst wo heimgekehrte schwangere Marie-Luisa selbst aus dem Fenster gesprungen, hatte eine selbst verursachte Bauchlandung gemacht. Das war alles. Wann würden diese Menschen mit dem Lügen und Vertuschen aufhören? Ja also, Marie-Luisa, dein Bett steht im Untergeschoss, so wie immer, sagte ich. Betonte ich.

Marie-Luisa starrte meinen blutenden Arm an, und ich ließ sie starren. Sie zeigte mit dem Finger auf meine Wunden, lächelte verlegen und lachte dann. Nach Meinung des Österreichers zeichnete sich der finnische Humor dadurch aus, dass er noch schwärzer war als der österreichische. Der finnische Humor, so fand er, war nicht unbedingt lustiger als der österreichische, aber auf jeden Fall tiefer. Er setzte quasi erst dort an, wo der wienerische, aus dem Tod schöpfende und somit also lebensnahe Humor endete, aufgab, schlafen ging, sich mit dem Erreichten begnügte.

Nun ja, *höpöhöpö*. Ich verschaffte mir einen Überblick, wie viel ich erst mal aufräumen müsste, ehe wir zum nächsten Programmpunkt übergehen könnten. Egal, was wir beschließen würden, wir könnten es nicht zwischen schmutzigem Geschirr und auf dem Fußboden klebenden Essensresten tun. Ich schob das Geschirr und die Speisen, die wieder ins Wohnzimmer gebracht worden waren, näher zusammen. Überall schmutzige Teller und Gläser, dazu Krümel, Konservendosen, Nusstüten, Müsliriegel und Kekspackungen. Erfahrungsgemäß würde das Aufräumen etwa eine halbe Stunde dauern. Ich bat um Aufmerksamkeit, deutete auf die Wanduhr und sagte, wenn der große Zeiger auf zwölf stünde, würde ich alle Teilnehmer des Festes am Esstisch erwarten, denn, um auf Frau Muttis vorhin gestellte berechtigte Frage zurückzukommen: Im Programm würde die nächste Nummer folgen.

»Doch nicht etwa eine Diashow?«, Elisabeth lachte.

Marie-Luisa flüsterte mir zu:

»Es ist schwer, mit dem Essen aufzuhören«, und sie zeigte auf einen kalten Knödel, den sie sich genommen hatte. »Ich mag die Knödel gerade dann, wenn sie so richtig fest sind. Mutter findet sie gummiartig. Sie weigert sich allerdings auch, den Braten zu übergießen – eine andere Generation, denke ich –, du musst die Dinger wegschaffen, in die Küche, sonst platze ich«, lachte sie. »Aber was ich dich fragen wollte…«

Sie schob sich den vierten Knödel gleich auf einmal in den Mund. Ich floh vor ihr in die Küche. Sie folgte mir mit einem Knödel in der Hand. War das hier ein Western geworden? Ich versuchte, sie abzuschütteln, ohne Erfolg. In der Küche trat sie viel zu dicht an mich heran und sagte:

»… ich habe das Gefühl, dass dir heute ein Antrag gemacht wird.«

Sie sah mich an und fuhr fort:

»Wenn nämlich alles gut geht. So hat es Franz geplant. Ich dürfte dir das eigentlich nicht verraten, aber du bist, glaube ich, die einzige, die noch nichts davon weiß, und ich kann mich einfach nicht mehr zurückhalten. Mutter würde mir den Kopf abreißen, wenn sie es wüsste.«

Das Gefühl? Ich machte mich von ihr los, bat sie, die Mullbinde fester zu ziehen und ein Stück Pflaster abzuschneiden. So bekam ich einen richtigen Verband um meine Wunden, die unangenehm kribbelten, aber nicht tief und nicht gefährlich waren. Im Prinzip war es nur eine Wunde, und auch die war eigentlich nur eine Schramme und blutete nicht einmal mehr. Entstanden war sie vermutlich durch Maximus' Hinterpfote, und wieder mal übertrieben alle. Ich hatte meinen Arm also verarztet und wusch mir die Hände, legte das Verbandszeug in die Schublade. Dann schnitt ich Frischhaltefolie zurecht, um den Schweinsbraten abzudecken. Das angetrocknete schmutzige Geschirr stellte ich zum Einweichen in das mit warmem Seifenwasser gefüllte Spülbecken.

»Es stimmt wirklich. Deshalb sind wir heute hier. Mutter wäre sonst gar nicht gekommen. Aber du erzählst keinem, dass ich etwas gesagt habe? Franz redet nie wieder ein Wort mit mir, wenn du verrätst, dass ich ihm seine Überraschung verdorben habe.«

Marie-Luisa kicherte wie eine Schwachsinnige.

»Franz ist ein wunderbarer Bruder. Aus ihm wird noch mal was. Nicht, dass er nicht schon etwas wäre. Aber er ist, wie ich finde, der feinste Mensch in unserer Familie. Er ist so begabt. Und selbständig und mutig. Er hätte sonst was werden können, ohne diesen Fehler – seine Hand… Auch ich wäre gern so mutig. Als Kind war ich immer eifersüchtig. Jetzt nicht mehr. Jetzt bekenne ich, dass es die Wahrheit ist: Ich wäre gern Franz.«

Auf Marie-Luisas Gesicht hatte sich ein Schleier, eine Maske gelegt.

»Doch ich bin ein ganz anderer Mensch. Ich bin nicht sehr mutig. Aber ich habe eine Tochter.«

Der Österreicher legte großen Wert auf seine Sauberkeit, was man heute schon mehrfach in der Duschkabine gesehen hatte. Dieses Schrubben und Polieren! »Wissen Sie, warum ich nicht mehr rausgehe?«, fragte Frau Berger mich einmal. Ich hätte viele Gründe aufzählen können, aber sie wartete meine Antwort nicht ab, sondern antwortete selbst. »Es kann sein, dass ich mich nicht beherrschen könnte, sondern mich gezwungen sähe, allen entgegenkommenden Passanten zu erzählen, wie ich mich schäme.«

Schämen, wofür?

»Ein Mensch zu sein. Das kann man ja auf der Straße nicht laut rufen, zumal eben dort all die Menschen herumlaufen. In dichten Scharen. Dafür käme man in die Psychiatrie. Beim Seelsorger passierte mir etwas ganz Ähnliches: Er sagte, dass er meine selbstverleumderischen Äußerungen nicht mehr mit anhören könne und dass ich als Opfer der NSDAP mich vielleicht in Therapie begeben sollte. In Therapie? Welche Therapie? War das eine Art Diagnose? NSDAP? Danach hörte es sich zweifellos an. Der Seelsorger schlug eine Reise in einen Kurort vor. Dort erholten sich angeblich sowohl der Körper als auch die Seele. Dort würde ich vielleicht, so meinte er, die verdiente Ruhe und Freude finden.

Der Staat würde bezahlen, und das sollte ich ausnutzen, solange es noch möglich war. Bei der Kur könnte ich viele Dinge vergessen, und das wäre vielleicht gut. Für alle Beteiligten. Vermutlich das Beste, was man sich vorstellen kann. Ich sagte zu dem idiotischen, blutjungen, sich Seelsorger nennenden menschlichen Ungeheuer, dass ich an die Reinkarnation glaube und dass die größte Tragödie meines derzeitigen Lebens die ist, dass ich keine Ratte, kein Hamster und kein anderes Säugetier geworden bin, auch kein Kriechtier. Sonst könnte ich mich in die Erde graben und nach Futter und Körnern suchen. Als NSDAP-Opfer kannte ich mich doch gut mit so etwas aus. Und der Seelsorger wiederholte einfach nur seine Argumente bezüglich der Therapie. Und er nahm Zuflucht zu seiner Litanei, sagte, dass sich sein Part und seine Fachkenntnis ausschließlich auf Menschen bezogen.«

Der Österreicher gab sicherlich mehr Geld für Schönheits- und Pflegemittel aus als ich. Auf meiner Seite, rechts im Bad, gab es eine einfache Abschminke, Hautcreme sowie eine Zahnbürste, letztere stets bereit, alles mögliche zu machen, auch sie eine geborene Pfadfinderin. Oder nein, mehr noch, die geborene Soldatin. Eine Soldatin. Die Zahnbürste, haltbar, gerade und hart. Wenn ich sie in den Kühlschrank legen würde, würde sie leicht reißen, ihre Elastizität würde nachlassen so war Kunststoff nun mal beschaffen. Auf der Seite des Österreichers gab es fünf Sorten Zahnpasta, mit und ohne Fluor, weißend und nicht weißend, gesondert für morgens und abends. Es gab eine gewöhnliche Putzbürste und eine elektrische Bürste. Die Benutzung der elektrischen Bürste hatte ihm der Arzt allerdings verboten, wegen der Gefahr der Zahnfleischentzündung. Sie stand da und verstaubte, wartete halb verkalkt auf ihren Einsatz. Es gab außerdem auch noch winzige Flaschenbürsten, und die verschiedensten Dinge für die Rasur: Seife, einen aus echtem Dachshaar gefertigten Pinsel. Auch so ein Wort, Pinsel. Das ganze Badezimmer wurde nach und nach zu einem Reich für die Morgen- und Abendtoilette des Österreichers. Je reifer er wurde, desto komplizierter wurden seine Produkte, ebenso wie die Reinigungstechniken. Und die Zahnfleischentzündung. Wie kann jemand Zahnfleischentzündung haben? Man brauchte ja nach dem Essen nur ordentliche dreieckige Zahnstocher zu benutzen, und die Zahnpflege war erledigt. Nur eitle, faule, dumme, eigensinnige oder alte Menschen hatten Zahnfleischentzündung.

Nach dem Zähneputzen beseitigte ich in Marie-Luisas Zimmer die spielerische Unordnung, die ich vorhin aus einem Einfall heraus zu ihrer Freude und Belehrung verursacht hatte: ich hatte den Schokoriegel geöffnet und ihn so hingelegt, dass sie mit dem Fuß drauftreten würde, wenn sie ins Bett ginge. Homo ludens.

Marie-Luisa war hinterhergekommen, sie folgte mir, war zu meinem Anhängsel geworden, und ihr Blick fragte, was ich da eigentlich in ihrem Zimmer anstellte. Mit ihren Bettsocken. Ach, nichts weiter, komm mit, sagte ich und bat sie zu helfen, ich testete ihre Grenzen aus, als ich im Wohnzimmer die Krümel und Fettflecken wegwischte, die benutzten Servietten in den Mülleimer warf und die Essensabfälle vom Fußboden sammelte. Ich prüfte, ob die Stühle schmutzig waren, dann holte ich aus dem Flurschrank vier Kartons mit Puzzlespielen und legte sie auf den Tisch. Darunter sollte sich wohl was Passendes finden.

Der Österreicher beobachtete mich. Er lachte mit offenem Mund, seine Haare wirkten immer brauner und wilder. Er schäkerte und sah mich von der Seite an, zwinkerte mir zu. Mit dämlichen und schlechten Witzen hatte er die Frauen seiner Familie zum Lachen gebracht. Auch ich kannte Witze, aber die stammten von Frau Berger, und in ihnen gab es immer irgendein abschreckendes und grauenerregendes Element, die könnte ich Marie-Luisa nicht erzählen, sie würde womöglich zusammenbrechen.

Ich verstand gut, was Frau Berger mir hatte sagen wollen. Darüber war ich sehr glücklich. Sie meinte mit ihrer Geschichte, dass einem die bloße Existenz manchmal wie ein schreckliches Verbrechen vorkam. Das sichere Wissen, dass das eigene Leben zwangsläufig eines anderen Tod bedeutete. Dieser Gedanke, die sogenannte philosophische Erörterung, war nicht wirklich neu oder bemerkenswert. Man hatte ja gehört von orientalischen Mönchen, die Insekten von ihrem Weg fegten. Mit solchem orientalischen Mönchstum stünde auch ich auf Du und Du, das war nicht besonders verwunderlich. Ich hatte Frau Berger meinerseits von meinem Traum erzählt, mich im Sand der Sahara zu vergraben. Man müsste es so inszenieren, dass niemand etwas davon merkte. Ansonsten wäre das Verschwinden eines Menschen eine schreckliche Belastung für die anderen. Diese monatelange Suche und all die Suchtrupps sowie die damit verbundenen Summen, Hoffnungen und Enttäuschungen. Der Entführungsverdacht und die darauf folgenden Verhöre und Hinweise aus der Bevölkerung. Eine schreckliche Verschwendung von Ressourcen und Energie. Frau Berger hatte mich mit runden Augen angesehen. Dieses eine Mal war ich älter gewesen als sie. Und überhaupt nicht einsam oder komisch. Ein herrlicher Moment.

Frau Berger hatte dennoch ihren Kopf mit einem Tuch bedeckt und mich gebeten zu gehen.

»Du darfst wählen«, sagte ich zu Marie-Luisa.

Ich half ihr, sich neben mich zu setzen. Sie zögerte. Nicht nur Mut und Grenzen fehlten der stetig wachsenden Marie-Luisa in ihrem Leben, sondern auch Tempo. Zwei der Puzzlespiele waren von mittlerer Größe, bei den Abbildungen handelte es sich um touristische Sehenswürdigkeiten. Dann gab es ein größeres, maritim geprägtes, viele Wolken und Meer und nur wenige verschiedene Farben. Das vierte stellte eine Katze dar. Marie-Luisa war unschlüssig, sodass ich wählen musste. Ich ließ die aus Finnland stammende weite und schwierige Schärenlandschaft außen vor und wählte stattdessen ein schlicht senkrechtes Modell, das mit der Präzision einer Fotografie das Riesenrad im Prater zeigte. Ich kippte den Inhalt des Kartons aus, breitete die Stücke auf dem Tisch aus, und verteilte sie dann nach Farben auf einzelne Haufen: rote (die Körbe des Riesenrades), blaue (der Himmel), schwarze (hier und dort), grüne (hauptsächlich Gras) und bunte (Menschen und anderes Gemischtes).

Marie-Luisa begann zu kichern. Ihre Hände ruhten dennoch untätig im Schoß. Falls sie nur auf meine Befehle warten und kein bisschen Eigeninitiative zeigen würde, würde ich die Teilchen wieder einpacken oder Stundenlohn verlangen.

Aus Frau Muttis Erzählung hörte ich die Worte »jung« und »Schokoladentafel« und »Türschloss« und »Erbe« heraus. Ich lachte über die beiden letztgenannten. Frau Mutti bemerkte es. »Und versuch dich jetzt mal zusammenzureißen, Marie-Luisa!«

»Hut ab«, sagte Frau Mutti zu mir und schien genau das zu meinen. Ich dankte, indem ich lautlos nickte, und dann setzten wir, jeder an seinem Platz, die Unterhaltung fort. Auf dem Schlachtfeld war gewissermaßen ein Zwischenfrieden verkündet worden, da wir beide jeweils neue Opfer gefunden hatten, scherzhaft gedacht. Frau Mutti betrachtete mitleidig die träge Haltung ihrer Tochter.

Als Antwort auf meine Frage sagte Marie-Luisa, dass sie Puzzlespiele nicht mochte, diese aber auch nicht direkt hasste. Das war eine völlig ausreichende Ausgangsbasis. Ich öffnete Marie-Luisas Faust, legte die roten Teilchen hinein und drückte die Faust wieder zu.

»Die gehören dir, nimm.«

Frau Mutti hatte die Stimme erhoben. Sie war mit ihrer Geschichte weit vorangekommen, bis zu dem Punkt nämlich, dass sich herausgestellt hatte, dass ihr Liebhaber ebenfalls Franz hieß. Elisabeth steckte sich den Zeigefinger in den Hals, um Übelkeit zu demonstrieren. Marie-Luisa sah mich verblüfft an.

Es ist gar nichts weiter dabei. Ein Puzzlespiel, sonst nichts. Das kannst du auch.

»Diesen einen noch, und dann ist endgültig Schluss«, sagte sie.

Sie legte die Teilchen wieder auf den Tisch. Sie hatte sich nochmals einen halben der mittlerweile durch und durch kalten und harten Semmelknödel genommen. Wo holte sie die her? Aus der Tasche?

Der Österreicher behielt mich weiterhin im Blick, beobachtete, wie ich mich mit Marie-Luisa unterhielt. Ich setzte mich zurecht, lächelte Marie-Luisa an.

»Weißt du, dass sowohl Karotten als auch Sellerie im Grunde genommen Wurzeln sind?«

Sie hörte mir überhaupt nicht mehr zu. Was ich auch immer zu ihr gesagt hätte, sie hätte das Gesicht zu demselben freud- und leblosen Lächeln verzogen. Es war verständlich. Ich hatte einen Fehler gemacht. Natürlich kannte Marie-Luisa die Listen und Tücken von Sellerie und aller anderen Wurzeln. Ihr Spezialgebiet war die Pflanzenzucht. Niemand züchtete so herrliche, wohlschmeckende und runde Rote Bete wie sie. Niemand pflanzte und pflegte so gut Kartoffeln. Niemand konnte aus unscheinbarem Samen so lange und gerade Karotten zaubern wie Marie-Luisa.

Ich bestückte den Geschirrspüler, von hinten beginnend, wie immer. Die Speisereste verteilte ich in luftdichte Gefrierdosen, so wie ich es heute schon einmal gemacht hatte. Ich sammelte die Teile des Schweinsbratens von Tellern und aus Schüsseln. Wenn ich ausrechnen würde, wie oft ich diese Arbeitsschritte bereits in der Küche gemacht hatte, kämen bestimmt tausende Male zusammen.

Der Österreicher hatte die Kaffeetassen von Iittala unbedingt in die Maschine stellen müssen. Seiner Meinung nach hatten die Verbraucher das Recht, sämtliche Gegenstände, die man als Geschirr bezeichnen konnte, in den Geschirrspüler zu stellen, ohne dass ihnen, den Verbrauchern, daraus wirtschaftlicher Schaden erwuchs. Ich nahm die Tassen heraus, wusch sie von Hand. Es war furchtbar ermüdend, immer aufzupassen, dass die Mitmenschen nicht ständig Gegenstände zerstörten oder kaputtmachten, in diesem Falle teures Geschirr. Ich würde mir einen Hund kaufen. Und ich würde keine Rüschengardinen aufhängen, was immer auch geschähe. Ich würde Sigrid einladen. Und ihren Mann. Sofern der zwischen all den Reisen und Datteleinkäufen überhaupt Zeit hätte. Und ein weißes Kleid würde ich tragen. Ganz sicher. *Ich liebe dich.* Marie-Luisa hatte im Zusammenhang mit mir das Wort *Antrag* benutzt.

Die Küche wirkte jetzt so geräumig. Immer, wenn sie ordentlich aufgeräumt war, wirkte sie groß, der freie Raum in der Mitte war wie ein Tanzsaal. Antrag. Ich würde erst nein und dann ja sagen. Sofern alles gut ginge.

Was aber, wenn alles ganz anders war? Ich schaute aus dem Fenster. Dadurch wurden die Dinge oft klarer. Ebenso, wenn man den Kopf aus dem Auto- oder dem Zugfenster steckte. Oder wenn man in die öffentliche Sauna ging. Da saß man dann zwischen seinen Artgenossen, zwischen all den nackten und schwitzenden, schreienden und kreischenden Frauen, die herumspektakelten und Aufgüsse machten, in Behörden arbeiteten und auf die Ausländer schimpften. Dort war stets alles klar. Diejenigen, die in Behörden arbeiteten, wussten alles über Einwanderer, zumindest alles Wesentliche, hatten es immer gewusst, schon Jahrzehnte lang. Unter ihnen waren jedoch auch immer Ausländer, was irgendwie überhaupt keine Logik hatte. Die Ausländer lästerten und lachten über sich selbst und waren die allerschlimmsten Gegner von Ausländern. Das würde bald dazu führen, dass sämtliche Menschen zu Fremdlingen würden, die gegen sich selbst protestierten. Aber auch dort, in den Behörden, passierte nichts anderes als das, was immer passierte: die Welt brachte sich sehr nachdrücklich gleichsam selbst in Erinnerung. Sie sagte: so bin ich, dies ist die Wahrheit, vergleich alles damit, richte dich danach. Und so machte die Welt es auch jetzt.

Der Hahn war zugedreht, das Blut in meinen Adern hörte auf zu fließen. Es staute sich im Kopf. Eine Ahnung war aufgetaucht. So eine schreckliche Ahnung, wie sie viele der Menschen, die gegen ihren Willen stets recht haben, unweigerlich ab und zu und ohne Vorwarnung spüren. So eine stufenweise, treppenförmige Ahnung, die nicht mehr verschwindet, die aber treppenförmig ist, damit der Mensch nicht gleich auf einen Schlag verrückt wird. Mir wurde heiß. Mein Kopf fühlte sich an wie ein Radieschen, eine überreife Tomate, eine Bombe. In meinem Hals pochte es. Ich war drauf und dran, einen Herzanfall zu bekommen. Vielleicht. Und wer von ihnen kannte die Notrufnummern auswendig? Wer!

Sehr geehrter Herr Fidler. Der perfekte Schweinsbraten. Haushaltsratgeber. *2 kg Schweineschulter mit Schwarte.* Ich sammelte alle vom Schweinsbraten übrig gebliebenen Stücke zusammen und legte sie auf einen Haufen. Ich öffnete Schubladen und Schränke. Wo war sie? Gegenstände fielen auf den Fußboden, als ich die Waage suchte, die ich nicht finden wollte und doch finden musste. Und nun du noch hier, Marie-Luisa! Du bist mir im Weg, geh weg, verschwinde, lass mich allein, siehst du nicht, dass ich alle Hände voll zu tun habe. Nein. Es ist nicht alles gut. Eigentlich ist gar nichts gut! Mach um Gottes willen die Tür hinter dir zu und frag nicht dauernd.

Als ich die Küchenwaage endlich im Eckschrank hinter dem alten Toaster fand, legte ich alle Stücke, die ich vom Schweinsbraten zusammengeklaubt hatte, hinein. Ich hatte meiner Ahnung die großzügige und ehrliche Chance gegeben, falsch zu sein, hatte im Stillen gehofft, dass ich mich irrte, dass ich mich wenigstens ein Mal im Leben bei einer Sache oder wenigstens bei dieser irrte. Lieber hätte ich sterben mögen, als immer und bei allem recht zu haben. Im Ofen war von dem Fleisch bestimmt ein halbes Kilo verschwunden, das war eine objektive Schätzung. Anders als beim Menschen in der Sauna, verschwindet im Ofen von allen Gerichten stets mehr als ein Viertel, wohin, das wusste ich nicht, das war auch völlig egal. Ich hatte alles ganz genau so gemacht wie gefordert. Die Wahrheit war trotzdem, dass, gerechnet auf fünf Personen und einen Hund, von meinem Schweinsbraten so gut wie nichts gegessen worden war.

Ich fegte mit einer einzigen Handbewegung die Plüschtiere vom Bett auf den Fußboden. Dass ein erwachsener Mensch nicht mal Platz in seinem eignen Bett hat! Die Plüschtiere schmollten nicht einmal. In Anbetracht dessen, wie zufallsbedingt die ganze Natur und die Welt waren, war es überhaupt nicht verwunderlich, dass Fehler passierten: Ein Wesen, aus dem ein Hund hätte werden sollen, wurde ein Mensch, manch einer gesund, der andere krank, der dritte behindert. Man kann sich die Folgen vorstellen. Wie das Rüstzeug fürs Leben, wie die Begabungen, Gesichtszüge, Schwierigkeiten? Der Mangel an Phantasie konnte durchaus ein großes Problem sein im Leben eines solchen als Mensch geborenen Hundes. Ebenso die fehlende Fähigkeit, eigenständige Beschlüsse zu fassen. Diese Menschen liefen vermutlich herum und fragten: Was möchte ich jetzt tun? Und griffen nach jeder wie auch immer gearteten Antwort. Je unsinniger, desto besser. Ganz wie Marie-Luisa. Der Zeh juckte. Das ertrug ich noch weniger.

Am Morgen hatte ich den Braten gemacht, zuvor hatte ich eingekauft, mit Frau Berger geplaudert, mich hübsch gemacht, und dann waren die Gäste gekommen. Ich hatte sie bewirtet, den Hund ausgeführt, die Gäste ausruhen lassen. Wo war Marie-Luisa? Ich hatte ein Anliegen an sie.

Ich stieg die Treppe hinunter und öffnete die Tür von Marie-Luisas Zimmer – eigentlich das Fernsehzimmer – und da lag sie auf ihrem Bett, mit nackten Füßen, reglos wie eine aus dem Wasser aufs Eis gezogene Robbe. Allerdings war sie rot, nicht grau. Eine rote, schwitzende, barfüßige Robbe im schwarzen Kleid. Schlief sie?

Marie-Luisa wirkte knochenlos, wie ich fand. Ihre Haut und ihr Fleisch umgaben sie wie ein um die Knochen hängendes Bett. Das sah eigentlich ganz nett aus. Im eigenen mitwandernden Fettbett ließ sich bestimmt angenehm schwabbeln und schaukeln. Eine Hängeschaukel dürfte überhaupt der angenehmste Ruheplatz für die dicke Marie-Luisa sein. Ich lag nie auf dem Rücken, sondern immer auf der Seite, zusammengerollt. Der Österreicher konnte es nicht leiden, wenn ich zusammengerollt auf der Seite lag, er sagte, dass er keinen Kontakt zu meinem Körper bekomme. Wir kämpften dann manchmal vor dem Einschlafen miteinander, er zog meine Beine gerade, während ich mich immer enger und enger zusammenrollte, bis ich eine Muschel war. Für den Österreicher war auch das ein Spiel. Das Muschelspiel. Wann würde er erwachsen werden? Zum Glück war jetzt kein früher Alltagsmorgen, darüber konnte ich froh sein, denn sonst würde ich als Muschel im Bett liegen und denken, dass ich eigentlich auch freiwillig aufstehen könnte, weil das Warten aufs Weckerklingeln eine so schreckliche Folter war. Auf das Klingeln zu warten, war schlimmer, als vom Klingeln zu erwachen.

Ich schlich mich tiefer ins Zimmer hinein, beugte mich vor und angelte nach den Strümpfen, die sie ausgezogen hatte. Sie drehte sich ein wenig, röchelte, bemerkte mich aber nicht, sondern schaukelte weiter ihren Körper im eigenen Fettbett. Es wirkte irgendwie bedrohlich, und ich wagte nicht, sie zu wecken.

Ach, ich will gar nichts. Ich sammle nur Wäsche, muss sowieso die Maschine anschmeißen. Ich hob die zur Wurst gerollte Strumpfhose und das T-Shirt vom Fußboden auf, dann schlich ich ins Bad. Eine Aufgabe nämlich, die ich über alles liebte, war Sachen zu waschen.

Besser war höchstens noch, Müll wegzuwerfen. Ich kippte stets, als wäre es das erste Mal in meinem Leben, gierig den Inhalt des Wäschekorbes im Bad aus. Jetzt wusch ich Marie-Luisas Sachen und die des Österreichers sorgfältig, als wären es meine eigenen. Auf der Maschine war noch Garantie.

Als ich wieder in mein eigenes Schlafzimmer kam, richtete ich die Plüschtiere auf dem Stereobord auf. Einige von ihnen waren in den Wirren des Tages, etwa bei dem Kleiderwechseln, aufs Gesicht gefallen. Andere, wie die Schildkröte und der Hase, waren zur Seite gekippt und liefen Gefahr, auf den Fußboden zu purzeln. Ich stellte sie auf, drückte sie regelrecht auf ihren Platz, wobei sich ihre Gesichter in Falten legten.

Frau Berger hasste Bach. Eben jenen Johann Sebastian, den der Österreicher verehrte, den verabscheute sie. Seine Musik zu hören, nannte sie eine »gnadenlose Folter«. Sie sagte, dass, falls man sie eines Tages aus irgendeinem Grunde nochmals foltern oder ihr Informationen über andere Personen entlocken wollte, die ebenso verdächtig wie sie selbst waren, dann brauchte man ihr nur die Musik des Deutschen Johann Sebastian Bach vorzuspielen, und sie würde auf der Stelle alles gestehen, was verlangt wurde. Außerdem fand sie, dass Franz Schubert in Wahrheit ebenso viel Aufmerksamkeit verdiente wie Mozart, wenn nicht sogar mehr. Aber Schubert bekam sie nicht. Mozart bekam die meiste Aufmerksamkeit, weil er als Kind Klavier spielen konnte, indem er verkehrt herum auf dem Hocker saß. Ganz als wäre das irgendeine Kunst. Nun, die war es natürlich, aber es ging hier ja nicht um irgendeinen Zirkus, du liebe Güte.

Ich nahm mir eine Dose Zuckererbsen und eine Tüte Erdnüsse. Schrecklicher Hunger. Und gleichzeitig verspürte ich Übelkeit. Eigentlich war ich den ganzen Tag in einer widersprüchlichen Hunger-Übelkeits-Situation gewesen. Ich setzte mich auf den Hocker, der immer noch nicht repariert worden war, er wackelte. Ich schaltete das Kofferradio ein. Ob dort Ellen sprach? Nein, um diese Zeit war weder Ellen noch sonst jemand da. Nur irgendwelches Originalinstrumentengejaule. Maximus lugte durch den Türspalt. Seine Nase glänzte. Er schob sich herein, schnupperte die Heizkesselluft, schnupperte am Aschenbecher, an meinen Fingern. Ihm gefiel entweder das Heizöl oder Cannabis, oder er war ein Polizeihund. Frau Berger, Sie lieben Polizisten, hassen aber Hunde. Und wenn der Hund nun ein Polizeihund ist? Ich sollte ihr gelegentlich mal Gras in ihre Zigaretten stopfen. In manchen Ländern wurde es als Schmerzmittel benutzt. Komm her zu mir, sagte ich zu Maximus, und er sprang. Ich schüttete mir Erdnüsse in den Mund und zermahlte sie alle auf einmal zwischen meinen Zähnen, gab auch Maximus eine Portion. Ich zog lange und andächtig an der Zigarette. Erste Phase des empirischen Experiments: Ich habe Lust auf einen Bonbon – ich nehme mir einen und esse ihn. Zweite Phase des empirischen Experiments, dieselben Prämissen, eine andere praktische Konsequenz: Ich habe Lust auf einen Bonbon – ich nehme mir einen, lege ihn aber zurück und frage mich, an welchem Punkt sich der Wunsch dem Verstand beugt, wer von beiden stärker ist. Homo ludens.

»Taru, jetzt wo du eine Österreicherin geworden bist…«

Mein Herz machte einen Sprung bis in den Hals. Die Robbe hatte sich aus dem Schlaf gerappelt, sich in ihrem Fettbett aufrecht hingestellt und war die vielen schmalen Kellerstufen heruntergestiegen bis an diese Tür.

»… erzähl mir mal, worin sich der finnische und der österreichische Mann voneinander unterscheiden…«

Marie-Luisa sollte mich nicht so erschrecken. Sie entschuldigte sich. Wieder mal trat diese dicke Marie-Luisa in mein Blickfeld, und ich musste Stellung beziehen. Sie lehnte mit einem Weinglas in der Hand am Türrahmen, ganz die Träumerin, ließ das Wort »Rom« auf der Zunge zergehen und wollte sich ganz offenbar ihren Jugenderinnerungen hingeben. Ich drückte meine Zigarette aus und schob den Aschenbecher mit dem Fuß unter den Hocker, aber das war überflüssig, denn sie interessierte sich nur fürs Essen. Sie hatte einen unersättlichen Appetit. Sprach sie deshalb von Männern? Jetzt, da die Knödel wohl endgültig verzehrt waren? Die arme unersättliche Marie-Luisa. Was könnte ich ihr wohl noch anbieten? Zuckererbsen? Ihre eigene Torte? Bananen und Knäckebrot? Dieser Heuschreckenschwarm! Wären die Möbel in Gefahr, wenn die Lebensmittel ausgingen? Und die finnischen Männer? Die aßen Wurst.

»Ich kann nicht wissen, wie sie sind«, sagte ich dann zu Marie-Luisa, »als ich jung war, war ich ständig unsterblich in irgendeinen Finnen verliebt, aber oh Wunder, ich bin jedes Mal abgeblitzt.«

Das stimmte natürlich nicht, aber irgendetwas musste ich ja sagen.

Marie-Luisa lachte.

»Dann sind sie ja genau wie die italienischen Männer. Und die französischen. Und die afrikanischen und englischen. Wer hätte gedacht, dass die Franzosen und die Finnen wie Zwillinge sind. Nimm du auch einen Schluck Wein.«

Sie hielt mir ihr eigenes Glas hin. Ihre Augen waren gerötet, vielleicht verweint, vielleicht vom Rauch gereizt.

Marie-Luisa schlürfte aus ihrem Glas.

»Ich verstehe ja noch einigermaßen, dass man mich verlässt.«

Ihre Schulter quetschte sich zusammen, während sie da an der Tür lehnte, sie schien nur noch die Hälfte ihrer selbst zu sein.

»… ich bin ja ein erwachsener Mensch, und man braucht sich um mich nicht zu sorgen …, aber…«

Auch Frau Mutti erschien an der Tür.

»Findet hier eine unterirdische Versammlung statt?«

Ganz recht. Es schien hier Stoff zu geben für unterirdische Versammlungen. Frau Mutti hatte ihre Perücke abgelegt, denn von der heißen Luft juckte ihre Kopfhaut. Auf ihrem Scheitel waren Schuppen zu sehen. Sie war überraschenderweise von Natur aus fast kahl. Sie widersprach ihrer Tochter.

»Ich hatte dir ja gesagt, dass man als Erwachsener gar nicht mehr in dieses London fahren sollte, sondern dass ein Teenagerjahr dort vollauf genügt. Was hast du von da mitgebracht? Nichts.«

Marie-Luisa schnaubte sich die Nase.

»Ich habe Elisabeth von dort mitgebracht, Mutter.«

Wenn die Ausstrahlung eines Menschen die Jahreszeiten verändern könnte, zum Beispiel so, dass aus dem Sommer Herbst würde, dann hätten wir hier jetzt ein Beispiel. Mit Frau Mutti war gleichsam der Herbst in den Heizungsraum gekommen. Die Blätter rieselten. Das Wasser gefror.

»Hm, nun ja. Ist noch Wein da? Wohin seid ihr alle verschwunden? Das Fest beginnt ja erst. Du schniefst. Deine eigene Schuld. Du hast Strümpfe und Schuhe und Hausschuhe, aber nein, nichts wird angezogen.«

Genau, wer nicht will, der hat schon. Es hatte überhaupt keine Rolle gespielt, dass ich so lange nach dem Stangensellerie gesucht, mir schrecklich viel Mühe gegeben hatte.

»Mutter hat einen neuen Liebhaber. Sie wirkt zusehends jünger«, teilte Marie-Luisa mir mit.

Frau Mutti verbot ihrer Tochter, so zu reden, war aber sichtlich geschmeichelt.

»Ich dachte, jetzt wird ein Puzzle zusammengesetzt«, sagte sie.

Ein Puzzle, auch das noch.

»Mutter, du sorgst für unnötige Aufregung, komm raus da, sofort!«, rief der Österreicher aus dem Wohnzimmer. Ganz ähnlich, scherzhaft streng, pflegte er auch mich zu kommandieren. Wenn Frau Mutti sich tatsächlich einen neuen Liebhaber geangelt hatte, so erklärte das vielleicht, warum sie letztlich gar keinen Hunger gehabt hatte. Und woher ihre Stimmungsschwankungen kamen.

»Sofort zurück!«, tönte es aus dem Wohnzimmer.

»In unserer Familie haben wir immerhin Österreichs bestaussehenden und feinsten Mann«, sagte Frau Mutti. »Du kannst dich freuen«, sagte sie zu mir. »Ich habe schöne Kinder. Ganz recht, auch du, Marie-Luisa, bist ein schönes Kind. Aber was habe ich nur verbrochen, dass mir meine Kinder keine Enkelkinder schenken?«

»Was bitte ist dann Elisabeth?«, fragte, vielmehr schrie Marie-Luisa.

Eben. Was eigentlich war dann Elisabeth?

»Reg dich nicht auf. Elisabeth ist meine schöne Enkeltochter. Sie ist schön und vollkommen. Darin hast du recht. Aber sie ist eine Hälfte. Du musst doch mal ehrlich zu dir selbst sein. Sie ist eine Hälfte.«

Frau Mutti überlegte einen Moment, sah ihre Tochter an, hob das Kinn (was sie um etliche Zentimeter größer machte) und ergänzte, gleichsam sich selbst trotzend: »Weil sie eine Negerin ist.«

Sie überlegte dann glücklicherweise noch einen zweiten Moment, kam zur Vernunft, kehrte zu ihrer gewöhnlichen Größe zurück und korrigierte ihre Äußerung.

»Oder ein Ganzes. Sie ist ein Exemplar. Wo sind die anderen, wie ist die Horde? Die Österreicher sind komisch. Warum machen sie keine Kinder mehr? Warum hassen alle Leute Kinder?«

»Meine Nachbarin sagt, dass es durch den Krieg kommt«, sagte ich.

»Durch den Krieg? Das kann unmöglich stimmen. Der ist ja schon ewig her, daran denkt doch kein Mensch mehr.«

»Tatsache!«, hörte ich Elisabeth im Wohnzimmer schreien, und der Österreicher lachte dazu.

»Tatsache!«, schrie auch er.

Welche Sache? Marie-Luisa weinte und schluchzte und versuchte zu erklären, dass meine Nachbarin bestimmt Dinge meinte, die die Generationen überdauerten. Auch der Fremdenhass war ja nicht im vergangenen Jahrhundert erfunden worden, er war keine österreichische Neuentwicklung, setzte sie an, aber sie fand kein Gehör. Frau Mutti beschimpfte ihre Landsleute dafür, dass sie keine Kinder machten, und die Ausländer dafür, dass sie welche machten. Überhaupt auf der ganzen

Welt war es so, dass die Armen zu viele Kinder machten und die Reichen zu wenig. Als sie selbst jung gewesen war, war es ganz selbstverständlich gewesen, dass man heiratete und dann Kinder bekam.

»Mutter, komm schon. Wo bleibst du?«, meldete sich der Österreicher erneut aus dem Wohnzimmer.

»Man sieht es ja hier, die Wände voller Kunst«, sagte Frau Mutti, und ihre Geste schloss unser ganzes Haus ein, quittierte es sozusagen. »Aber kein Kind.«

Der Österreicher verdiente ihrer Meinung nach bestimmt genug, dass eine Familie ausreichend zu essen hätte.

»Oder nicht?«, fragte sie mich.

Ja, gewiss. Der Österreicher verdiente. Geld und Rechte.

Frau Mutti packte mich plötzlich an der Brust.

»Hör mal zu, du… Was bildest du dir eigentlich ein? Ich weiß nicht, womit du meinem Sohn den Kopf verdreht hast. Vielleicht ist er zu alt, um vernünftig zu sein. Vielleicht betäubst du ihn mit Lebensmitteln. Wahrscheinlich will er nur eine junge … irgendwas …, und das bist du natürlich, verglichen mit uns anderen. Aber du könntest wenigstens das bisschen…! Sonst geht das Leben vorbei …, man kann unmöglich wissen, wie das Leben wirklich ist, wenn man keine… Und ein Kind liebt dich bedingungslos …, es schaut auf dich, sucht Schutz …, eine ganz großartige Erfahrung. Und man lernt allerlei dabei. Wo für dich das Lernen doch so wichtig ist.«

Sie bemerkte die Zuckererbsendose im Regal, ließ mich los, ging hin, nahm sich ein paar Erbsen heraus und steckte sie in den Mund.

»Man muss Kinder machen, muss sein wie Menschen nun mal sind… Und all diese heutigen… Man muss sich auf die einfachen Dinge besinnen, anstelle all dieser ewigen Diskussionen, die einem nur die Stimmung verderben. Schau dir Elisabeth an, sie geht immerhin auf die Straße und stellt Forderungen. Sie weiß, wovon ich rede. Von den Generationen ist immer jede zweite völlig nutzlos und schwach und jede zweite stark und gut und vorwärts drängend.«

Ich konnte nicht umhin, wieder an die Tellerbar in der deutschen Universitätsstadt zu denken. Es war wahrlich ein Höhepunkt des Irrsinns und der Unverschämtheit gewesen, eine frischgebackene finnische

Akademikerin in einem nichtssagenden Café an die Tellerbar zu stellen. Auch heiß war es dort gewesen, mitten in all dem dampfenden Geschirr. Wenn wenigstens jemand gekommen wäre. Ein einziger Kunde, alles wäre anders gewesen.

»Ich sehne mich nach Vati«, sagte Frau Mutti.

Andererseits war der Job auf seine Art sensationell gewesen. Er hatte immerhin einen Anfang dargestellt. Den ersten Anfang. Anfänge sollte man nicht verachten. Ich hatte nicht herumgejammert oder geheult. Nein, einfach eine Zeitungsannonce, so wie alle anderen gewöhnlichen Menschen. Ich hatte einen großartigen Auftritt im Bewerbungsgespräch hingelegt, und war dadurch an der Schlange vorbei gezogen. Da blieb manchem Deutschen die Spucke weg, als eine finnische Akademikerin kam und sich an die Tellerbar stellte. Vor fünfzehn Jahren hatte man in Kontinental-Europa über so etwas gestaunt.

»Und ich bin freigiebig. Ich habe ein Patenkind in Afrika. Wer von euch hat sonst noch ein Patenkind in Afrika? Oder anderswo? Überhaupt ein Patenkind in irgendeinem Erdteil? Außerdem vergöttere ich Woody Allen. Mir kann niemand irgendetwas vorwerfen.«

Und ich habe nicht übergossen.

»Übergossen?«

»Den Braten. Auch ich habe ihn nicht übergossen«, sagte ich zu Frau Mutti.

»Das sag ich doch: man darf ihn nicht übergießen, sonst wird er gummiartig und schlaff.«

Frau Mutti fand in der Hand ihrer Tochter die gesuchte Weinflasche, erhob sich, überlegte und sah mich dann erneut an. Sie schüttelte den Kopf, in einer Hand die Perücke, in der anderen die Weinflasche, sah mich so streng an, dass mir der Atem stockte, suchte nach Worten und fand sie schließlich: »Diese Sache geht mich nichts an. Leider. Das begreife ich sehr wohl, aber«, ihre Augen waren zu zwei Bohrmaschinen geworden, »ich warne dich.«

Der Österreicher suchte nach einer passenden Hintergrundmusik. Er hatte bereits Bach und alle finnischen Stücke verworfen. Jetzt wog er Maria Callas und das Neujahrskonzert der Wiener Philharmoniker gegeneinander ab. Er wählte das letztere und drückte seiner Mutter die Hülle in die Hand. Da hatte sie ihren geliebten Radetzkymarsch.

»… verdirbt. Verstehst du?« Frau Mutti tätschelte ihrem Sohn die Wange.

Ich kam wieder mal mitten in irgendeine Szene.

»Na gut. Du brauchst nicht verlegen zu werden. Ich möchte mir diese Kerze nehmen und sie dort auf dem Couchtisch zum Gedenken an Vati anzünden«, sagte Frau Mutti. »Elisabeth, würdest du so freundlich sein und das gerahmte Foto holen, das ich zur Aufbewahrung in deine Handtasche gepackt habe. An Tischdecken gibt es hier wohl nur diese eine.«

Elisabeth hatte das Foto gefunden, brachte es ihrer Oma, und Frau Mutti durfte ihren Altar einrichten wie eine Puppenstube.

»Wann wirst du endlich ein Mann?«, fragte sie ihren Sohn. »Früher hattest du wenigstens Sinn für Humor. Zum Glück ist Vati schon tot. Es würde ihn beleidigen, dich in diesem Alter so zu sehen …, und sie spricht doch gut«, sagte Frau Mutti, »könnte Sekretärin werden.«

Der Österreicher verstummte. Er räusperte sich mehrmals, schenkte sich und seiner Mutter Wein nach.

»Oder kann sie etwa nicht schreiben? Und was hast du dich da zu räuspern?«

Frau Mutti schnäuzte in die Serviette und nahm einen Schluck Wein.

»Hat sie es versucht?«, fragte sie. »Könnte mir jetzt mal endlich jemand sagen, ob Finnland in der EU ist?«, verlangte sie. Dann fuhr sie fort:

»Ich möchte später übrigens nicht ins Altersheim. Ihr bekommt im Testament nichts vermacht, wenn ihr mich ins Altersheim steckt. So steht es da. Ich habe eine Kopie zu Hause in der Schublade vom Nachtschrank. Marie-Luisa weiß es bestimmt, denn sie schnüffelt immer in meinen Sachen, wenn ich nicht da bin. Viele junge Leute glauben, dass wir Alten ihnen und der Gesellschaft nichts mehr zu geben hätten«, sagte Frau Mutti. »Sie wollen uns in gesonderte Einrichtungen stecken, damit wir dort auf den Tod warten. Sie tragen zu kleine Sachen und vergnügen sich mit Sex und Drogen. Die Welt ist so seltsam geworden.«

»Mutter, was ist denn jetzt mit dir los?«, fragten ihre Kinder.

Ja. Was plagte sie eigentlich?

In der einen oder anderen Form, auf die eine oder andere Weise war das letzte Wort aller Menschen vor ihrem Tod »Mutter«. War es immer gewesen. Die Geriatrie-Krankenschwester Finnland-Tuulikki hatte für diese letzten Worte einen Logenplatz, freien Eintritt, sogar das Vorrecht, sodass man ihr wohl glauben musste. Mann oder Frau, blond oder braun, Einheimischer oder Ausländer, jeder Mensch, auch wenn er Jahre lang kein Wort mehr gesprochen hatte, sagte mit letzter Kraft vor seinem Tod etwas zu der kinderlos gebliebenen Tuulikki, flüsterte ihr, ehe er ins Jenseits ging, ins Ohr: Mutter. Wenn Tuulikki ihre Geschichte mehrmals hintereinander erzählte, brachte sie oftmals den Zusatz, dass die Sterbenden sie vorn über der Brust an ihrem weißen Kittel packten, worauf sie leise »schhh« machte und ihnen einen sanften Kuss auf die Stirn drückte. Das war ungewöhnlich, fast unglaublich, wie fast alles in Finnland.

Der Österreicher schlug vor, dass wir alle zusammen hinausgehen sollten, um nach den Sternen zu schauen. Der Regen hatte aufgehört, vielleicht würde die Nacht nach langer Zeit wieder mal sternenklar werden. Und falls nicht, so konnten wir wenigstens ein bisschen frische Luft schnappen, gewissermaßen uns selbst und unsere Gedanken auslüften. Elisabeth war schon vor geraumer Zeit zu einem Spaziergang aufgebrochen.

»Romantisches Mädchen, wie ihre Mutter«, sagte der Österreicher zu seiner Schwester.

»Es ist ein schöner Gedanke, gemeinsam die Sterne anzuschauen«, sagte Frau Mutti.

Sie suchte nach ihrer Perücke und fand sie auf der Heizung.

»Herrlich warm«, sagte sie, als sie sie aufsetzte. »Wie ein Hut.«

Frau Mutti erinnerte an ein Gespenst. Eine Fledermaus. Ihre Frisur war schief, ihr Make-up hatte Streifen. Ich ließ sie auf der Bank im Flur Platz nehmen, zog ihr die Baumwollstrümpfe von den geschwollenen Füßen und massierte sie, massierte ihren steifen Nacken. Ich half diesem alten, hutzeligen vertrockneten Kienstock, zog ihm Wollsocken an und setzte seine Füße in die Gummistiefel des Österreichers wie zwei Palmen. Die ganze Zeit schob Frau Mutti mich weg, bedeutete mir, dass ich sie nicht berühren sollte.

Kinder gab es nicht. Ein Mal hatte es einen Mann gegeben, hatte Frau Berger gesagt. Dann war sie verstummt und hatte sich eine neue Zigarette angezündet.

»Es hat Sie also niemand so weit ertragen, dass er um Sie angehalten hätte? Dass er ganze Tage mit Ihnen ausgehalten hätte?«

»Nein. Ich war so schrecklich, immer fordernd und misstrauisch.«

Wir hatten geraucht und gelacht.

»Ich habe mal die Emmanuelle-Bücher des Österreichers aus dem Autofenster in den Schnee geworfen, weil ich eifersüchtig auf sie war«, hatte ich lachend erzählt, regelrecht meine Karten auf den Tisch gelegt, obwohl daran weder in dem Moment noch nachträglich gesehen etwas lustig war. »Daraufhin warf er mich aus dem Auto. Jetzt reicht es, sagte er. Da stand ich dann mitten in den Voralpen mit einem Rucksack auf dem Rücken im Schnee.«

Es war wieder mal so ein Selbstdemütigungswettbewerb gewesen, und Frau Berger hatte gewonnen, so wie sie fast immer gewann. Sie besaß Trümpfe in der Lebenserfahrung, gegen die nicht anzukommen war.

Abends hatte ich dann natürlich nicht einschlafen können, weil ich bei Frau Berger wieder mal zu viel Kaffee getrunken hatte. Ich hatte im Bett über das nachgedacht, was ich ihr und noch niemand anderem erzählt hatte.

Diesmal klingelte ich bei Frau Berger lange und fordernd und ohne zu zögern. Im Allgemeinen tat ich es brav und höflich, aber jetzt nicht. Ich presste das *Herr Fidler*-Papier in meiner Tasche. Ich war tausende Male für sie einkaufen gegangen, jetzt müsste sie mir in dieser kleinen Sache helfen, die höchstens eine Minute ihrer kostbaren Zeit beanspruchen würde.

Frau Berger öffnete mir schneller als je zuvor. Ganz als hätte sie hinter der Tür gewartet und gelauert, wann ich denn wohl wieder käme, um mit ihr darüber zu streiten und Wettbewerbe auszutragen, wer von uns beiden letztlich jämmerlicher und schlechter war… Denn als die Klingel gerade erst begonnen hatte zu klingeln, gab die Tür unter meinen Händen, meinem Gewicht nach, und ich fiel geradezu mit dem Gesicht voran in Frau Bergers Arme.

Sie forderte mich auf, mich zu beruhigen (liebes Kind!) und ihr zu sagen, was mich bekümmerte. Ich richtete mich auf und sagte ihr, dass alles in Ordnung sei, ich müsste nur einen kleinen Punkt klären bezüglich des Rezepts, genauer gesagt des Übergießens, und darin hätte sie eine Schlüsselposition inne.

Aber zuvor wollte ich sie um Entschuldigung bitten. Das war ein bisschen zu feierlich ausgedrückt, Tatsache jedoch war, dass die Dinge in keiner Weise vorankamen ..., sie standen auf der Stelle, schlugen quasi mit dem Kopf gegen die Wand... Frau Berger, ich hatte meine Worte und auch meine Gedanken schlecht gewählt, und das bedrückt mich.

Sie sagte, dass sie sich gerade eine interessante ganzseitige Unterwäschereklame angesehen habe, vierfarbig und mit ganz neuen Bildecken. Das Model, das die Wäsche vorführe, wirke verhungert. Ob ich es sehen wolle. Ich wiederholte alles, was ich bereits hinsichtlich der Worte und ihrer Wirkung gesagt hatte.

»Wann?«, fragte sie.

Wann? Vorhin eben. Oder immer. Oder ich weiß nicht. Was spielt es für eine Rolle? Ich wollte mich bei ihr entschuldigen, reichte das nicht? Wollte sie etwa wieder herumzicken? Ich war doch diejenige, die nachgedacht hatte. Und ich wollte nicht, dass ein Gedanke, ein Wort, ein Streit oder dergleichen sich negativ auf unsere Freundschaft auswirkte. Oder auf irgendetwas. Ich hatte aufgegeben, sie hatte also gewonnen, verstand sie das jetzt nicht?

Frau Berger hob die Brauen, so wie sie es immer tat, wenn sie spürte, dass sie im Vorteil war. Sie wollte natürlich die Situation auskosten. Völlig in Ordnung. Ich hätte es an ihrer Stelle auch gewollt. Ihre Augen glänzten. Hatte sie Fieber?

»Wenn Sie Fieber haben, will ich natürlich nicht stören«, sagte ich.

»Ich habe kein Fieber! Habe schon seit Jahrzehnten keines mehr gehabt. Oder doch? Womöglich habe ich welches! Könnten Sie meine Stirn anfassen? Mir scheint, dass ich tatsächlich Fieber habe.«

Sie hatte kein Fieber, im Gegenteil, die Stirn war kühl. Ich wog meine Worte ab. Wie hob man die Dringlichkeit einer Sache hervor, ohne dass man bei einem herzkranken Menschen Panik schürte? Ich musste ihr begreiflich machen, dass nichts Bedeutsames auf dem Spiel stand, dass es aber eine Kleinigkeit gab, die geklärt werden wollte, und dass jetzt leider keine Zeit für langes Kaffeetrinken war.

»Nun?«

»Sie wissen, wie ich mich kümmere.«

Frau Berger schluckte. Dann brach sie in schallendes Gelächter aus.

»Sie wollen also Absolution von mir?«

Das wollte ich natürlich nicht. Hatte sie irgendwelche Medikamente genommen? Aufputschmittel? Schlaftabletten? Hatte sie sich wieder zu viel Morphium aufgepappt? Ich kam auf die Sache zurück und sprach so deutlich ich konnte.

»Sie sind natürlich nicht meine Mutter, Sie brauchen sich das nicht anzuhören. Sagen Sie nur ein Wort, und ich lasse Sie in Ruhe. Und ich habe nie etwas von Ihnen verlangt, das will ich schriftlich bestätigt haben.«

»Beruhigen Sie sich«, sagte sie zu mir in ausgeprägter Alteleutemanier.

»Und das auch«, fuhr ich fort. Ich zeigte ihr das Rezept, aber das kannte sie ja schon.

»Gehen wir also. Kommen Sie zu mir? Sie können gern so lange zu mir kommen, bis die Gäste weg sind. Kümmern Sie sich nicht um sie. Wir kennen ja Verwandtschaften.«

Sie drehte sich um und kicherte beim Gehen.

Ich folgte ihr. Aber als ich das vertraute Zimmer sah, blieb ich in der Tür stehen. Die Pflanzen, die Pillen, die Bücher, die Aschenbecher. Ein Dejá-vu. Die Luft war so dick, dass ich husten musste. Frau Berger fing wieder an, irgendeine Geschichte zu erzählen. War dies wirklich ein guter Gedanke gewesen? Wie schon am Morgen, sprach sie nur von sich.

»Frau Berger«, sagte ich genervt, aber sie war schon wieder von ihrem Stuhl aufgesprungen und verschwunden. Ich hörte sie im Flur keuchen und etwas rufen.

Das hier führte zu nichts. Es war besser, ich rief die kirchliche Sprechstunde an, als dass ich bei Frau Berger Hilfe suchte, warum lernte ich das nicht, obwohl ich denselben Fehler schon so oft gemacht hatte. Was brachte mich bloß dazu, auch nur anzunehmen, dass ich bei ihr in irgendeiner Sache Hilfe fände? Sie verstand es, mir eine Einkaufsliste mit den Dingen zu schreiben die sie brauchte, das war alles.

»Im Jahre 1938 ging die Hölle ernsthaft los. Ich hatte plötzlich keine Arbeit mehr, kein Geld, gar nichts. Der Mann, in den ich mich verliebt hatte, war bereits verheiratet …, meine Mutter starb.«

Frau Berger hatte sozusagen die Waffe abgefeuert. Den Kopf vermutlich in den Tiefen ihrer Handtasche, erzählte sie wieder von den Zeiten, da ihre Eltern im Sterben lagen und sie selbst gern zu Hause ausgezogen wäre, woraus aber nichts wurde. Ich hatte diese wirren Geschichten, die über die Jahrzehnte hin- und hersprangen, viele Male gehört.

»Frau Berger…«, versuchte ich sie erneut zu unterbrechen, aber sie hörte meine Worte nicht. Sie war auf Verkündigungskurs, und nichts würde sie davon abbringen.

»Da beschloss ich es: Am zehnten Januar!«, sagte sie. Sie drückte mich auf den Stuhl nieder und ließ ein Heft mit grauem Deckel in meinen Schoß fallen. Sie fuhr fort:

»Aber dann kam es doch anders. Mir wurde zunächst die eine Vertretung angeboten, dann die andere. Der zehnte Januar kam und ging. Ich hatte keine Zeit, mich umzubringen. Hier, bitte.«

Sie zeigte auf das Heft. Ich wusste nicht, was ich ihrer Meinung nach damit tun sollte.

»Und raten Sie mal! Meine Kollegin sagte, sie sei sicher, dass ich Gottes Stimme gehört hatte.«

Sie lachte. »Das war furchtbar pathetisch. Gottes Stimme angeblich. Warum nicht gleich einen Engelschor.«

Ich schielte auf die bunten Reihen von Arzneimitteln auf dem Nebentisch. Jetzt erst begriff ich, in welch schrecklichem Pillenrausch sie wieder sein musste. Die Medikamentenarmee auf dem Nebentisch war zerfallen, die Soldaten auseinandergesprengt, Vorbereitung zum Aufstand? Zum Angriff? Zur Verteidigung? Hatten sie die Seite gewechselt? Mindestens die Hälfte von ihnen stand auf einem ganz falschen Platz.

»Jedenfalls …, seither waren all diese Momente, Sekunden und Stunden von morgens bis abends, von abends bis morgens ein einziges *freudvolles Leben in der Verachtung des Lebens*«, sagte sie. »Kennen Sie Nietzsche? Und *»der Wille sich selbst zu besiegen durch Negation.*«

Sie sah mich mit zusammengekniffenen Augen an. Ich blickte ausdruckslos drein. Sie verschwand erneut in den Flur und rief von dort:

»Oder etwas in der Art. Aber auch das sind die Menschen nicht bereit zu glauben. Sie wollen nicht selbst denken. Sie wollen es nicht mal versuchen. Besonders die Schauspieler, Leute, die ständig spielen, auf der

Bühne und außerhalb der Bühne. Allerdings geht es bei ihnen nicht ums Wollen. Sie machen sich einfach nicht die Mühe. Und sie haben außerdem Angst davor, dass das Wollen und Denken ihre Kreativität abtötet. Die sie zwar gar nicht besitzen, aber sie bilden es sich jedenfalls ein. Und sie haben natürlich nicht so ganz Unrecht. Diese Dinge bergen eigene Gefahren in sich.«

Ihre Stimme entfernte sich gegen Ende der Replik. Zum Schluss hörte ich die Toilettenspülung rauschen.

»Die Rolle der Frau des Meisters zu bekommen, ist wie ein Lottogewinn. Mir wurde diese Rolle nie angeboten, obwohl ich sie gut gespielt hätte. Besser als manche...«, sagte sie, als sie zurück kam. Sie zog sich die Strumpfhose hoch. Eine ihrer mehr als mageren Brüste war zu sehen, weil sich ein Knopf ihrer Hemdbluse geöffnet hatte. Ich deckte die Hand über mein Blickfeld.

»Ich wäre nicht bereit gewesen, sie aus Mitleid anzunehmen. Wir alle wussten, dass die Frau des Regisseurs eine jämmerliche Schauspielerin war und die Rolle durch Erpressung und aus Mitleid bekam. Bemitleidenswert war sie tatsächlich. Nur bemitleidenswert. Man konnte sie nicht mal hassen. Es gab Momente, in denen ich sie sogar mochte. Sie konnte manchmal richtig lustig sein. Auf der Bühne war sie immer langweilig, aber wenn das Stück dann zu Ende war, sorgte sie dafür, dass wir uns im Hinterzimmer fast totlachten! Eine herrliche, amüsante kleine Frau. Und ungeheuer ehrgeizig, rachsüchtig, nachtragend und rücksichtslos. Mörderpotential.«

Das Gemälde an der Wand zur Küche hatte in dieser Beleuchtung bemerkenswert viele Farben. Ich wagte nicht zu gestehen, dass ich noch nie Nietzsche gelesen hatte, schließlich war ich der einzige Magister im Haus. Ich wagte nicht zu sagen, dass ich nicht verstand, was er meinte und dass mich gerade in diesem Moment Frau Bergers Theorie darüber, was Nietzsches geflügelte Sätze mit dem Theater zu tun hatten, nicht interessierte. Und das Da und Damals. Und warum sollten Schauspieler merkwürdiger sein als andere Menschen? Aber ich sah mich genötigt, höflich zu bleiben. Frau Berger war in Wien meine beste Freundin. Ob ich es wollte oder nicht. Sie hatte außer einer kranken Hüfte auch ein schlechtes Gehör. Manchmal, wenn ich durch die Wand hörte, wie ihr

Wecker klingelte und klingelte, glaubte ich schon, sie wäre vielleicht tot. Die Menschen starben ja allen Ernstes. Es war merkwürdig. Sie ärgerten und peinigten einen Jahrzehnte lang dermaßen, dass man sich am Ende nichts sehnlicher wünschte als sie loszuwerden. Und ruckzuck, auf einmal gab es sie nicht mehr. Insofern war das Autobahnargument als Grund für den schlechten Straßenzustand in unserem Wohngebiet vielleicht doch nicht ganz schlecht. Die Menschen waren dumme kleine stinkende und zerstörerische und schmutzige Tiere. Ekelhafte Biester. Insekten waren schön im Vergleich zu ihnen. Frau Berger fuhr fort. »Aber das dazu. Damals sagte ich zum Leben, dass es, wenn es mich erhalten wollte, sich auch um das Wie kümmern müsste. Danach war ich nicht mehr bereit, mir darüber Gedanken zu machen, woher das nächste Arbeitsangebot käme. Seither lebe ich ohne jeden Plan. Und allein. Wie herrlich. Ich bin kein Gruppenmensch. In einem der beiden müsste etwas zu finden sein«, sagte sie und brachte ein zweites Heft, das mit Zetteln und Schnipseln vollgeklebt war.

»Frau…«, sagte ich.

Ich sah auf die Uhr. Frau Berger wurde wütend. Einfach so. Ohne jede dramaturgische Grundlage. Sie war wütend auf die Feinfrostartikel verkaufende Firma *Bofrost*, die ihr nicht die bestellten Eissorten geliefert hatte, obwohl sie mit absoluter Sicherheit darauf hingewiesen hatte, dass sie sie jedes Mal nimmt. Sie blätterte immer noch in ihren Heften und stand so dicht neben mir, dass es mir unmöglich gewesen wäre, mich an die Tür zurückzuziehen und ihr zu danken … für irgendetwas … den Kaffee, genauer gesagt sämtliche bisherigen Kaffeerunden und um einfach nur von ihr wegzukommen. Sie war in gewisser Hinsicht taub, und bockig. Was verstand ich davon? Nichts natürlich. Ihre Reaktion auf die Dinge hatte jedenfalls eine Metamorphose erlebt, nicht eine, sondern mehrere.

Frau Berger fuhr fort:

»Die beste Rolle im Schauspiel ist die Frau des Meisters. Die Frau des Meisters ist immer die beste und geschätzteste Rolle im Stück.«

»Frau Berger!«

»Ich weiß. Der Meister betrügt seine Frau. Mehr als nur ein Mal. Und auf unterschiedlichste Art. Aber trotzdem. Glauben Sie mir, wenn ich Ihnen erzähle, dass jedes Mal, wenn die Frau des Regisseurs die Ehre hat die Bühne zu betreten, sie zur Frau des Meisters gemacht wird, damit sie keinen Nervenzusammenbruch bekommt und nicht beleidigt ist und ihren Kollegen das Leben noch unerträglicher macht als ohnehin schon durch die Tatsache, dass sie in Wirklichkeit die Frau des Regisseurs ist. Hier ist ein Taschentuch für Sie.«

»Dürfte ich jetzt endlich auch mal etwas sagen?«, es gelang mir, den Satz zwischen ihren Repliken unterzubringen. Aber sie gab mir immer noch nicht die Möglichkeit. Sie bereitete sich auf den abschließenden Höhepunkt eines dieser geübten spontanen Monologe vor, und der war manchmal ziemlich lang.

»Vergessen Sie die Mädchenrolle. Mädchen kommen und gehen. Niemand will wirklich eine Nebenrolle spielen, alle, die behaupten, das freiwillig zu tun, lügen.«

»Fr…«

»Ich überlegte früher, wozu ich mehr neige, zur Komödie oder zur Tragödie, das war damals, als ich noch Zeitungen und all die schrecklichen Nachrichten las, die uns ständig daran erinnern, dass wir hier vollkommen unerwünscht und überflüssig sind, bloß Ärger verursachendes Pack. Alle Zeitungsartikel werden ausschließlich dafür geschrieben, uns an den Rand des Wahnsinns zu treiben, und wenn wir dann mit letzter Kraft die Seite umblättern, sehen wir Unterwäschereklame, die uns die Kraft gibt weiterzuleben. Wie töricht. Aber es funktioniert, stellen Sie sich das vor. Von mir aus kann jeder selbst entscheiden, ob er am Ende lachen oder weinen will, aber ich kenne Sie ja. Sie wollen nicht wirklich in solcher unglücklichen, einsamen Lage enden. Sie sollten etwas für Ihre Haare tun. Aber sonst ist Ihre Jugend eine gute Waffe. Sie bewirkt, dass sich die Leute für Sie interessieren, gibt Ihnen sozusagen ein natürliches und unwiderstehliches Bühnencharisma …, mich würde mal interessieren, was Ihnen widerfahren ist, als Sie siebzehn waren, denn Sie wirken wie eine Siebzehnjährige und haben anscheinend beschlossen, eine zu bleiben. Vielleicht erzählen Sie es mir irgendwann? Ich fände es schön, denn Widersprüche sind immer faszinierend …, aber was Sie unbedingt üben müssen ist, ans Wort zu kommen.«

Und sie redete weiter:

»Hier ist es ja endlich.«

Sie hatte in dem Heft ein Rezept für Rindsrouladen gefunden, das sie erst durch die Luft schwenkte, als wäre es die Fahne eines bedeutenden und mächtigen Staates und dann vor mir auf den Tisch legte mit der Bemerkung, dass ich es nicht zurückzugeben brauchte. Rindsrouladen würden ihrer Meinung nach einen größeren Eindruck machen, sowohl auf meine Schwiegermutter als auch auf den Österreicher.

»Und vergessen Sie nicht die Unterwäsche. Sie fühlen sich gleich ganz anders, abhängig davon, was Sie unter dem Kleid (oder in Ihrem Falle unter den Hosen) anhaben. Unsichtbare Dinge sind oftmals sehr wichtig, wenn nicht sogar wichtiger, denn das Publikum nimmt sie wahr, ohne selbst zu wissen warum. Sie als fortschrittliche Skandinavierin haben vielleicht noch gar nicht bedacht, wie wichtig Unterwäsche sein kann. Aber Männer sind Männer. (Sie zwinkerte mir zu.) Sie in Ihrem Alter sollten das wissen. Diese Dinge sind letztlich sehr einfach und trotzdem sehr spannend.«

Sie blätterte die Zeitungsseite um.

»Oder unerhört langweilig... Kreuzworträtsel mag ich, sie helfen mir, nachts einzuschlafen«, sagte sie. Dann war der Monolog anscheinend beendet. Sollte ich applaudieren?

»Frau Berger«, sagte ich fordernd. Sie sah mich endlich still und fragend an.

»Ja?«

Sie wartete und wirkte tatsächlich sehr interessiert.

Ich ärgerte mich und bekam kein Wort heraus, was mich noch mehr ärgerte. Warum war ich nicht einfach aufgestanden und nach Hause gegangen, wo ich mir nicht solch Geschwafel anhören musste. Stattdessen hatte ich mich wieder mal demütigen lassen. All die Menschen demütigten mich absichtlich. Ich hatte wirklich keine Chance, dieses Schiff sicher in den Hafen zu bringen.

»Lassen Sie mich – ich halte es nicht mehr aus.«

»Das sage ich ja immer. Es gilt, auszuhalten. Und irgendwie klappt es am Ende auch immer, Sekunde für Sekunde. Man darf nicht weiterdenken, dann ist das Spiel verloren. Dies ist meine auf Erfahrung basierende Meinung übers Aushalten. Manchmal ist es ein wirklich erstickendes Gefühl. Nirgendwo gibt es Schutz. Und ich weiß dennoch nicht, was ich fürchte. Hier gibt es ja nichts Furchterregendes. Ich sage mir immer wieder, dass dies mein Zuhause ist und dass es hier nichts Furchterregendes gibt.«

Frau Berger stand einen Moment ratlos da. Dann sammelte sie ihre Gedanken, führte ihre Hand in Richtung Tür und sagte: »Oder doch…?«

Sie wühlte in ihren Pillenschachteln. Ich antwortete nicht. Sie sah mich mit ihren Insektenaugen an. Sie sollte aufhören mit diesem …, diesem Flehen. Und sie tat es auch, denn sie fuhr fort:

»Wo war ich stehen geblieben …, aha, dass die Schauspieler so dumm sind.« Aber ihr Schwung war dahin.

Niemand konnte nach all diesen Turbulenzen einfach auf dem Stuhl sitzen und so tun, als hätte er gerade übers Wetter geredet. Aber genau das tat Frau Berger. Sie saß einfach da, so wie jeden Tag viele Stunden lang, ordnete ihre nicht vorhandenen Spielkarten und Kreuzworträtsel, die einen auf diesen Stapel, die anderen auf jenen, sie schrieb sorgfältig die Summen der kleinen und großen Einkäufe in ihr Heft und wunderte sich, wie es möglich war, dass am Ende des Monats die Summe leicht ins Plus ausschlug.

»Wollen Sie sich nicht setzen, nicht Ihre Jacke ausziehen?«, fragte sie mich und zündete sich eine neue Zigarette an.

Das aufflammende Feuerzeug warf Schatten auf Frau Bergers Gesicht. Ich wandte zunächst den Blick ab, aber dann musste ich doch hinschauen, sie erschien mir ganz und gar in neuem Licht. Sie war wie erstarrt, ihre Falten wirkten tiefer als vorher. Vielleicht wusste sie nicht mehr richtig, wer sie war, woher sie kam und wohin sie ging. Vielleicht hatte sie vergessen, wer ich war. Würde sie mich ziehen lassen? Oder würde sie mit ihren kleinen, gelben, krummen Fingern nach mir greifen? Wie in einem Horrorfilm? So etwas passierte. Auch jene Filme erzählten vom richtigen Leben. Weder ein Film noch irgendetwas anderes existierte gänzlich außerhalb des wirklichen Lebens. Ich warf Frau Bergers Heft auf den Tisch, oder vielmehr, ich ließ es los. Ich schleuderte es nicht weg, sondern ließ es fallen. Sie sah mich an wie eine Vorleserin der Lottozahlen im Fernsehen, wenn sie gerade ins Gesicht geschlagen worden ist. Mit so einem merkwürdig zustimmenden Ausdruck. Niemand kann ja wie eine Lottofee aussehen, die gerade geschlagen worden ist. Aber Frau

Berger sah so aus. Ihre Augen waren groß wie die Unterteller der gelben Porzellantassen. Es waren Eulenaugen, die nirgendwohin blickten. Die Augen einer Lottofee können sowieso nirgendwohin blicken. Sie lesen nur ab. Spielrunden und Zahlen, mit Wiederholung. Dafür werden diese Leute bezahlt. Dafür, dass sie möglichst neutral und unauffällig und gleichzeitig glatt und angenehm aussehen. Und jetzt noch die Zusatzzahlen. Ganz, als wäre sie gerade ins Gesicht geschlagen worden. Und die Zusatzzahlen. Aber ich hatte niemanden geschlagen. Frau Berger sah lediglich so aus. Hatte immer so ausgesehen. Aber ich … ich …, keine Ahnung. Und was hätte ich tun oder sagen sollen? Passen Sie auf sich auf? Gehen Sie schlafen? Essen Sie etwas? Ganz recht. Essen Sie etwas. Stärken Sie sich. Und vergessen Sie meine Fragen, tun Sie so, als ob ich die nie gestellt hätte. Vergessen Sie die Rindsrouladenrezepte! Vergessen Sie auch alle anderen Rezepte!

Marie-Luisas Festtagstorte Nummer drei wurde aufgetragen. Sie wirkte wie eine Pyramide. Nein, mehr noch: Sie *war* eine richtige gleichseitige Pyramide. Frau Mutti schalt mit ihren Kindern. Ihr Mund spie Sätze aus: Du bist überhaupt kein Mann. Zum Glück ist Vati tot. Und war die Frau Berger wirklich eine richtige Schauspielerin? Wann kommt sie denn wieder? Immer wird einem alles mögliche versprochen. Wo war sie eigentlich engagiert? Witze kann jeder erzählen. Frau Muttis Mund war so groß, dass man hätte hineinkriechen können.

Der Bauch und die Schädelform, der Hals und seine Haut, in erster Linie aber die Zehen verrieten über den Menschen, welches Tier sich in seinem Inneren verbarg, welches Tier es war, dessen Herz in seiner Brust schlug. Marie-Luisa ging hin und her und summte vor sich hin. Sie kam auf mich zu. Dann machte sie kehrt, kam auf mich zu und wandt sich wieder ab. Bauchlandungs-Marie-Luisa überlegte irgendwie immer noch, ob sie kommen oder gehen sollte, und sie suchte nach dem passenden Fenster. Ihre Art der Fortbewegung erinnerte an ein Schiff, genau so fuhren Schiffe. Ahmte Marie-Luisa das nach, bildete sie sich ein, eine Frau im Film zu sein, ein Schiff, eine Schiffsfrau? Man beugte sich aus dem Fenster, schaute der Frau nach, zu spät, weg war sie. Geplumpst. Ertrunken. Blieb nur zu hoffen, dass unter dem Fenster eine Matratze oder etwas ähnlich Weiches lag.

Jetzt schnitt Filmstar Marie-Luisa riesige Stücke von der vanillegetränkten Pyramidentorte ab und verteilte sie auf Teller, tatsächlich fünf zusammenpassende, die sie gesucht und gefunden hatte.

Festtagstorte Nummer drei wurde in Rekordzeit vertilgt, genauer gesagt, Marie-Luisas Pyramidenkunstwerk war innerhalb von dreizehn Minuten vernichtet. Anschließend legte der Österreicher sich lang und schlief jetzt auf dem Sofa. Er pustete friedlich vor sich hin und strahlte Wärme aus wie ein Heizkörper. Er hielt meine Hand ganz fest (sodass darin kaum das Blut zirkulieren konnte) und bewegte sich unruhig, als Marie-Luisa sich erhob, um mir Kaffee einzugießen. Ein bisschen schwappte auf den Tisch. Mein Rücken schmerzte. Ein Zweig der Orchidee war abgebrochen, verfluchter Köter. Bevor sie abfahren würden, würde ich der minderjährigen Elisabeth eine Rechnung darüber ausstellen, die sie ihrer überjährigen Mutter geben könnte. Der Österreicher ließ mich nicht los. Ich streckte mich aus, so gut es mir in meiner Zwangsjacke möglich war, reckte meine Arme, wobei meine Rückenwirbel nur so knackten.

Marie-Luisa hatte sich über meine Haare hergemacht und kämmte sie mit kräftigen Strichen, bauschte sie schließlich zu beiden Seiten auf und zupfte meine Kleidung zurecht. Sie restaurierte mich allseitig. Dann sagte sie: »… und nächstes Mal machst du das Schwein so…«

Ich hörte nicht zu.

»Ich möchte ein Foto davon haben«, sagte Marie-Luisa.

Sie fotografierte mich mit ihrer Handykamera und sagte, dass sie alle Aufnahmen, die sie an diesem Abend gemacht hatte, unter den Überschriften »vorher« und »nachher« in ein Album kleben wolle. Daraus wolle sie ein Buch machen lassen. Damit dieser Festtag nie vergessen würde. Ich hätte ihr dankbar sein sollen, war es aber nicht.

Marie-Luisa hatte vielleicht trotzdem recht, sowohl hinsichtlich des Kleidungsproblems als auch des Schweinsproblems. Es konnte sein, dass sie recht hatte und dass wir beide, das Schwein und ich, Seit' an Seit' dastanden.

Frau Mutti sagte, dass sie schlafen gehen wollte, und sie ging auch. Ich gab ihr die Stola mit, die ihr bereits vertraut war. Frau Mutti sah mich an und war wieder die Katze, bei der man nie wusste, ob sie kratzen oder schnurren würde.

Da wurde ich auch schon an der Hand in den Flur gezerrt. Frau Mutti drückte mich mit dem Rücken an die Wand. Das schien in ihrer Familie allgemein üblich zu sein. Sie sagte, dass sie jetzt ein offenes Wort mit mir sprechen wolle. Ich brauchte ihr nichts vorzuspielen, denn sie wusste, was ich vorhatte. Aber ihr Sohn war fast sechzig Jahre alt, und die Sache ging sie nichts an. Jedoch, wenn man sie fragte, war das Wichtigste im Leben die eigene Familie. »Also«, sagte sie, »komm zur Vernunft. Öffne die Augen. Franz ist ein lieber und guter Mann. Tu ihm nichts Böses an.« Dann umarmte sie mich. In ihrer Brust schlug das Herz. Eine Uhr war es wohl nicht. Eine Halsuhr? Sie drückte mir einen Kuss auf die Stirn, markierte mich, indem sie dort einen feuchten Fleck hinterließ.

Autolichter huschten am Fenster vorbei, mir bliebe nicht mehr viel Zeit, bis wir bei unserem Fest das Ziel dieses Abends erreicht hätten. Ich müsste etwas zu Frau Mutti, unserer derzeitigen Gruppenleiterin, sagen. Auch ich könnte einen Monolog halten, meine Meinung äußern.

Aber die Uhr tickte.

Frau Mutti bedauerte das durchaus nicht.

»Wir sehen uns morgen«, sagte sie.

»Morgen sehen wir uns«, sagte ich.

Die Meinungsäußerungen wurden verschoben.

»Morgen sehen wir uns«, wiederholte noch jemand.

»Ich war ein halbes Jahr in Rom«, sagte Marie-Luisa. Sie seufzte zufrieden. Dann äußerte auch sie, dass sie müde sei. Der Österreicher stellte die Musik leiser. Die Stimmung sank auf den Nullpunkt, und bereits nach zwei Tänzen hatte Marie-Luisa genug und kündigte an, schlafen zu gehen. War ich schuld daran, dass sie nicht mehr feiern mochte? Geht doch noch nicht! Es ist ja noch alles im Fluss. Aber wenn nicht, dann nicht. Marie-Luisa versicherte, dass ich nicht schuld sei. Elisabeth wurde gar nicht erst gefragt, ob sie schlafen gehen *wollte.* Sie war noch ein Kind, musste also nicht wissen, was sie wollte oder brauchte. Los, ab mit dir! Sie und sämtliche Kinder dieser Welt hatten das Recht, nicht zu wissen, was sie wollten oder brauchten.

Frau Berger hatte ihren Morgenmantel und ihr Hemd ausgezogen und mich gebeten zu prüfen, ob das Muttermal auf ihrem Rücken besorgniserregend aussah, ich sollte es ganz aus der Nähe betrachten, mit der Lupe, sollte es berühren. »Schauen Sie nach, vergleichen Sie es mit der Abbildung in diesem medizinischen Werk.«

Sie hatte mir ein Vergrößerungsglas in die Hand gedrückt und verlangt:

»Stoßen Sie es an, drücken sie es. Kommt irgendetwas heraus? Nässt es, eitert es? Wachsen kleinere Muttermale oder Haare heraus? Breitet es sich aus? Nisten irgendwelche Organismen, Parasiten, Läuse, Insekten oder andere Viecher darin?«

Ich hatte mich geweigert. Das Muttermal war ihr letzten Endes egal gewesen. Sie hatte nur gewollt, dass jemand sie betrachtete, berührte. Dass auch sie sich vor einem anderen Menschen mal nackt zeigen konnte. Ich sammelte die Scherben des zerbrochenen Tellers auf. Fuhr mit den Fingern über die Möbel. Versuchte, mehr Wein zu trinken, doch der war warm und schmeckte fad. Ich sprach kurz mit dem Vater des Österreichers. Hatte er irgendeine maßgebliche Meinung zur Sache beizusteuern? So im Nachhinein? Er antwortete nicht. Ich stellte das Foto wieder ins Bücherregal und ging nach draußen, um frische Luft zu schnappen. Ich rief nach den illegalen Einwanderern im Garten. Sie hatten zu essen und zu trinken bekommen und waren gegangen. Vielmehr war überhaupt keiner da gewesen.

Ich rief noch zwei Mal durch den Garten, aber es war niemand da. Absolut niemand. Wirklich nicht. Auch ich sollte schlafen gehen.

»Die sind ziemlich gut geworden«, sagte Elisabeth. »Dieses eine besonders. Alle grinsen.«

Ich trocknete mein Gesicht mit dem Handtuch ab und hob den Kopf vom Waschbecken hoch.

Elisabeth stand in der Tür des Badezimmers, bekleidet mit der Jeanslatzhose, die ich ihr vor langer Zeit geschenkt hatte, und betrachtete die Fotos, die ihre Mutter gemacht hatte.

Ich wusch die zerlaufene Schminke ab, trocknete und cremte mir das Gesicht. Dann bürstete ich mein Haar. Ich brauchte eine neue Frisur. Einen neuen *look*. In Wien traute ich mich fast nie zum Friseur, weil es dann immer auf einen Kampf hinauslief, ob nur die Spitzen gerade abgeschnitten wurden, wie ich es gern wollte, oder ob modern und in Stufen geschnitten wurde, wie es sich nach Meinung der Friseuse gehörte. Während der ersten Stunde beantwortete ich jedes Mal dieselben Fragen nach meiner Herkunft, nach den Gründen fürs Aus- und Einwandern und nach allerlei anderen langweiligen und dämlichen Sachen, und das war verständlich, weil es (aus verständlichen Gründen) jedes Mal eine andere Friseuse war. Hier kürzen, sagte ich, einfach gerade abschneiden, aber die Friseuse widersprach, »einfach gerade« war nicht modisch und stand mir überhaupt nicht, schräg musste es sein, zum Nacken hin kürzer, im Bogen hinters Ohr. Und stellen Sie sich vor, sagte die Friseuse, zehn Meter Haare, das entspricht einem ganzen Menschenleben. Länger werden sie nicht, da kann man sonst was anstellen, die Zeit reicht einfach nicht mehr. Aha?, sagte ich, umso wichtiger wäre es, hier zu kürzen, aber die Friseuse widersprach, und ich ließ sie entscheiden, im Bogen hinters Ohr, wie bei einem kleinen wolligen Hund, denn mir fehlten die Kräfte. Wenn es ums eigene Haar ging, fehlten einem die Kräfte, und Frau Berger musste unbedingt Bemerkungen einstreuen wie *wenn man jung stirbt, hat man erst im Alter was davon*, diesen Satz konnte sie sich nicht verkneifen. Es war nicht ihre Schuld. Auch sie konnte nicht über ihren eigenen Schatten springen.

Elisabeth hatte im Flur Licht eingeschaltet. Sie hatte sich frisch geschminkt, und das Licht hinter ihr schimmerte durch ihre braunen Locken hindurch und darüber hinweg, sodass das ganze Mädchen wieder wie ein Engel aussah, ein Mischling, ein dunkelhäutiger Engel, und der war sie nun mal, daran gab es nichts zu deuteln. Schlief sie denn gar nicht? Zu dem Zweck war sie ja fortgeschickt worden.

»Ich wollte nur sagen«, begann sie.

Ja. Auch ich wollte. Wenn man den Kopf aus dem Fenster eines Schnellzuges steckt, werden die Haare fettig, ich habe es ausprobiert. Oh, und

Timoschenkos geflochtener Haarkranz, so schön und so kompliziert, aber wenn man es von klein auf lernt, wenn es die Mutter vormacht und man es danach selbst probiert, sorgfältig die geschickten und immer gleichen und flinken und geschickten und immer gleichen, gleichen, gleichen ... Bewegungen der Finger nachahmt, jeden Tag, dann kann man es bald ebenso wie sie. Ohne Spiegel und sogar blind. Es ist genau dasselbe oder sogar schwieriger noch als Klavierspiel. Oder Sport. Keinerlei Unterschied. Gib gute Gewürze in die Soße, würde ich sagen. Soßen müssen delikat sein. Damit fängt es an. Du kannst jedes Kochproblem mit einer guten Soße kaschieren. Die Leute bewundern Soßen am allermeisten. Rückt Elisabeth jetzt mit ihrer Sache raus oder nicht? Herauspressen kann ich es jedenfalls auch nicht.

Die Zahnpastatube war fast leer. Ich presste erneut und fester. Ich drückte mehr auf die Bürste als nötig gewesen wäre, somit konnte ich die leere Tube in den Müll werfen. Wie ich es doch liebe, Dinge in den Müll zu werfen. Leere Shampooflaschen, Cremetuben, Zahnpastatuben, kaputte Strumpfhosen, sagte ich zu Frau Berger. Sagte ich auch damals, als ich mich begierig über ihren Putzschrank hermachte, sortierte, ordnete, viele große schwarze Müllsäcke öffnete und die ganze Wohnung durchforstete. Dieses Zeug verschwindet jetzt auf Nimmerwiedersehen, Ihre Wohnung ist um mehrere Kubikmeter größer geworden, merken Sie es? Frau Berger hatte, gelinde gesagt, gezweifelt. Sie hatte keinen Grund dazu gehabt. Ich wusste sehr wohl, was ich tat. Gebrauchtes Schreibpapier, leere Leimflaschen, Milchbecher und Putzmittel, alles kam infrage. Aber Sie dürfen nicht etwa glauben, dass ich jemals etwas wegwerfen würde, was noch brauchbar wäre, Frau Berger. Nein, jede Flüssigkeit wird aufgebraucht bis zum letzten Tropfen, und wenn ich Reis wasche, rutscht kein einziges Korn in den Abfluss. Alle Reklamehefte und Zeitungen müssen wenigstens durchgeblättert werden, ehe man sie wegwerfen kann. Damit man weiß, *was* man wegwirft. Sämtliches weißes Papier muss auf beiden Seiten benutzt werden. Und hier im Badezimmer? Die Tube mit der Gesichtscreme hatte ich bereits mit der Schere aufgeschnitten, und trotzdem ließ sich nicht mal mehr mit dem Zahnstocher aus der Tubenöffnung oder an den Innenrändern so viel herausholen, dass die Fingerspitzen fettig wurden, also: ab zum Plastikmüll. Aus der Küche würden demnächst, neben allem anderen, all die unsympathischen, lautlose Forderungen aussendenden, bereits wochenlang auf dem Fensterbrett wartenden, endlich abgelaufenen Abstimmungszettel, Rabattmarken und Einladungen zu Vernissagen in hohem Bogen ins Altpapier wandern. Ich konnte auch all die blöden Verpackungen wegwerfen, die Hüllen, Kartoffeltüten, Plastiksachen, die Pappen, die Pakete und Klebebänder. Weg, weg, weg.

»Dass der Braten verschwand, war nicht dein Fehler«, fuhr Elisabeth endlich fort. »Maximus hatte ihn genommen.«

Gutes Kind. Das hatte sie also belastet? Den ganzen Tag? Es war gar nicht mein Fehler gewesen. Natürlich nicht. Alles war gut gelaufen. Wenden und übergießen. Tun und handeln. *Sehr geehrter Herr Fidler.* Schon auf der Weihnachtsfeier im vergangenen Jahr hatte unser Gruppenleiter davon gesprochen, was wir tun mussten, damit wir vom Arbeitsamt im Dezember, wenn der alte Vertrag auslief, einen neuen bekämen. Unser Gehalt würde vermutlich erneut sinken. Das ließe sich nicht verhindern. Ich hatte vorgeschlagen, dass ich zu Ostern dem Abteilungsleiter, der uns stets half, wenn wir Probleme mit dem Farbkopierer hatten oder wenn uns Umschläge fürs Versenden der vielen hundert Bewerbungen fehlten, eine Schachtel Konfekt bringen könnte. Später hatten wir uns über Fernsehserien der Achtzigerjahre unterhalten, ich hatte Frau Krystle Carrington nachgeahmt, wie sie die geschwungene Treppe herunter kam und ihrem Mann Blake zulächelte, der im Ölbusiness tätig war, ich hatte die Nase gespitzt und katzenhaft gelächelt, wie es für Krystle typisch war, hatte die Hüften vorgeschoben, wie es die Models im Fernsehen machten, wenn sie über den Catwalk liefen, und die Kollegen hatten Tränen gelacht und applaudiert, mein Auftritt war mir, aus alldem zu schließen, gut gelungen. Ich stand auf und streichelte Elisabeths Haar, ihre Locken, berührte vorsichtig ihre Mischlingsnase, fuhr über den festen Hals. Von ihrem Hals konnte ich einfach nicht die Finger lassen.

Lärm war zu hören, und unmittelbar darauf begann Maximus zu bellen und an der Tür zu kratzen, hinter der er eingesperrt war. Sein Schwanz schlug so heftig gegen das Holz, dass man kaum glauben konnte, dass es sich um den Schwanz eines Tieres handelte. Eher hörte es sich an, als würde mit einem dicken Seil kräftig an die Wand geschlagen.

Auf der Treppe polterte und rasselte es. Ich ging nachschauen. Elisabeth war dort, hielt sich den Kopf, an dem vermutlich eine Beule entstünde, und schrie. Sie war wohl an die Wand oder irgendeine Kante, die es im Flur nun mal gab, gestoßen. Sie sah aus wie ein kleines Kind, mit Goldfarbe im Gesicht und einem unnatürlich großen und roten Mund. Mein Kopf hingegen war kalt und leer.

»Elisabeth…«, sagte ich, wusste aber nicht, was ich hinzufügen sollte. Ich musste mich rasch überzeugen, ob ich überhaupt bekleidet war: doch, in der Tat, mit dem Morgenmantel des Österreichers, der nach ihm roch.

»Elisabeth!«

Sie machte eine abwehrende Handbewegung zum Zeichen, dass ich nicht näherkommen sollte. Solche Abwehrbewegungen mit der Hand waren sehr wirksam, man sah sich gezwungen, sofort stehen zu bleiben.

»Omi hatte doch recht. Du bist wirklich verrückt«, sagte sie. »Komplett verrückt«, fügte sie hinzu.

Der Österreicher tauchte verwundert auf. Er stand mitten im Flur und wirkte auf mich wie ein strubbeliger Kobold.

»Deine Frau will mich töten«, sagte Elisabeth. »Und anschließend sich selbst.«

»Sieh nur«, sagte sie.

Sie zeigte vor, was sie in der Hand hielt. Auf der Glaskonsole im Bad hatten links im bunten Durcheinander die Sachen des Österreichers und rechts hübsch geordnet meine Sachen gestanden. Auf meiner Seite waren es Mascara, Lippenstift, Creme und Schmuck gewesen. Auf der Seite des Österreichers Rasierwasser und sein neu gekaufter Rasierpinsel sowie ein Rasiermesser, jenes extrem scharfe, dass er nur ein einziges Mal benutzt hatte. Erschrocken über die Schärfe hatte er gesagt, dass er es erst in ein paar Wochen oder vielleicht gar nicht ausprobieren wolle. »Ein schönes Exemplar. Ich würde mir wünschen, dass ich damit umgehen könnte. Aber es ist einfach zu furchterregend, dieses Messer an den Hals zu setzen. Es geht einfach nicht. Ich kann mir gar nicht vorstellen, wie sich früher die Männer mit solchen Dingern rasieren konnten. Ich hatte das total unterschätzt. Mir hatte einfach der Gedanke an eine Rasur mit diesem Messer so gut gefallen. Irgendwie was Besonderes, eben echt«, hatte der Österreicher gesagt.

»Der Hund muss rausgelassen werden. Sicher kommt bald die Polizei«, sagte Marie-Luisa, als sie am Ort des Geschehens eintraf. »Elisabeth kann ihm ein Stück Braten oder irgendwas geben.«

Elisabeth sah so beleidigt aus, wie es einer allwissenden Fünfzehnjährigen irgend möglich war. Marie-Luisa wiederum wirkte eher unzufrieden. Wie ein desinteressierter Mensch, der gerade beim Nichtstun, bei der Konzentration aufs Faulenzen, gestört worden ist.

»Hier hat es ein Missverständnis gegeben«, sagte ich.

Dieses ewige Missverstehen. Was würden sie machen, wenn es plötzlich enden würde? Auch mir gestatten, sie zu »lieben«? Oder etwas anderes Entsprechendes, was man in Familien tat, obwohl es nie so wirkte, auch hier nicht. Der Österreicher jedenfalls würde das klären. Er tat es immer. Es war seine Aufgabe.

Franz' Blick wanderte von Elisabeth zu Marie-Luisa und von ihr zu mir und dann wieder zu Marie-Luisa, bis er schließlich bei Elisabeth Halt machte.

»Wir sind nicht verheiratet«, sagte der Österreicher.

Ich fegte die tote Fliege vom Buch auf den Fußboden. Die Österreicher waren wie Chinesen, je schmutziger ein Fest, desto zufriedener die Gäste. Ich musste wegschauen, die tote Fliege unters Bett schieben. Die armen Viecher erwachten aus ihrem Winterschlaf, wenn das Haus genügend beheizt war. Aus dem Keller verirrten sie sich ins Obergeschoss, surrten herum, und, um wieder nach draußen zu gelangen, schlugen sie mit dem Kopf gegen die Fensterscheibe, bis sie tot waren. Man konnte nicht von ihnen erwarten, dass sie begriffen, was sie taten. Ihre Gene waren programmiert nach den Bedingungen einer Zeit vor Erfindung des Fensterglases. Sie müssten einfach nur eine Kehrtwendung machen, fröhlich ins Untergeschoss und von dort nach draußen fliegen. Ganz einfach. Welchen Nutzen machte es, das alles allein zu wissen? Guten Morgen!, würde der Portier am Montag munter sagen. Guten Morgen Frau Haydn, würde er zu Sigrid sagen und ihr die Schlüssel geben. Armer Portier. Er verdiente es nicht, dass er immer die schlechten Nachrichten als erster hören musste. Auch er tat gewissermaßen sein Bestes, obwohl er keinen zweiten Fahrradständer vor dem Bildungszentrum aufstellte, ja nicht mal verhindern konnte, dass die zweiräderigen Motorfahrzeuge den mickerigen alten Ständer okkupierten, als würde er ihnen gehören.

Die Menschen im Untergeschoss suchten ihre Sachen zusammen, trugen sie ins Auto, bereiteten ihre Abreise vor. Frau Mutti hatte sich bereits für den Gang zum Auto bereit gemacht. »Hilf mir, Franz, begleite mich!«

Anfang und Ende der Dinge waren sich erstaunlich oft ähnlich, das konnte als Grundlage für ein verlässliches Lebensmotto gelten, alles endete immer genauso wie es angefangen hatte, ich zum Beispiel war mir völlig sicher gewesen, dass es Marie-Luisa schließlich nicht lassen könnte, zu winken. Um zu zeigen, dass sie, wenn es nach ihr ginge, nicht abfahren würden und dass alles halb so schlimm war. Da, jetzt winkte sie zum Fenster hoch. Wer wenn nicht sie verstand sich auf Missverständnisse, war doch ihr ganzes Leben ein einziges Missverständnis gewesen. Die ganze Welt war voller Menschen, die es gut meinten. Das war unerträglich, wirklich. Als Kind liebte ich kommunistische Kinderfilme, denn darin wurde Torte gegessen. Arme Kinder konnten durch irgendeinen Glücksumstand Unmengen von Torten essen. Jemand war gekommen und hatte sie gerettet. Ich liebte als Kind nichts so sehr wie die tschechischen kommunistischen Kinderfilme. War es überhaupt noch normal, dass ein Kind tschechische Filme so sehr liebte? Ich drückte meine Stirn an die Fensterscheibe. Der Österreicher war schön. Rührend, wie er dort herumflatterte wie ein Huhn, das zu fliegen versucht. Rührend und schön. Meine Knie schmerzten. Meine Hände waren die einer alten Frau, die Haut schuppte wie Frau Bergers Tischplatte. Der Schmerz in den Knien rührte vom Ungleichgewicht des Säuregehalts. Eine Frau sollte vorsichtig sein im Hinblick auf Osteoporose, weniger Salz essen und weniger sauer sein. Ich war voller Gift. Das trat ein, wenn man zu viel Fleisch aß.

Der Österreicher rauchte auf dem Hof eine Zigarette. Man musste ihn immer zu seinem Glück zwingen. Ich drückte einen Kuss aufs Fensterglas. *Hol das Huhn.*

Ich legte mich aufs Bett. Die Schatztruhe der Familie des Österreichers, dieser rote Fiat. Drei Frauen und ein Hund quetschten sich in das winzige Auto. Wie hatten Marie-Luisa und ihre Mutter bloß Platz gefunden, als auch noch all die Lebensmittel darin gewesen waren, von denen mehr als die Hälfte jetzt in meinem Kühlschrank verfaulen würde. Ich müsste sie zu Frau Berger schaffen.

Ich war unruhig, erhob mich. Auf was wartete ich eigentlich? Im zunehmenden Regen draußen vor dem Haus wuselten die drei Frauen herum, drei Generationen. Ich konnte nicht erkennen, ob ihre Mienen entspannt oder angespannt waren. Hinter ihnen am Horizont sah ich die bekannten zwei Berggipfel und auf einem von ihnen ein Schloss. Oder eine Kirche. Was es auch sein mochte, der Anblick war schön.

Dann hörte ich Stimmen auf der Treppe. Die Schritte des Österreichers machten vor der Tür Halt. Einen Moment war es still, dann wurde die Tür geöffnet.

»Dem Mädchen ist immer noch übel«, sagte, verkündete der Österreicher. Er war offensichtlich enttäuscht, sah aus wie eine alte Rübe.

Würde vielleicht gewöhnlicher Tee helfen? Den gab es in der Küche. Allerdings bekümmerten mich jetzt eher die Katastrophen der Außenwelt, sogar das Schwinden der Ozonschicht, als Elisabeth und ihr Teeniedrama. Sie hatte keine richtigen Feinde, also musste sie sich welche erfinden und ausdenken. Ein vierjähriges Kind erfindet sich Freunde. Über dieses Alter war Elisabeth hinaus, bereits den erfundenen Freunden entwachsen. Sie hatte die nächste Stufe der Entwicklung erreicht und suchte und erfand sich jetzt Feinde.

Ich schaltete das Radio und den Fernseher aus. Ein schreckliches Gefühl der Beklemmung, eine eigenartige Leere drückte auf meine Brust, meinen Hals. Welchen Sinn machte es, ein Fest zu organisieren? Welche Bedeutung hatte der Einsatz eines Einzelnen, wenn der Tag so enden kann?

Frau Berger hatte ihrer Meinung nach für alles die passende Lösung, dazu gehörten zwei Arten, den Tag zu beenden: Videos anschauen oder Patience legen. Es gab auch Tage, an denen sie überhaupt nur Patience legte oder Videos anschaute, eines nach dem anderen, bis ihre Augen schmerzten. Dann schaltete sie die Leselampe ein, legte sich ins

Bett, wartete auf den Schlaf und dachte sich dabei für alle Filme und Theaterstücke, die sie gesehen hatte, bessere Schauspieler und einen besseren Schluss aus. Sie sagte außerdem auch, dass unser Haus hässlich war, vermutlich das hässlichste im ganzen Bezirk, dass es ihr aber nichts ausmachte. Schließlich war es wesentlich besser, aus dem Fenster eines hässlichen Hauses auf eine schöne Landschaft zu blicken als aus den Fenstern schöner Häuser auf irgendein schreckliches kotz- und gallefarbenes Monstrum starren zu müssen. Wie sie sagte, fühlte sie sich in ihrem hässlichen Haus sehr heimisch. Nicht unbedingt sicher, aber heimisch. So sagte sie. Und fügte hinzu, dass Einbrecher vermutlich für ihre Taten instinktiv eher ein schönes als ein hässliches Haus wählen würden. Dass insofern Hässlichkeit und übles Aussehen auch ihren Vorteil hatten. Nach Frau Bergers Meinung waren die Menschen von Geburt an ästhetische Wesen.

Wenn ein Außenstehender jetzt diesen Ort sehen würde, könnte er glauben, dass es sich um ein Bahnhofsgebäude handelte. Um irgendein wichtiges Zentrum. Um einen Brennpunkt. Schreckliches Hulabaloo, so viel Gerenne und Handys und Türgeklingel und Motorgeräusche. Kurz gesagt, wieder mal eine ärgerliche und nervige *Situation*, die hier im Gange war. Es konnte nicht immer alles so laufen wie es sollte. Schluss mit dem Gerenne, hört wenigstens einen Moment zu!

Franz wand sich, kramte Mustersätze aus seinem Argumentationskoffer. »Was kann ich dafür?« – »Meine Mutter ist eine alte Frau.« – »Ich kann nichts dafür.« – »Kann ich denn etwas dafür?« – »Niemand demütigt hier irgendjemanden.« – »Meine Güte, sie sind vom Lande.« – »Ich würde alles tun.«

Falls die Polizei käme, was sicherlich oder vielleicht der Fall war, würde man mit den Beamten reden wie Menschen es tun, würde stehen oder sitzen in menschengemäßer Haltung. Es hatte doch immer von allen möglichen Seiten und Menschen viel Lob und Unterstützung gegeben, wie verhielten sie sich also jetzt, diese Menschen hier? Einer saß, einer tippte auf seinem Handy herum, einer schmollte, einer knetete seine Hände. Es fehlte eindeutig derjenige, der ebenfalls da saß und an den Kaffee erinnerte. Ich deckte den Tisch mit meinen schönsten Platzdeckchen und farblich dazu passenden Tassen und stellte ganz normal die einzige vernünftige und der Situation entsprechende Frage, nämlich: Wer nimmt zum Kaffee Milch und wer Zucker? Frau Mutti wollte keinen Kaffee. Sie wollte sich von Frau Berger verabschieden. Sie wollte, dass ihr Sohn Franz sie begleitete, damit sie sich von unserer lieben Nachbarin, der pensionierten Schauspielerin Frau Berger persönlich und mit Handschlag verabschieden konnte. Ein schöner und höflicher Gedanke.

»Ihr habt sie im Ofen gefunden? Wie ist sie denn da reingekommen? Was bedeutet das?«, fragte Marie-Luisa.

»Das, was ich gesagt habe«, erwiderte Franz.

»Wohin willst du?«, fragte Franz, nahm mir die Stiefel aus der Hand, packte mich am Oberarm, versperrte mir den Weg. »Geh nicht hin. Es kann noch jede Menge Gas in der Luft sein. Dort darf man jetzt nichts anfassen.«

Aber ich musste dahin gehen. Das musste ich doch. Lasst mich.

Das hässliche Haus steht einsam im Regen, die Augen geschlossen. Ich stolpere in eine Pfütze. Da sind blau blinkende Lichter, man kennt sie aus Filmen, in denen ein Ufo sich zielstrebig nähert, um über die Bedeutung des Geschehens zu informieren und einzelne auserwählte Erdbewohner oder die eigenen Leute in Sicherheit zu bringen. Franz hält mich. Tut er es? Bitte, halt mich fest, diese schreckliche, schreiende Leere, eine der Haustüren steht offen.

Foto: Ewald Pollheimer

SATU TASKINEN, wurde 1970 in Helsinki geboren. Sie studierte Philosophie und Germanistik an der Universität Helsinki. Nach mehreren Jahren in Deutschland und in den Niederlanden lebt sie seit 1999 in Wien. Für ihren Debütroman »Täydellinen paisti« (»Der perfekte Schweinsbraten«) bekam sie 2011 den finnischen Literaturpreis für das beste belletristische Erstlingswerk. Der Roman, inzwischen in der 3. Auflage, war nominiert für den European Book Prize 2012 Short List.

REGINE PIRSCHEL, studierte nordische Sprachen mit dem Schwerpunkt Finnisch an der Universität Greifswald. Anschließend freiberufliche Dolmetscherin. Seit den 1970er Jahren übersetzt sie belletristische Werke aus dem Finnischen, in jüngster Zeit hauptsächlich die Werke des populären Autors Arto Paasilinna.